L'ÉTRANGE HÔTEL DE SECRETS' HILL

Illustration de couverture : Erwann Surcouf
Direction artistique de couverture : Blaise Jacob
Illustrations intérieures : Alban Marilleau

Publié avec l'accord de Clarion Books,
une marque de Houghton Mifflin Harcourt Publishing Company
L'édition originale de ce livre a paru en 2014 chez Clarion Books,
une marque de Houghton Mifflin Harcourt Publishing Company,
Boston, USA, sous le titre *GREENGLASS HOUSE*

ISBN 978-2-7002-5103-6

Loi n° 49-565 du 16 juillet 1949 sur les publications destinées à la jeunesse,
modifiée par la loi n° 2011-525 du 17 mai 2011

KATE MILFORD

L'ÉTRANGE HÔTEL DE SECRETS' HILL

Traduit par Anne Delcourt

RAGEOT

À ma famille, proche et lointaine,
avec mes remerciements pour tous mes Noëls d'enfance ;

À Reagan, Hadley, Phero, Oliver, Griffin
et celle qu'on appelle Amelia ; tous des aventuriers ;

À Emma, qui m'a fait arranger tout
ce qui ne marchait pas en me tordant le bras ;

Et à Grandmoo, parce que c'est son préféré.

SOMMAIRE

Chapitre un

L'HÔTEL DES TRAFIQUANTS

I

Si vous êtes un jour amené à tenir un hôtel dans une ville de trafiquants, mieux vaut savoir qu'il y a la bonne manière de s'y prendre, et la mauvaise.

Pour commencer, perdez l'habitude de poser trop de questions. Et n'espérez pas vous enrichir. Les trafiquants jurent toujours qu'ils auront des billets plein les poches demain, dès qu'ils auront trouvé un acheteur pour leurs huit cartons de cartouches d'encre verte, mais ils n'en ont jamais le jour même. Achetez-vous un gros registre et partez du principe que, quoi que vous puissiez écrire dedans, vous serez payé en cartouches d'encre verte. Si vous avez de la chance. Parce qu'ils peuvent aussi vous régler avec une monnaie d'échange encore moins exploitable.

Milo Wood ne tenait pas d'hôtel pour des trafiquants, mais ses parents si. Il s'agissait plus exactement d'un grand manoir délabré, qui semblait avoir été bricolé à partir des rebuts de dix autres manoirs aux styles les plus hétéroclites. La Villa de Verre, comme on l'appelait, se dressait à flanc de colline au-dessus d'une baie parsemée de petits ports, bâtis moitié sur la côte, moitié sur les jetées qui s'avançaient sur le fleuve Skidwrack comme les dents d'un peigne. À pied, la montée était longue. Et le funiculaire qui gravissait la pente escarpée depuis le dock privé de la maison jusqu'au sommet de Secrets' Hill n'était pas beaucoup plus rapide. Bien entendu, l'Hôtel de Secrets' Hill n'était pas réservé aux trafiquants. Mais comme c'était eux qui s'y présentaient le plus souvent, c'était ainsi que Milo le voyait.

Il vivait à l'hôtel depuis qu'il avait été adopté tout bébé par Nora et Ben Wood. C'était chez lui depuis toujours. Il était habitué à y voir défiler toutes sortes d'étranges individus. Certains revenaient tous les ans, comme des oncles qui passent vous pincer les joues pendant les vacances avant de disparaître jusqu'à l'année suivante. Au bout de douze ans, Milo était même assez doué pour prédire qui allait arriver quand. Les trafiquants avaient leur saison, un peu comme les insectes ou les légumes. C'est pourquoi il fut si ébahi quand la grosse cloche du perron, qui était reliée au treuil qui actionnait le câble qui hissait le funiculaire sur ses rails, se mit à sonner.

La tonalité de la cloche changeait, elle aussi, selon la saison et l'heure de la journée. Cet après-midi-là, le premier des vacances de Noël, il s'était mis à neiger, et le froid mordant donnait à la vieille cloche en fer un son cassant qui faisait l'effet d'une bouffée d'air glacé.

Milo releva le nez de la table basse où il terminait ses devoirs de maths. (Il aimait bien les expédier tout de suite, pour profiter des vacances sans avoir à penser à l'école.) Il se tourna vers sa mère, qui lisait à plat ventre sur le tapis devant la grande cheminée en pierre.

– On a de la visite ? demanda-t-il, incrédule.

Elle se leva en fourrant son livre sous son bras et alla regarder par la fenêtre.

– On dirait bien. Plus qu'à aller mettre le treuil en marche.

– Mais on n'a jamais de clients à Noël !

Milo tenta d'étouffer la vague sensation de malaise qui lui remuait l'estomac. On n'allait quand même pas lui gâcher ses vacances dès le premier jour ! Il venait tout juste de débarquer du bateau-bus qui ramenait de l'école les enfants de la baie !

– En général, non, admit Nora Wood en laçant ses bottes. Mais il n'y a pas de loi qui l'interdise. Il se trouve juste que c'est comme ça d'habitude.

– Mais c'est les *vacances* !

Sa mère haussa les épaules et lui tendit son manteau.

– Allez, gamin. Sois un gentleman. Ne laisse pas ta mère sortir toute seule par ce froid.

Ah, la carte toute-puissante du « gentleman ». Milo se leva et la suivit, la tête rentrée dans les épaules, sans cesser de grommeler entre ses dents « c'est les vacances les vacances les vacances ». Il venait à peine de finir ses devoirs ! Il était censé avoir la paix pendant trois semaines !

La cloche sonna de nouveau. Un pied chaussé, l'autre non, Milo s'immobilisa dans l'entrée, serra les poings et libéra sa frustration dans un grand cri de rage.

Les bras croisés, Nora Wood attendit qu'il ait fini.

– Ça y est ? Tu te sens mieux ? lui demanda-t-elle gentiment.

Il lui lança un regard noir.

– Je sais bien que ce n'est pas le train-train habituel, ajouta-t-elle. Et que tu détestes que les choses ne se passent pas comme prévu. Mais les surprises, ça peut aussi avoir du bon !

Ce raisonnement ne modifia en rien les sentiments de Milo, bien sûr. Mais il hocha la tête et acheva de se couvrir. Ils sortirent et traversèrent la pelouse jusqu'à une trouée dans la sombre muraille de sapins bleu vert et de bouleaux nus aux troncs pâles qui couvraient la colline. Là, dans une flaque d'ombre, l'herbe faisait place à une plateforme en pierre.

Depuis qu'il était tout petit, Milo vivait très mal les changements de programme. Pire que cela, même. Dans le meilleur des cas, les surprises le mettaient mal à l'aise. Et devoir patauger dans la neige par un soir glacial pour faire monter un inconnu à l'hôtel, quelqu'un qu'on n'attendait pas, qui allait l'obliger à travailler alors qu'il ne demandait qu'à être tranquille chez lui avec ses parents... à vrai dire, cette idée le perturbait presque jusqu'à la panique.

Une lueur clignota sur la zone d'ombre de la plateforme, qui se changea en une flaque de beurre fondu.

Nora Wood venait d'allumer la lumière du petit pavillon enfoui sous les arbres qui servait de terminus au funiculaire.

La cabine partait du fleuve, une centaine de mètres plus bas. Ce n'était pas le seul moyen de descendre au fond de la gorge ou, inversement, d'en remonter. Un escalier en colimaçon montait plus ou moins parallèlement aux rails du funiculaire et débouchait sur la même plateforme sous le pavillon. Il y avait aussi une route sinueuse qui partait de l'hôtel, contournait la colline et descendait jusqu'à la ville la plus proche, à une vingtaine de minutes de là. Mais les seuls à l'emprunter étaient les Wood et Mme Caraway, la cuisinière. Les clients, eux, ne venaient pas de la ville. Ils arrivaient par le fleuve. Et, entre monter la pente à bord d'un moyen de transport primitif à l'allure de grosse auto tamponneuse sur rails conçue par un fou, et gravir trois cent dix marches (Milo les avait comptées), ils préféraient encore la première option.

Le petit pavillon aux dalles de pierre comprenait un banc, une remise fermée à clé et les deux rails métalliques du funiculaire. Nora Wood ouvrit la remise et son fils la suivit à l'intérieur, où le câble épais qui hissait l'engin s'enroulait autour d'un treuil géant. Grâce à tout un fouillis d'engrenages complexes, le treuil, une fois lancé, se débrouillait tout seul pour tracter la petite cabine. Mais il était vieux, et le levier qui l'enclenchait avait une fâcheuse tendance à rester coincé. Il était plus facile à manœuvrer à deux.

Milo et sa mère saisirent le levier.

– Un, deux, trois ! compta Milo.

À son signal, ils le soulevèrent ensemble. Les rouages de métal glacés gémirent comme un vieux chien et se mirent à tourner.

En attendant que la cabine avale la pente avec force grincements et couinements, Milo se demanda quel genre d'individu elle leur amenait. Les trafiquants revêtaient des formes variées. Et, bien sûr, l'hôtel accueillait aussi des mariniers ou des voyageurs sans aucun lien avec la contrebande. Mais pas très souvent, et presque jamais en hiver, où le fleuve Skidwrack et ses criques isolées étaient souvent gelés.

Tandis que Milo s'interrogeait, une guirlande scintillante de petites lumières blanches grosses comme des lucioles s'anima autour du pavillon et le long de la rampe de l'escalier. Sa mère, qui venait de la brancher, lui demanda :

– Alors, tu paries pour quoi ? Un elfe qui s'est fait la malle du pôle Nord ? Un trafiquant de pistolets à bouchon ou de grog de Noël ? Celui qui tombe le plus près de la bonne réponse gagne une glace au brownie. Le perdant la prépare.

– Ça s'appelle comment, déjà, ces bulbes que tu adores et que mamie t'envoie toujours à Noël ?

– Des narcisses ?

– Ouais. Je dis que c'est un gars avec un chargement de narcisses. Et de chaussettes. Vertes à rayures roses.

Une plainte sourde s'ajouta au grincement du câble autour de la grande roue. On pouvait situer le degré de progression de la cabine grâce aux différents bruits qu'elle produisait sur son trajet. Milo visualisa le vieux lampadaire tordu qu'elle devait être en train de dépasser.

– Des chaussettes vert et rose ?

– Ouais. Il a dû s'apercevoir que ça n'était pas une bonne idée, mais trop tard. Il les a sur les bras, maintenant. Il a été forcé de les prendre – non, pas forcé ; il s'est fait avoir, plutôt. Et s'il n'arrive pas à les vendre, il est ruiné. Là, il cherche un truc pour persuader les gens de remplacer les corbeilles à œufs de Pâques par des chaussettes à rayures.

Milo scruta l'obscurité à travers la neige, qui tombait de plus en plus dru sur les bouleaux nus et blanchissait les branches des sapins.

Le funiculaire restait invisible. Mais, à la vibration des rails, Milo sut qu'il devait en être au passage le plus pentu de la côte.

– D'ailleurs, il a plein de rendez-vous cette semaine. Avec des journalistes, et une star de la télé un peu barjo, pour essayer de lancer la grande mode des chaussettes à rayures vertes et roses pour l'an prochain. Ah, et il va voir une entreprise qui fabrique des marionnettes avec des chaussettes.

Milo s'accouda et se pencha par-dessus la balustrade du pavillon, juste assez pour que quelques flocons voletant sous le toit tombent sur ses cils.

Voilà ! Le museau de métal bleu de la cabine arrivait, avec ses bandes argentées de voiture de course (peintes par Milo et son père, ainsi que le nom *Ouragan de Secrets' Hill* sur les flancs). Un instant plus tard apparut son passager : un grand échalas en manteau noir coiffé d'un chapeau en feutre. Une énorme paire de lunettes à monture en écaille lui mangeait le visage.

Milo eut un coup au moral. L'inconnu avait l'allure décevante d'un grand-père. Peut-être même un peu d'un vieil instituteur.

– Il faut voir, observa Nora Wood, comme si elle lisait dans ses pensées. Ça ne m'étonnerait pas totalement que ce type soit prêt à tenter sa chance avec des chaussettes à rayures vertes et roses.

Elle lui ébouriffa les cheveux.

– Allez, mon loup, fais-nous ton sourire de bienvenue.

– Le sourire de bienvenue, c'est nul, grommela-t-il.

Mais il se redressa et frotta ses bras pour en ôter la neige, tandis que l'*Ouragan de Secrets' Hill* parcourait les derniers mètres qui le séparaient du pavillon.

De près, l'inconnu paraissait encore plus inintéressant. Chapeau banal, manteau banal, visage banal, valise bleue banale rangée dans le coffre du funiculaire. Cependant, les yeux qui firent la navette entre Milo et sa mère derrière les grosses lunettes étaient vifs et brillants.

Milo se crispa. C'était toujours pareil quand les Wood rencontraient quelqu'un. Les pensées des gens s'affichaient pratiquement sur leur front : « Il y a un truc ici qui ne va pas avec le reste. » Celui-ci le cachait plutôt mieux que les autres ; aucun changement dans son expression. Mais ça ne voulait pas dire qu'il ne le pensait pas. « Comment un gamin chinois a-t-il pu atterrir à Nagspeake avec cette dame pour mère ? Adopté, c'est clair. »

L'engin s'immobilisa dans une secousse et son passager faillit se cogner le nez sur le tableau de bord rembourré de l'*Ouragan*.

– Bonjour ! lança la mère de Milo avec un sourire rayonnant, tandis que l'homme sortait de la cabine en frottant ses épaules couvertes de neige. Bienvenue à l'Hôtel de Secrets' Hill… ou à la Villa de Verre, comme vous préférez. Je suis Nora Wood, et voici mon fils Milo.

– Merci, répondit l'individu, d'une voix aussi banale que le reste. Je m'appelle Vinge. De Cary Vinge.

« Au moins, songea Milo avec aigreur, il a un nom intéressant. »

– Je vais prendre votre valise, proposa-t-il en tendant la main.

– Oh, ce n'est pas la peine, je m'en occupe, répliqua aussitôt M. Vinge. Elle est très lourde.

Il s'empara de la poignée et tira. Elle avait l'air lourde, en effet : il dut poser un pied en appui sur la carrosserie du funiculaire pour faire levier.

La mère de Milo profita de cet instant pour glisser à son fils un regard insistant. Milo, intrigué, examina l'individu de plus près. Et là, il vit : une chaussette aux rayures criardes, visible sous son pantalon juste un instant avant que M. Vinge ne recule en trébuchant sous le poids de son bagage. L'association de l'orange et du violet était encore plus incongrue que ses rayures roses et vertes imaginaires.

– Je crois que je te dois une glace au brownie, lui chuchota sa mère.

Puis, à haute voix :

– Par ici, monsieur Vinge. On ne va pas vous laisser sous cette neige.

II

Le père de Milo les attendait sur le perron.

– Salut, dit-il au nouveau venu en lui serrant la main et en prenant sa valise. Ben Wood. Sale nuit pour voyager, hein ?

– Oh, ce n'est pas si terrible, répondit M. Vinge en se débarrassant de son manteau dans l'entrée.

– Vous arrivez juste à temps, reprit Ben Wood. La météo annonce quinze à vingt centimètres de neige demain.

– Vraiment ?

De Cary Vinge sourit. D'un sourire vague, fugitif, mais bien réel. Comme s'il était content de se retrouver sous la neige, quasiment seul, dans un hôtel perdu au milieu de nulle part.

Milo trouva que c'était un drôle de sourire. Mais, de fait, ce type avait aussi un drôle de nom et de drôles de chaussettes. Finalement, c'était peut-être un parfait hurluberlu.

– J'ai préparé du café et du chocolat chaud, ajouta Ben Wood en traversant le salon pour conduire M. Vinge à l'escalier. Je vais vous montrer votre chambre. Ensuite, on vous fera monter une boisson chaude ou vous pourrez venir la boire devant la cheminée, comme vous préférez.

– Combien de temps pensez-vous rester ? demanda Nora Wood dans son dos.

M. Vinge s'arrêta, un pied sur la première marche.

– Eh bien, cela dépend. Vous avez besoin de le savoir tout de suite ?

– Pas du tout. Vous êtes notre seul hôte pour le moment.

M. Vinge hocha la tête.

– Dans ce cas, je vous le ferai savoir un peu plus tard.

Milo suivit les deux hommes dans l'escalier. L'hôtel comptait quatre étages, plus une cave et un grenier. Le salon, la salle à manger et la cuisine – trois vastes pièces largement ouvertes les unes sur les autres – formaient le rez-de-chaussée. L'espace privé des Wood se trouvait au premier ; les chambres des clients occupaient les trois étages supérieurs. Les niveaux étaient reliés par un large escalier encadré de deux rampes en bois sculpté, qui débouchait sur chaque étage en formant un retour sur un petit palier. Et chacun de ces paliers était bordé par un mur percé d'un grand vitrail.

Ben Wood conduisit M. Vinge au deuxième étage, où les portes des quatre chambres étaient ouvertes.

– Je vous laisse choisir, monsieur Vinge. Une préférence ?

Leur hôte arpenta le couloir en examinant les chambres au passage. Il s'arrêta au bout, face à la porte du vieux monte-charge, et fit volte-face. Or, Milo eut l'impression que ses yeux se fixaient, non pas sur eux, mais *derrière* eux. Il se retourna à son tour, mais ne vit que le vitrail et, dehors, la neige teintée d'infimes nuances de vert : céleri, céladon, et divers tons pâlis de vieux verre de bouteille.

– Celle-ci sera parfaite, déclara M. Vinge au bout d'un moment.

Il désignait du menton la chambre qui se trouvait sur sa gauche.

– Très bien, dit Ben Wood en déposant la valise bleue derrière la porte. Vous voulez qu'on vous fasse monter une boisson chaude ?

Avant que M. Vinge ait pu répondre, le tintement sec de la cloche du funiculaire résonna de nouveau.

Milo regarda son père, incrédule.

– Encore ? lâcha-t-il avant d'avoir pu se retenir.

Il plaqua sa main sur sa bouche, sûr que cette remarque avait dû paraître horriblement impolie à M. Vinge.

– Vraiment désolé, dit Ben Wood à leur hôte en foudroyant son fils du regard.

Mais M. Vinge ne paraissait pas avoir remarqué ce dérapage et semblait tout aussi surpris que Milo.

– C'est… C'est la cloche que j'ai fait sonner tout à l'heure ? demanda-t-il d'une drôle de voix.

– C'est bien elle, confirma Ben Wood. Nous avons un deuxième invité, on dirait.

Il se retourna pour reprendre l'escalier, en donnant au passage une petite tape sur l'oreille de son fils. Pas assez forte pour lui faire mal, mais suffisante pour lui signifier que, même si M. Vinge ne s'en était pas aperçu, sa grossièreté ne lui avait pas échappé, à lui.

– Voulez-vous qu'on vous fasse monter du café ? Du chocolat chaud ? De quoi grignoter ?

Après réflexion, M. Vinge secoua la tête.

– Non merci. Je vais descendre dans quelques minutes. J'avoue que je suis curieux de voir qui d'autre que moi voyage par ce temps.

Ben Wood dévala les marches deux par deux et rattrapa sa femme qui s'apprêtait à ressortir.

– On s'en occupe, on s'en occupe ! lui assura-t-il.

À tout autre moment, Milo aurait protesté d'être ainsi désigné volontaire – sans compter que, si un client menaçait de lui gâcher ses vacances, avec deux, elles étaient fichues à coup sûr. Mais le fait que deux voyageurs surgissent séparément à cette époque de l'année était si improbable que, dans l'immédiat, sa curiosité l'emportait sur sa mauvaise humeur.

Non seulement cela, mais De Cary Vinge avait été tout aussi déconcerté que lui. D'un côté, il n'avait pas tort de s'étonner qu'un autre client se présente. De l'autre, comment aurait-il pu savoir que l'hôtel était généralement désert à cette période ? À moins, se dit Milo en enfilant ses bottes, qu'il ne soit venu exprès pour avoir les lieux pour lui tout seul.

C'est à cet instant qu'il se demanda pour la première fois s'il ne se passait pas quelque chose d'étrange. Puis son père ouvrit la porte et le souffle glacé du vent nocturne s'engouffra dans l'entrée. Oubliant ses interrogations, Milo remonta sa fermeture Éclair et s'enfonça dans le froid d'un pas titubant, en essayant de poser les pieds dans les empreintes laissées par son père dans la neige.

L'*Ouragan de Secrets' Hill* était resté là, Nora Wood ayant raisonnablement supposé qu'il n'aurait pas à remonter avant un moment. Il fallut donc le renvoyer en bas.

– C'est dingue, non ? commenta Ben Wood en regardant le funiculaire disparaître dans la pente. J'avoue – mais surtout, tu ne le répètes pas à ta mère – que je n'aurais pas été contre quelques semaines de repos. Je ne me plains pas, hein ! Je dis juste que je pensais pouvoir faire un petit break.

– Mais ouais ! explosa Milo. J'avais déjà fini mes devoirs et tout !

– D'où sort-il, ce M. Vinge ? Je n'ai pas eu le temps de lui demander dans quoi il travaillait ni ce qui l'amenait ici. Et vous ?

Milo fit signe que non.

– Il a des chaussettes assez délirantes, c'est tout ce que je sais.

Son père hocha la tête d'un air sérieux. C'était l'une de ses nombreuses qualités : il prenait toujours au sérieux tout ce qu'on lui disait. Milo n'avait pas besoin d'expliquer pourquoi il lui semblait révélateur qu'un type qui semblait se donner tant de mal pour paraître normal et inintéressant porte des chaussettes aussi excentriques. Son père pouvait le comprendre tout seul.

Le moteur qui actionnait le câble s'arrêta dans un soubresaut : l'*Ouragan* était arrivé en bas. Quelques instants plus tard, la cloche leur signala que le passager était à bord, prêt à commencer son ascension. Ben Wood disparut dans la remise pour soulever le levier.

Puis ils s'accoudèrent côte à côte à la balustrade et, en silence, fixèrent les arbres dans l'attente du premier éclair de bleu. C'était une autre grande qualité du père de Milo : on pouvait passer du temps avec lui sans rien dire et avoir quand même le sentiment de partager quelque chose. Sa mère n'était pas très forte pour ça. Oh, elle ne manquait jamais de choses intéressantes à raconter, et c'était toujours sympa de parler avec elle. Mais son père avait un don pour se taire.

La neige tombait toujours, résolue à envelopper les arbres, la terre et la nuit d'une nappe de silence. De leur côté, le treuil tournait, le câble s'enroulait, les rails grinçaient et la cabine montait dans les bruits mécaniques familiers, comme s'ils bavardaient entre eux en amenant leur passager. Enfin, l'*Ouragan de Secrets' Hill* apparut et, dedans, recroquevillée sous un parapluie bleu vif couvert de neige, se tenait une femme.

Tandis que le funiculaire passait sous l'un des vieux lampadaires en fer forgé, la lumière filtra à travers le tissu du parapluie et teinta ses cheveux en bleu. Elle paraissait assez jeune ; plus jeune que les parents de Milo, en tout cas. Elle agita la main en souriant, et le garçon se surprit à en faire autant.

La cabine s'arrêta en tressautant. La jeune femme pencha son parapluie sur le côté, le secoua pour en faire tomber la neige et le ferma. Ses cheveux restèrent bleus ; d'une teinte plus sombre que le cobalt métallique du funiculaire, mais bleus.

– Bonsoir ! lança-t-elle d'une voix claire. Désolée de vous faire sortir par cette neige !

– Pas de problème, répondit Ben Wood en lui tendant une main pour l'aider à sortir. On est là pour ça. Je suis Ben Wood, et voici mon fils Milo.

– Georgiana Moselle. Ou Georgie, dit la fille aux cheveux bleus. Merci.

– Puis-je prendre votre valise ? lui proposa Milo.

Elle accepta par un sourire et lui désigna un sac en tapisserie qui se trouvait dans le coffre.

– Avec plaisir. Merci, Milo.

Celui-ci attrapa le sac et reprit le chemin du manoir à travers les arbres. Avant de le suivre, Ben Wood renvoya la cabine en bas de la colline en marmonnant :

– On ne sait jamais.

Des boissons chaudes les attendaient à l'intérieur. À la seconde où il ouvrit la porte, Milo sentit les vapeurs du cidre qui chauffait sur la cuisinière. M. Vinge les attendait

aussi. Alors que Nora Wood venait se présenter dans l'entrée, il glissa un coup d'œil de derrière l'un des gros fauteuils du salon et regarda Georgie d'un drôle d'air, avant de redisparaître derrière le dossier.

– Commençons par vous trouver une chambre, dit Nora Wood tandis que la jeune femme retirait ses bottes vertes en caoutchouc. Ensuite, je peux vous proposer du thé, du chocolat ou du cidre chaud. Quelle chambre as-tu donnée à M. Vinge, Ben ?

Une chaussette à la main, Georgie suspendit son geste et lança à Nora Wood le regard le plus étrange que Milo ait jamais vu. On aurait dit que son visage était séparé en deux : le bas tout sourire innocent, et le haut mangé par deux grands yeux écarquillés par l'incrédulité.

– Vous avez un autre client ?

La tête de M. Vinge ressurgit de derrière le dossier de son fauteuil, affichant un sourire poli sous ses lunettes surdimensionnées :

– De Cary Vinge. Je viens d'arriver.

– Georgie Moselle, déclara la jeune femme aux cheveux bleus.

Son sourire flottait sur son visage, comme s'il n'avait plus rien à faire là, mais qu'elle ne savait pas comment l'effacer sans que ça paraisse bizarre. Aucun des deux ne fit mine de s'avancer pour serrer la main de l'autre.

Milo jeta un coup d'œil à ses parents pour voir s'ils avaient perçu le malaise, mais apparemment pas.

– M. Vinge a la 2E, répondit Ben Wood à sa femme en achevant d'enlever son manteau et ses chaussures. Ça ne t'ennuie pas d'accompagner Mlle Moselle ?

– Au contraire. Milo, tu peux porter le sac ?

– Pas de problème, dit son fils.

Il vit les deux hôtes se toiser du regard, puis Georgie se détourna abruptement et suivit Nora Wood dans l'escalier.

– Au deuxième étage, ça vous va ? demanda celle-ci. Ce serait un peu idiot de vous obliger à monter tout là-haut alors que vous n'êtes que deux.

– Oh, vous savez, répliqua Georgie avec entrain, on n'a pas si souvent un étage à soi tout seul ! Ça peut être sympa !

Sympa ? Monter trois étages pour le plaisir ? En outre, ayant essayé toutes les chambres à un moment ou à un autre, Milo savait par expérience que se retrouver seul à un étage était un peu sinistre. L'hôtel émettait toutes sortes de bruits inquiétants : plancher qui craque, vieux volets qui claquent, gonds qui grincent…

Mais sa mère n'allait pas empêcher une cliente de monter un étage de plus si ça l'amusait. Et ils continuèrent à grimper.

Alors que le vitrail de la fenêtre du deuxième déclinait toutes les nuances de vert, celui du troisième était une symphonie de bleus : cobalt, turquoise, marine, bleu poudré, lapis-lazuli, avec quelques petites mouchetures ici et là qui, sur fond de ciel noir, semblaient s'accorder très exactement aux cheveux de la nouvelle arrivante.

Georgie Moselle contempla le vitrail d'un air enchanté.

– Magnifique ! Je sens que je vais me sentir chez moi ici.

Nora Wood agita la main en direction du couloir.

– Prenez la chambre que vous voulez. J'ai oublié de vous demander, vous restez combien de temps ?

– Je ne sais pas trop. Une semaine, peut-être deux.

Après un rapide coup d'œil dans chaque chambre, Georgie choisit celle du fond, la 3O. Milo déposa le sac sur le pliant à bagages qui se trouvait derrière la porte. C'est du moins ce qu'il avait compté faire. Au lieu de quoi, le sac fit une chute d'un mètre et heurta le sol avec un bruit sourd.

Accompagné d'un craquement qui ne pouvait provenir que d'un objet qui se brise.

Avant que Milo ait pu décider s'il allait s'excuser ou pousser un cri de désespoir, Georgie s'était agenouillée devant son sac.

– Désolé ! bredouilla-t-il.

Son regard allait du sac au pliant qui, pour une raison inconnue, se trouvait à droite de la porte et non à gauche, où était sa place. Et ceci pour la bonne raison que les chambres dont le nom contenait la lettre *O* s'ouvraient toutes de gauche à droite.

– Tout va bien, dit Georgie. Ne vous en faites pas.

– Mais j'ai cassé quelque chose ! insista Milo.

Georgie s'était déjà lancée à la recherche de l'objet brisé en déversant par terre tout le contenu de son sac, vêtements, affaires de toilette et autres, qui semblaient y avoir été fourrés en vrac.

La pile ne cessait de monter, sous le regard effaré de Milo : jeans, pyjamas, crème de soin, sous-vêtements…

– Je… Je vais chercher une serviette… annonça-t-il, un peu dépassé.

Suivirent un livre à la couverture gondolée, un journal intime abîmé par l'humidité, un sac en plastique rempli de bâtons de rouge à lèvres et de mascaras et, enfin, elle le trouva. Georgie brandit deux tessons de verre rose à facettes dégoulinants. L'odeur frappa les narines de Milo une fraction de seconde plus tard : de l'alcool, aromatisé d'un mélange à la fois épicé et fleuri. Il avait cassé une bouteille de parfum.

– Oh, mon Dieu ! s'exclama Nora Wood dans le couloir. Oh, je suis vraiment…

Elle suffoqua, prise à la gorge, et s'éloigna en courant avant de revenir avec une poubelle prise dans une autre chambre.

– Jetez ça là-dedans. Nous le remplacerons, bien sûr. Je suis vraiment désolée. Je vais prendre toutes les affaires qui ont besoin d'être lavées et m'en occuper tout de suite.

Georgie déposa doucement les morceaux de verre dans la poubelle.

– Ce n'est pas très grave. Ne vous embêtez pas pour ça. En plus, c'était idiot de ma part de balancer ce flacon au milieu de mes affaires.

Elle ramassa ses vêtements, les déposa en tas sur le couvre-lit en tricot jaune et se mit à les trier en plusieurs piles.

La mère de Milo décocha un regard de reproche à son fils, occupé à ramasser le reste des affaires de Georgie.

– Le pliant à bagages était du mauvais côté ! se défendit-il en pointant un doigt accusateur sur le meuble coupable. Normalement, il est toujours du côté opposé au sens d'ouverture de la porte. Qui est-ce qui l'a bougé ?

– Milo, l'arrêta sa mère en lui tendant la poubelle.

Il soupira et déposa les biens de Georgie sur le bureau qui, coup de chance, se trouvait pile à sa place. Puis il prit la poubelle et fila dans le couloir.

Il descendit au premier étage pour vider la poubelle, dont le contenu violemment fleuri le faisait larmoyer. Ce n'est qu'une fois dans le débarras qu'il se rendit compte qu'il avait gardé le livre de Georgie Moselle sous le bras. Super.

Enfin, il allait bien devoir se retrouver face à elle à un moment ou à un autre. Milo s'efforça de ne pas trop ruminer le fait que le monde entier semblait s'être ligué pour le rendre fou, avec le pliant à bagages qui n'était pas à sa place en plus de ces vacances qui prenaient une drôle de tournure. Il s'engagea dans l'escalier pour remonter.

C'est là que la cloche sonna pour la troisième fois.

Milo fit volte-face, dévala les marches jusqu'au rez-de-chaussée, passa en coup de vent devant un M. Vinge stupéfait et évita de justesse une collision avec son père et la théière en argent qu'il tenait à la main.

– J'y vais ! brailla-t-il.

III

Cette fois, ils étaient deux. Difficile de dire qui souffrait le plus, des passagers de plus en plus recouverts de neige qui se serraient sur le petit banc, ou de l'*Ouragan*, qui n'était clairement pas conçu pour supporter un tel poids et couinait deux fois plus qu'à l'ordinaire.

Ses occupants eux-mêmes n'étaient pas particulièrement lourds. Mais le coffre de la cabine disparaissait sous un amoncellement de bagages plus haut que le plus petit des passagers. Ils avaient dû être chargés par un expert. Milo ne voyait pas par quel miracle ils ne s'étaient pas tous répandus pour dégringoler la pente jusqu'en bas. Des valises, des mallettes, un tripode et ce qui ressemblait à l'étui d'un télescope, une housse qui avait vaguement l'air de contenir un violoncelle…

Les deux arrivants se contorsionnèrent pour descendre sans attendre l'arrêt de la cabine. Milo pensa aussitôt aux personnages d'une comptine de *Ma Mère l'Oie* ou des *Histoires de l'édredon de tante Lucie* : « Par un soir sombre et pluvieux, M. Haut et M. Bas allaient tous deux».

Et, comme souvent entre personnages de comptine, ces deux-là semblaient se retenir pour ne pas s'étrangler l'un l'autre.

La personne que Milo avait baptisée M. Bas était un petit brun tout rond avec une tête d'instituteur en colère. Pour être tout à fait honnête, l'autre personne, si elle était grande, était un peu trop anguleuse pour jouer le rôle de M. Haut. Et puis c'était une femme. Mais elle aussi faisait penser à une institutrice en colère, avec son air hautain et ses cheveux blancs. Mais pourquoi fallait-il que tout le monde ait une tête d'instituteur alors que c'était les vacances?

Milo leva une main pour les saluer tout en les observant prudemment. Ils semblaient sur le point de mordre.

– Bienvenue à...

M. Bas sortit quelque chose de la cabine, et toute la pile s'écroula. Les bagages – pour la plupart, des sacs en soie mauve brochés de fils d'argent – se déversèrent sur les rails ou rebondirent sur le quai.

Mme Haut, qui s'apprêtait à rejoindre Milo, se figea. Ses traits se pétrifièrent, son visage vira au rouge puis au violet avant de prendre un ton grisâtre. Puis elle se mit à hurler. Se redressant de toute sa petite taille, M. Bas passa quant à lui par diverses teintes de rose et commença à hurler à son tour. Et ils continuèrent ainsi, de plus en plus fort, au milieu des ruines de leur tour de bagages. Milo n'était même pas sûr qu'ils hurlaient en anglais. Si oui, ils ne s'embêtaient même pas à articuler de vrais mots.

– S'il vous plaît, hasarda-t-il.

Les cris se poursuivirent comme s'il n'était pas là.

– S'il vous plaît ! répéta-t-il plus fort.

Puis :

– S'IL VOUS PLAÎT !

Sans ménager de temps mort, les deux individus dirigèrent leurs cris sur lui. Il tenta de les écouter, puis de les interrompre. Enfin, il fit ce que faisait sa mère lorsqu'il « piquait une crise », pour reprendre la formule de Nora Wood, et qu'il n'arrivait pas à se calmer. Il croisa les mains dans son dos, fit mine de suivre leur galimatias avec le plus grand intérêt, et attendit.

À sa grande surprise, cela marcha. Petit à petit, la colère des deux autres retomba jusqu'à ce qu'enfin ils se tiennent en silence chacun d'un côté de la cabine, lui, avec les bras croisés sur la poitrine et, elle, les poings serrés le long du corps.

Milo leur adressa un grand sourire de bienvenue et désigna le chemin qui menait à l'hôtel.

– Par ici, dit-il, comme si la tempête de piaillements n'avait jamais eu lieu. C'est tout droit.

Les nouveaux arrivants se jetèrent un dernier regard venimeux, puis Mme Haut émit une sorte de grondement et se tourna vers l'attirail qui jonchait le pavillon. Elle ramassa une brassée de bagages à main mauves et les répartit sur ses épaules jusqu'à ce qu'elle ait presque entièrement disparu dessous.

– Jeune homme, puis-je vous demander de porter ma valise et ma housse de vêtements ?

Milo hocha la tête, et elle eut une expression qu'on pouvait prendre pour un sourire. Puis, sortant de l'abri, elle se mit en marche d'un pas raide, en grimaçant à chaque fois que ses chaussures en cuir s'enfonçaient dans la neige.

M. Bas attendit sans bouger qu'elle soit à bonne distance pour pousser un énorme soupir de mécontentement.

– J'avais cru comprendre que l'endroit était calme à cette période de l'année.

Il avait l'air d'accuser personnellement Milo d'avoir diffusé une information mensongère.

Celui-ci haussa les épaules.

– Oui, moi aussi. Normalement, je suis en vacances. L'hôtel, c'est par là. Vous voulez de l'aide pour vos bagages ?

– Non merci, je vais me débrouiller.

Après un nouveau soupir, le petit homme ramassa ses affaires une à une et s'engagea à son tour sur le chemin, chargé comme un mulet.

Milo fit le tour du pavillon pour s'assurer que ni valise ni sac ne traînaient dans un coin ou sur les rails. Il cala la housse de vêtements de Mme Haut sur son épaule, saisit la poignée de sa valise à roulettes et reprit la direction de l'hôtel sur les traces des deux adversaires. À la lisière des bois, là où le chemin débouchait sur la pelouse, il s'arrêta et tendit l'oreille. Il y avait un bruit derrière lui, quelque part dans la colline. Ça ne venait pas du funiculaire. Ce n'était pas un bruit mécanique ; plutôt un son creux, étouffé par la neige mais familier, auquel Milo n'arrivait pas à croire.

Quelqu'un gravissait l'escalier. Et à en juger par le rythme des pas, c'était quelqu'un de rapide, qui prit la dernière dizaine de marches presque en courant. Milo regagna la plateforme à petites foulées et scruta le bois à travers les tourbillons de neige.

À la lumière éparse dispensée par les lampadaires et par le ruban sinueux de la guirlande électrique, il distingua une silhouette qui, en effet, arrivait en haut des marches. Et il aurait vraiment dit, non seulement qu'elle les grimpait en courant, mais qu'elle les prenait deux par deux. Ce qui, sans compter que ce n'était guère prudent avec cette neige, paraissait physiquement impossible. Il y avait quand même plus de trois cents marches ! Même dans les meilleures conditions, c'était une montée épuisante.

Il attendit que la silhouette ralentisse, ce qui n'arriva pas. L'inconnu franchit d'un bond les trois dernières marches et atterrit sur la plateforme, frais comme une rose. Une rose coiffée d'un bonnet de laine noire avec un sac à dos géant sur les épaules. Et du gloss rose sur les lèvres.

– Salut ! dit-elle à Milo avec un grand sourire, les joues à peine colorées par l'effort. Désolée si je t'ai fait peur. Je cherche l'Hôtel de Secrets' Hill, il paraît que c'est dans le coin.

– Ouais.

Milo fixa les marches, cherchant toujours une explication au fait qu'elle ne soit ni écarlate ni à moitié morte de fatigue.

– Ouais. Par ici. Euh… moi, c'est Milo. C'est mes parents qui tiennent l'hôtel.

– Clemence O. Candler, répondit-elle en lui tendant une main aux ongles vernis de gris. Mes amis m'appellent Clem.

IV

À l'hôtel, le chaos régnait. M. Bas et Mme Haut avaient recommencé à se hurler dessus mais, cette fois, au milieu du salon des Wood. Le premier agitait furieusement l'étui d'une longue-vue comme une épée, et la seconde serrait un sac brodé en guise de bouclier contre sa poitrine, tandis que la neige gouttait de leurs chaussures sur le tapis. M. Vinge, debout dans un coin de la pièce, tenait sa tasse devant lui dans une pose défensive. Georgie Moselle était assise devant la cheminée, les coudes sur les genoux, les sourcils en accent circonflexe. Il semblait impossible qu'elle puisse les hausser encore d'un millimètre, ce qu'elle fit pourtant quand Clem Candler entra derrière Milo. « Eh oui, encore une, ronchonna-t-il intérieurement. Va falloir t'y faire. Je dois bien m'y faire, moi. »

Ben Wood essayait sans succès de s'interposer entre ses deux hôtes vociférants, tandis que sa femme faisait les cent pas le long du bar qui séparait le salon de la cuisine avec son téléphone à l'oreille. Clem Candler accrocha son manteau dans l'entrée et aligna ses chaussures à côté de celles de M. Vinge, sans quitter des yeux le duo tonitruant. Elle enleva son bonnet et secoua un halo de courts cheveux roux.

– Y a de l'ambiance, ici, marmonna-t-elle.

Entre-temps, Ben Wood avait atteint ses limites. Milo vit venir la tempête et fit la grimace. Son père aussi savait hurler quand il le voulait.

– BON ! mugit-il. Ça suffit, vous deux !

L'écho de sa voix ricocha sur toutes les surfaces de la pièce. Quelque part à la salle à manger, un verre tomba de son étagère et se brisa sur le plancher.

M. Bas et Mme Haut se turent à contrecœur.

– C'est déjà mieux. Comportez-vous comme des adultes, ou je pourrais bien m'apercevoir que l'hôtel est complet, reprit Ben Wood en les fixant l'un après l'autre avec sévérité. Est-ce que je suis clair ?

Il attendit que chacun daigne lui répondre d'un signe de tête, puis désigna le registre ouvert sur le pupitre en bois dans l'entrée.

– Je vous en prie, madame. Votre nom ?

– Mme Eglantine Hereward.

– Et vous, monsieur ?

– Professeur Wilbur Gowervine.

– Et vous, mademoiselle ?

– Clemence Candler.

– Vous comptez rester combien de temps ?

Les nouveaux hôtes hésitèrent. Ces trois-là ne semblaient pas avoir une idée plus arrêtée sur la question que les deux premiers. Ben Wood soupira.

– Bon, ça ne fait rien. Milo, tu peux faire visiter ?

– Ouais.

Milo se débarrassa de ses bottes en les tirant avec ses pieds, reprit la valise à roulettes et la housse à vêtements d'Eglantine Hereward et s'engagea dans l'escalier. Clem, en chaussettes, lui emboîta le pas avec entrain, mais sans bruit. Mme Hereward renifla majestueusement, ramassa le reste de ses bagages et suivit le mouvement. Wilbur Gowervine chargea bruyamment son équipement sur ses épaules en faisant tout un foin et suivit à son tour, l'étui de son télescope battant contre la rampe à chaque marche.

Milo s'arrêta sous le vitrail vert pâle du deuxième étage et attendit que tous l'aient rejoint.

– Nous sommes au premier étage des chambres de l'hôtel. Vous pouvez choisir celle que vous voulez, à part la 2E, qui est déjà occupée. C'est celle dont la porte est fermée.

Les trois clients se regardèrent. Clem agita la main en adressant aux deux autres un sourire éblouissant.

– Allez-y, choisissez d'abord.

Mme Hereward la remercia d'un bref signe de tête et parcourut le couloir. Tandis qu'elle examinait la chambre du fond, le Pr Gowervine déposa ses possessions dans la chambre la plus proche et déclara :

– Je prends celle-là !

Pendant que la vieille dame prenait son temps pour choisir entre les deux dernières, Clem se pencha pour chuchoter à l'oreille de Milo :

– Dites, il n'y a plus de chambres disponibles au-dessus, j'imagine ?

– Euh… si, plein. Pourquoi ?

Tout de suite après, il songea que ça ne le regardait pas, mais la question n'eut pas l'air de la gêner.

– J'ai besoin de faire de l'exercice, lui expliqua-t-elle. Sinon, je ne tiens pas en place. Et avec cette neige, je crois que je ne suis pas près de faire du jogging dehors. Ça embêterait vos parents si je prenais une chambre en haut ?

– Non, non, pas de problème. Je crois qu'il n'y a personne au quatrième. Tout en haut, ça vous irait ?

– Parfait.

Au fond du couloir, Mme Hereward passa la tête par la porte de la 2N, la chambre voisine de celle de M. Vinge.

– Jeune homme, pourriez-vous m'apporter le reste de mes bagages ?

– Tout de suite, madame.

Milo se retourna vers Clem, mais elle avait déjà disparu dans l'escalier.

Chapitre deux

MEDDY

I

Le temps de s'occuper des bagages de Mme Hereward, d'installer Clem au quatrième et de se verser un bol de chocolat à la casserole qui chauffait sur la cuisinière (sans oublier d'y ajouter quelques marshmallows), Milo fut repris par la sensation pénible d'avoir perdu ses repères.

Il était tard, et de tous les coins de l'hôtel lui parvenaient des bruits produits par des étrangers. Ils étaient différents de ceux de la maison. Même l'odeur était différente. Ça aurait dû sentir l'hiver, la neige, le feu de bois et le chocolat chaud. Ces odeurs étaient encore là, mais elles étaient étouffées par les relents de laine mouillée du manteau de Mme Hereward, le parfum de Georgie Moselle et les remugles de renfermé introduits dans la maison par les affaires du Pr Gowervine.

Milo se glissa sur un banc à la table de la salle à manger, où il avait pris un déjeuner parfaitement normal quelques heures plus tôt avec ses parents, avant que tous ces clients ne se mettent à surgir dans la neige. Sa mère marmonna un « au revoir » dans le téléphone auquel elle était restée vissée pendant vingt minutes, raccrocha et s'affala sur le banc à côté de lui.

– Comment ça va, mon loup ?

Il grogna, le nez dans sa tasse de chocolat.

– Bah, pas de panique ! reprit-elle. Je parlais à Mme Caraway. Elle va venir nous aider avec Lizzie. On va se débrouiller pour que tu puisses quand même profiter de tes vacances.

Mme Caraway était la cuisinière. Lizzie, sa fille âgée d'une vingtaine d'années, qui tenait une boulangerie, était déjà venue une ou deux fois en renfort en période de pointe.

– C'est vrai ? Elles vont venir ? Quand ?

– Dès ce soir, si la route est dégagée. Mais elles arriveront tard. Elle va devoir rouler super lentement.

Nora Wood glissa un bras autour des épaules de son fils.

– Tu veux les attendre avec moi ? Je crois me rappeler que je te dois une glace au brownie.

D'habitude, Milo adorait veiller tard devant la cheminée avec ses parents. Quelquefois ils lisaient, ou ils jouaient aux cartes ou au Scrabble. Mais ce soir… Il glissa un coup d'œil en direction du salon. M. Vinge avait regagné sa chambre, le Pr Gowervine était monté après avoir fumé une dernière pipe, Mme Hereward n'était pas redescendue. Mais Georgie Moselle et Clem Candler campaient là, chacune munie d'une tasse verte remplie d'une boisson chaude. Georgie la Tête Bleue était recroquevillée dans le sofa, sa tasse posée sur l'accoudoir, une boîte à cigares sur les genoux. Elle tenait un rouleau de ruban d'adhésif noir et en recouvrait soigneusement les coins de la boîte. Assise par terre sur le tapis, juste visible de là où se trouvait Milo, Clem la Tête Rousse se bandait les chevilles, armée d'un rouleau blanc. Finalement, l'ascension jusqu'à l'hôtel n'avait pas dû être aussi facile que cela.

Au moins, elles ne parlaient pas, et Milo profitait de ce qui était peut-être sa dernière soirée de tranquillité. Il pouvait toujours monter au premier, à l'étage privé de la famille, mais ses parents n'y allaient pas lorsqu'il y avait des clients, et ce n'était pas le silence et la solitude totale qui risquaient de lui remonter le moral.

– Je vais chercher un livre. Je reviens.

Il était à mi-chemin de l'escalier quand il se rappela justement qu'il n'avait pas rendu son livre à Georgie Moselle, celui qu'il avait pris involontairement dans sa chambre. Il s'arrêta, un pied sur la marche suivante, et tapota ses poches.

– Oh, non ! Qu'est-ce que j'ai...

Il n'avait pu le laisser qu'à un seul endroit. Il l'avait avec lui lorsqu'il était sorti en courant répondre à la cloche du funiculaire. Il ne se souvenait pas d'être remonté avec en allant faire visiter les chambres, ni en redescendant chercher les bagages de Mme Hereward. À coup sûr, il l'avait laissé dehors. Probablement sous le pavillon.

Milo dévala une fois de plus l'escalier, fonça dans l'entrée enfiler ses bottes et sortit avant que quiconque ait pu lui demander où il allait. Il dérapa sur le perron, passa devant son père qui rangeait du bois sous une bâche et courut vers les bois.

La guirlande de lumières qui serpentait sur le toit du pavillon et sur la rampe de l'escalier était restée allumée, mais elle luisait maintenant sous un centimètre de neige. Milo retrouva sans peine le livre de poche, coincé entre l'*Ouragan de Secrets' Hill* et le bord du quai. Il avait dû le laisser tomber quand la pile de bagages s'était écroulée.

Il dégagea le livre et le glissa dans sa poche arrière. Il s'apprêtait à faire demi-tour lorsqu'il repéra quelque chose sur les rails derrière la cabine.

Ça ressemblait à un portefeuille bleu, mais plus gros. Milo sauta sur les rails et ramassa l'objet.

Voilà comment il trouva la première carte.

La feuille était glissée dans le volet gauche du portefeuille, pliée en quatre. Le papier était ancien et verdâtre, comme les vieilles casseroles en cuivre tachées de vert-de-gris de la cuisine de l'hôtel – si ce n'est que Milo n'avait jamais vu du papier prendre une teinte pareille. Il le déplia délicatement, les doigts engourdis par le froid. La feuille était cassante et fragile, et ne semblait pas en mesure de supporter encore beaucoup de manipulations. Cependant, au toucher, on sentait que le papier avait été autrefois épais et luxueux. Milo le leva face à la lumière du lampadaire et parvint tout juste à discerner le motif en transparence qui l'ornait : on aurait dit les volutes en fer forgé d'un portail de jardin légèrement tordu.

C'est là, en scrutant la feuille traversée par la lumière du réverbère, qu'il comprit ce qu'il avait sous les yeux. Il entra dans la remise du treuil, alluma le plafonnier et examina le document de plus près.

Les cartes ont ceci d'étonnant qu'on n'a pas besoin de savoir ce qu'elles représentent pour comprendre que ce sont des cartes. On ne peut pas les confondre avec autre chose. Griffonnée sur une serviette en papier, tracée dans la boue avec la pointe d'une chaussure, creusée à l'aide d'une cuiller dans un bol de céréales, quelle que soit sa forme, une carte reste une carte. Et la feuille cassante que Milo avait entre les mains en était indubitablement une, bien qu'il n'en ait jamais vu de semblable.

Elle ne comportait ni lignes pour représenter des rues, ni carrés pour figurer des maisons, ni rien qui indique un village ou une ville ; pas même une route solitaire serpentant dans la campagne. Ce n'était qu'une superposition de couches de bleu appliquées à l'aquarelle, de telle manière que le papier était à peine teinté par endroits, tandis qu'à d'autres le bleu s'intensifiait progressivement jusqu'au bleu de Chine, à l'outremer, au bleu royal ou marine. Ici et là, au milieu des bandes de bleu, étaient dispersés des points à l'encre verte. Ils formaient des petits groupes de deux ou trois sur les surfaces claires et des amas de neuf ou dix sur les surfaces plus sombres. Dans un coin était tracé un ensemble de lignes courbes presque blanches, à l'aspect de triangles un peu penchés et entremêlés. À côté, la silhouette d'un oiseau déployait vers l'extérieur une aile prolongée par une flèche.

Milo s'y connaissait en cartes. Plus précisément, en cartes conçues pour être prises pour autre chose. C'était l'avantage d'avoir grandi entouré de mariniers et de trafiquants. Et en fixant la feuille, il se rappela bientôt une sorte de carte bien particulière, qu'il avait vue plus souvent que les autres. Celle-ci ressemblait à une carte nautique, le genre que les navigateurs réalisaient pour représenter des voies navigables et leurs profondeurs.

Voilà, une carte nautique. C'était exactement cela, avec les différentes nuances de bleu et les points verts pour indiquer les profondeurs. L'oiseau devait être une rose des vents, auquel cas l'aile et la flèche indiquaient le nord.

Il retourna la page de sorte que la flèche désigne le haut, mais cela ne rendit pas le cours d'eau plus familier. Il la tourna dans tous les sens, cherchant l'orientation qui en ferait une zone identifiable : le fleuve Skidwrack, ou l'un de ses affluents, ou la baie Magothy dans laquelle il se jetait. Mais il eut beau faire, l'image n'évoquait ni fleuve, ni rivière, ni baie de sa connaissance.

Soudain, à l'extérieur du pavillon, il entendit une voix qui marmonnait, sur un ton évoquant très clairement des jurons.

Milo colla un œil à l'interstice entre la porte et l'encadrement. Une silhouette enveloppée d'un gros manteau traversa son champ de vision, la tête rentrée dans son col. Une petite brise mordante se leva, soulevant des tourbillons de neige. Ce n'était ni son père ni sa mère. Mais entre les flocons et le maigre éclairage des ampoules clignotantes, impossible de reconnaître le client.

La silhouette disparut, puis revint, et il la vit sauter sur les rails. Milo entendit des pas arpenter les dalles de la voie du funiculaire.

L'individu devait chercher le portefeuille. L'action la plus logique aurait été de se montrer et de signaler qu'il l'avait ramassé. Après tout, l'objet appartenait à l'un des voyageurs, et Milo allait bien devoir le rendre. Mais lorsque la silhouette remonta d'un bond sur la plateforme, quelque chose dans son attitude poussa le garçon à se recroqueviller tout au fond de la remise, le plus loin possible du treuil.

Milo retint son souffle et attendit. De longues minutes passèrent sans aucun bruit de l'extérieur. Finalement, il gagna la porte sur la pointe des pieds et colla de nouveau son œil sur l'interstice. L'inconnu était parti.

Le plus silencieusement possible, il replia la carte et la rangea dans le portefeuille. Il fourra le tout dans la poche arrière de son jean en prenant soin de la recouvrir de son manteau. Puis, lorsqu'il fut tout à fait sûr qu'il était seul, il se glissa hors de la remise. La neige commençait déjà à effacer les empreintes laissées par l'individu.

Dans l'hôtel, tout était à peu près comme il l'avait laissé : sa mère était assise à la table de la salle à manger, Georgie Moselle était toujours dans le canapé du salon, sa boîte à cigares sur les genoux, et Clem Candler achevait de se bander les jambes sur le tapis.

– Où étais-tu passé, Milo ? demanda sa mère en levant le nez de son livre.

Celui-ci regarda autour de lui, sûr qu'il devait manquer une personne.

– Quelqu'un est sorti après moi. C'était qui ?

Georgie et Clem levèrent la tête à leur tour.

– Personne n'est passé dans le salon, assura Georgie. (Puis, s'adressant à Clem :) Hein ? On n'a vu personne ! À moins que je n'aie pas fait attention ?

– Je n'ai vu personne sortir non plus. Pas en passant par ici, en tout cas, confirma la rouquine en se levant. Bon, je vais me coucher, les amis. Bonne nuit.

Elle s'étira puis, sans faire de bruit, monta l'escalier en courant, deux marches à la fois.

– Et papa ? demanda Milo. Il n'était pas dehors ?

De toute façon, la personne qu'il avait vue dans le pavillon n'était pas son père.

– Il est rentré juste après que tu es sorti, répondit sa mère en fronçant les sourcils. Il est en haut. Il y a un problème ?

Milo ouvrit la bouche et la referma.

– Non, rien, dit-il en s'asseyant sur le banc en face d'elle. Il y avait juste quelqu'un qui marchait dehors. Je pensais qu'il serait passé par ici en rentrant.

Quelle importance, après tout ? Milo était en vacances.

– Ah, mince ! marmonna Nora Wood en se levant pour aller enfiler ses bottes et son manteau dans l'entrée. Si quelqu'un est en train de mourir de froid dehors, je ferais mieux d'aller voir.

– Personne ne va mourir de froid, raisonna Milo. On ne risque pas de passer à côté de l'hôtel sans le voir.

Mais déjà la porte se refermait sur sa mère, le laissant seul avec Georgie Moselle.

Pendant quelques minutes, chacun ignora la présence de l'autre. Georgie continuait à bricoler avec son scotch noir et sa boîte à cigares pendant que Milo sirotait son chocolat chaud, sans parvenir à chasser de son esprit le livre glissé dans sa poche arrière – celui qu'il avait pris machinalement dans la chambre de Georgie et qu'il devait s'arranger pour lui rendre.

Quand il eut fini sa tasse, il se décida à engager la conversation :

– Dites, mademoiselle Moselle ? Vous voulez quelque chose ? Une autre tasse de chocolat ?

– Non merci. Ne t'en fais pas pour moi. Et tu peux m'appeler Georgie, si tu veux.

Milo s'arrêta sur le chemin de la cuisine et regarda la boîte qu'elle manipulait.

– Qu'est-ce que c'est ?

– Un appareil photo à sténopé.

Un appareil photo ? Fabriqué avec une boîte à cigares ? Voilà qui réussit tout à fait à lui faire sortir de la tête et la tasse vide qu'il tenait à la main, et le livre qui se trouvait dans sa poche.

– C'est quoi, un appareil à sténopé ?

– On peut fabriquer un appareil photo avec à peu près tout ce qu'on veut, expliqua-t-elle en lui tendant la boîte. Il suffit d'un trou pour laisser entrer la lumière et d'une surface pour la capter. Tu t'y connais en photographie ?

– Non, avoua Milo en tournant l'objet dans sa main.

Georgie avait recouvert tous les coins de ruban adhésif, mais il y avait bien un trou sur la face avant. Il regarda à l'intérieur, mais ne vit que du noir.

– Il n'y a rien dedans pour l'instant, lui précisa Georgie. Quand je l'aurai bien scellé pour éviter de laisser échapper la lumière, je mettrai du papier photo à l'intérieur. Le trou que tu vois là jouera le rôle de diaphragme.

Elle reprit le boîtier et le contempla en souriant.

– J'ai toujours voulu en fabriquer un. Mais je n'avais jamais pris le temps d'essayer. Évidemment, il n'est pas encore terminé, mais je crois… Oui, je crois que ça va marcher. Il faut que je lui trouve un nom.

– Un nom ? fit Milo en riant. Pour un appareil photo ?

– Mais oui ! Les plus chouettes ont tous des noms géniaux : Hasselblad, Rollei, Voigtlander, Leica…

Elle le brandit devant elle, à plat sur sa paume comme sur un socle, et déclara :

– Je vais le baptiser le Lansegwann.

Elle jeta à Milo un petit coup d'œil faussement réprobateur.

– Sauf si tu trouves qu'il ne mérite pas d'avoir un nom. Si, en grand connaisseur des appareils photo boîtes à cigares, tu estimes qu'il n'est pas assez bien pour ça.

– Si, si, absolument.

Il se força à regarder la boîte d'un air solennel.

– Ce sera le... Lansegwann. Qu'est-ce que ça veut dire, au fait ?

Elle pencha la tête sur le côté.

– Lansegwann ? Tu ne sais pas ?

Milo se creusa la cervelle.

– Non.

– Je parie que si, fit Georgie avec un petit sourire. Je parie que tu as juste oublié. Voyons si tu arrives à te rappeler ce que veut dire « Lansegwann », et tu me diras si tu penses que c'est un bon nom pour mon appareil.

Milo glissa la main dans sa poche et en sortit le livre. Elle n'allait sûrement pas se fâcher pour ça. Elle comprendrait que ce n'était qu'une erreur.

– Je l'ai pris pendant qu'on nettoyait la chambre. Je ne m'étais pas rendu compte que je l'avais gardé dans la main. Je voulais vous le rendre plus tôt, mais j'ai oublié. Je suis vraiment désolé.

Georgie sourit.

– Aha ! J'ai cru que j'avais oublié de l'emporter. Pas de problème. Tu l'as déjà lu ?

Tiens, c'était curieux. Depuis le temps qu'il trimballait ce livre, il ne s'était même pas demandé de quoi il parlait. La couverture était tout à fait banale, un simple titre gaufré en caractères gris sur un fond uni rouge.

– Je ne crois pas. *Le Livre ordinaire du raconteur*, lut Milo. Je ne savais pas que ça existait, comme mot.

– C'est un vieux synonyme de « conteur ». Ce livre est un recueil de contes traditionnels de la région. Tu en connais peut-être déjà certains.

Georgie prit l'ouvrage, le feuilleta et le lui rendit ouvert au début de la deuxième histoire.

– Celui-là, par exemple ?

Les Cartes fantômes. Milo secoua la tête.

– Ça ne me dit rien.

Il lui tendit le livre, mais elle lui dit en agitant la main :

– Commence à lire l'histoire, et tu verras ce que tu en penses. Je ne me vexerai pas si elle ne te plaît pas. Mais tu pourrais finir par l'apprécier pour une raison ou une autre.

– Quel genre de raison ?

Elle haussa les épaules.

– Je ne sais pas. Lis, et tu me diras. Au moins le début devrait t'intéresser.

Milo baissa les yeux sur la page à laquelle Georgie avait ouvert le livre et survola la première ligne.

Il était une fois une ville dont on ne pouvait pas tracer la carte et, dans cette ville, une maison impossible à dessiner.

Avant de s'en rendre compte, il avait lu la page entière. En relevant la tête, il vit que Georgie Moselle lui souriait d'un air enchanté.

– Sympa, non ?

– Peut-être bien.

Il posa le livre le temps d'aller se resservir une tasse de chocolat chaud. Puis il se nicha dans l'un de ses coins favoris quand il y avait du monde à l'hôtel : un petit canapé à deux places installé face à l'un des grands bow-windows qui donnaient sur l'avant de la maison. Lorsqu'il était assis là, le dossier haut constituait un rempart qui le cachait de tout ce qui pouvait se passer dans la pièce et lui rendait un peu d'intimité. Pelotonné dans le coin du canapé, il se mit à lire en commençant le livre depuis le début.

Il avait plu toute la semaine, et les routes qui menaient à l'hôtel s'étaient changées en rivières de boue. C'est du moins ce que déclara le capitaine Frost en franchissant d'un pas lourd la porte d'entrée, avant de réclamer son petit déjeuner d'une voix de stentor. Ses bottes étaient recouvertes de la boue jaune typique de ce quartier de la ville. Les autres clients soupirèrent. Aujourd'hui, peut-être, avaient-ils espéré. Aujourd'hui, peut-être, ils verraient la fin de leur captivité. Mais cet homme qui réclamait ses œufs et son pain grillé en braillant leur signifiait clairement que, au moins pour un jour de plus, ils seraient quinze à rester prisonniers de la pluie, du fleuve Skidwrack et des nouvelles rivières qui, auparavant, avaient été des routes.

Pas étonnant que Georgie ait pensé que ça lui plairait. En remplaçant « pluie » par « neige » et en enlevant quelques personnes, l'auteur aurait aussi bien pu parler de l'Hôtel de Secrets' Hill. Ici aussi, les gens étaient bloqués à l'intérieur avec des inconnus. En revanche, dans l'histoire, l'un des personnages, un certain Phin, suggérait qu'ils se racontent des histoires pour passer le temps.

– Dans des régions plus civilisées, quand des voyageurs se retrouvent devant un feu et une bouteille de vin, ils décident parfois de partager aussi un peu d'eux-mêmes, leur dit Phin. Et là, miracle, il n'y a plus d'inconnus. Juste des compagnons qui partagent la chaleur et le vin.

La pluie et le vent frappaient les carreaux tandis que les gens rassemblés dans le salon se regardaient les uns après les autres : la jeune fille à l'étole en soie brodée, les deux messieurs jumeaux au visage tatoué, la femme maigre aux mains gantées agitées de tics nerveux, une autre femme encore plus maigre enfouie sous deux couches de gros châles, qui révélaient parfois des éclairs de peau cuivrée quand elle bougeait.

– Si vous êtes d'accord, je vais vous raconter la première histoire, proposa Phin en faisant tourner son vin dans son verre. Ensuite, peut-être, si vous trouvez que l'échange en vaut la peine, vous me donnerez l'une des vôtres. Écoutez mon histoire.

Bien sûr, les autres personnages acceptaient et, dans le chapitre suivant, Phin racontait le récit des *Cartes fantômes* : « *Il était une fois une ville dont on ne pouvait tracer la carte et, dans cette ville, une maison impossible à dessiner.* »

Trois histoires plus tard, la porte s'ouvrit à la volée, et une Nora Wood couverte de neige entra, suivie de deux autres bonshommes de neige : Mme Caraway et sa fille Lizzie. Milo se recroquevilla tout au fond du petit canapé et fit mine d'être trop pris par sa lecture pour remarquer leur arrivée. Elles empilèrent sur la table du salon un monceau de sacs de provisions et entreprirent de retirer manteaux et chaussures. Milo jeta un coup d'œil au réveil posé sur un guéridon : presque minuit. Le sofa où s'était tenue Georgie Moselle était vide. Il était si captivé depuis une heure et demie par l'histoire de la maison impossible à dessiner et par celle du fabricant de reliquaires qu'il ne s'était pas aperçu de son départ, pas plus qu'il n'avait vu rentrer et ressortir sa mère.

– Milo !

Tristement, il songea qu'il ne pourrait sans doute plus lire en paix avant un bon moment.

Il posa le livre avec un soupir et se redressa.

– Oui, maman ?

Mme Caraway, en chaussettes, prit le temps de le saluer brièvement avant de ramasser les sacs et de disparaître à la cuisine.

– Salut, toi ! lui lança Lizzie. Joyeux Noël !

Elle s'empara des derniers paquets et suivit sa mère en décochant à Milo un sourire et un hochement de tête.

Nora Wood leur emboîta le pas.

– Je vais ranger tout ça, Odette, dit-elle à la cuisinière. Allez dormir, toutes les deux. Ben a dû préparer vos chambres. Milo, tu peux t'occuper des valises ?

– Ça marche.

Mais alors qu'il allait se lever, il se rendit compte qu'il était observé.

Une fille d'à peu près son âge le dévisageait d'un air intrigué par-dessus le dossier du canapé. Sûrement la petite sœur de Lizzie, Meddy. Il en avait beaucoup entendu parler mais ne l'avait jamais rencontrée. Un peu agacé d'être observé de la sorte dans un de ses refuges personnels, il dut prendre sur lui pour être poli.

– Salut. Tu dois être Meddy. Moi, c'est Milo.

Meddy Caraway semblait tout aussi ravie que lui de la nouvelle organisation.

– Salut.

Elle enleva son bonnet et l'électricité statique dressa ses cheveux blond roux autour de sa tête.

Génial, ces vacances.

II

– Alors, comme ça, tu es un enfant adopté ?

Les bras chargés de valises, Milo s'arrêta au premier étage et se retourna pour fixer Meddy.

– Pardon ?

Elle le regarda avec curiosité.

– C'est ce que j'ai entendu dire.

Il ricana, en espérant qu'elle n'y verrait qu'un commentaire sur la stupidité de la question. Mais il se sentait déjà rougir. Elle l'avait *entendu* dire ? Il suffisait de poser les yeux sur Milo et ses parents pour déduire sans erreur possible qu'il n'était pas leur fils biologique. Mais la façon dont elle présentait cela laissait supposer que le sujet avait été abordé devant elle. Donc, Mme Caraway et Lizzie avaient parlé de lui. Il se sentait trahi. L'idée que des gens qu'il aimait, en qui il avait confiance, discutent derrière son dos de sa famille, de son passé…

– Alors ?

Meddy le regarda d'un air détaché, comme si sa question était anodine, ce qu'elle n'était pas du tout.

– Ta chambre est par là.

Milo passa le reste du chemin à se demander comment répondre au cas où Meddy n'aurait pas saisi qu'il valait mieux laisser tomber.

Le premier étage comprenait deux chambres réservées aux amis et à la famille de passage. Milo ouvrit celle orientée à l'est, meublée de lits jumeaux, et déposa le sac de Lizzie au pied de celui qu'elle prenait toujours.

– Tu n'as pas de valise ? demanda-t-il.

Elle le fixa longuement avant de secouer la tête.

– J'ai mis mes affaires dans le sac de ma sœur.

– OK.

Il agita le bras mollement dans un geste de bienvenue et alla poser la valise de Mme Caraway dans la chambre d'en face pendant que Meddy s'installait.

En ressortant, il la trouva campée devant la chambre de Lizzie, les bras croisés.

– Tu ne m'as pas répondu.

– Oui, je suis adopté, fit-il, exaspéré. Mais c'est pas tes affaires.

Elle leva les yeux au ciel.

– Quoi ? C'est un secret, peut-être ? Comme si ça ne se voyait pas ! Tes parents ne sont pas chinois.

– En plus, c'est personnel.

Elle haussa les épaules, puis se retourna et commença à ranger ses affaires.

– Tu viens d'où ? reprit-elle.

– Je viens d'ici, répondit-il posément. J'ai passé toute ma vie à Nagspeake. J'étais bébé quand j'ai été adopté.

– Oui, mais avant ça ?

Non mais franchement ! Il venait pourtant de lui dire que c'était personnel !

– J'ai été adopté ici aussi, dit-il froidement, par l'intermédiaire d'une agence du coin.

Il ne précisa pas qu'il était un enfant abandonné. Ça ne la regardait pas *du tout*.

– Ouais, mais tu n'as pas une tête de…

– Merci, je suis au courant, siffla-t-il entre ses dents. Je sais quelle tête j'ai. Je t'ai dit que c'était personnel !

Et la plantant là, il tourna les talons et redescendit se réfugier dans le canapé, où il avait laissé le livre de Georgie. Il s'y enfouit, ignora consciencieusement les adultes et tenta de se replonger dans l'histoire interrompue.

Quelques minutes plus tard, Nora Wood vint s'accroupir à côté de lui.

– Tout va bien ?

– Impec.

– Il nous a semblé entendre…

– Tout va très bien.

Elle hocha lentement la tête.

– Tu lis quoi ?

Milo lui montra la couverture.

– C'est Georgie, la fille aux cheveux bleus, qui me l'a prêté. C'est des contes de Nagspeake.

– Je me souviens que je les ai lus quand j'étais petite et que ça m'avait beaucoup plu.

– Ouais, c'est vraiment pas mal.

– Tu es sûr qu'il n'y a rien dont tu aies envie de discuter ?

Il fixa le paragraphe qu'il avait déjà lu trois fois.

– Certain. Je vais juste finir de lire mon histoire avant d'aller me coucher.

Sa mère lui pressa le bras avant de regagner la cuisine. Se rencognant encore davantage, il sentit le portefeuille en cuir dans sa poche arrière.

– Maman ?

– Oui ?

– Quand tu es ressortie, tu n'aurais pas aperçu la personne qui se promenait tout à l'heure ? Tu sais, celle que j'avais vue ? Parce que personne n'est rentré pendant que tu étais dehors.

– Je n'ai pas vu un chat. On n'a pas dû faire attention quand il ou elle est revenu.

Dans la lointaine auberge du livre de Milo, alors que la pluie tambourinait au carreau, les frères Negret, les jumeaux tatoués, commencèrent leur récit : « *Celui qui arrive à vaincre le diable peut exaucer son désir le plus cher. Tout le monde le sait, et il y a même des idiots pour se croire plus malins que lui. Mais le diable est un maître dans l'art des paris, et c'est de ces idiots qu'il tire son gagne-pain. Il faut être arrogant pour oser le défier, mais ce n'est pas cela qui aide à gagner. Et le diable, qui, lui, est rarement arrogant, ne perd presque jamais.*

Toutefois, bien que le fait soit peu ordinaire, cela s'est déjà vu. Voici l'une de ces circonstances où le diable se fit rouler.

Sur la route qui reliait deux villes éloignées, le diable marchait seul au crépuscule lorsqu'il parvint à un carrefour. Là, arrêté sous un poteau indicateur, se trouvait le chariot d'un chiffonnier. En approchant, le diable songea que ce chiffonnier n'était pas bien grand. Lorsque l'ombre du diable signala sa présence en tombant devant l'individu, celui-ci se retourna, et le diable remarqua deux choses. D'abord, le chiffonnier avait les yeux de la couleur des pièces d'argent, ou de la pleine lune par certaines nuits. Ensuite, il était petit car ce n'était qu'un enfant – et plus précisément une petite fille. »

Milo lut dans le salon presque jusqu'à deux heures du matin, bien plus tard qu'on ne le lui aurait jamais permis. Il ne restait que des braises dans la cheminée, le chocolat était froid, et derrière les fenêtres régnaient la neige sombre et une épaisse nuit noire. Le *Livre ordinaire du raconteur* était ouvert sur les genoux de Milo. L'histoire qu'il venait de lire était juste assez inquiétante, et la maison juste assez étrange, cette nuit-là, avec les bruits de tous ces inconnus dispersés dans les étages, pour qu'il décide qu'il était temps d'aller se coucher.

Il se secoua et tenta de donner un sens aux mots qui dansaient devant ses yeux. Impossible. Il s'étira en bâillant – et c'est là qu'il repéra une tache sombre dehors dans la neige. Une tache plus sombre que l'obscurité, de la taille d'une personne.

Une rafale de vent balaya la pelouse et s'engouffra dans les bois. Lorsqu'elle fut passée, l'ombre avait disparu.

III

– Tu as dormi *là* ?

En ouvrant les yeux, il découvrit Meddy Caraway debout en face de lui devant la fenêtre encore sombre, l'air incrédule. Il poussa un jappement de surprise et voulut se lever. Mais sa jambe, restée pliée toute la nuit sous son poids, était tout engourdie, et il bascula en avant sur le tapis.

Tournant la tête, Milo trouva sous son nez la pointe du pied gauche de Meddy, dans une chaussette rose duveteuse. Sa joue reposait maintenant sur le livre tombé de ses genoux. Il le repoussa juste assez pour pouvoir parler sans mâcher du papier.

– Quelle heure est-il ?

Les mots étaient sortis dans une sorte de croassement.

D'un coup sec, Meddy dégagea de sa manche son poignet gauche muni d'une montre géante.

– Six heures. Qu'est-ce que tu fais ici ?

– Et toi ? rétorqua-t-il.

Elle jeta un coup d'œil par-dessus son épaule en fronçant les sourcils.

– J'ai entendu un bruit bizarre.

Milo suivit son regard et se rappela soudain l'ombre entrevue au milieu de la nuit. Il se releva péniblement et se pencha à la fenêtre, mais il n'y avait rien d'autre à voir que la neige qui tombait toujours.

– Quel genre de bruit ?

– Si je l'avais reconnu, je n'aurais pas dit qu'il était « bizarre », expliqua-t-elle patiemment. Tout ce que je peux te dire, c'est qu'il venait de l'hôtel et pas de dehors.

– La maison fait des bruits. Elle est vieille. Avant, moi aussi, ça me réveillait la nuit.

Il se frotta les poignets, qui avaient en partie amorti sa chute, et précisa avec un coup d'œil vers Meddy :

– Quand j'étais petit.

– Oui, bien sûr.

Elle pivota vers l'escalier, puis s'arrêta pour ramasser quelque chose près des pieds de Milo. Il porta vivement la main à la poche de son pantalon. Le portefeuille bleu n'y était plus, évidemment, puisqu'elle l'avait à la main.

– Attends…

Mais déjà, elle sortait la carte.

– Doucement, c'est fragile, protesta Milo tandis qu'elle la dépliait.

Il entendit presque le papier craquer.

– Qu'est-ce que c'est ?

– Rends-le-moi.

Il tendit la main en remuant les doigts.

– Une minute. Qu'est-ce que c'est ?

Milo accentua son geste.

Elle le repoussa de la main, retourna la feuille la tête en bas et fronça les sourcils.

– Je sais ! C'est une carte nautique.

Il croisa les bras, irrité et un peu surpris qu'elle ait identifié le document si vite. Il était clair qu'elle ne lui rendrait pas la carte avant de l'avoir décidé, et il n'allait pas risquer de l'arracher en essayant de s'en emparer.

– Tu peux faire attention, s'il te plaît ? C'est une très vieille carte, au cas où tu ne l'aurais pas remarqué. Tu risques de la déchirer.

– Mais non, je ne vais pas la déchirer, marmonna-t-elle. C'est classe, ton truc. C'est une carte de quoi ? Je veux dire, d'où ? Ça ne ressemble pas au Skidwrack ni à la baie Magothy.

– Non, je suis d'accord avec toi. Je ne sais pas de quel fleuve il s'agit, admit-il à contrecœur. Disons que je l'ai trouvée.

– Comment ça ?

– Je crois qu'un client l'a perdue. Allez, rends-la-moi.

Il tendit de nouveau la main, exaspéré.

Après un dernier coup d'œil prolongé sur la carte, Meddy la replia et la lui donna.

– Tu n'es pas curieux ? Tu ne vas pas essayer d'en savoir plus ?

Pour être tout à fait honnête, il aurait plutôt dû chercher à qui elle appartenait et la rendre à son propriétaire. Cela dit…

– En savoir plus comment ?

La question ressemblait un peu à un défi, mais le ton ne parut pas perturber Meddy. La tête penchée sur le côté, elle resta un instant les yeux perdus dans le vague, puis, tournant la tête lentement, regarda tour à tour les pièces du rez-de-chaussée : salon, entrée, cuisine, salle à manger… s'attarda sur la porte d'entrée à l'autre bout du salon, puis sur l'escalier. Et revint sur Milo avec un drôle de petit sourire.

– En faisant une campagne.

– Une… quoi ?

– Écoute. On est coincés ici, non ?

– On… Dis donc, c'est chez moi, ici !

Elle plissa les yeux.

– Et alors ? Tu vas me dire que ça t'amuse ? C'est comme ça que tu as envie de passer tes vacances de Noël ? Sous la neige, au milieu d'une bande de gens que tu ne connais pas ?

– Peut-être pas, mais…

– OK. Toi, je ne sais pas, mais moi, quitte à rester bloquée ici, je vais me trouver un truc à faire. On pourrait chercher ce que représente cette carte.

Milo commençait à bouillir. Devoir subir des inconnus, c'était une chose ; mais subir Meddy, c'en était une autre. Qu'elle vienne lui dire ce qu'il devait faire, et à propos de sa découverte à lui, c'était insupportable.

– Qui a parlé de faire un truc *ensemble* ? grommela-t-il.

– C'est quoi, ton problème ? rétorqua-t-elle en croisant les bras.

– Mon problème, c'est que tu as raison : je n'ai aucune envie de passer mes vacances comme ça, pas plus avec toi qu'avec les autres !

– D'accord, j'ai compris que tu avais un problème avec *moi*, déclara patiemment Meddy. Mais quel est le problème avec mon idée ? C'est vrai, au point où on en est, autant essayer de faire quelque chose de sympa.

Le pire était qu'il ne trouvait aucun argument à lui opposer. Il croisa les bras à son tour.

– Admettons. Mais comment ? *Si* je suis d'accord, par quel bout tu proposes qu'on s'y prenne ?

Meddy désigna la carte du menton.

– Par exemple, si tu commençais par me dire tout ce que tu sais sur cette carte avant que les autres descendent ? Ensuite, on devrait peut-être décider d'un moyen d'en discuter sans que tout le monde soit au courant.

– Pourquoi ?

– Parce que le plus simple, ce serait de faire le tour des clients pour savoir à qui est cette carte.

C'est clair.

– Sauf que tu ne l'as pas fait. On peut savoir pourquoi ?

Milo hésita. Il revit la personne qu'il avait aperçue dans le pavillon juste après avoir trouvé le portefeuille, et repensa à la façon dont son instinct l'avait poussé à se cacher plutôt qu'à le lui rendre.

– Je ne sais pas.

– Moi non plus. Mais je crois que cette histoire peut devenir intéressante ! dit-elle avec enthousiasme.

Milo ouvrit la bouche, puis la referma. Il n'avait aucune raison de ne pas lui donner une chance. D'ailleurs, cette histoire l'intriguait, lui aussi.

– Bon, d'accord.

Ils s'assirent côte à côte dans le canapé et Milo lui raconta les circonstances de sa découverte, puis, de fil en aiguille, comment il s'était retrouvé avec le livre de Georgie Moselle. Ce qui amena Meddy à exiger de tout savoir sur l'ensemble des clients.

Ils furent interrompus par des pas dans l'escalier. Meddy partit dans de grands gestes pour lui dire de se taire, et il la foudroya du regard en articulant : « Je sais ! ».

– C'est quelqu'un qui vient du premier, chuchota-t-il. Si c'était un client, on aurait entendu les marches grincer.

En effet, la volée de marches du dernier étage en particulier était parfaitement reconnaissable à l'oreille.

Et de fait, les pieds qui apparurent étaient ceux de Mme Caraway, descendue préparer le café. Elle les regarda en clignant les paupières d'un air endormi.

– Déjà debout à cette heure ? Un petit chocolat, peut-être ?

– Non merci, Mme Caraway, répondit Milo. Je crois que je vais remonter me coucher.

Il rangea la carte dans le portefeuille, prit le livre de Georgie et monta l'escalier.

Sa chambre était au premier, avec celle de ses parents et les deux chambres d'amis. L'étage comprenait aussi une cuisine, une salle à manger et un salon, bien plus petits que leurs équivalents du rez-de-chaussée, pour offrir un peu d'intimité à la famille. Il traversa le salon, prit un couloir et poussa la porte bleue qui se trouvait au fond. Une grosse cloche en cuivre ronde, suspendue à la poignée par un ruban écossais, émit un tintement de bienvenue lorsqu'il la tourna pour entrer, et un autre lorsqu'il referma. Il appuya sur l'interrupteur et deux lampes s'allumèrent : une lampe-tempête en cuivre en provenance du bateau sur lequel avait navigué son grand-père, et que son père avait électrifiée ; et, traversant le plafond en diagonale, une guirlande de lanternes grosses comme des oignons, en soie rouge ornée de caractères chinois avec des pompons dorés.

Les yeux fermés, il tendit la main qui tenait le livre et le portefeuille et les jeta dans les airs. Comme prévu, ils atterrirent pile au milieu de son bureau. Il le sut en entendant le petit bruit sec qu'ils firent en frappant son sous-main en cuir. Puis, sans rouvrir les yeux, il tourna à quatre-vingt-dix degrés, fit deux pas sur sa droite, bascula sur ses talons et se laissa tomber en arrière. Et, comme toujours, il atterrit sur son lit.

Peu à peu, très lentement, il sentit qu'il se détendait. Il ramena ses jambes sur le matelas, s'entortilla dans la couverture en patchwork que sa mère lui avait tricotée autrefois, quand ils attendaient encore l'arrivée de leur bébé, et quelques minutes plus tard, il dormait.

Chapitre trois

LE ROUBLARD

La chambre de Milo avait la meilleure vue de toute la maison. C'était une mansarde percée d'une lucarne qui donnait sur les bois, à un endroit particulièrement pentu de la colline. Par beau temps, la vue portait jusqu'en bas, sur l'eau gris bleu du fleuve. De la fenêtre partait un escalier de secours. Milo adorait s'asseoir en haut, surtout au moment où le soleil se couchait de l'autre côté de la maison. Même si, officiellement, il n'avait pas le droit d'y aller tout seul.

Mais c'était le matin et le ciel n'était qu'une épaisse couche de nuages gris. Il aurait pu être n'importe quelle heure de la journée. Milo, les yeux encore brouillés de sommeil, se détourna de la fenêtre givrée pour regarder son réveil. Dix heures.

La neige avait cessé, mais d'après l'épaisseur qui couvrait les arbres, elle avait dû tomber toute la nuit. C'était le genre de spectacle qui lui donnait envie de se bâtir un fort et de le bourrer de boules de neige bien tassées en guise de munitions, avant de rentrer se réchauffer au coin du feu.

Il se changea, aligna le livre et le portefeuille bien droit sur le sous-main et sortit de sa chambre. Avant de descendre, il prit soin d'arranger le nœud de la cloche sur la poignée de sa porte pour égaliser les deux boucles.

Dans la salle à manger, le petit déjeuner touchait à sa fin. Mais Milo s'en aperçut à peine, trop occupé à penser : « Waouh. Ils ont l'air encore plus bizarres quand ils sont tous rassemblés dans la même pièce. »

Le banal M. Vinge tournait sa fourchette dans les dernières gouttes de sirop d'érable de son assiette. Il était assis du côté de l'entrée, une cheville croisée sur son genou, et portait ce matin des chaussettes jaunes à pois bleus de la même teinte que les cheveux de Georgie Moselle. Eglantine Hereward regardait Lizzie mettre la bouilloire à chauffer sur la cuisinière d'un air vaguement désapprobateur. Assis en bout de table, Wilbur Gowervine suivait également la préparation du thé, avec une mine tout aussi sceptique. Apparemment, tous les deux partageaient la même méfiance sur les capacités des autres à faire le thé. Clem Candler, les chevilles toujours bandées, s'était installée à une petite table près de la fenêtre et picorait des pancakes en regardant rêveusement dehors. De là où il se tenait, Milo pouvait juste entrevoir de l'autre côté de l'entrée la tête bleue de Georgie, dépassant du dossier du canapé où il avait passé la nuit. Tandis qu'il observait la scène, son père rentra, chargé d'une brassée de bois, ôta ses bottes comme il pouvait et pénétra dans le salon.

– Salut, marmonna Milo à sa mère, qui aidait Mme Caraway à la cuisine.

– Il y a des pancakes au chaud dans le four, lui dit-elle. Toi aussi, tu peux te resservir, il y en a plein, précisa-t-elle à son mari qui venait d'entrer dans la pièce pour se laver les mains.

Milo empila des pancakes sur une assiette, les arrosa de sirop d'érable et alla s'asseoir dans le salon, pour s'accorder un petit moment de tranquillité avant de démarrer la journée.

Meddy avait monté son camp dans l'un des autres refuges de Milo : le petit coin derrière le sapin de Noël, qui formait comme une grotte éclairée par les guirlandes lumineuses.

– Salut, grommela-t-il.

Dépité de s'être fait piquer l'un de ses repaires, il s'assit de l'autre côté du sapin, sur le rebord de la cheminée.

Meddy leva les yeux d'une énorme pile de feuilles volantes et d'une autre pile encore plus volumineuse de gros livres cartonnés.

– Salut. Prêt à lancer notre campagne ?

Milo fixa la masse de papiers avec consternation. Les feuilles ressemblaient à des devoirs et les livres, malgré leurs couvertures criardes, à des ouvrages scolaires. Il avala sa bouchée de pancake et demanda d'un ton méfiant :

– C'est quoi, une campagne, exactement ?

– C'est une série d'aventures dans un univers de jeu. Notre univers, c'est la maison, et notre aventure – notre campagne –, ça va être de découvrir le mystère qui se cache derrière la carte.

– OK. Et on fait comment ?

Elle agita la main et Milo quitta son rebord de cheminée pour la rejoindre.

– On explore la maison et on enquête sur les clients, expliqua-t-elle. Et, en même temps, on cherche des indices. Mais pour commencer, il te faut un personnage.

– Pourquoi ?

Elle pencha la tête.

– Ça fait partie du jeu. On invente un personnage et on joue en se mettant dans la peau de ce personnage.

– Mais quel est l'intérêt de faire semblant d'être quelqu'un d'autre ? objecta Milo. Ça paraît un peu… ridicule.

Mais surtout, cette idée le culpabilisait. Le principe semblait se rapprocher dangereusement d'une chose qu'il faisait souvent en secret, et dont il n'était pas très fier.

Le problème, quand on ne connaît rien de sa famille d'origine, c'est qu'on n'arrête pas de se poser des questions dessus. En tout cas, Milo s'en posait. Il se demandait qui étaient ses parents biologiques, où ils habitaient, quel métier ils exerçaient et, même, s'ils étaient encore en vie. Il se demandait quelle existence il aurait eue s'il avait grandi avec eux, ce que ça aurait changé de ressembler physiquement à ses parents, sans que tout le monde sache au premier regard qu'ils n'étaient pas du même sang. Il se demandait en quoi il serait différent ; et parfois, dans ces moments-là, il s'imaginait être quelqu'un d'autre, un peu comme s'il devenait lui-même un personnage, justement.

Et parfois aussi, toutes ces questions lui donnaient le sentiment d'être injuste avec ses parents ; avec Nora et Ben Wood, qui étaient ses parents tout autant que ceux qui lui avaient donné naissance.

Mais là… ce dont parlait Meddy, ce n'était que pour un jeu. Alors peut-être… peut-être qu'il n'avait pas besoin de se sentir coupable.

– Ce n'est pas ridicule, reprit patiemment Meddy, dont le visage passait du bleu au vert sous la guirlande clignotante du sapin. D'abord, dans les jeux, c'est comme ça que ça marche. En plus, on peut inventer le personnage qu'on veut, c'est marrant ! On peut être tout ce qu'on veut, n'importe qui.

Du bout de l'index, elle retourna la pile de feuilles vers lui pour qu'il puisse les lire. Le geste était si précis qu'il se demanda si elle ne s'y était pas entraînée.

– Ça, c'est ta feuille de personnage, dit-elle en posant un stylo sur le papier. Ça va nous permettre de trouver qui tu es.

« Qui tu es. » Milo s'agita nerveusement et planta sa fourchette dans un morceau de pancake dans son assiette, posée en équilibre sur ses genoux.

– Qui est mon personnage, tu veux dire, rectifia-t-il.

Elle haussa les épaules.

– Dans le jeu, tu *es* ton personnage.

De nouveau, Milo songea avec un pincement de culpabilité à toutes les fois où il avait pensé à sa famille biologique, ou (encore plus secrètement) à d'autres familles qui auraient pu l'adopter. À qui il était et à qui il aurait pu être. Mais là, se rappela-t-il, c'était différent. C'était un *jeu*.

– D'accord, déclara-t-il en prenant le stylo. Montre-moi comment ça marche.

– Alors...

Meddy ouvrit un vieux carnet usé et poussiéreux à une page vierge.

– On va simplifier les choses. Dans une aventure, un bon groupe doit inclure quatre types de personnages : un capitaine, quelqu'un qui sache commander et qui ait des dons de stratège ; un sorcier – un type doté de pouvoirs magiques qui lui permettent de dégommer un bon paquet d'ennemis d'un coup ; un guerrier, qui sache vraiment se battre ; et un roublard, le rusé de la bande. Comme on n'est que deux, notre campagne à nous ne sera pas pareille. Mais, à première vue, lequel de ces personnages te paraît le plus intéressant ?

– Je...

À vrai dire, Milo ne se reconnaissait dans aucune de ces descriptions. Tous ces rôles semblaient convenir à des gens capables de faire face à n'importe quelle situation.

– Disons le capitaine, répondit-il enfin. Vu que je suis le plus vieux, autant viser haut. Je suis plus âgé que toi, non ?

Meddy s'appuya sur son coude, le menton dans la paume, et le regarda froidement par en dessous.

– C'est complètement idiot. Ce n'est pas parce qu'on est le plus vieux qu'on est le chef. Même dans la vraie vie, ce ne sont pas ceux qui sont nés les premiers qui commandent.

Milo ouvrit la bouche pour argumenter, mais elle ne lui en laissa pas le temps.

– Tu ne regardes pas les choses sous le bon angle ! D'abord, tu n'es pas le plus âgé. Pas dans le jeu, je veux dire ; pas forcément. Je pourrais décider de jouer un nain de trois cents ans, ou un immortel, ou n'importe quoi…

– Mais tu inventes des trucs, là, objecta Milo.

– Et alors ? s'exclama-t-elle. C'est l'idée, justement ! Dans le jeu, on est qui on veut. C'est comme ça qu'il faut le voir. Bon, il y a des règles, mais… qu'est-ce que tu as *envie* d'être, Milo ?

« Qu'est-ce que j'ai envie d'être ? »

Pour commencer, ce serait sympa de se fondre dans la masse, pour une fois, au lieu de se faire dévisager comme s'il n'était pas à sa place. Et ce serait chouette de ne pas perdre son sang froid face au premier imprévu. Et il se verrait bien un peu plus athlétique, aussi.

– C'est un bon début, approuva Meddy.

Il sursauta. Elle prenait des notes dans son carnet à grands carreaux en hochant pensivement la tête. Milo se rendit compte avec horreur qu'il avait parlé tout haut.

Se fondre dans le décor, Sang-froid face à l'imprévu, Athlétique, avait-elle listé. Elle était maintenant en train de tracer des flèches en ajoutant des commentaires en marge.

– Se fondre dans la masse, ça fait plutôt penser à un roublard, quelqu'un qui peut disparaître. Un tagueur, par exemple, ou une sorte de voleur escaladeur. Les escaladeurs sont champions pour franchir des murs et des fortifications, pour se glisser en douce dans des châteaux et des forteresses. C'est des experts en reconnaissance, le genre qu'on envoie chercher des informations.

Elle nota quelque chose au bout de sa première flèche.

– Ta deuxième caractéristique correspond plus à un capitaine. La bravoure sous le feu de l'ennemi, quoi. Je ne te vois pas trop en seigneur de guerre ni en gladiateur. Alors, peut-être un alchimiste, ou un chamane… ou même un devin. Les devins sont des sorciers, mais avec un pouvoir de divination qui permet de donner du sens à l'aléatoire.

Milo battit des paupières.

– Je ne comprends pas un mot de ce que tu racontes.

Elle s'était mise à écrire frénétiquement en dessinant des flèches dans tous les sens.

– Pas grave. Je t'expliquerai quand on y sera. Maintenant, réfléchissons en termes de compétences. Si notre campagne se déroule dans cette maison, quelles seraient les capacités les plus utiles, d'après toi ? Savoir crocheter des serrures ?

– On va devoir faire ça ? demanda Milo.

Les chambres des clients étaient les seules susceptibles d'être fermées à clé, et ses parents le tueraient s'il s'introduisait dans une de celles-là pour fouiller.

– On est dans le monde du jeu, Milo, pas dans le vrai.

– Oh. OK. Alors, oui, sans doute. Et… se déplacer sans faire de bruit. Cette maison est super bruyante, surtout quand il y a du monde.

– Bien. Tout ça, c'est des trucs de roublard, parfaits pour un escaladeur. Je crois qu'on commence à te cerner.

– Attends…

Milo regarda la page qui se couvrait de mots.

– Et toi, on ne doit pas déterminer ton personnage ?

Elle secoua la tête.

– Je m'en créerai un qui aille avec le tien. En fonction des besoins, pour avoir un groupe équilibré.

– Présenté comme ça, ça ne va pas être marrant pour toi.

– La création d'un personnage, ce n'est qu'une petite partie du jeu. On est une équipe. L'intérêt pour moi, ça va être de former l'autre moitié de l'équipe pour qu'elle soit complémentaire. Bon, revenons-en à toi. Quoi d'autre ?

Elle le regarda en souriant.

Milo se surprit à repenser à l'une des histoires qu'il avait lues la veille, celle de la maison impossible à dessiner. Un enfant qui avait relevé le pari de passer la nuit dans une maison soi-disant hantée se perdait à l'intérieur. Chaque fois qu'il essayait de dessiner une carte des pièces qu'il avait traversées pour trouver la sortie, il échouait. Peut-être (comme semblait le suggérer le récit), parce que les pièces se déplaçaient sans cesse autour de lui. Ce n'était qu'en écoutant la maison bouger qu'il parvenait enfin à s'y repérer.

– Je veux être capable d'entendre la maison, dit-il lentement.

Meddy plissa les lèvres.

– Je ne comprends pas.

– Eh bien, si on était dans une forêt, par exemple, j'écouterais le bruit des arbres et du vent pour en tirer des informations. Pour savoir si on est suivis, ou s'il y a une rivière, ou si quelqu'un fait du feu quelque part. Tu vois ?

– Des trucs de pisteur ?

– Voilà. Comment tu appellerais quelqu'un qui ferait ça dans une maison ?

– Ooooh.

Elle semblait tout excitée, brusquement, et lâcha son carnet pour feuilleter l'un de ses gros livres.

– Peut-être un rôdeur. Les rôdeurs ont accumulé des tas de connaissances à force d'errer un peu partout depuis des siècles. Si tu étais un rôdeur, tu saurais comment écouter une maison et interpréter les bruits, parce que tu aurais passé des années à le faire au cours de tes voyages. Ou alors un savant. Du coup, tu détiendrais déjà tout le savoir nécessaire pour décoder la maison.

– Hé, c'est quoi, tout ça ?

Meddy lâcha son stylo tandis que Georgie Moselle, s'asseyant sur le rebord de la cheminée, se penchait en avant pour saisir le carnet. Milo glissa un petit coup d'œil vers Meddy, se demandant s'il devait se sentir gêné ou pas.

– C'est pour un jeu, dit-il d'un ton embarrassé.

– Ça me paraît être une bonne liste de talents pour un voleur, observa Georgie, d'une voix qui sembla à Milo légèrement trop forte et trop détachée pour être naturelle.

Le silence qui tomba fut tel qu'on n'entendit plus que les bruits de vaisselle ridiculement amplifiés en provenance de la cuisine. Milo risqua un coup d'œil de derrière le sapin et rougit. Pendant que Meddy prenait des notes, les clients avaient migré au salon, et tous le dévisageaient.

Si Georgie s'en aperçut, elle ne le montra pas.

– « Se fondre dans le décor, athlétique… crocheter des serrures. » Tout à fait ce qu'il faudrait pour être une espèce de cambrioleur.

Meddy donna un coup de coude à Milo.

– On a dit : « sang-froid dans toutes les situations », lui siffla-t-elle.

Pas facile de garder son sang-froid sous le regard d'autant de personnes.

– En fait, déclara-t-il d'une voix presque assurée, mon personnage est une sorte de roublard qu'on appelle un…

– Escaladeur.

– Un escaladeur. Qui est un peu un éclaireur aussi.

Le père de Milo se pencha vers la cheminée pour ajouter quelques bûches dans le feu faiblissant.

– Depuis quand tu joues aux Grands Chemins ? s'étonna-t-il en haussant les sourcils.

– C'est quoi, Les Grands Chemins ? demanda son fils.

– C'est le jeu d'où sortent tous ces trucs, lui chuchota Meddy dans son dos.

– Je veux dire, euh... j'en sais rien, bredouilla Milo. J'ai des copains à l'école qui y jouent.

– C'est marrant, ça ! s'exclama son père, ravi. J'y jouais quand j'étais petit !

– C'est vrai ?

– Mais ouais ! Moi, j'étais un bretteur-éclaireur. Le gars qui partait en reconnaissance et qui revenait faire son rapport – une sorte d'escaladeur, en fait – mais en cas de nécessité, j'étais un virtuose de l'épée. Normalement, les bretteurs portent une rapière. Mais comme ce n'était pas très pratique pour un éclaireur, je l'avais remplacée par des sabres papillon.

Des profondeurs de sa grotte scintillante, Meddy eut un petit grognement étouffé, mais clairement épaté.

– On pourrait y jouer ensemble, un jour, reprit Ben Wood en se redressant.

Il s'épousseta et ébouriffa Milo d'une main qui sentait le feu de bois avant de partir vers la cuisine.

Entre-temps, la pression était retombée dans le salon. Milo constata d'un coup d'œil que la plupart des clients s'étaient désintéressés du sujet. Seul M. Vinge continuait à lui jeter des petits coups d'œil depuis son fauteuil en face du sapin.

Georgie reposa le carnet.

– Sympa. Désolée pour l'interruption.

Alors que Georgie s'éloignait, Clem Candler vint s'accroupir devant la cheminée, une tasse de café à la main.

– Hé, lança-t-elle d'un air enjoué, si jamais vous avez besoin de tuyaux sur les cambrioleurs – pardon, les escaladeurs –, je dois pouvoir vous en donner.

– Vous jouez aussi ? demanda Milo, étonné.

– Non, je suis une cambrioleuse, répliqua Clem avec un grand sourire.

Elle lui décocha un clin d'œil qui voulait dire : « Je blague ! »

Puis elle regarda Georgie Moselle par-dessus la tête de Milo et ajouta :

– Tu peux aussi demander à Bleue, là-bas. Je parie qu'elle a quelques idées sur le sujet.

Puis elle se releva en lançant :

– Il reste du café ?

Qu'est-ce que c'était que ce délire ?

– Ils sont pénibles ! marmonna Meddy en se rapprochant de lui, armée de son carnet. Bon, on se remet au boulot. Parlons niveau de compétences. Je propose qu'on te note pas mal sur l'intelligence, la dextérité et le charisme. Ce sont les qualités qui devraient te servir le plus…

Quelque temps plus tard, ils se redressèrent et contemplèrent avec satisfaction la page couverte de notes, où se mêlaient l'écriture soignée de Meddy et les gribouillis de Milo.

– Pas mal du tout, estima Meddy. En fait, il a l'air cool, ce personnage. Tu vas l'appeler comment ?

– L'appeler ? répéta Milo. Mais ce n'est pas… ce n'est pas moi, dans un sens ?

– Si, mais ça reste un personnage. Disons que c'est une autre version de toi. Dans le jeu, c'est plus facile quand tu peux te voir autrement que comme le toi de la vraie vie.

– Mais notre jeu se déroule dans la vraie vie.

– D'accord, mais…

Meddy tapa sur son carnet avec un soupir exaspéré.

– Regarde tous les trucs qu'on a écrits. Sois honnête : en lisant ça, tu te reconnais ?

– Bien sûr que non.

C'était le but, pas vrai ?

– Alors donne un nom à cette personne ! Milo ne pense pas qu'il possède ces qualités. Mais ton personnage, lui, il les a, fit-elle en tapant de nouveau sur la feuille. Et il en a besoin. Mon personnage va devoir compter sur lui. Je ne peux pas prendre le risque qu'il parte en fumée parce que Milo est un peu perdu. Alors, comment il s'appelle ?

Milo cala ses joues sur ses poings et fixa les notes. Elle avait raison. Rien dans cette page ne lui correspondait. C'était un personnage de conte, pas du monde réel.

Il se surprit à penser à des noms du *Livre ordinaire du raconteur*.

– Reever, dit-il pour voir. Ou Negret.

Le nom des jumeaux tatoués.

– Oui, Negret, décida-t-il.

– Va pour Negret, dit Meddy en le notant en marge.

Elle posa son stylo et déchira la page du carnet ainsi que quelques pages blanches qu'elle lui tendit.

– Bon, on a bien travaillé, ajouta-t-elle en s'étirant. Mais il faut que tu fasses un truc pour moi : un plan de la maison.

– De toute la maison ?

– Oui, étage par étage. On va en avoir besoin. Commence par le rez-de-chaussée.

Elle ramassa ses papiers dont elle fit une pile bien ordonnée, les rangea dans le recoin derrière le sapin, se leva, s'étira de nouveau et se dirigea vers l'escalier.

Milo regarda l'heure à la pendule de la cheminée. Presque midi. Il plia ses feuilles et les fourra dans sa poche.

– Negret, dit-il tout bas. Negret.

Oui, ça faisait davantage penser à un roublard qu'à un garçon de douze ans. Il se leva, prit l'escalier à la suite de Meddy et la rappela.

– Oui ? fit-elle en se penchant depuis le palier du premier étage.

– Qu'est-ce qu'on va faire de ce jeu, au fait ?

Elle le regarda d'un air déçu.

– Quelle question ! Essayer de découvrir qui a perdu cette carte et ce qu'elle représente.

– Ah. OK.

Milo se gratta la tête. Toute leur discussion sur ces personnages héroïques et fantastiques lui avait fait totalement oublier pourquoi ils s'étaient lancés là-dedans au départ.

– Milo ?

– Quoi ?

– Tu l'as toujours ?

– La carte ?

– Ben oui, la carte. Est-ce que tu l'as ?

– Évidemment.

Meddy tendit la main en remuant les doigts.

– Euh... je ne l'ai pas sur moi.

– Comment ça ? Tu l'as laissée traîner je ne sais où ?

Elle redescendit l'escalier plus vite qu'il ne l'aurait cru possible et colla son visage furieux à quelques centimètres du sien.

– Où ?

Il la bouscula et monta d'un pas lourd jusqu'au palier. Il continua du même pas jusqu'à sa chambre, Meddy sur les talons.

Il se figea devant sa porte.

– Qu'est-ce qu'il y a ? demanda-t-elle en se hissant sur la pointe des pieds pour voir par-dessus son épaule. La porte est ouverte ?

– Non, elle est fermée, répondit-il lentement. Exactement comme je l'ai laissée.

Mais ce n'était pas tout à fait vrai. Le ruban de soie écossais de la cloche n'était plus dans la même position. Quelqu'un avait tourné la poignée. Et comme Milo n'avait pas pour habitude de fermer sa porte à clé, l'inconnu était certainement entré.

Le portefeuille et le livre étaient toujours à leur place, mais, là encore, quelque chose clochait. Milo avait posé le livre sur le portefeuille, en prenant soin d'aligner le bord de la couverture sur la couture du portefeuille. Ils étaient toujours parallèles, mais le livre était un peu décalé.

Il le poussa, prit le portefeuille et l'ouvrit. Il y avait toujours une feuille teintée de vert dans le volet gauche, mais Milo vit tout de suite que ce n'était pas la même. Il la déplia sous le regard attentif de Meddy.

La feuille était vierge. Ni délavés de bleu, ni points verts, rien du tout.

– Quelqu'un l'a volée ! s'exclama-t-il, sous le choc.

Il sentit la panique lui monter à la gorge. Ce n'était pas la sensation familière qu'il éprouvait en cas de changement de programme. Cette fois, il ne s'agissait pas d'un simple imprévu, mais de quelque chose de réellement moche. Ce n'était pas comparable.

– Je ne sais pas si on peut vraiment dire qu'elle a été volée, observa Meddy en tendant la main vers la feuille vierge qui pendait, oubliée, des doigts de Milo. Si c'est son propriétaire qui l'a prise, on devrait plutôt dire qu'il a récupéré ce qui lui appartient.

Milo secoua la tête d'un air hébété.

– Quelqu'un est entré dans ma chambre.

Parce que, bien sûr, c'était cela, l'important. De toute sa vie, passée au milieu des trafiquants et de ce qu'il était convenu d'appeler des individus louches, personne, jamais, n'avait envahi son espace personnel. Pas une fois.

– Mais tu avais fermé à clé ?

– Ça ne change rien !

Il restait figé, serrant ses poings tremblants dans ses poches. Seul son regard bougeait, sautant d'un coin à l'autre de la chambre à la recherche d'un autre objet qui aurait été déplacé.

– Je ne devrais pas avoir *besoin* de fermer à clé ! C'est *ma chambre* !

– OK, OK, fit Meddy plus doucement.

Quelqu'un était entré dans sa chambre. Il aurait pu s'agir de ses parents ou de Mme Caraway. Mais vu le mal qu'ils avaient à répondre aux besoins de cinq clients tombés du ciel, il était peu probable qu'ils aient trouvé le temps de se soucier de lui une minute. Et ils n'auraient jamais rien pris, de toute façon.

Quelqu'un était entré alors qu'il n'avait rien à faire là. Et si l'un de leurs zinzins de clients était réellement un voleur et avait des raisons de s'intéresser à cette carte, alors le jeu auquel ils s'apprêtaient à jouer venait de prendre une tournure nettement plus sérieuse.

Ce n'était pas la première crise de panique de Milo. Dans ces cas-là, sa mère lui conseillait généralement d'essayer de penser à autre chose.

À un jeu, par exemple.

– C'est quoi, ton nom ? demanda-t-il à Meddy.

– Hein ?

– Dans la campagne.

– Oh ! Euh, tu n'as qu'à m'appeler Sirine.

– Et tu es qui ? Tu ne m'as rien dit sur toi.

Elle se gratta la tête.

– En fait, c'est une sorte de personnage que j'ai toujours voulu être. Ça s'appelle un scoliaste. Ce sont des créatures ailées qui suivent les anges, un peu comme des familiers, et qui ne sont pas censées intervenir sur le cours des choses. Ce sont des personnages passifs, qui sont juste là pour donner des informations, ou des indices, ou des outils, ce genre de truc. Mais les scoliastes adorent l'aventure. Et comme ils n'ont jamais l'occasion d'en vivre, quand on en rencontre, on peut presque toujours les persuader de nous aider. Cela dit, je ne vois pas pourquoi un joueur ne pourrait pas en être un. J'adore l'idée d'un scoliaste qui a décidé de vivre une aventure, même s'il n'est pas censé le faire. Ça ne te gêne pas si je prends ce personnage ?

Milo haussa les épaules.

– Pourquoi ça me gênerait ?

– D'abord, ça impliquerait que Sirine reste invisible pour les personnages non joueurs, c'est-à-dire tout le monde sauf toi.

– Je dois faire comme si tu étais invisible ? demanda Milo, amusé.

– Milo, le reprit-elle gravement. Sirine est une créature de l'autre monde, qui n'est pas censée agir, mais uniquement observer. Sauf si son ange lui ordonne le contraire. Ça la rendrait invisible pour tout le monde en dehors de Negret. Ce qui ferait de lui le capitaine de l'équipe, parce que Sirine ne se sentirait pas à l'aise dans ce rôle-là. Mais elle pourrait lui être super utile, en voyant des trucs qu'il ne peut pas voir. Et elle aurait des pouvoirs surnaturels aussi. Ça peut toujours servir.

– Quel genre de pouvoirs ?

– Chais pas. On verra.

Elle semblait un peu nerveuse, comme si elle craignait qu'il ne refuse. Il haussa de nouveau les épaules.

– Moi, ça me va. OK, ce sera Sirine la scoliaste. Enfin, tu seras Sirine, plutôt. Bienvenue dans la campagne !

Il lui tendit la main et ils se la serrèrent solennellement pour sceller leur nouvelle identité.

– Il y a d'autres trucs que je dois savoir avant de commencer ? demanda-t-il.

Meddy expira une bouffée d'air.

– Euh… Assure-toi toujours qu'il n'y ait pas de pièges, la gauche est toujours à droite sauf s'il y a un milieu, mets toujours tes pouvoirs de guérison dans ta meilleure armure et porte tes anneaux magiques aux orteils plutôt qu'aux doigts… Quoi d'autre… ? Ah oui, garde toujours un bout de corde sur toi.

Elle comptait chaque point sur ses doigts, tandis qu'il l'écoutait en se demandant s'il était censé comprendre quoi que ce soit à ce charabia.

– Laisse tomber, lui dit-elle en voyant son air perplexe. Tu apprendras au fur et à mesure.

Milo-Negret s'adossa au mur près de la fenêtre en se mordillant l'ongle du pouce, heureux de constater que le fait de se concentrer sur le jeu l'aidait à apaiser sa crise d'angoisse.

– D'accord. Bon, à mon avis, ce n'est pas le propriétaire de la carte qui est entré ici. Ou il aurait repris le portefeuille aussi. Et je ne vois pas pourquoi il se serait fatigué à remplacer la carte. Ça peut seulement s'expliquer si la personne cherchait à cacher le vol le plus longtemps possible.

Une autre question, songea brusquement Milo, était de savoir si le voleur cherchait à berner Milo lui-même ou le vrai propriétaire de la carte.

Il reprit la feuille des mains de Meddy, ou plutôt de Sirine, alluma sa lampe de bureau et la leva face à la lumière. Il vit apparaître en transparence le même motif de portail en fer forgé que sur l'original.

– C'est le même papier. Il y a la même marque dessus.

– Ça s'appelle un filigrane, précisa Meddy. Ça voudrait dire que le voleur avait le même papier que celui de la vieille carte ? Bizarre, non ? Quelles sont les chances pour ça ?

– Ça ne peut pas être un hasard. Ça signifie que le papier compte aussi, peut-être presque autant que ce qu'il y a dessus.

– Ça soulève trois questions. Qu'est-ce que c'est que cette carte ? À qui est-ce ? Et qui l'a prise ? Le papier pourrait nous aider à répondre à la question numéro un.

Et il n'y avait pas que cela, pensa Milo. Depuis le début, il lui semblait très étrange que tous ces inconnus débarquent dans cet endroit perdu à un moment aussi improbable. Maintenant, il devenait clair que cette carte, et sans doute d'autres choses encore, reliaient au moins deux de leurs hôtes entre eux.

– Et si les clients étaient tous venus ici pour la même raison, qui aurait à voir avec la carte ? Du coup, ça voudrait dire qu'elle a un rapport avec… avec la Villa de Verre.

Sirine le regarda d'un drôle d'air, presque triomphant.

– Negret, imagine qu'il y ait une espèce de… je ne sais pas, moi, de trésor, ou de secret caché dans la maison ? Et que tu aies eu la carte de ce trésor entre les mains hier soir ?

Un trésor ? À l'Hôtel de Secrets' Hill ? Milo faillit ricaner. Clients louches ou pas, on parlait toujours de la vieille bicoque dans laquelle il avait grandi, et l'idée qu'elle puisse héberger un secret, n'importe lequel, lui semblait totalement farfelue. Mais pour Negret, un trésor caché à la Villa de Verre était – tout juste – du domaine du possible, et Milo eut une petite bouffée de fierté : il commençait à penser comme son personnage.

– En attendant, reprit-il, c'est quelqu'un d'autre qui l'a, maintenant. Mais je me demande si cette personne sait la déchiffrer. On devrait peut-être commencer par enquêter là-dessus, si on a assez de temps.

– Hé ! Il y a aussi ce que nous a raconté Clem ! Tu te souviens, quand elle a dit qu'elle était une cambrioleuse ?

– J'ai cru qu'elle blaguait. Et elle a dit un truc sur Georgie Moselle, comme si elle sous-entendait que c'était une voleuse aussi. Mais un vrai cambrioleur n'aurait pas commis d'erreur. (Milo désigna le *Livre ordinaire du raconteur*.) Un vrai cambrioleur aurait remarqué la façon dont j'avais laissé les affaires sur le bureau, et aurait reposé le portefeuille exactement à la même place. Pareil pour le nœud de la cloche sur ma porte. N'importe qui pouvait l'empêcher de sonner au moment d'entrer, mais un pro aurait remis le nœud comme il était avant.

Milo leva les yeux au ciel, complètement dans la peau de son personnage, et se rendit compte qu'il éprouvait un certain mépris pour ce voleur, quel qu'il soit.

– Il s'est cru malin en remplaçant le papier, mais il a négligé tous les détails qui m'ont mis la puce à l'oreille avant même d'ouvrir le portefeuille. Un vulgaire amateur.

– En même temps, observa Sirine avec un petit sourire, il ne devait pas se douter qu'il entrait par effraction dans la chambre du célèbre escaladeur Negret.

– Non, c'est clair.

Negret posa la feuille à plat sur le bureau et promena l'index sur le motif de portail en fer forgé, qui formait un subtil relief sur la surface du papier.

– Ce dessin a un sens pour toi ? lui demanda Sirine.

– Il n'y a pas de portail de ce genre ici. Nulle part sur le terrain de l'Hôtel de Secrets' Hill, à ma connaissance.

Mais avant même qu'il ait achevé sa phrase, quelque chose le fit réfléchir.

– « Nulle part sur le terrain de l'Hôtel de Secrets' Hill »... Mais j'ai déjà vu quelque chose qui y ressemble !

Il replia la feuille, la rangea soigneusement dans la poche arrière de son jean et se précipita dans le couloir. Sirine le suivit jusqu'à l'escalier, devant lequel il s'arrêta une minute pour tendre l'oreille. On entendait des voix en bas, mais rien dans les étages. Bien.

Negret et Sirine montèrent les marches, et il prit conscience que son instinct d'escaladeur poussait ses pieds à prendre le chemin le plus silencieux : tout à droite sur la troisième marche, en pesant le moins possible sur la cinquième et en passant directement par-dessus la sixième. Toute une série de petits trucs qu'il avait appris au fil des années passées à monter et descendre discrètement l'escalier, sans en avoir eu réellement besoin jusque-là.

Au deuxième étage, Negret jeta un rapide coup d'œil dans le couloir. C'était l'étage de M. Vinge, de Mme Hereward et du professeur Gowervinc, mais aucun n'était en vue.

Ils reprirent leur ascension silencieuse, la scoliaste suivant prudemment les traces de l'escaladeur. Negret lui fit signe de s'arrêter et grimpa les dernières marches plié en deux pour s'assurer que le troisième étage était aussi désert que le deuxième. La légère odeur du parfum de Georgie flottait encore dans l'air, et les portes étaient toutes ouvertes hormis celle de la chambre du fond.

Negret jeta un coup d'œil dans chacune d'elles et colla l'oreille à la porte de Georgie. Pas un bruit.

Il regagna le palier et fit signe à Sirine de le rejoindre. Puis il se tourna triomphalement vers le grand vitrail, qui jetait sur le plancher une lueur bleuâtre tachetée de vert.

– Waouh, dit Sirine, admirative. Je ne l'avais jamais remarqué.

– Moi non plus, admit Negret. C'est la carte qui vient de me donner le déclic.

Pour s'assurer qu'il n'avait pas rêvé, il sortit la feuille et la brandit devant la fenêtre pour les comparer. Éclairé par la lumière, le filigrane apparaissait très distinctement.

– C'est bien ça. Pas d'erreur.

Ce que Milo avait toujours vu comme une sorte de vitrail d'église se révélait être aux yeux de Negret le dessin d'un portail en fer forgé. Pour le voir, il fallait regarder le tracé des lignes de plomb et non le verre mais il était bien là. La fenêtre et le filigrane étaient identiques.

– Mais qu'est-ce que ça veut dire ? se demanda Sirine tout haut. Tu crois qu'il y a eu un portail comme celui-là à la Villa de Verre autrefois ?

– C'est une très vieille maison.

Negret se retourna pour observer les détails parmi lesquels Milo avait passé toute sa vie. Mais pour lui, ils étaient nouveaux, ou en tout cas différents : les grosses poutres couleur chocolat, le plafond beige à caissons, les appliques porte-bougie, qui avaient été électrifiées pour accueillir des ampoules, le papier peint ivoire gaufré d'or, si ancien que Ben Wood et son fils devaient régulièrement en fixer les coins avec de la colle. Et, bien sûr, la fameuse fenêtre figurant le portail qui, pour Negret, se voyait comme les yeux au milieu de la figure.

– Les vitraux sont un peu différents à chaque étage, mais ils vont ensemble, dit-il à mi-voix en contemplant le verre bleu. Je me demande si on retrouve le portail sur les autres.

Sirine l'observait les bras croisés.

– Qu'est-ce que tu sais sur la maison ?

– Les parents de ma mère l'ont achetée quand elle était petite. Avant, elle n'était pas habitée. En tout cas, le propriétaire ne l'avait pas occupée depuis un certain temps.

– Et ce propriétaire, c'était… ?

– Un trafiquant célèbre d'autrefois, un peu comme Monsieur Maxwell. Je ne me souviens pas de son nom.

– Monsieur Maxwell n'est pas si vieux que ça, rectifia Sirine avec condescendance. Ça remonte à juste avant ta naissance, par là.

– Peut-être, mais c'est vieux quand même. En plus, le propriétaire a vécu il y a encore plus longtemps.

– Doc Holystone, peut-être ?

Negret claqua des doigts.

– Voilà !

– Sérieux ? Cette maison a appartenu à Doc Holystone ?

– C'est ce qu'on raconte. Mon grand-père l'a achetée au frère d'Holystone après sa mort. C'est pour ça que c'est devenu un hôtel pour… enfin, pour le genre de gens qu'on trouve ici d'habitude. Au début, c'était des amis et des coéquipiers d'Holystone qui ne savaient pas où loger. Petit à petit, les trafiquants se sont passé le mot que c'était une bonne planque pour ceux qui devaient se faire oublier un peu. C'est même comme ça que mes parents se sont connus, d'ailleurs. Mon grand-père paternel faisait partie de l'équipage d'Ed Pickering, et ils ont logé ici plusieurs fois. Il n'est pas aussi connu que Doc Holystone ou monsieur Maxwell, mais c'était quelqu'un, acheva Negret, en s'efforçant d'étouffer la fierté qui pointait dans sa voix.

– C'est plutôt cool ! fit Sirine, impressionnée. Dans ce cas, ce ne serait pas très étonnant que quelqu'un croie qu'il y a un truc caché ici. C'est presque le contraire qui serait bizarre.

– Et ça expliquerait la carte nautique.

Sirine se gratta la tête.

– En attendant, on n'a pas identifié le cours d'eau. Tu penses que cette carte pourrait avoir seulement l'apparence d'une carte nautique ?

– Ça se peut, estima Negret. Si elle a été faite par un trafiquant – ou un marinier – ce serait logique qu'il se serve des codes qu'il connaît. Et ça peut aussi être un moyen de brouiller les pistes.

Il regarda par la fenêtre l'épais manteau de neige teinté de bleu qui recouvrait tout.

– Espérons juste que les indications de profondeur ne sont pas le signe qu'il faut creuser, reprit-il. La terre doit être complètement gelée.

Puis une pensée décourageante lui vint.

– Mais peut-être que la carte n'a aucun rapport avec la maison. Même si le papier a un lien avec l'hôtel, ce n'est pas forcément le cas du dessin.

Sirine hocha la tête avec assurance.

– Mais si. Quelqu'un a pris la peine de venir jusqu'ici avec. C'est quand, la dernière fois que tu es parti en voyage en emportant un truc dont tu n'avais pas besoin ?

– C'est vrai, t'as raison.

Elle allait poursuivre quand Negret se raidit et l'arrêta d'un geste de la main. Quelqu'un venait de poser le pied sur une marche qui grinçait entre le premier et le deuxième étage.

– C'est un client ! murmura Negret. Nous, on ne marche jamais sur celle-là. Viens. Je voulais aller voir le vitrail du quatrième, de toute façon.

La volée d'escalier suivante comprenait six marches d'affilée qui craquaient ; les quatre premières bruyamment, les deux d'après, un peu moins. Negret montra à Sirine comment les éviter en marchant sur la base de la rampe. Ils atteignirent le palier sans un bruit. Après un coup d'œil dans ce couloir-là (trois chambres vides aux portes ouvertes, et une fermée – celle de Clem), ils se campèrent devant le grand vitrail du quatrième étage.

Celui-ci présentait des dominantes de jaune, d'or et de verts foncés : jade, sapin, émeraude, vert bouteille. Chacune des fenêtres était décorée d'un motif différent, et celui-ci avait toujours évoqué à Milo des chrysanthèmes. L'examinant d'un œil neuf, Negret y vit des étincelles. « Pas des fleurs », pensa-t-il. C'était peut-être toutes ces histoires de trafiquants qui le faisaient penser maintenant à des explosions, ou à des tirs de canon.

– Tiens, le voilà, ton portail, chuchota Sirine.

Negret suivit son doigt du regard. Le portail était beaucoup plus petit sur ce vitrail-ci, un peu dissimulé coin en bas à gauche, mais il était bien là. Maintenant, Negret n'arrivait plus à voir les étincelles autrement que comme un feu d'artifice. Il aurait dit que la fenêtre était un tableau dans lequel des pétards explosaient au-dessus du mystérieux portail en fer forgé.

Une nouvelle marche grinça, bien plus proche, cette fois. Si proche qu'il ne pouvait s'agir que de Clem, la seule occupante du quatrième.

Milo n'avait pas de raison de se sentir nerveux à l'idée qu'on le croise où que ce soit dans l'hôtel, tant qu'il n'entrait pas dans les chambres. Negret, en revanche, ne tenait pas à être découvert. Pas tout de suite et pas juste en face d'un indice possible, qu'il n'était pas disposé à partager avec quelqu'un d'autre que Sirine. Les deux aventuriers échangèrent un regard.

– Qu'est-ce qu'on fait ? chuchota Sirine.

Au-dessus d'eux, l'escalier bifurquait à mi-hauteur en longeant un dernier vitrail, avant d'aboutir à la porte du grenier. Porte que Negret était capable d'ouvrir bien qu'elle soit fermée à clé.

– On peut attendre sur les marches du haut le temps que Clem soit repartie, proposa-t-il. Ou carrément dans le grenier.

– Bonne idée, approuva Sirine. S'il y a un secret caché quelque part ici, on doit en apprendre plus sur la maison. Commençons par le haut.

Milo étant moins habitué à l'escalier du grenier, ils se hissèrent en marchant sur le bas de la rampe. Ils s'arrêtèrent au palier intermédiaire juste le temps de regarder le vitrail (encore des verts, mêlés de différentes nuances de brun qui donnaient à l'ensemble un ton sépia), puis ils montèrent jusqu'à la porte. Milo voulait s'y réfugier avant que Clem n'arrive au quatrième. Ils pourraient toujours inspecter le vitrail plus attentivement en redescendant.

Une grande partie de l'hôtel avait été réparée, rénovée, voire entièrement renouvelée au fil des années, mais Negret supposa que la porte sculptée du grenier devait être presque aussi ancienne que la bâtisse. En été, quand le bois gonflait, elle avait tendance à rester bloquée et il fallait s'y mettre à deux pour l'ouvrir. En hiver, elle laissait passer les courants d'air qui dévalaient les escaliers en sifflant et jouaient aux fantômes en faisant claquer les portes à tous les étages. La poignée était en verre, d'un ton un peu anis, et les gonds donnaient l'impression qu'il suffisait de les regarder de travers pour les faire grincer. Mais Milo savait que son père les huilait, parce que c'était à peu près la seule chose qu'il pouvait faire avec cette porte.

Elle comportait également un verrou, mais ce n'était qu'un détail pour Negret le roublard. D'autant qu'il savait où était cachée la clé.

Ils entendirent les pas atteindre le palier du quatrième.

– Juste à temps ! chuchota Sirine avec soulagement.

Negret hocha la tête, puis s'immobilisa. Il avait supposé que c'était Clem qui arrivait derrière eux, sans doute pour aller chercher quelque chose dans sa chambre. Mais il venait de se rappeler que pas une fois il ne l'avait entendue faire le moindre bruit, pas même en montant l'escalier au pas de course.

Maintenant qu'il essayait lui-même de se déplacer sans bruit, il comprenait que ce silence apparemment facile ne pouvait pas être le fruit du hasard. Cela exigeait volonté et entraînement. Et une fois l'habitude prise, on devait la garder comme une sorte de seconde nature.

Il songea aussi que les marches n'avaient pas fait tant de bruit que cela. Trop pour quelqu'un qui savait marcher en silence, mais pas assez pour quelqu'un qui serait monté sans se préoccuper d'être entendu. Donc, la personne qui venait de gagner le quatrième essayait de se faire discrète, et elle n'était pas très douée pour cela.

Autrement dit, ce n'était pas Clem. Mais qui, alors ? Pourquoi quelqu'un s'amuserait-il à monter un étage supplémentaire, voire deux ? Et pourquoi essayer (même sans grand succès) de le cacher ? Il tendit l'oreille, et perçut bientôt autre chose : un léger essoufflement. Il ne s'agissait pas d'un grand sportif.

– Attends, murmura-t-il.

Puis, dans un silence digne d'un escaladeur, il redescendit jusqu'au demi-palier au vitrail sépia. À l'instant où il se penchait par-dessus la rampe, la silhouette rondouillarde du Pr Gowervine disparaissait dans la chambre de Clem au bout du couloir.

Le Pr Gowervine ?

Chapitre quatre

LA GRANDE RÉSERVE

I

– Quoi ? siffla Sirine depuis le palier du haut.

Negret mit un doigt sur ses lèvres sans quitter la porte des yeux. Le Pr Gowervine reparut quelques instants plus tard. Negret recula. Il entendit le petit déclic qui indiquait que la porte se refermait. Puis le discret mais non silencieux Pr Gowervine regagna l'escalier et redescendit à la hâte, toujours un peu essoufflé. « Tu ferais mieux de fumer moins si tu ne veux pas te faire repérer », songea Negret.

– Le Pr Gowervine est entré dans la chambre de Clem, informa-t-il Sirine dès que le fouineur se fut éloigné.

– Bizarre ! Il a pris quelque chose ?

Negret cligna des paupières.

– Je… Je n'ai pas remarqué.

« Mais quel imbécile ! » Il se creusa les méninges, mais si le Pr Gowervine avait quelque chose dans les mains, il n'y avait pas fait attention. Et il en était consterné. Bonjour le roublard !

Sirine vint lui tapoter l'épaule.

– Pas la peine de t'en vouloir, va. Pour l'instant, on a un grenier à visiter. Et le Pr Gowervine ne va pas s'envoler.

– C'est sûrement lui qui s'est introduit dans ma chambre ! fulmina Negret. C'est lui qui a la carte. Qu'est-ce qu'il peut bien mijoter ?

– Je ne déduirais pas aussi vite que c'est lui, le voleur. On sait juste qu'il est entré dans la chambre de Clem. On n'est même pas sûrs qu'il y ait pris quelque chose. D'ailleurs, si on résume, on ne sait rien du tout sur personne. On va devoir trouver un moyen de découvrir à qui on a affaire et ce qu'ils sont tous venus faire ici.

Elle leva les yeux vers la porte.

– Mais dans l'immédiat, mon cher Negret, concentrons-nous un peu sur ce qu'on est, *nous*.

– OK.

Il tendit la main vers le pot de fleurs posé sur l'appui de fenêtre. C'était une plante artificielle, constituée de pétales en verre rose sur une tige en fil de fer recouvert de papier. Et sous le pot se trouvait la clé du grenier.

Le verrou tourna sans difficulté et la porte s'ouvrit toute grande. Negret plissa les yeux dans la pénombre.

– Reste là. Il y a de la lumière, il faut juste que je trouve le cordon.

– Attends ! souffla-t-elle en le retenant par le bras. Vérifie d'abord qu'il n'y a pas de pièges. Toujours.

Negret s'arrêta net sur le seuil.

– Quels pièges ?

Sirine se pencha à l'intérieur et scruta l'obscurité.

– Je ne sais pas. Mais ce n'est jamais une bonne idée de foncer tête baissée dans une pièce qu'on ne connaît pas. N'oublie jamais de vérifier. Il pourrait y avoir quelqu'un en embuscade, ou une espèce de dispositif prévu pour décapiter le premier qui entrera, ou un sort sur la porte qui ferait qu'en la franchissant…

– C'est ma maison dont tu parles ! explosa-t-il. Et tout ça est ridicule ! Les sorts, ça n'existe pas, et personne n'a installé de… de machin de décapitation dans notre grenier !

Sirine haussa les épaules.

– D'accord, monsieur-sans-un-gramme-d'imagination. Il peut toujours y avoir une planche pourrie. Ou une toile d'araignée. Je te dis juste : méfie-toi avant d'entrer quelque part.

En grommelant, Negret examina l'encadrement de la porte et constata, en effet, la présence d'une toile d'araignée. Puis il entra et trouva à tâtons le cordon de l'ampoule. Plus exactement, la petite boucle nouée à l'extrémité de la cordelette le frappa entre les deux yeux. Il tira dessus, et le filament bleu gris d'une ampoule suspendue derrière la porte s'anima en grésillant. Sous ce maigre éclairage, Negret parvint juste à distinguer un cordon qui pendait d'une autre ampoule un peu plus loin. Il l'alluma à son tour, puis une autre, et encore une autre. Mais même lorsque les quatre ampoules eurent creusé chacune leur petite poche de lumière dans le noir, ils se tenaient toujours dans un espace assez ténébreux.

À cause du toit en pente, la surface du grenier de la Villa de Verre était un peu plus petite que celles des niveaux inférieurs. À l'origine, il avait dû être constitué d'une seule pièce. Mais il avait été peu à peu divisé en espaces plus petits, non par des cloisons, mais par des piles diverses ; ici, une collection de grosses malles en teck cerclées de métal, entassées les unes sur les autres comme les bagages d'un géant ; là, une pyramide hétéroclite de chaises en équilibre instable ; plus loin, un portant chargé de housses de vêtements de toutes sortes, manteaux de fourrure mangés aux mites, pyjamas de soie brodée si usés qu'ils ne tenaient plus que par les fils de leurs broderies. Les espaces créés par ces séparations s'étaient peu à peu remplis de tout un bric-à-brac, allant des instruments à vent cabossés et des jouets mécaniques cassés aux nappes et aux pulls troués, en passant par des piles branlantes de livres poussiéreux aux couvertures reliées par du gros scotch. Coiffant le tout, le toit grinçait en réponse au mugissement du vent, et de petits courants d'air glacés se faufilaient ici et là par les interstices.

– Si j'avais quelque chose à cacher, c'est ici que je le planquerais, déclara Sirine. D'ailleurs, je me demande comment on va s'y prendre pour fouiller ce bazar.

– Mouais. Ça me paraît trop évident, justement.

Et puis le truc, avec les caves et les greniers, c'était que tous les objets qu'ils contenaient avaient été un jour précieux pour quelqu'un. Sinon, pourquoi les conserver ? Si le secret de la carte se trouvait caché quelque part dans cette maison aux allures de terrier, ici, dans le grenier, il ne représenterait qu'un secret parmi des milliers. L'endroit ne semblait pas assez… spécial pour cela.

Mais un grenier restait un grenier, et Sirine insista sur le fait que l'exploration des pièces était un élément capital de toute campagne.

– En plus des indices, on cherche aussi des outils qui puissent nous servir en chemin, argumenta-t-elle. Même si on ne découvre rien qui ait un lien avec la carte, on tombera forcément sur des trucs utiles pour un escaladeur qui écoute les maisons.

– OK. Je crois qu'il y a des trucs cool par là…

– Negret ! On doit tout fouiller ! Sans rien laisser de côté !

– Très bien.

Ils entreprirent donc de passer le grenier au peigne fin.

– Comment on sait si quelque chose peut servir ? demanda Negret en glissant prudemment la main dans la poche d'une redingote verte ornée d'épaulettes dorées.

Il en sortit un bout de papier qui tomba aussitôt en miettes. L'autre poche ne contenait qu'une boule antimites.

– On ne peut pas toujours savoir, répondit Sirine à l'autre bout de la penderie. Bon, dans un jeu où on prend des notes, si le maître du jeu te signale un objet, c'est qu'il peut t'être utile. Là, on va devoir se fier à notre instinct.

Elle tira sur la manche d'un peignoir en soie fine.

– Tiens, ça, ça pourrait être une cape d'invisibilité !

Malgré ses efforts pour rester dans le personnage, Negret ne put s'empêcher de ricaner en la voyant retirer le peignoir du cintre pour le draper sur ses épaules d'un air enchanté.

– Qu'est-ce qu'un... un... C'est quoi, déjà, ton personnage ?

– Une scoliaste ?

– Qu'est-ce qu'une scoliaste pourrait bien faire d'une cape d'invisibilité ? Je croyais que tu étais déjà invisible !

– J'aime bien ce peignoir, répondit-elle simplement en admirant la broderie. En plus, il a des poches. J'ai besoin d'un truc pour mettre mes affaires pendant la campagne. Ce sera ma Cape d'Or d'Indiscernabilité.

Toujours vêtue du peignoir, elle entreprit d'inspecter les petites boîtes rangées en bas de la penderie.

– Tiens, essaie ça.

Le haut du corps enfoui sous les manteaux, elle tendit la main, dans laquelle elle tenait une paire de chaussons en coton noir.

– Tu crois qu'ils t'iraient ?

– Pour quoi faire ?

Mais au même instant, il comprit l'intérêt qu'ils avaient pour un escaladeur : les semelles étaient en toile épaisse. Elles ne devaient faire aucun bruit, contrairement à celles des chaussures classiques, sans pour autant déraper sur le carrelage ou le plancher comme le feraient des chaussettes. Il avait réussi à monter au grenier assez discrètement ; mais ces chaussons le rendraient presque aussi silencieux que Clem.

Il enleva ses baskets pour les essayer. Avec des chaussettes, ils le serraient un peu. Mais sans, ils étaient parfaits. Il fit quelques pas.

– Ils sont nickel. Merci, Sirine.

– Je t'en prie. Tu veux un de ces manteaux classe ?

– Nan. Je ne tiens pas à me faire remarquer.

Les chaussons étaient assez neutres pour passer inaperçus. Un escaladeur devait se fondre dans le décor.

Il s'approcha d'une pile de caisses en bois et souleva le couvercle de la première. Elle était pleine de bouteilles vides enveloppées dans des chiffons, et il venait de se pencher pour y voir de plus près quand quelque chose arrêta son regard.

Derrière les caisses, il y avait une porte. Une porte qui n'ouvrait plus sur rien, bien qu'elle l'ait sûrement fait autrefois. Elle était appuyée contre le mur, les gonds descellés et tristement ternis, et ressemblait comme une sœur à celle du grenier, jusque dans sa poignée en verre teinté.

– Je me demande d'où elle vient, celle-là, marmonna-t-il.

Y avait-il quelque part dans la maison un encadrement sans porte ? Ou celle-ci avait-elle été remplacée par une porte neuve ? Et dans ce cas, pourquoi l'avoir gardée ?

Se penchant par-dessus les caisses, Negret toucha du doigt la poignée et quelque chose tomba par terre en cliquetant. En se penchant encore, il parvint juste à distinguer les contours de quelque chose qui gisait par terre, entre les caisses et le bas de la porte.

Il se remit d'aplomb sur ses semelles souples, se faufila entre les caisses et une pile de cartons plus récents et se contorsionna pour chercher l'objet à tâtons. Quand ses doigts le rencontrèrent, il lui suffit de sentir les petites piques métalliques pour deviner ce que c'était : un trousseau de clés. Il avait dû tomber de la serrure quand il avait touché la poignée.

Il y avait cinq clés passées dans une boucle en cuir tressé ; le genre de vieux passe-partout qui n'allait plus sur aucune porte de l'Hôtel de Secrets' Hill à part celle du grenier. On avait accroché au porte-clés un disque en métal martelé, déformé et un peu bombé, percé d'un petit trou irrégulier pour faire passer la tresse en cuir. Le cœur de Negret sauta un battement. Quatre motifs qui ressemblaient à des caractères chinois étaient gravés sur l'une de ses faces. Il approcha le disque de son visage. Il était capable d'identifier certains caractères grâce aux cours de mandarin que les Wood suivaient tous les trois. Mais ils débutaient, et ceux-là lui étaient inconnus. Sur l'autre face du disque était gravé un motif grossier, hérissé comme une couronne. Il gratta avec l'ongle une petite tache d'émail bleu qui collait encore au métal.

Milo savait bien que le bric-à-brac de la maison ne pouvait pas avoir le moindre rapport avec ses propres ancêtres, pas plus les objets portant des caractères chinois que les autres. Negret, en revanche, ne tirait aucune conclusion hâtive. Il pourrait même, songea-t-il avec un frisson d'excitation, penser tout le contraire.

Negret pourrait savoir, par exemple, que ces clés s'étaient transmises dans sa famille de génération en génération. Il pourrait même se souvenir précisément du jour où son père, lui-même un roublard mondialement célèbre, les lui avait remises. « J'ai toujours su que tu suivrais mes traces, avait-il pu dire. Nous le savions tous, parce que tu me ressembles beaucoup, y compris physiquement. » Negret alla jusqu'à s'imaginer qu'ils se regardaient tous les deux dans le miroir pour comparer leurs nez, leurs bouches, leurs yeux et leurs cheveux identiques.

Une curieuse sensation de plaisir se glissa dans son cœur. Elle dura peut-être une demi-minute avant d'être balayée par son vieux sentiment de culpabilité.

Il contempla les clés. Peut-être n'ouvraient-elles plus aucune porte – il se dit quand même qu'il devrait essayer celle du grenier –, mais aucun roublard digne de ce nom ne cracherait sur un trousseau de clés en parfait état. Il les fourra dans sa poche en étouffant ses scrupules. Des chaussons silencieux et des clés mystérieuses. Pas mal, comme butin.

– Qu'est-ce que tu as trouvé ?

Negret se retourna et fit un bond de deux mètres. Sirine avait agrémenté sa cape jaune d'indiscernabilité d'un bonnet d'aviateur fourré et de grosses lunettes de soleil aux verres bleutés. Une étiquette en plastique jaune pendait encore à l'une des branches au bout d'un fil rouge.

– Le Casque des Révélations, commenta-t-elle en pointant le chapeau du doigt. Et les Yeux de la Clarté Aveuglante, ajouta-t-elle en montrant les lunettes.

– C'est pas du jeu, tu inventes n'importe quoi, protesta Negret.

– Bien sûr que j'invente. Mais c'est intéressant que ce soit les lunettes qui te fassent dire ça et pas la cape. On s'amuse bien, non ? Tiens, ça, c'est pour toi.

Elle sortit de la poche de son pantalon une paire de gants en cuir marron.

– Des Gantelets de Broussailles du Maestro, pour Escaladeurs et Crocheteurs de Serrures en quête de Doigts Agiles.

Elle leva les yeux vers le toit qui craquait sous le poids de l'hiver.

– Garantis anti-froid.

– Merci, Sirine.

Il prit les gants et les enfila. Comme les chaussons, ils lui allaient à la perfection. Et en sentant ses doigts se réchauffer, il réalisa combien il faisait froid dans le grenier.

Ils continuèrent, retournant le contenu des cartons, feuilletant les livres. Sirine compléta son accoutrement, tout en dénichant ici et là des babioles qu'elle donnait à Negret sans lui demander son avis : un sifflet qui n'avait pas l'air de marcher, une pelote de ficelle parce que ça sert toujours, un bloc-notes à spirales poussiéreux avec juste une liste de courses sur la première page.

L'œil de Negret tomba soudain sur un carton portant l'inscription MATÉRIEL DE JEU DE RÔLE - AW au feutre noir.

– Hé ! Regarde ça ! lança-t-il. Un jeu de rôle, ce n'est pas ce qu'on fait ? Ça doit être à mon père. Ça peut servir, non ?

– On a déjà défini notre campagne, objecta-t-elle en le suivant. Et comme je disais, on ne joue pas à un vrai jeu de rôle. Je ne vois pas ce qu'on pourrait en faire.

Negret ouvrit quand même le carton. Il était plein de gros livres cartonnés, comme ceux que Meddy consultait le matin même derrière le sapin. Il y avait aussi des livrets et quelques petites boîtes dont les étiquettes montraient des groupes d'aventuriers aux tenues sophistiquées. Sirine s'accroupit et prit un livret.

– Ce sont des campagnes prédéfinies, le genre de jeu qu'on joue autour d'une table avec un meneur de jeu.

Il retira du carton une feuille de papier millimétré.

– Et ça, c'est une carte qui a servi pour un jeu ?

– On dirait, fit Sirine sans enthousiasme.

– Tu crois qu'il peut y avoir des trucs qui ont servi à mon père, là-dedans ? Pour jouer aux Grands Chemins ?

– Possible. Bon, si on retournait à notre campagne ?

Après une petite fouille, Negret trouva ce qu'il cherchait : un livre avec en couverture un voyageur à la mine sinistre, debout à côté d'une carriole de marchand ambulant, surmonté du titre : *Les Grands Chemins : Chiffonniers, Colporteurs et Chasseurs du Monde des Chemineaux (Manuel pour joueurs avancés)* avec les mots *La Galerie du Monde des Voyageurs* sur le dos du livre.

– Cool !

Sirine soupira.

– Quitte à t'embêter avec ça, prends au moins le livret sur les roublards ! On perdrait moins notre temps !

Negret mit le livre de côté.

– Comment tu sais qu'il y en a un ?

– Parce que je le vois. Je les connais, tous ces manuels.

Elle se pencha pour sortir un autre livre du carton.

– Tiens. Mais n'oublie pas que c'est notre jeu. Negret est ton personnage. Personne d'autre que toi n'a le droit de dire ce que tu peux en faire ou non.

La couverture de ce livre-ci affichait une fille qui marchait sur un fil au milieu d'une espèce de foire en plein air. Au-dessus de l'image figurait en titre : *Roublards de la route : Bandits de grand chemin, Tricheurs, Escrocs et Charlatans*

– La classe ! s'exclama Negret.

– D'accord, mais ce n'est pas un indice, Negret, grommela Sirine. Allez, au boulot !

Il s'y remit à contrecœur, et trouva encore quelques bricoles : un petit miroir rond piqueté, dont il se dit qu'il pourrait lui permettre de regarder dans les coins ; une boîte d'amadou avec son silex ; une espèce de lanterne à l'ancienne en métal cuivré dont sortait une grosse mèche roussie.

Enfin, il dénicha aussi un sac à dos en toile rouge à rayures pour transporter ses acquisitions. Il escalada une montagne de toiles à voile entassées sous une fenêtre pour trier ses trésors. Sirine s'approcha d'un pas royal en faisant traîner sa cape d'invisibilité. Elle portait quelque chose dans le creux de sa main.

– Ça, c'est pour toi, annonça-t-elle en grimpant pour le rejoindre. Tu ne vas pas y croire, Negret.

– C'est quoi ?

– C'est, déclama-t-elle d'un ton théâtral, un morceau du même papier.

Un « lambeau » eût été plus précis ; un « coin », encore plus exact. Negret prit le bout de papier et le brandit face à l'ampoule suspendue au-dessus de sa tête. Le papier ne comprenait pas de filigrane, mais une comparaison rapide avec la feuille qu'il avait gardée dans sa poche le convainquit que la scoliaste avait raison. Sa texture, son poids, l'aspect de ses fibres, tout était identique.

– Où tu l'as trouvé ?

– Là-bas, derrière ce machin.

Elle lui désigna trois caisses empilées à la va-vite contre un mur, derrière un gros engin enveloppé de vieux cordages.

– Ce truc-là, dit Negret, je crois que c'est le moteur qui actionnait le monte-charge, du temps où il marchait.

Il se laissa glisser en bas du monticule de toile et se dirigea vers les caisses. Prenant appui sur la machine pour la contourner, il se retrouva avec les mains tachées d'un mélange de poussière et de graisse solidifiée et se retourna d'un air accusateur vers Sirine, qui l'avait suivi.

– Mince ! T'aurais pu me prévenir !

Il s'essuya sur ses genoux, en espérant que sa mère ne lui demanderait pas de comptes à l'heure de la lessive.

– De toute façon, ce truc est cassé, se borna-t-elle à commenter.

Elle se hissa sur la pointe des pieds pour regarder par-dessus son épaule tandis qu'il ouvrait la caisse qui couronnait la pile. La première pensée de Negret fut : « Des bijoux ! » Il plongea la main dedans pour en ressortir un petit objet qu'il tint à la lumière : un morceau de verre à peu près rectangulaire, qui luisait d'un bleu de saphir sous une fine pellicule de poussière.

Il inspecta le contenu de la caisse du bout des doigts : des fragments de verre de tous les tons de vert imaginables. Il la posa par terre pour ouvrir celle d'en dessous, qui était pleine de fragments mordorés et crépusculaires. La troisième contenait des roux et des sépias qui le firent penser à du pain grillé.

Il prit un échantillon de verre dans chaque caisse.

– On va les appeler les Gemmes de la Puissance Suprême, décréta Sirine.

– Et ça veut dire quoi, exactement ?

– Ça représente le pouvoir que certains objets donnent aux joueurs.

Elle remonta ses lunettes sur son nez et examina les morceaux de verre qu'il avait choisis avant de suggérer :

– Je parie que c'est des chutes du grand vitrail du premier étage.

Negret les fourra dans son sac.

– Maman m'a dit une fois que celui-là avait été fabriqué ici, parce qu'il était trop grand pour être transporté en haut de la colline.

– Parfait ! s'exclama Sirine. Dans ce cas, ces gemmes doivent détenir des fragments du pouvoir de la maison.

Elle dressa un poing triomphant vers le toit, qui choisit cet instant pour lâcher un petit débris dans son œil gauche.

– Sirine, attends, où tu as trouvé le papier ?

Elle désigna un bout de papier d'emballage qui dépassait de sous la caisse.

– Il était collé là-dessus.

Avec mille précautions, Negret dégagea le papier d'emballage jusqu'à ce qu'il puisse lire les mots écrits dessus à l'encre pâlie.

– Lucksmith - Papetiers, quartier des Imprimeurs, Nagspeake.

Il tira plus fort, mais le papier était fermement coincé sous le carton.

– Lucksmith, répéta-t-il. Ça peut être un indice.

Ils fouillèrent encore une dizaine de minutes, au cours desquelles Sirine dénicha une ceinture pour la Cape d'Or d'Indiscernabilité et Negret, un stylo qui lui plut. Puis, campés sous l'ampoule qui pendait derrière la porte, ils contemplèrent la surface qu'ils venaient d'explorer.

– À partir de maintenant, quand on voudra parler de cet endroit, on l'appellera la Grande Réserve.

Il lui glissa un regard sceptique. Du moins il essaya, parce qu'entre le Casque, les Yeux et la Cape, c'était un peu dur d'empêcher un air sceptique de se changer en éclats de rire.

Mais bon.

– C'était marrant, admit-il en hissant le sac sur son épaule. Une excellente matinée de travail, ma chère Sirine.

Un mouvement du sac fit tomber les feuilles et le crayon qu'il avait dans sa poche arrière. En les ramassant, il se rappela le travail que lui avait assigné la scoliaste derrière le sapin au petit déjeuner.

– Attends. Avant de descendre, je vais faire une carte de l'étage.

Negret se dégagea un peu de place sur une vieille malle. Puis il se mit à dessiner tandis que Sirine, penchée par-dessus son épaule, lui suggérait des ajouts et des corrections. Enfin, ils se relevèrent, satisfaits du résultat. Negret inscrivit LA GRANDE RÉSERVE en jolies majuscules en haut de la feuille.

– Voilà.

– Elle est sympa, cette carte, approuva Sirine.

– Merci.

L'estomac de Negret émit un grondement, assez fort pour qu'elle le foudroie du regard.

– C'est peut-être bientôt l'heure du repas, dit-il en rougissant.

Au moment où il franchissait la porte, il s'arrêta de nouveau.

– Sirine ? Puisque c'est nous qui inventons les trucs... Si c'est moi qui décide ce que Negret doit faire... ou quoi faire de lui... est-ce que je peux lui inventer un passé ? Je veux dire... Une famille, tout ça ?

Voilà. C'était dit.

– Est-ce que tu *peux* ? répondit-elle. Tu *dois* le faire ! Donner un passé à ton personnage, ça aide à fond à le faire exister.

Il hocha la tête, soulagé, et glissa la main dans son sac pour toucher le trousseau de clés. Si c'était pour le jeu, rien que pour cette fois, il avait peut-être le droit de faire semblant.

* * *

En fait, l'heure du déjeuner était déjà largement passée.

– C'est à cette heure qu'on arrive ? Et d'où sort toute cette poussière ? demanda Nora Wood en dévisageant le duo couvert de saletés qui déboula dans la cuisine.

– Du gren... euh, de la Grande Rés... Enfin, de là-haut, quoi.

Milo jeta un regard noir à Meddy. Mais celle-ci, après avoir interrompu ses deux premières tentatives de réponse par des coups de coude, regardait maintenant Nora Wood de l'air le plus innocent du monde derrière les verres bleus crasseux des Yeux de la Clarté Aveuglante. Milo soupira en se demandant comment sa mère arrivait à garder son sérieux.

– On mange bientôt ? lui demanda-t-il.

– Manger ? fit-elle en haussant un sourcil. Eh bien, si tu te laves – je veux dire, vraiment –, insista-t-elle avec un coup d'œil dubitatif sur les mains de son fils, tu peux toujours préparer des sandwichs. Nous, on a fini de manger depuis des heures.

Elle désigna l'horloge de la cuisine, et Milo resta bouche bée. Il était plus de quatre heures et demie.

– Dîner à sept heures trente. Alors, on évite de se goinfrer !

– C'est clair qu'il y a une sorte de faille temporelle dans la Grande Réserve, marmonna Negret tout bas.

II

Milo en était à la quatrième histoire de son livre, dans laquelle une certaine Nell venait de tuer un chat.

Elle avait une bonne raison pour cela. La ville était envahie par les inondations, les gens mouraient (aucun membre de sa famille n'avait survécu), et le chat représentait la clé pour mettre fin à la catastrophe.

Lorsqu'il ne resta plus du chat que ses os, elle se rendit sur la rive du fleuve en crue et les déposa à la surface. L'eau bouillonnante les emporta tous sauf un. L'os restant se mit à tourner doucement sur lui-même, comme pris dans un début de tourbillon. Puis il fila à contre-courant et disparut.

Milo mordit distraitement dans son sandwich au jambon en apprenant comment, surgi de la direction suivie par l'os, un homme étrange s'approchait de Nell et lui demandait pourquoi elle l'avait invoqué. Elle voulut savoir ce qu'il convenait de faire pour arrêter l'inondation, et l'inconnu lui répondit :

– *Il existe un type de magie qu'on appelle la magie orpheline.*

Milo se redressa. Difficile pour lui d'ignorer ce mot, « orphelin », encore plus quand il se rapportait à « magie ».

– *C'est la magie de ce-qui-reste, de ce-qui-est-seul. Par beaucoup d'aspects, c'est la magie du désespoir, mais jamais celle du hasard. Lorsqu'il n'en reste qu'un, c'est qu'il était destiné à rester. C'est celui qui est particulier ; il est précieux parce qu'il est unique ; il est puissant parce que c'est ce qui lui a permis de survivre.*

Il y a dans le corps du chat un os capable de m'invoquer. Mais cet os doit être isolé des autres pour accomplir son rôle. Le potentiel qui dort en lui tant qu'il fait partie d'un tout se transforme en pouvoir quand il s'en trouve séparé.

Vraiment très intéressant.

Les journées étaient courtes, bien sûr, et le soleil se couchait déjà derrière la maison en projetant de longues ombres sur la pelouse. Dans son canapé, face à la fenêtre secouée par le vent, Milo suivait d'un œil le combat auquel se livraient les couleurs et les ombres du crépuscule sur la pelouse blanche de neige, une oreille sur le crépitement du feu dans la cheminée et les bruits discrets des clients dans la pièce. Le *Livre ordinaire du raconteur* gisait ouvert sur ses genoux, et il avait oublié le reste du sandwich qu'il tenait à la main.

De retour parmi les clients de l'hôtel, il était essentiellement redevenu le bon vieux Milo de tous les jours. Et si Negret était très intrigué par ce que le Pr Gowervine était allé faire dans la chambre de Clem, le Milo de tous les jours était surtout déprimé à l'idée que quelqu'un

– le Pr Gowervine ou un autre – se soit glissé dans sa chambre pour lui voler quelque chose.

Il regarda furtivement le petit homme replet assis près du feu. Malgré ses reproches perpétuels envers Mme Hereward – ils trouvaient sans cesse de nouveaux motifs de se disputer –, on avait vite fait d'oublier sa présence dans une pièce où se trouvaient également Georgie la Tête Bleue, Clem la Tête Rousse et, surtout, Meddy.

Comme si elle avait lu dans ses pensées, celle-ci sortit de derrière le sapin.

– Quoi ? articula-t-elle sans bruit.

Milo secoua la tête et balaya la pièce des yeux. M. Vinge était là aussi, sa grande carcasse repliée dans son fauteuil habituel et arborant une nouvelle paire de chaussettes (à losanges jaunes et vert vif). Il avait un livre entre les mains, mais ses yeux étaient fermés.

« On ne sait rien du tout sur personne. On va devoir trouver un moyen de découvrir à qui on a affaire et ce qu'ils sont tous venus faire ici. »

Milo referma *Le Livre ordinaire du raconteur* et mâchonna pensivement une bouchée de son sandwich. Puis il prit le papier millimétré dans son sac et se mit à l'œuvre sur un plan du rez-de-chaussée.

Meddy s'affala à côté de lui sur le canapé et jeta un coup d'œil sur les grands rectangles qui représentaient la véranda et le salon ouvert sur la salle à manger, elle-même ouverte sur la cuisine.

– Ah, parfait. J'allais justement te demander si tu avais commencé le plan du rez-de-chaussée.

Elle se tut un moment, tandis qu'il ajoutait les détails : l'escalier, le garde-manger, la cheminée, l'entrée.

– Si on appelle le grenier la Grande Réserve, quel nom on va donner au rez-de-chaussée ? chuchota-t-il.

Meddy réfléchit.

– En fait, dans beaucoup d'univers de jeux, le lieu où tout le monde se retrouve pour échanger des informations, c'est un pub, ou un saloon ; le genre d'endroit où les gens vont boire, manger et parler.

Dans *Le Livre ordinaire du raconteur*, l'auberge où tout le monde était piégé par les inondations s'appelait la Taverne du Filon Bleu.

– On peut appeler ça la Taverne.

– Ça me va.

Milo inscrivit le nouveau nom du rez-de-chaussée en majuscules, de son écriture soignée. Il affina son plan encore quelques minutes avant de le ranger. Alors qu'il plongeait la main dans le sac à dos pour en tirer le gros manuel des *Roublards de la route*, ses doigts butèrent de nouveau sur le trousseau de clés. Il le sortit du sac pour l'examiner de plus près. Quels conseils lui aurait donné le père de Negret s'il avait été là ?

« Ce n'est pas uniquement sur nos adversaires qu'on doit enquêter, imagina-t-il dans la bouche du vieux roublard. Il ne faut jamais cesser de travailler à une meilleure connaissance de soi-même. »

Heureusement, Milo avait un manuel épais comme une brique pour l'aider à mieux connaître Negret. Il ouvrit *Roublards de la route* à la page intitulée « Généralités » et s'installa confortablement pour lire.

La Route est la plus grande des arnaqueuses. Elle sinue, bifurque, disparaît et ressurgit à travers la campagne, se jouant des cartes et entraînant en terrain inconnu même ceux qui la connaissent le mieux. Nul ne devrait s'étonner que le roublard soit le vrai fils de la Route. Comme le Grand Chemin lui-même, il se volatilise et réapparaît à volonté. Aucun verrou, aucun mur, aucune cachette ne lui résiste. Aucune personne non plus ; les pouvoirs d'intuition du roublard, son sens de la persuasion, son art d'égarer les autres et, souvent, sa filouterie sont légendaires.

Beaucoup d'informations lui semblaient superflues pour l'instant. Il avait discuté avec Meddy des compétences susceptibles de lui servir, et elle lui avait un peu parlé des points de compétences, mais de nombreuses subtilités lui échappaient encore : des histoires de niveaux et de dégâts, de divers exploits, réussites, échecs et modificateurs. Sans compter que beaucoup de ces exploits – apparemment liés aux pouvoirs ou aux hauts faits des roublards – se rapportaient au combat. Milo ne voyait pas en quoi le combat concernait leur univers de jeu, où tous les autres joueurs étaient des individus en chair et en os.

Mais certaines données lui parurent intéressantes, même s'il ne saisissait pas leur fonctionnement dans le royaume des Grands Chemins. *Le Passage du Zéphyr* : *vos pieds vous transportent avec la vitesse et l'invisibilité du vent. La Flatterie irrésistible : vous pouvez amener les plus récalcitrants à se plier à votre volonté. Le Fabuliste : racontez un tissu de mensonges, et le monde entier vous croira.* Et aussi : *Le Tour de main du malandrin : vous pouvez voler tout objet protégé par un contenant qui s'ouvre à l'aide d'une clé ou d'une combinaison.*

Dehors, la neige se calmait.

Au dîner, il régna une atmosphère un peu pesante, du moins pour Milo. Non seulement il était entouré de parfaits inconnus, qui n'étaient pas les bienvenus à cette période – il avait une revanche à prendre là-dessus –, mais surtout, il y avait parmi eux un voleur qui s'était introduit dans sa chambre. Et si ce n'était pas Wilbur Gowervine, cela impliquait la présence de *deux* fouineurs à l'Hôtel de Secrets' Hill. Et bien que Milo n'eût pas envie de voir Clem comme une voleuse, après sa blague sur les cambrioleurs, il lui fallait bien envisager cette hypothèse.

Il se disait que le voleur devrait être identifiable par un léger changement de comportement vis-à-vis de lui. Le coupable devait se demander si Milo avait déjà découvert la disparition de la carte. Et s'il s'agissait du Pr Gowervine… Enfin, voleur ou pas, c'était toujours un fouineur ; il aurait au moins pu prendre un peu l'air honteux.

Mme Caraway lui avait compliqué la tâche en décidant d'organiser un buffet. Si tout le monde avait été assis autour de la même table, comme dans les vieux films policiers anglais que la mère de Milo aimait tant, il y aurait eu des coups d'œil éloquents, des conversations forcées, des chutes de cuillers et, dans tout ça, sans doute quelques indices à glaner. Mais non ; Mme Caraway et Nora Wood avaient préparé un rôti de bœuf, des pâtes et quelques légumes – le dîner idéal pour un soir d'hiver – et chacun mangeait où ça lui chantait : à l'une des tables du petit déjeuner, dans le salon... Seul le père de Milo s'était mis à table.

Milo remplit son assiette en boudant. Ils se la coulaient douce, les inspecteurs de police anglais, avec tous leurs suspects réunis autour d'eux...

La voix de son père le tira de ses ruminations :

– Hé, Milo, viens t'asseoir avec moi !

Le garçon s'exécuta, posant juste son assiette un peu sèchement sur la table.

– Comment ça va, moustique ? Je m'en veux qu'on n'ait pas pu passer un peu plus de temps avec toi, ta mère et moi.

– Je comprends, répondit son fils mécaniquement.

Et il le pensait. Ce n'était pas comme si ses parents l'avaient traîné de force à une réunion de famille pénible.

– Alors, comment ça va ? répéta Ben Wood en prenant le poivre.

Milo le dévisagea. Ce n'était pas le genre de son père de se sentir obligé de faire la conversation. Il se concentrait sur le contenu de son assiette, histoire de faire passer sa question pour une phrase anodine. Ce que démentait son insistance.

– Ça va, papa. Sur le coup, je n'étais pas ravi, mais les gens ont l'air assez sympas.

« Même si quelqu'un est entré dans ma chambre. » Il n'aurait pas su dire ce qui le retenait de le signaler.

Son père piocha une bouchée de bœuf aux carottes.

– Enfin, je voulais juste te dire qu'on n'oublie pas que c'est tes vacances. Et on fêtera Noël entre nous contre vents et marées. Ou plus exactement…

– Contre tempêtes de neige ?

– Voilà.

– OK, papa, fit Milo en baissant le nez dans son assiette avec un sourire. Et un jour, on pourrait jouer aux Grands Chemins. J'ai retrouvé tes vieux trucs de jeu de rôle au grenier.

– Ah bon ? C'est bizarre, ça. J'étais sûr d'avoir tout vendu à un vide-grenier il y a des années.

– Non, c'est là-haut. Du coup, on pourrait se faire une partie, un de ces jours.

– Ce serait super. Mais pour en revenir à ce que je disais, si tu ressens le besoin de passer du temps avec ta mère ou moi, il te suffit de nous faire signe. Je sais bien que tu ne devrais pas être obligé de nous le demander, mais ça risque d'être le cas dans les jours qui viennent. D'accord ?

– D'accord.

– Bien.

Ben Wood se leva pour aller se resservir et déposa un baiser sur le front de son fils au passage.

Meddy vint se percher sur la chaise qui se trouvait en bout de table, sous le vitrail du rez-de-chaussée.

– Me voilà.

– Tu ne manges pas ? demanda Milo en enfournant une énorme bouchée de pâtes.

– J'ai déjà fini. Écoute, Negret, on doit se débrouiller pour tirer les vers du nez à ces crétins, fit-elle avec un coup d'œil circulaire sur l'assemblée. S'ils restent chacun dans leur coin, on ne découvrira jamais ce qu'on veut savoir. Il nous faut des indices.

– Je sais. Je cherche. Tu as des idées, toi ?

Sirine secoua la tête.

– Tout ce que je sais, c'est que c'est toi qui vas devoir parler.

Elle releva le col de sa Cape d'Or d'Indiscernabilité, gratifia Negret d'un regard éloquent en voyant Ben Wood revenir avec son assiette pleine, et repartit comme elle était venue.

Milo mâcha sa viande en grommelant tout bas.

– Au fait, lui demanda son père, il est bien, le livre que tu lisais ce matin ? Celui que Georgie t'a prêté.

– Pas mal.

L'ébauche d'une idée clignota dans sa tête.

– D'ailleurs, ça me fait penser à un truc.

Il pivota sur le banc pour chercher Georgie des yeux. Elle lui tournait le dos, assise à l'une des tables du petit déjeuner.

– Georgie ?

Elle se retourna, sa fourchette à mi-chemin de sa bouche.

– Je t'écoute, cher Milo.

– Alors, ça avance, le Lansegwann ?

Le tintement bruyant d'un couvert heurtant une assiette la fit sursauter. Milo leva le nez. La plupart des clients se trouvaient hors de son champ de vision. Mais il vit Clem dans un fauteuil au bout du sofa, en train d'essuyer sur sa chemise une tache de sauce causée par la chute de sa fourchette.

– Un « lansegwann » ? Qu'est-ce que c'est que ce truc ? demanda-t-elle.

– C'est le nom de l'appareil photo boîte à cigares de Georgie, l'informa Milo, en se demandant pourquoi celle-ci paraissait soudain mal à l'aise. Tous les grands appareils photo ont un nom, précisa-t-il, au cas où elle aurait craint d'avoir l'air ridicule. Vous l'avez terminé, Georgie ?

– Parfaitement ! lui dit-elle avec un sourire de remerciement. Je te le montrerai tout à l'heure, si tu veux.

– Ouais, cool.

– Moi aussi, j'adorerais le voir, ajouta Clem d'un ton enjôleur.

– Et moi aussi, ça m'intéresse beaucoup, intervint Mme Hereward.

Les deux filles la dévisagèrent avec étonnement.

– J'aime énormément la photographie, se sentit obligée d'expliquer la vieille dame.

– Et moi, j'aime beaucoup le livre que vous m'avez prêté, ajouta Milo en se levant pour gagner le salon avec son assiette. Surtout le cadre des histoires. Je le trouve très intéressant.

Il s'assit près de la cheminée et regarda autour de lui. Tous semblaient l'écouter au moins d'une oreille, ne serait-ce que parce qu'il était le seul à parler.

– Ça se passe dans une auberge, un peu dans le genre de notre hôtel, reprit-il. Et tous les clients sont bloqués à cause de la pluie et d'une inondation, tout ça. Alors tous les soirs, chacun leur tour, ils racontent une histoire.

– Tu lis le *Livre ordinaire du raconteur,* ou bien *L'Auberge du houx*? demanda Mme Hereward.

– Le *Livre ordinaire du raconteur.* Vous le connaissez? C'est quoi, l'autre dont vous parlez?

– *L'Auberge du houx*, de Charles Dickens. La construction est identique. Certains pensent que celui qui a collecté les contes du *Livre ordinaire* s'est inspiré du principe de *L'Auberge du houx.*

Georgie repoussa son assiette.

– Vous vous y connaissez en contes populaires, madame Hereward ? demanda-t-elle poliment en allant s'asseoir à côté d'elle sur le sofa.

– Un peu, répondit la vieille dame avec une légère hésitation. Oh, je ne suis pas une spécialiste. Mais j'ai toujours adoré lire.

L'explication était plausible, mais au ton de Mme Hereward, Milo eut l'impression qu'elle mentait. Il se promit d'y réfléchir plus tard.

La Flatterie irrésistible : vous pouvez amener les plus récalcitrants à se plier à votre volonté. Il passa les doigts sur le trousseau de clés de Negret dans sa poche. Le père de Negret aurait sûrement veillé à transmettre ce talent à son fils.

– Vous savez ce qui serait drôle ? s'exclama-t-il soudain, comme si l'idée venait de le frapper. Chacun de nous pourrait raconter une histoire. C'est vrai, on est tous des inconnus rassemblés dans un hôtel. Ce serait pareil que dans le livre !

Il faillit ajouter : « Vous pourriez raconter ce qui vous a amené ici », mais se ravisa, trouvant la suggestion un peu trop précise. Quelque chose lui disait que certains seraient peut-être réticents à se confier. Tandis que s'il les laissait libres de décider, ils seraient peut-être tous partants. Et quelle que soit l'histoire qu'ils choisiraient, ce serait l'occasion d'apprendre quelque chose sur eux.

En tout cas, ça valait le coup d'essayer.

– C'est une excellente idée, Milo, approuva sa mère. Je propose de préparer du grog avec Mme Caraway pendant que vous finissez de manger, et que quelqu'un nous raconte une histoire ensuite. Il y a du whisky, pour ceux qui préfèrent.

– Super ! s'exclama Milo, enchanté. Moi, je vais aider à débarrasser.

Il ignora l'air ahuri de son père ; Milo avait horreur de débarrasser. Mais Negret, lui, avait un plan. En passant d'un hôte à l'autre, il pourrait sonder la façon dont chacun réagissait à son idée.

Il arpenta le salon pour récupérer vaisselle et couverts, un sourire enjoué plaqué sur le visage. Mais, derrière ce sourire, l'escaladeur soupesait soigneusement l'humeur de chaque individu.

Georgie, la première, semblait se réjouir sincèrement.

– C'est génial que tu aies pensé à ça, lui dit-elle en lui tendant son assiette. Ça nous permettra de faire connaissance ! Puisqu'on se retrouve ici tous ensemble, ça ne serait pas plus mal.

Mme Hereward paraissait un peu agitée.

– Je me demande quelle histoire je pourrais bien raconter ! s'inquiéta-t-elle en remettant son assiette à Milo.

– Pourquoi pas la raison qui vous a amenée ici ? suggéra-t-il, rien que pour observer sa réaction.

– Oh, non ! répliqua-t-elle aussitôt en tapotant nerveusement son chignon. C'est sans intérêt. Je voulais juste prendre un peu de vacances à Noël, et c'est comme ça que j'ai choisi l'hôtel. Absolument sans intérêt.

Milo eut encore l'impression qu'elle mentait, comme quand elle avait répondu à Georgie. « En tout cas, songea-t-il, elle ne dit pas tout. »

Le Pr Gowervine se leva et vint délicatement poser son assiette sur la pile. Sans un mot, il regarda Milo d'un air pensif en tirant de sa poche une bourse en cuir, dont il sortit une pipe. Puis, l'ayant salué d'un petit signe de tête, il prit son manteau dans l'entrée, retraversa le salon et alla fumer dans la véranda qui longeait un côté de la maison.

S'apercevant que son cœur battait plus vite, Negret inspira à fond pour se calmer. « Décidément, cet homme-là a un secret. »

– Quelle sorte d'histoires les gens racontent-ils, dans ce livre ? demanda Clem. Est-ce qu'il y a… je ne sais pas, moi… des histoires adaptées à ce genre de circonstances et d'autres pas ?

Elle se gratta la tête avant d'ajouter :

– Franchement, je crois que je n'ai jamais raconté d'histoire de toute ma vie.

– Jamais ? s'étonna Negret. À personne ? Sûrement que si.

– Pas comme ça, en tout cas. Ce n'est quand même pas pareil que de raconter sa journée à quelqu'un.

Il allait acquiescer, mais dit finalement :

– Ça peut être n'importe quel genre d'histoires. L'idée, c'est juste de s'amuser et de partager quelque chose. Je ne pense pas qu'il y ait une mauvaise manière de s'y prendre, en fait.

– Oui, c'est vrai que ça doit être sympa, admit Clem. Je vais peut-être me contenter d'écouter pour ce soir, et attendre demain pour me lancer.

Puis elle ajouta en se tournant vers Georgie :

– Et si vous nous racontiez comment vous avez trouvé un nom aussi original pour votre appareil photo, Bleue ?

– Vous pouvez peut-être nous le dire, rétorqua Georgie avec un sourire acide.

– C'est une idée, répondit Clem, songeuse.

– Ça m'intéresserait beaucoup de l'entendre, intervint Mme Hereward avec un drôle de petit froncement de sourcils.

« Bizarre, bizarre », se dit Milo.

M. Vinge était le dernier. Toujours assis dans son fauteuil dans le coin du salon, il tenait son assiette posée en équilibre sur un accoudoir et ne la céda à Milo qu'après l'avoir dévisagé avec insistance. Comme s'il savait parfaitement où celui-ci voulait en venir, qu'il voulait le lui faire savoir, et qu'il acceptait de jouer le jeu uniquement parce que ça l'arrangeait.

Puis il cligna des paupières et remit ses lunettes en place avec un petit sourire en coin, et Negret se demanda s'il n'était pas en train de prêter des intentions cachées à un banal client qui s'ennuyait, coincé par le mauvais temps.

Mme Caraway vint lui prendre la vaisselle des mains à l'entrée de la cuisine.

– Merci, Milo. Que dirais-tu d'un bol de chocolat chaud, en guise de remerciement ?

Quand la vaisselle fut faite, le café et le grog servis, et les assiettes du célèbre gâteau fourré de Lizzie Caraway distribuées, les onze occupants de l'Hôtel de Secrets' Hill se rassemblèrent dans le salon. C'était déjà une drôle de compagnie à la base, mais elle le devenait encore plus quand elle se retrouvait réunie dans la même pièce. Et bien sûr, Milo les voyait désormais avec les yeux de Negret, ce qui changeait aussi.

L'atmosphère également était de plus en plus étrange. Le groupe dans son ensemble dégageait un curieux mélange de tension, d'attente, de curiosité et de méfiance.

Les clients se regardaient les uns les autres. En jetant un coup d'œil vers M. Vinge, Negret s'aperçut avec étonnement qu'il espérait que l'homme aux chaussettes à losanges allait prendre la parole. Mais celui-ci s'obstinait à fixer sa cuiller en la tournant rêveusement dans sa tasse. Clairement, il ne proposerait pas d'histoire ce soir. Milo regarda alors le Pr Gowervine, mais ce dernier se faisait tout aussi discret.

Enfin, Mme Hereward fit tinter sa cuiller contre sa tasse.

– Bien. Je pense que je peux y arriver, annonça-t-elle d'un ton guindé.

Tous les yeux se tournèrent vers elle.

– Je viens d'une très ancienne et très vénérable famille, commença-t-elle, le regard perdu dans sa tasse de thé. Peut-être l'une des histoires que mon père appelait « nos vieilleries domestiques » pourrait-elle convenir. Je vais vous raconter *Seuls les idiots se rient du destin*. Écoutez mon histoire.

– On ne fait que ça, grommela le Pr Gowervine.

Mme Hereward s'apprêtait à le rabrouer mais Georgie répondit à sa place :

– Un peu de patience, professeur ! C'est comme ça qu'on commence une histoire dans certaines traditions folkloriques. C'est une façon pour le conteur d'annoncer le début du récit à son auditoire.

– C'est vrai, confirma Negret, réalisant au même instant qu'il le savait. Certaines histoires du *Livre ordinaire du raconteur* commencent comme ça.

– Excusez-moi, dit le Pr Gowervine avec une petite moue penaude.

– Je vous en prie, répondit la vieille dame d'un air hautain. Maintenant, écoutez.

Chapitre cinq

LE SPECTRE ET LE CHEMINEAU

I

– Écoutez mon histoire. Il était une fois un jeune homme qui vivait dans un bourg de la baie, et qui travaillait dans une petite ville côtière un peu plus au nord. Le garçon se nommait Julien Chemineau. Deux fois par jour, il parcourait dix kilomètres sur une route qui longeait la mer. Il y avait l'océan, puis un cordon de hautes dunes couvertes de joncs et, juste derrière les dunes, la route, mal pavée et jonchée de cailloux qui rentraient dans ses chaussures usées et lui blessaient les pieds. On aurait presque dit que les cailloux eux-mêmes avaient honte de l'état de la chaussée et cherchaient à s'en échapper par tous les moyens.

– « Chemineau » ? l'interrompit Georgie. Comme un chemineau ?

– Patience, riposta Mme Hereward.

Il y avait dans le *Livre ordinaire du raconteur* une histoire intitulée *Le Chemineau dans les orties,* mais Milo ne l'avait pas lue.

– Un chemineau ? s'étonna-t-il. C'est quoi, un chemineau ?

Il soupçonnait qu'il aurait dû le savoir, mais cela lui était sorti de la tête. Il se rappelait juste que Meddy lui en avait parlé quand ils avaient travaillé sur son personnage.

– Dans les contes populaires, ce sont des vagabonds, des personnages errants qui vivent sur les routes, lui expliqua Georgie. Et pas n'importe quelles routes, en général.

Puis elle adressa un sourire charmeur à Mme Hereward, qui perdait patience.

– Excusez-moi.

– Ayez la gentillesse de ne pas interrompre mon histoire, jeune fille. Reprenons :

Par un beau soir d'été, Julien rentrait chez lui, sous un ciel comme il n'en avait pas vu depuis longtemps. Pas un nuage, et tant d'étoiles qu'on aurait cru que le firmament était aspergé de gouttelettes de peinture blanche. La nuit était si claire que Julien avait même éteint sa lampe. La seule chose qui gâchait son plaisir était un caillou particulièrement douloureux dans sa chaussure.

Il s'arrêta et retira sa chaussure en marmonnant :

– Si seulement ces cailloux pouvaient me laisser tranquille ! Ah, si j'étais maire de cette ville, je pourrais faire réparer cette route.

Le genre de souhait qu'on exprime sans réfléchir, et sans le vouloir vraiment. Or, à cet instant précis, une étoile filante traversait le ciel.

Chacun sait – ou du moins a dû entendre quand il était petit – qu'on peut faire un vœu au passage d'une étoile filante. Ce que certains ignorent, c'est que pour voir son vœu se réaliser à coup sûr, il faut le dire à voix haute avant que l'étoile ne disparaisse, un exploit presque impossible à accomplir. Mais parce que son vœu (le deuxième) était sur ses lèvres juste avant que l'étoile n'entame sa chute, Julien y parvint sans même le savoir.

Il secoua sa chaussure pour faire tomber le caillou et renouait son lacet lorsqu'une voix s'éleva des dunes.

– Veux-tu répéter, jeune homme ? dit la voix.

Il se retourna et vit s'approcher un étrange personnage.

– Pardon ? demanda-t-il.

L'étranger était vêtu d'une queue-de-pie argentée, avec des traces de brûlure noires aux coudes et au col. Son pantalon était d'une teinte de gris plus sombre, également brûlé aux genoux. Et il était trempé de la tête aux pieds, comme s'il sortait de l'eau.

– Je t'ai demandé si tu pouvais répéter ton vœu, redit l'homme en frappant une casquette à oreillettes en cuir gris contre sa cuisse pour l'essorer. Avec le vent, je n'ai pas bien entendu. Je dois même avouer que je n'étais pas très attentif. Personne ne réussit jamais à formuler son vœu en temps voulu. Je te suis reconnaissant et je t'accorderais le tien y compris si je n'étais pas tenu de le faire. Après tout, tu m'as sauvé la vie.

Sur quoi l'inconnu tendit la main.

– Baetylus, étoile filante, au risque de formuler une évidence. Alors, quel est ton vœu ?

Julien, qui le fixait d'un air stupéfait, parvint néanmoins à comprendre ceci : un inconnu du nom de Baetylus lui proposait de réaliser son vœu. Il regarda la chaussure qu'il venait de remettre, puis la longue route qui s'étendait devant lui.

– J'ai dû dire quelque chose à propos de devenir maire pour pouvoir réparer cette route, répondit-il, un peu méfiant.

Baetylus fronça les sourcils.

– Tu désires être maire ? Vraiment ? Et tu y connais quelque chose dans l'entretien des routes ?

Julien réfléchit.

– Eh bien, si j'étais maire, je pourrais embaucher quelqu'un dont c'est le métier...

– Sans doute, concéda l'étoile filante en jetant un regard dédaigneux sur les pavés disjoints à ses pieds. Bien que cette route me paraisse déjà précisément de celles qu'on peut espérer avec un maire qui a obtenu sa fonction grâce à un vœu.

Après avoir extrait encore un peu d'eau de sa casquette en la tordant entre ses mains, il la mit sur sa tête, qui ressemblait ainsi à une balle de pistolet.

– Écoute, si tu veux être maire... certes, je peux tout à fait t'accorder ce vœu. Mais si tu souhaites être un bon maire – et ils semblent bien peu nombreux –, il faut que tel soit ton destin. Un vœu qui va à l'encontre du destin n'est jamais une bonne idée. Seuls les idiots se rient du destin.

– Moi, je crois au contraire que seuls les idiots comptent dessus, marmonna Julien. Comment le destin peut-il décider à ma place de ce que je vais devenir ?

Assis sur le rebord de la cheminée, Milo s'agita. Il était pris du même trouble que lorsque Sirine, plus tôt dans la journée, l'avait interrogé sur ce qu'il voulait être. Ce genre de pensées l'amenait inévitablement à se demander ce qu'il aurait pu être si sa vie avait démarré autrement. Mais peut-être que le destin existait et que c'était une fausse question. Peut-être son destin était-il de vivre ici, à l'Hôtel de Secrets' Hill, au sein de la famille Wood.

Un sentiment de culpabilité lui noua le ventre. Car si quelqu'un avait pu lire dans ses pensées, il en aurait conclu que Milo aurait préféré une autre vie. Ce qui n'était pas le cas. Simplement, il ne pouvait pas s'empêcher de se poser des questions…

Il ramena son attention sur le récit de Mme Hereward.

L'étoile filante s'excusa pour son commentaire :

– Ce n'est qu'une simple remarque, fruit de millénaires d'observations. Fais-en ce que tu veux. Si tu souhaites réellement devenir maire, dis-le et ce sera fait.

Mais, entre-temps, Julien avait un peu réfléchi à son vœu, qui n'était jamais qu'un coup de tête.

– Vous avez sans doute raison, admit-il. Franchement, je n'ai dit cela qu'à cause d'un caillou dans ma chaussure.

– Excellent ! s'exclama Baetylus. Si tu désires des chaussures anti-cailloux, rien de plus simple.

– Ce serait gâcher mon vœu.

– Pas du tout ! Des chaussures anti-cailloux, qui ne s'usent jamais, ce serait à la fois très pratique et impossible à fabriquer sans l'usage de la magie. D'ailleurs, c'est un vœu si parfait que je te l'accorde en plus. Et la prochaine fois que nos chemins se croiseront, tu pourras me dire ce que tu souhaites vraiment. Comme tu m'as sauvé la vie, je te dois bien cela.

Sur quoi l'étoile filante prit un peu de poudre dans sa poche et la jeta sur les chaussures de Julien. Aussitôt, le garçon sentit ses semelles se renforcer, ses lacets se resserrer et même ses chaussettes s'épaissir. Puis l'étrange bonhomme au manteau d'argent se plia et ramassa un caillou qu'il lui tendit.

– C'était le caillou qui me torturait ? demanda Julien.

– Te voilà tranquille, désormais, dit Baetylus en le déposant dans sa paume. Mais il te rappellera le vœu que tu as failli faire.

Il serra la main du garçon, puis se retourna et s'éloigna sur la route.

Quand il eut disparu, Julien repartit à son tour en faisant sauter le caillou dans sa main. Il pensait au vœu qu'il ferait en revoyant Baetylus. « Je ne demanderai pas à devenir maire, en tout cas », songea-t-il en jetant le caillou pardessus son épaule. Puis il ajouta tout haut :

– Je pourrais demander de devenir assez riche pour refaire la route moi-même.

Et figurez-vous qu'avec sa chance, le caillou qu'il avait jeté au hasard retomba dans un vieux puits oublié, enfoui sous les mauvaises herbes ; l'un de ces vieux puits magiques qu'on appelle des puits à souhaits.

– Avec une chance pareille, même plus besoin de faire des vœux, fit Sirine derrière le sapin.

– Chut ! souffla Negret.

Tous les regards se tournèrent vers lui et il rougit jusqu'aux oreilles.

– Pardon, murmura-t-il.

Mme Hereward poussa un soupir avant de reprendre :

– Bien sûr, Julien l'ignorait. Il n'avait pas vu où était tombé le caillou. Et il poursuivit son chemin en contemplant les étoiles tout en réfléchissant à son vœu. Pendant ce temps, derrière lui, l'eau sombre s'échappa en bouillonnant du puits oublié, se répandit sur les pierres moussues et coula entre les buissons tordus par le vent jusque sur la route. Se déversant dans un flot de plus en plus large, elle filait derrière Julien, qui ne se rendit compte de rien jusqu'à ce qu'elle éclabousse l'arrière de ses chaussures. À cet instant, une voix de femme sortit des buissons :

– Excuse-moi, jeune homme, voudrais-tu redire cela ?

Julien monta sur une grosse pierre au bord de la route inondée et, en plissant les yeux, distingua parmi les buissons celle qui avait parlé, et qui sortait du puits pour le rejoindre. Elle portait une magnifique robe couleur d'ardoise et ses cheveux étaient du même gris argenté que le costume de Baetylus, mais sa peau avait le teint sombre de l'eau la plus noire – grise, noire, brune, ou verte, ou même un mélange de tout cela, selon l'angle de la lumière.

– Pourrais-tu répéter, s'il te plaît ? demanda-t-elle de nouveau. Je n'ai pas fait attention. Mon puits est si vieux, et il est si rare que quelqu'un le trouve pour y faire un vœu que je n'écoute pas autant que je le devrais, je le reconnais.

Elle lui tendit le caillou qu'il avait jeté.

– Je crois que ceci t'appartient.

Julien, venant de rencontrer une étoile filante, parvint de justesse à garder son sang-froid face à l'apparition de cette femme étrange. Il se présenta, et elle lui serra la main.

– Je m'appelle Wielle, lui dit-elle. Peux-tu me répéter ton souhait ?

Là encore, Julien s'était contenté de dire ce qui lui passait par la tête, sans rien désirer de particulier.

– J'ai fait le vœu d'être riche, reconnut-il.

Puis, comme cette réponse lui paraissait égoïste, il précisa :

– Pour réparer la route.

Wielle l'observa d'un air pensif.

– Je ne sais pas si ce vœu est recommandable, dit-elle enfin. Je te l'accorderai si c'est vraiment ce que tu souhaites, mais tu m'as l'air d'être un brave jeune homme, et ce genre de vœu ne se réalise jamais comme on l'aurait voulu. L'argent n'attire que des ennuis ; il n'apporte jamais ce qu'on en espérait. Et puis, il y a le problème du destin. Les choses ne tournent jamais bien lorsqu'on essaie de le tromper. Seuls les idiots s'y risquent.

– Encore le destin ! soupira Julien. Je ne sais pas si j'y crois, mais vous avez raison. Je n'ai pas fait ce souhait en espérant réellement qu'il soit exaucé. Je parlais tout haut, rien de plus.

– Mais je ne peux pas repartir sans t'en avoir accordé un, protesta la femme. Sais-tu depuis combien de temps je n'étais pas sortie de ce puits ? Je t'en prie, demande-moi quelque chose. Je m'ennuie là-dedans. Et si j'exauce un souhait, j'ai le droit de passer dix ans hors de mon puits.

Au fond, Julien ne désirait rien de particulier, mais il ne voulait pas décevoir Wielle.

– Voyons, dit-il. Au départ, je voulais avant tout que cette route soit réparée. Si les pavés cassés étaient remplacés, ce serait déjà une amélioration.

– Ce n'est pas une mauvaise idée, admit-elle après réflexion. Je pourrais t'accorder cette demande dans un premier temps et exaucer ton vrai vœu une autre fois.

Julien se demanda brièvement pourquoi toutes ces étranges créatures tenaient tant à exaucer des vœux supplémentaires, et ce qui les rendait si sûres de le revoir. Mais déjà, Wielle s'approchait, ses pas la portant sur la surface de l'eau comme un insecte aquatique. Elle lui prit la main, lui replia les doigts sur le caillou et posa un baiser sur ses lèvres. Lorsqu'elle recula, tous les pavés avaient disparu et on n'y voyait plus un seul caillou pointu.

– À la prochaine fois, Julien ! lui lança-t-elle.

Et à son tour, elle s'en alla vers le nord, entraînant l'eau du puits derrière elle comme la traîne d'une robe de soirée.

Julien la regarda disparaître. Puis, avec le sentiment d'avoir quitté sa route habituelle pour un rêve, il se remit en marche.

Le chemin de terre était bien plus agréable que la vieille route aux pavés disjoints, mais après le passage de l'eau, il était un peu bourbeux. Les nouvelles chaussures de Julien le protégeaient parfaitement, mais ne l'aidaient pas à avancer dans la boue. Alors, au bout de quelques mètres, il quitta la route, trouva un petit cornouiller et s'y tailla un bâton de marche. Puis il regagna la route et repartit en bougonnant : « Des vœux, et encore des vœux... » Voilà qu'il en avait deux en réserve en cas de besoin, et il se demandait quel genre de vœux Baetylus et Wielle pourraient approuver. « Seuls les idiots se rient du destin », avait dit l'étoile filante, et « Les choses ne tournent jamais bien lorsqu'on essaie de tromper le destin », l'avait averti Wielle. Mais il ne savait toujours pas s'il croyait au destin. « Voilà qui pourrait être un vœu utile, murmura-t-il : savoir si j'ai un destin, et, si oui, lequel. »

Après qu'il eut parcouru encore quelques mètres en silence, une nouvelle voix s'éleva, une voix qui semblait incroyablement proche.

– Par pitié, articule ! Je ne peux rien faire si je n'y comprends rien, moi !

De surprise, Julien lâcha son bâton et fit volte-face, mais il ne vit personne. Il regarda du côté des dunes, au cas où il aurait encore fait un vœu par inadvertance pendant le passage d'une deuxième étoile filante. Il porta la main à sa poche et se tourna vers les buissons, mais le caillou était toujours là et l'eau n'était pas ressortie du fond du puits. Il se retourna de nouveau, et vit une fine créature qui se levait du sol. Son bâton de marche avait maintenant des bras, des jambes et un long visage, et frottait son costume couleur d'écorce tout couvert de boue.

– Mais qui êtes-vous, vous ? lui demanda Julien, ébahi.

Au moins, il avait déjà entendu parler du pouvoir des étoiles filantes et de puits à souhaits. Mais un bâton qui parlait... ça, c'était nouveau.

– Je suis un bâton à souhaits, déclara la maigre créature, un peu vexée. Tu m'as donné vie en me taillant dans le cornouiller en même temps que tu faisais un vœu.

– Un bâton à souhaits ? ricana le Pr Gowervine. Qu'est-ce que c'est encore que cette invention ?

– Auriez-vous l'obligeance de ne pas m'interrompre ? exigea Mme Hereward.

Le professeur se tourna vers Georgie, qu'il semblait désormais considérer comme une autorité en matière de contes populaires.

– Ça existe, ça, les bâtons à souhaits ?

Georgie haussa les épaules.

– A priori, dans cette histoire, oui. Enfin, puisqu'il y a des arbres à souhaits, un bâton à souhaits ne me paraît pas si aberrant. Et je vous rappelle qu'il s'agit d'une histoire.

Après un regard noir au Pr Gowervine, Mme Hereward reprit d'une voix forte :

– Je m'appelle Julien.

– Et moi, Cornouille, déclara l'échalas. Ravi de te rencontrer. Alors, Julien, aurais-tu l'amabilité de reformuler ton vœu en bonne et due forme ? Ainsi, on pourra aller de l'avant.

– Eh bien, disons que je souhaite savoir si j'ai un destin, et si oui, lequel.

Negret se pencha en avant et posa le menton sur son poing. « Ce n'est qu'une histoire, se rappela-t-il. Ça ne veut rien dire. » Pourtant, il était aussi impatient de connaître la réponse que s'il s'était agi de son destin à lui.

Julien se préparait à se faire sermonner sur ce qu'était un bon souhait. Après ses deux premières rencontres, il commençait à se dire qu'il n'était pas très doué pour les choisir. Or Cornouille lui dit :

– Cela fait deux vœux. Il faut choisir. Enfin, si tu tiens à le savoir. Je n'ai jamais compris que les gens accordent autant d'importance au destin. Seuls les idiots s'en remettent au destin.

– Je suis bien d'accord ! s'exclama Julien. Mais deux fois ce soir, on m'a dit que je serais un idiot de contrarier le destin par un vœu. Comment peut-on avancer si on passe son temps à se soucier du destin ?

– À mon avis, on n'avance pas, confirma Cornouille. Sans compter que, si le destin existe, il ne doit pas marcher si bien que cela, s'il suffit d'un petit vœu pour le contrarier. Mais ces premiers vœux, quels étaient-ils ?

Julien le lui expliqua. L'homme-cornouiller l'écouta en hochant la tête ici et là, posa quelques questions et, finalement, demanda à voir le caillou.

– Très intéressant, fit-il à mi-voix en le retournant entre ses doigts grêles.

Il le restitua à son propriétaire.

– Il me semble que Baetylus et Wielle ont été de bon conseil en te suggérant de réfléchir à tes vœux, non pas à cause du destin, mais parce que tu admets toi-même que tu n'as pas vraiment envie ni d'être maire, ni d'être riche. Tout ce que tu veux, c'est une nouvelle route. Peut-être ont-ils parlé du destin simplement dans le but de te faire réfléchir. Nous, créatures qui exauçons les vœux, nous ne sommes pas censées remettre en cause les demandes qu'on nous fait. Mais que veux-tu, c'est plus fort que nous.

– Vous avez un avis sur ce que je devrais souhaiter ? questionna Julien.

Cornouille haussa les épaules.

– Pas vraiment. Cela dit, je te dois un service pour m'avoir libéré. Si tu désires profiter de mes réflexions, c'est avec plaisir que j'essaierai de t'être utile.

– Oui, s'il vous plaît !

Ils s'assirent côte à côte sur un pan de barrière qui avait jadis retenu les dunes. Cornouille cala sa mâchoire dans sa paume et pianota des doigts sur sa joue maigre.

– L'ennui, si je te réponds sur ton destin, déclara-t-il enfin, c'est que cela ne t'apprendra strictement rien. Le connaître modifierait forcément tes actes, et comment être sûr que cela serait dans le bon sens ? J'ai une question : que souhaites-tu vraiment ?

– C'est une très bonne question, approuva Julien.

Lui-même n'y avait pas beaucoup songé. À part pour une chose, bien sûr.

– Cornouille, pourriez-vous réparer cette route entre la ville où je travaille et celle où j'habite ? Je veux dire, la réparer vraiment, avec de nouveaux pavés, des fossés, etc. ? En faire une belle route ? C'est tout ce que je demandais au départ.

Cornouille regarda tour à tour Julien et le chemin boueux. Après un hochement de tête, il se leva.

– Je peux faire mieux que cela. Passe-moi l'une de tes chaussures.

Le garçon ôta l'une de ses nouvelles chaussures et la lui tendit. Du bout de son index, qui était muni d'une épine à la place de l'ongle, l'homme-brindille traça un signe sur la semelle.

– Voilà, dit-il, très satisfait. Maintenant, où que tu ailles avec ces chaussures, une route en bon état apparaîtra sous tes pieds.

Julien remit la chaussure et ne sentit pas de différence. Mais à peine eut-il posé le pied sur la route qu'une surface de pavés tout lisses se répandit devant lui comme une grande flaque. Il fit un deuxième pas et la surface s'agrandit, s'étendant jusqu'en bordure des dunes, où les pavés s'arrêtèrent comme s'ils estimaient avoir accompli leur mission. Ceux que ses premiers pas avaient fait apparaître étaient toujours derrière lui. Julien fixa la route, puis Cornouille.

– Choisis bien tes chemins, lui recommanda ce dernier. Et retire tes chaussures quand tu veux sentir l'herbe, l'eau ou le sable sous tes pieds. Désormais, partout où tu voudras te frayer un chemin, tu en auras le moyen.

Et tant que nous y sommes, passe-moi ta lanterne et ton couteau. Celui avec lequel tu m'as libéré.

Julien lui tendit les deux objets qu'il réclamait, et Cornouille ajouta sur le manche du couteau et sous la lampe le signe qu'il avait déjà gravé sur la semelle de sa chaussure.

– Ainsi, tu pourras toujours débroussailler et éclairer ta route, tant que tu auras un bout de silex. Je pense que le caillou qui t'a causé tant de soucis fera tout à fait l'affaire.

Puis il bondit à son tour sur la chaussée et serra la main de Julien.

– Fais bonne route, jusqu'à notre prochaine rencontre.

Sur ces mots, il s'éloigna à son tour vers le nord et disparut dans la nuit étoilée. Et Julien rentra chez lui en s'émerveillant du bien-être qu'il ressentait à chacun de ses pas sur les pavés lisses.

Là, Mme Hereward fit un aparté :

– D'après mon père, son père et sa mère, et aussi ses grands-parents et leurs parents et grands-parents avant eux, Julien fut le premier des chemineaux, ces grands arpenteurs du pays, et les routes qu'il pava grâce à ses chaussures magiques devinrent les plus sacrées de toutes celles empruntées par ceux du monde des chemins, qu'on appelle aussi le monde des voyageurs. Et il garda toujours les chaussures, le couteau, la lanterne et la pierre à silex. Et… c'est ainsi que s'achève mon histoire.

Mme Hereward inclina légèrement la tête à l'adresse de son public par-dessus sa tasse de thé.

La mère de Milo se mit à applaudir.

– C'était magnifique, madame Hereward !

Les autres ne tardèrent pas à se joindre à elle.

– D'accord, dit Sirine à Negret en croisant les bras. C'était pas mal du tout. On appelle ce genre d'histoire des récits de création. Celui-ci pourrait servir dans une campagne, un jour.

Elle sortit un stylo et une feuille de sa poche et se mit à griffonner.

Negret, perplexe, la rejoignit derrière le sapin.

– Mais ce n'était qu'un conte, chuchota-t-il.

– Et alors ? Ça m'a plu.

– Mais ça ne nous dit rien sur ce qui l'a amenée ici.

La scoliaste releva le nez et regarda Mme Hereward les yeux plissés.

– Ah non ? À mon avis, tu te trompes. Demande-lui ce que sont devenus tous les trucs que les créatures magiques ont donnés à Julien.

– Ça marche. Madame Hereward, lança-t-il en passant la tête derrière le sapin, que sont devenus les objets de Julien, les chaussures, le silex et tout ça ?

La vieille dame le regarda avec une expression curieusement déconfite.

– Ça, petit, je n'en ai pas la moindre idée. Seigneur, mon thé a complètement refroidi. Je vais aller reprendre de l'eau chaude.

Elle se leva avec raideur et se dirigea d'un air concentré vers le plateau à thé que Mme Caraway avait laissé dans un coin du salon.

– Qu'est-ce que je t'avais dit ? commenta Sirine en levant le nez de sa feuille.

– Quoi ?

– Logiquement, un adulte aurait répondu que ce n'était qu'une histoire et que les objets magiques n'existent pas, expliqua Sirine avec un sourire de triomphe. Voilà ce que je pense : Mme Hereward ne croit pas que ce soit une histoire. Et ça ne m'étonnerait pas qu'elle pense qu'il y a un lien entre ce récit et cette maison.

– Je vois.

Ils la regardèrent se resservir en eau chaude en oubliant complètement de rajouter du thé dans sa tasse.

Negret sortit de son recoin pour aller s'installer dans le fauteuil vide de l'autre côté de la cheminée.

– Quelqu'un d'autre ? lança-t-il avec espoir.

– Puis-je faire une demande ? s'enquit Clem, qui était assise par terre devant le feu.

– Allez-y.

– J'aimerais entendre une histoire sur cette maison.

Tout à coup, Negret eut le sentiment que si une épingle était tombée par terre à cet instant, elle aurait fait plus de bruit qu'un coup de cymbales. Lui demandait-elle, à *lui*, de raconter une histoire ?

Il en eut des palpitations. Il ne lui avait même pas traversé l'esprit qu'en réclamant la participation de chacun, il s'incluait dans le lot ! Or, dans le livre, le personnage qui avait eu l'idée avait raconté le premier récit.

Mais Clem se tourna avec un grand sourire vers Nora Wood, adossée à la grosse horloge contre le mur qui séparait le salon de la cuisine.

– Vous voulez bien ?

Ben et Nora Wood échangèrent un coup d'œil. C'était une question épineuse. La contrebande avait beau constituer une bonne part de l'activité de Nagspeake et la quasi-totalité de celle des ports de la baie, elle n'en restait pas moins illégale.

– Je vous raconterai volontiers ce que je sais, finit par répondre la mère de Milo. C'est-à-dire pas grand-chose... Je devais avoir l'âge de Milo quand mes parents ont emménagé ici. Mon père a acheté la maison déjà meublée, à une famille du nom de Whitcher.

Elle fit une pause, sans doute, supposa Milo, pour laisser à ceux qui connaîtraient ce nom l'occasion de demander : « Whitcher ? Ce n'était pas le vrai nom de Doc Holystone ? » Mais personne ne broncha.

– Maintenant que j'y pense, reprit-elle, je connais une histoire qui pourrait vous plaire. Mais c'est une histoire de fantôme, qui s'est passée ici. Ça ne fait peur à personne ?

Tous secouèrent la tête et attendirent.

– Bon. Alors, ça s'est passé… Voyons, Milo était encore bébé, cela remonte à une dizaine d'années. L'un de nos clients réguliers nous a annoncé un matin au petit déjeuner qu'il avait vu un mort dehors par la fenêtre.

– Quoi ? s'exclama Milo, qui faillit en lâcher sa tasse.

– Eh oui, confirma sa mère en haussant les sourcils. Je suis sûre que tout le monde ici a entendu parler de Doc Holystone. Avec Monsieur Maxwell, Ed Pickering et Violet

Cross, c'était l'un des grands contrebandiers de la région, il y a un demi-siècle. (C'est ainsi qu'on appelait les trafiquants à l'époque.) J'ai grandi dans la baie et, enfant, j'ai entendu toutes sortes de récits sur les exploits de Doc Holystone. Pour autant qu'on sache, il a été capturé et tué quand j'étais petite. Certains disent même que sa capture a eu lieu dans cette propriété, sous les yeux de son fils.

Bien sûr, personne n'en a averti mon père quand il a acheté la maison. Les gens n'ont commencé à parler que bien après, à l'époque où il a transformé la Villa de Verre en hôtel. Mais il était évident qu'il s'était passé quelque chose ici. Holystone s'était volatilisé du jour au lendemain, et les derniers membres de sa famille et de son équipage avaient dû fuir, sans prendre le temps de vider la maison. Des années plus tard, Ben et moi avons hérité de l'hôtel et de ses clients. Et c'est là qu'une nuit d'été, quand Milo était petit, l'un de ces clients…

Elle se tourna vers son mari pour lui demander :

– C'était bien Fenster ?

– Dans mon souvenir, oui, confirma son mari. Ce n'était pas sa période habituelle. Il venait plutôt au début du printemps, normalement.

« Les trafiquants et leurs saisons », se dit Milo. Il savait parfaitement de quoi parlaient ses parents. Fenster faisait de la contrebande au printemps parce qu'il faisait principalement le trafic de semis et de graines.

– Voilà. Et c'est sans doute pour cette raison qu'on lui avait donné une autre chambre que d'habitude, située dans un coin plus frais de la maison.

Les yeux de Nora Wood papillonnèrent en direction de Mme Hereward. Fenster avait sûrement logé dans la 2N, et elle devait se demander s'il était sage de signaler à la vieille dame que les événements de son histoire s'étaient déroulés dans sa chambre. « Tais-toi ! » pensa Milo. Mme Hereward partait en vrille un peu trop vite pour qu'on l'informe qu'elle dormait dans une chambre hantée.

– Une nouvelle chambre dans une vieille maison qui craque de partout, ça peut être un peu perturbant, même effrayant, parfois, poursuivit Nora Wood, étant visiblement parvenue à la même conclusion que son fils. Milo vous le dira, il les a toutes essayées. Milo, tu peux nous parler des différences d'une chambre à l'autre en termes de craquements sinistres ?

– C'est vrai qu'elles sont très différentes, acquiesça son fils. Le problème, ce n'est pas que ça fait peur. Mais quand on s'est habitué aux bruits et aux courants d'air d'une chambre en particulier, si on en change, on ne se sent plus dans son élément.

– C'est tout à fait ça. Alors, quand Fenster est descendu le premier matin en disant qu'il avait vu quelque chose de bizarre, on a pensé qu'il avait juste eu un peu de mal à s'adapter à sa nouvelle chambre. Il a dit que quelque chose l'avait réveillé – un bruit, probablement, il ne savait pas quoi – et que, ensuite, il avait aperçu un mouvement par la fenêtre. Mais il ne savait pas quoi non plus. Peut-être une sorte d'éclair de lumière dans le ciel ou dans les arbres. Il n'a pas demandé à changer de chambre pour autant. Il voulait juste nous signaler l'incident. Puis il a repris deux fois des pancakes au petit déjeuner, et il n'en a plus parlé.

Mais le lendemain matin, même histoire. Cette fois, Fenster s'était levé pour aller regarder à la fenêtre. Et il avait distingué la silhouette d'un homme sous les arbres, qui fixait la maison.

Et il avait l'impression de l'avoir déjà vu. Je me souviens qu'il a observé mon mari assez longtemps, comme s'il pensait que c'était lui. Mais Ben n'était pas sorti cette nuit-là, et certainement pas à deux heures du matin, heure à laquelle Fenster avait aperçu quelqu'un. Fenster s'est encore servi trois fois de pancakes, et on est passés à autre chose. Jusqu'au lendemain matin, où il a déclaré qu'il savait de qui il s'agissait.

Ça avait recommencé. Il était retourné à la fenêtre, et l'homme était encore là, sous les arbres, en train de regarder la maison. Quelque chose a poussé Fenster à lever la main pour lui faire signe et l'autre lui a répondu. C'est à son geste qu'il l'a reconnu. C'était Doc Holystone.

Tout le monde sait que la société de vente par correspondance Deacon & Morvengarde a toujours…, incité la population à sévir contre les trafiquants. À ce qu'il semble, juste avant la capture de Doc Holystone, la compagnie avait fait coller dans tout Nagspeake des avis de recherche qui le montraient avec une main levée. Et le geste de l'homme dans les bois avait rappelé ces affiches à Fenster.

Milo n'avait jamais entendu cette histoire, mais il connaissait Fenster Plum et savait que ce n'était pas grâce à une affiche qu'il avait identifié le célèbre trafiquant. Fenster avait *navigué* avec Doc Holystone. Mais cela, sa mère n'allait pas le révéler à un groupe d'inconnus.

– Évidemment, reprit Nora Wood, on lui a signalé que Doc Holystone était – en principe – mort depuis plus de vingt ans. Ce qui est sûr, c'est que personne à Nagspeake ne l'avait revu depuis le jour de sa soi-disant capture. J'ai dit à Fenster qu'il avait dû rêver, qu'il avait sans doute été perturbé par les bruits ou les courants d'air de sa nouvelle chambre. Mais il n'en démordait pas. Comment pouvait-il être aussi sûr de lui ?

Alors il nous a avoué qu'il ne nous avait pas tout dit. Sa fenêtre était celle qui se trouve juste au-dessus de l'escalier de secours. C'est une fenêtre à guillotine qui s'ouvre en coulissant de bas en haut, comme toutes les fenêtres des chambres de l'hôtel. La troisième nuit, après avoir fait signe au jeune homme sous les arbres, Fenster était sorti sur la plateforme de l'escalier pour mieux voir. Et, tout à coup, il avait réalisé qu'à chaque fois qu'il s'était réveillé, sa fenêtre était ouverte. Pourtant, elle était fermée quand il s'était couché. Alors il s'était retourné, et il avait vu qu'il n'était pas seul. À côté de lui en haut de l'escalier, il y avait un petit garçon, qui agitait la main, lui aussi. C'était à *lui* que l'homme faisait signe. Et c'était sûrement lui, d'après Fenster, qui avait ouvert la fenêtre pour sortir. Le bruit qui l'avait réveillé était celui du châssis qui coulissait.

Franchement, je ne sais pas si j'aurais eu le courage d'en faire autant, mais Fenster, qui dormait à moitié et qui a toujours eu un côté un peu naïf, s'adressa au garçon. « Tu connais cette personne ? » l'interrogea-t-il. Il aurait pu commencer par lui demander qui il était, lui, et comment il était arrivé en haut de l'escalier en passant par la fenêtre. C'est vrai, il n'y avait pas de petit garçon parmi les clients de l'hôtel et, de toute façon, ils se connaissaient tous entre eux. Mais allez savoir pourquoi, il ne se posa pas la question. Le petit garçon fit oui de la tête et lui répondit : « C'est mon père. On doit se faire signe maintenant, parce qu'on n'a jamais pu se dire au revoir. » « Et comment s'appelle ton père ? lui demanda Fenster. J'ai l'impression de le connaître. » Le petit garçon sourit fièrement et dit : « Il s'appelle Michael Whitcher, et on habitait ici autrefois ». L'enfant fit de nouveau signe à l'homme, qui lui répondit, puis ils disparurent, laissant Fenster seul en haut de l'escalier.

Nora Wood s'interrompit et Clem en profita pour demander :

– Cette maison a appartenu à Doc Holystone ?

– Oui, répondit Nora Wood en souriant. Et au moins une fois, à en croire Fenster, les fantômes de Doc Holystone et de son fils y sont revenus pour se dire au revoir. C'est la seule fois où on ait entendu parler d'une apparition ici.

– Cette histoire me plaît encore plus que la première, déclara Meddy.

II

Nora Wood avait à peine achevé son récit qu'il se mit à pleuvoir à verse.

La pluie se jetait sur les vitres en rideaux luisants, illuminés selon un angle étrange par les éclairs qui se reflétaient sur la neige, et le tonnerre grondait quelque part sur l'autre versant de la colline.

L'arrivée brutale de l'orage sembla signaler la fin des récits de la soirée. Un coup de tonnerre secoua le salon et, dans le sillage d'une histoire de fantômes – même une jolie histoire de fantômes –, le fracas rendit tout le monde nerveux.

– Je vais chercher mon appareil photo pour te le montrer, Milo, décréta Georgie avant de disparaître dans l'escalier.

– Moi, je crois que je vais aller chercher un pull, dit Mme Hereward en la suivant.

Un éclair déchira le ciel en deux et un nouveau coup de tonnerre fit trembler les tasses. Cette fois, le lustre en verre blanc de la salle à manger s'éteignit. La lumière revint au bout d'une fraction de seconde. Mais que se passerait-il si le courant sautait ?

En regardant les autres, Milo vit que tous se posaient la même question.

– Au moins, la pluie va faire fondre toute cette neige, marmonna Mme Caraway. Quelqu'un reprend du café ?

Le Pr Gowervine se leva pour retourner fumer dans la véranda.

– Pas sûr que ça fonde beaucoup, fit-il en désignant les stalactites qui pendaient du toit. Celles-là n'ont pas diminué. La pluie doit être glacée.

Nora Wood vint s'asseoir sur l'accoudoir du fauteuil de Milo, et il repensa à ce que son père lui avait dit, sur le fait qu'ils s'en voulaient de ne pas être plus disponibles pour lui. Il pencha la tête vers elle et elle glissa un bras autour de ses épaules.

– C'était génial, ton idée de raconter des histoires, lui dit-elle. Comment je m'en suis sortie ?

– Super bien. Tu m'as épaté. J'étais censé la connaître, cette histoire ?

– On te l'a certainement racontée un jour ou l'autre. Mais je n'ai pas dû parler du petit garçon de peur de t'effrayer. D'autant que l'escalier de secours se trouve à l'extérieur de ta chambre.

Elle lui ébouriffa les cheveux.

– Que veux-tu, c'est mon côté mère poule ! Je suis sûre que tu n'aurais pas eu peur du tout.

Elle le décoiffa de nouveau et se leva.

– Au fait, mon grand, tu aurais envie d'un truc spécial pour le soir de Noël ? Pour le dîner, comme gâteau, je ne sais pas… Avec ce temps, les possibilités sont limitées, mais si on peut faire quoi que ce soit pour te faire plaisir, on essaiera. De toute façon, il y aura une bûche, les chants de Noël, tout ça, mais si tu penses à autre chose, dis-le-moi.

– OK, maman, je vais voir.

– Merci, Milo.

Elle se tourna vers ses hôtes pour demander :

– Quelqu'un veut encore quelque chose à boire ou à manger ?

– Je reprendrais bien une part de gâteau, répondit Clem. Mais je peux aller la chercher moi-même.

– Non, non, je m'en occupe, dit Nora Wood.

Clem, qui s'était déjà levée, s'arrêta net. Elle se rassit à côté de Milo sur le rebord de la cheminée et attendit, les coudes sur les genoux.

– Dis donc, super, ton idée de nous faire raconter des histoires, lui déclara-t-elle.

– Merci. Vous pourrez en raconter une demain, vous croyez ?

– Je vais chercher.

Puis, en se tournant d'un air pensif vers l'escalier :

– C'est quoi, un lansegwann, Milo ?

Aha. Il avait presque oublié le petit dialogue un peu étrange qui s'était déroulé entre Clem et Georgie avant que Mme Hereward ne se lance dans son histoire. Il se redressa.

– En dehors d'être un nom marrant pour un appareil photo, vous voulez dire ?

Elle haussa les épaules.

– En général, les noms ont un sens. C'est ce qui fait qu'on les choisit plutôt que d'autres. « Lansegwann », ça veut dire quoi ?

– C'est drôle, j'aurais cru que vous le saviez déjà. Vous ne vouliez pas raconter une histoire là-dessus tout à l'heure ?

– J'ai dit ça comme ça, pour embêter Bleue.

Il la regarda d'un air dubitatif.

– Ah bon ? Ce n'est pas l'impression que j'ai eue.

Elle éluda son observation d'un geste de la main et insista :

– C'était la première fois que tu entendais ce mot ?

– Ouais.

– Sûr ?

D'abord Georgie, et maintenant Clem. Qu'est-ce qui leur faisait croire qu'il puisse avoir un indice sur le sens de ce mot bizarre ?

– Demandez à Georgie !

– Je me disais juste que tu en savais peut-être plus qu'elle. Si jamais tu penses à quelque chose…

Et elle conclut cette étrange remarque par un clin d'œil complice.

Milo se demanda ce que ferait Negret et décida de poser tout simplement la question qui s'imposait, pour voir où ça le mènerait.

– Georgie m'a demandé la même chose. Qu'est-ce qui vous fait penser que je connaîtrais un mot aussi bizarre sorti de je ne sais où ? Vous croyez qu'il a un rapport avec la maison ?

Face à cette question directe lancée comme un défi, Clem ouvrit la bouche, puis hésita.

– Parce que ça me reviendrait peut-être si j'en savais plus, ajouta Negret de son ton le plus rationnel. Enfin, si vous me disiez ce que vous savez.

Alors que Clem lui glissait un petit regard en biais, des pas légers et rapides se firent entendre dans l'escalier : c'était Georgie qui revenait. Clem tourna la tête vers les marches et chuchota, après un nouveau clin d'œil :

– Tu me redemanderas une autre fois.

Puis elle fila vers la cuisine, dont Nora Wood ressortait justement avec une part de gâteau. Le temps que Georgie arrive au rez-de-chaussée, Clem mangeait tranquillement, assise à table.

Elle continua à mâcher tandis que Georgie s'asseyait à côté de Negret pour lui montrer la boîte-appareil photo terminée (« hermétique à la lumière », précisa-t-elle). Il regardait Clem de temps à autre, mais celle-ci ne semblait pas faire attention à eux.

– Maintenant, il fait trop sombre pour l'essayer, disait Georgie. Mais demain, je pourrai chercher un endroit bien éclairé et enlever le bout de scotch qui recouvre l'ouverture. Ensuite, advienne que pourra. Il faut attendre longtemps pour qu'une image se forme, mais d'ici demain soir, j'aurai peut-être une photo à te montrer.

Negret tourna l'appareil entre ses mains. Il n'arrivait pas à se sortir le mot « Lansegwann » de la tête, mais rien dans cet objet ne livrait la moindre piste sur sa signification. Ce n'était qu'une mince boîte en bois emmaillotée d'une couche épaisse de ruban adhésif noir.

Et s'il posait à Georgie la même question qu'à Clem, obtiendrait-il la même réponse ? Et serait-elle différente s'il attendait que Clem soit partie ? Soudain, une autre question surgit dans sa tête, tout aussi intéressante. « J'ai dit ça comme ça, pour embêter Bleue », avait dit Clem. Cela lui avait paru un peu curieux, et il venait de comprendre pourquoi : ce sont les gens qu'on connaît qu'on s'amuse à embêter. Pareil pour ce surnom, Bleue. Or, Georgie et Clem étaient censées ne s'être rencontrées que la veille.

À moins que, pour une raison quelconque, elles fassent semblant de ne pas se connaître.

Intéressant.

Il rendit l'appareil photo à Georgie avec un sourire.

– C'est cool !

– Negret ! l'appela soudain Sirine en sortant de sa grotte derrière le sapin.

Elle désigna l'escalier du menton. Mme Hereward venait de réapparaître, vêtue d'un pull et portant un sac qu'il se souvint vaguement d'avoir vu à son bras alors qu'elle braillait sur le Pr Gowervine, le soir de leur arrivée.

– Le sac, chuchota Sirine. Regarde *le sac*.

Mme Hereward s'assit en posant son sac par terre entre ses pieds et dénoua le cordon qui le fermait pour en tirer une pelote de laine rouge. C'était un sac à fond plat, en forme de seau, décoré de broderies dont la délicatesse contrastait avec sa toile grossière.

Le premier soir, Negret n'avait pas prêté attention au motif de la broderie parce que c'était dur de remarquer quoi que ce soit au milieu des hurlements. Mais maintenant... maintenant, il distinguait l'image d'une maison, une maison tarabiscotée aux fenêtres vertes, entourée de pins.

À cet instant, Mme Hereward leva les yeux et surprit le regard de Negret. Devenant aussi rouge que les cheveux de Clem, elle s'empressa de retourner le sac dans l'autre sens. Mais cela ne changeait pas grand-chose : l'autre face était ornée d'une autre broderie, dont la vieille dame ne pouvait pas savoir que le garçon l'identifierait aussi.

Un portail en fer forgé un peu tordu, délicatement brodé dans un fil gris-brun.

Chapitre six

TROIS VOLS

I

Après l'orage, la température avait violemment chuté. Le Pr Gowervine avait vu juste : la pluie ne semblait pas avoir beaucoup attaqué la couche de neige au sol. Lorsque Milo se réveilla le lendemain matin, le vingt-trois décembre, les seuls changements qu'il observa de sa fenêtre étaient que les stalactites étaient encore plus longues qu'avant, et que la pluie avait fait tomber la neige des arbres. Mais comme les flocons s'étaient remis à tomber, ils ne tarderaient pas à les recouvrir de nouveau.

Milo s'étira en bâillant et regarda son réveil : bientôt huit heures. Cela lui laissait tout le temps de fainéanter avant de devoir se traîner en bas. Il venait de prendre le *Livre ordinaire du raconteur* quand on frappa énergiquement à sa porte. Milo sortit du lit, enfila sa robe de chambre à la va-vite et alla ouvrir. Meddy se tenait dans le couloir, maîtrisant à grand-peine son excitation. Une espèce de raffut lui parvint du rez-de-chaussée : au moins trois voix en colère qui se couvraient les unes les autres.

– Tu ferais mieux de descendre, lui conseilla Meddy. Tu n'es pas le seul roublard de la maison, on dirait.

– Ça, ce n'est pas un scoop, grommela-t-il.

Il glissa les pieds dans ses chaussons d'escaladeur et prit son sac à dos sur la chaise de son bureau.

– Jusqu'ici, on n'avait que des soupçons, rectifia-t-elle. Cette fois, il y a vraiment eu un vol.

Negret saisit son trousseau de clés sur sa table de chevet, le fourra dans sa poche et suivit Sirine vers l'escalier.

– C'est Clem qui s'est fait voler un truc ?

Elle lui jeta un regard sombre par-dessus son épaule.

– Nan.

Noël, période riche de traditions à la Villa de Verre : feu crépitant dans la cheminée, chants de Noël, chocolat chaud, volailles rôties, tartes et gâteaux. Et aussi, cette année, peuplée d'adultes vociférants.

Milo, qui associait maintenant tout éclat de voix dans la maison à Mme Hereward et au Pr Gowervine, supposa que ces deux-là faisaient partie du trio qui hurlait. Comme Meddy avait parlé de vol, il s'était imaginé que la troisième voix était celle de Clem – ils savaient déjà que quelqu'un s'était introduit dans sa chambre alors qu'il n'avait rien à y faire. Mais en arrivant en bas des marches, il pila, choqué de découvrir qu'il s'était trompé sur deux points. Il y avait bien Mme Hereward, écarlate, qui criait en serrant contre elle les pans de sa robe de chambre mauve, tandis que Nora Wood et Mme Caraway s'efforçaient de l'apaiser. Mais ni le Pr Gowervine ni Clem n'étaient dans les parages.

En revanche, étaient présents Georgie et aussi – Milo fronça les sourcils – M. Vinge ?

Une main familière repoussa doucement Milo.

– Assez ! meugla son père en se jetant dans la mêlée. Tout le monde se calme !

Il regarda tour à tour les trois visages rouges de colère.

– Qu'est-ce qui se passe ici ? Chacun son tour. Vous, madame, je vous écoute.

La vieille dame paraissait au bord de l'explosion, et n'aurait sans doute pas tenu une seconde de plus. Elle était rouge comme un bonnet de Père Noël.

– On m'a volée ! gémit-elle.

Ben Wood se tourna ensuite vers M. Vinge.

– J'ai… quelque chose qui a disparu, déclara ce dernier, sur la réserve.

Georgie attendait son tour les bras croisés.

– Moi aussi, dit-elle enfin.

– Est-il envisageable que ces objets aient été égarés ? demanda patiemment Ben Wood.

– Je suppose que tout est envisageable, admit Georgie à contrecœur. Mais je sais où je l'ai mis, et il n'y est plus.

– Cela m'ennuierait de porter des accusations de vol, enchaîna M. Vinge, mais cet objet s'est tout simplement volatilisé.

– C'est un vol ! J'en suis certaine ! se lamenta Mme Hereward.

– Tu crois que l'un d'eux parle de la carte ? demanda Sirine à Negret à voix basse. Peut-être que son propriétaire vient juste de s'apercevoir de sa disparition.

Negret haussa les épaules.

– À quand remonte la dernière fois où vous avez vu les… les objets en question ? demanda-t-il aux trois autres. De quoi s'agit-il, en fait ?

Les trois victimes se dévisagèrent d'un air méfiant.

– Moi, c'est un carnet, répondit Georgie. Je l'avais hier soir, j'ai écrit dedans avant de me coucher.

– Monsieur Vinge ?

– Moi, c'est une montre. Une montre à gousset. Je l'avais sur moi hier soir au salon.

– Et vous, madame Hereward ?

– Mon sac à tricot, dit-elle les poings sur les hanches. Celui que j'ai descendu hier soir. J'ai tricoté jusqu'après minuit.

– Vous l'avez peut-être laissé en bas ? suggéra Ben Wood en se retournant pour balayer le salon du regard.

– Mais non ! Je l'ai rapporté dans ma chambre ! Je n'ai pas l'habitude de laisser traîner mes affaires n'importe où dans les hôtels !

« Tiens, tiens », songea Negret. Trois vols, dont aucun ne concernait la carte et aucun n'avait été commis dans la chambre de Clem.

– D'accord, d'accord, dit Ben Wood en se massant le front. On va se boire un café et garder la tête froide. Je suis sûr qu'on va éclaircir cette affaire.

D'un air boudeur, Georgie se dirigea vers l'entrée et commença à enfiler ses bottes.

– Je vais faire un tour, annonça-t-elle. Je reviendrai quand je serai plus calme.

M. Vinge fourra les mains dans ses poches et demeura planté au bas des marches. Quant à Mme Hereward, elle ne paraissait pas disposée à garder la tête froide. Elle se mit à faire les cent pas le long de la table de la salle à manger. Le cliquetis de ses petits talons devint vite insupportable.

Negret suivit ses parents discrètement dans la cuisine et se versa un verre de lait en essayant de se faire oublier.

– Tu penses que quelqu'un a vraiment pu entrer dans leurs chambres ? chuchota Nora Wood à son mari. En douze ans, même avec les... le genre de clients qu'on a, je ne me rappelle pas qu'on ait eu un seul vol.

– Et ils affirment tous que les objets étaient encore là quand ils se sont couchés, ajouta Ben Wood sur le même ton. Ça veut dire que le voleur serait entré dans leurs chambres pendant qu'ils dormaient ! Ça paraît tiré par les cheveux ! Et puis c'est absurde ! Une montre à gousset, je veux bien, mais un carnet et un sac à tricot ! À mon avis, comme ils n'ont pas leurs habitudes ici, ils ne se rappellent plus où ils ont laissé leurs affaires. Ou alors ils les ont mal cherchées, et quand quelqu'un a évoqué l'hypothèse d'un vol, ils ont sauté dessus sans se poser de questions.

– Quoi qu'il en soit, marmonna Nora Wood, on n'a plus qu'à retrouver les objets manquants. Qu'ils soient perdus ou volés, ils doivent bien être quelque part. Des suggestions ?

Negret emporta son verre de lait au salon et alla se réfugier dans la niche derrière le sapin, où Sirine l'attendait déjà.

– Les chambres ne sont pas grandes ! chuchota-t-il. Comment un voleur a-t-il pu se glisser à l'intérieur et prendre quelque chose en pleine nuit sans les réveiller ?

Sirine se gratta la tête, ce qui fit pencher le Casque des Révélations sur le côté.

– Je me disais que Clem en serait peut-être capable. Sauf…

– Sauf s'ils sont tous sortis de leur chambre pendant la nuit, suggéra Negret. Ce qui nous ferait passer de deux fouineurs potentiels à *quatre* ?

– Ça se pourrait. Je me demande s'ils seraient prêts à admettre qu'ils ont traîné dans les couloirs une fois que tout le monde dormait.

Clic-clac, clic-clac, faisaient énergiquement les talons des mules de Mme Hereward, assorties à sa robe de chambre.

– Ce n'est pas bizarre que tout ait commencé juste après les histoires d'hier soir ? demanda Negret. Je ne peux pas m'empêcher de me dire que, si Mme Hereward s'est promenée cette nuit, ça doit avoir un rapport avec celle qu'elle nous a racontée.

– Et tu crois… quoi ? Qu'elle cherchait l'un des objets du conte ? Mais c'est… enfin, comme tu disais, c'est juste un conte.

– D'accord, mais dans ce cas, pourquoi on lui aurait volé son sac ?

– Qu'est-ce que son sac vient faire là-dedans, Negret ? C'est clair qu'elle est riche. Peut-être qu'il a de la valeur. Pas besoin de chercher plus loin.

– Non, il y a un lien, c'est certain.

Les sourcils froncés, il suivit des yeux sa mère qui apportait une tasse de thé à la vieille dame et la persuadait de s'asseoir.

– Il y a le motif de *cette* maison brodé dessus, reprit-il. Tu l'as vu toi-même ! Et aussi le portillon, comme sur les vitraux et sur la carte.

– Admettons. Mais elle chercherait quoi ? Quel peut être le lien entre la maison et cette vieille histoire ? Parce que *c'est* une histoire ! Une histoire *inventée* !

– Comme Negret et Sirine, raisonna-t-il.

– Tu veux dire qu'elle jouerait à un jeu ? Je n'y crois pas.

– Non, ce n'est pas ce que je veux dire. Mais il y a quelque chose d'important pour elle dans cette histoire, et c'est pour ça qu'elle est là. En plus, tu as bien dit que pour Mme Hereward, ça n'était pas une simple histoire inventée.

– Bon, OK, vaillant capitaine, par quoi on commence ?

Negret observa la vieille dame assise tristement devant son thé.

– Elle pourrait peut-être nous le dire.

La scoliaste abaissa sur son nez les Yeux de la Clarté Aveuglante qu'elle portait jusque-là sur le front.

– *Te* le dire, rectifia-t-elle. Moi, je suis invisible. Et puis c'est toi qui as le plus de points en charisme. Le charisme, c'est ce qui rend persuasif. Tu as bien plus de chances que moi de la faire parler.

– Je n'ai toujours pas compris comment marche ce système de points.

– Dans un jeu sur table, c'est une question de probabilité. Plus tu as de points, plus tu as de chances de réussir. Tu lances un dé, et c'est lui qui te dit si ça a marché. Dans le cas présent, ajouta-t-elle avec un grand sourire, c'est surtout une question de confiance en soi.

– Très bien, céda Negret avec un soupir.

Il sortit à quatre pattes de derrière le sapin et se dirigea vers la salle à manger. Mais alors qu'il allait se glisser sur le banc à côté de Mme Hereward, la voix de Nora Wood l'arrêta.

– Dis, Milo ! Désolée de te demander ça, mais ça t'embêterait de donner un coup de main à Mme Caraway ?

Milo se voûta, puis se redressa et prit docilement la direction de la cuisine.

– Merci, mon ange, lui dit sa mère à l'oreille. Ton père et moi, on voudrait avoir une discussion avec ceux qui se sont fait voler, pour essayer de comprendre ce qui se passe.

– Qu'est-ce qu'il faut que je fasse ? marmonna Milo.

Mme Caraway lui tapota l'épaule.

– Tu pourrais mettre la table pour le petit déjeuner ? lui demanda-t-elle. Ça nous aiderait bien.

Le petit déjeuner fut bientôt prêt. Clem descendit en trottinant, puis ce fut le tour du Pr Gowervine, d'un pas plus solennel. Informés des événements de la nuit, tous deux remontèrent aussitôt, sans doute pour s'assurer qu'il ne leur manquait rien. Ni l'un ni l'autre ne revint avant un bon moment. Réfugiés dans le bureau au premier étage, les Wood parlèrent d'abord avec Mme Hereward, puis avec M. Vinge. Alors que Mme Caraway chargeait Milo de déposer sur la table une succession de plats sans fin (œufs brouillés, saucisses, salade de tomates, pommes de terre sautées, salade de fruits), Georgie revint de sa sortie, les joues rougies par le froid et le manteau couvert de neige fraîche.

– Ça s'est remis à tomber sérieusement, les informa-t-elle.

Du pain grillé, du beurre, une cafetière et une bouilloire pour le thé, et le repas fut servi. Les clients de l'Hôtel de Secrets' Hill défilèrent à la table pour se servir. Mme Caraway avait visiblement instauré pour de bon le principe du buffet. L'atmosphère n'était pas beaucoup plus détendue que la veille. Il se produisit ce que Negret avait espéré au dîner : chacun semblait occupé à décrypter tous les autres. C'était le moment d'être attentif à tous les indices éventuels.

– Vite, va t'asseoir au salon ! chuchota Sirine à Negret. Je vais me servir en dernier et m'installer au bar à côté de la cuisine. Ça me permettra d'observer tous ceux qui prendront leur repas dans la salle à manger.

– C'est quand même très étrange, déclara le Pr Gowervine tandis que Negret s'asseyait sur le rebord de la cheminée. Personne n'a trouvé de lien entre les objets qui ont disparu ?

Les trois victimes le foudroyèrent du regard, Mme Hereward et Georgie depuis le canapé et M. Vinge enfoncé dans son fauteuil habituel. Le professeur ne paraissait pas comprendre que, ne s'étant rien fait voler, il faisait automatiquement partie des suspects.

– Non, professeur Gowervine, personne, répondit Mme Hereward d'un ton glacial. Parce qu'il y a un lien ? Si vous savez quelque chose que nous ignorons, nous vous serions reconnaissants de nous éclairer.

Le professeur avala sa salive de travers.

– Non, non, ce n'était qu'une simple question. J'essayais juste de vous aider.

La vieille dame planta si violemment sa fourchette dans une rondelle de pomme de terre que Nora Wood fit la grimace.

– Personnellement, je ne vois que la cleptomanie pour expliquer le vol d'un vieux sac à tricot.

Clem entra tranquillement dans le salon, son assiette à la main.

– Vous devez tous être de bons dormeurs, en tout cas, observa-t-elle.

– Ou alors le coupable est quelqu'un de particulièrement silencieux, rétorqua sèchement Mme Hereward.

La remarque était clairement accusatrice, mais Clem se contenta de hausser les épaules.

– Ça, c'est certain. Mais même quelqu'un de très silencieux fait du bruit dans des petites chambres au parquet qui craque.

Elle battit des paupières et tourna la tête vers Nora Wood d'un air gêné.

– Pardon, je ne voulais pas dire…

– Pas de problème, Clem. On comprend ce que vous avez voulu dire.

Negret nota que M. Vinge et Georgie Moselle n'avaient pas ouvert la bouche. Le premier se concentrait sur son assiette. Georgie picorait du bout des lèvres, se bornant à répondre lorsqu'on lui adressait la parole. Le vol de son carnet semblait lui avoir coupé l'appétit. Le terrain était principalement occupé par l'indignation bruyante de Mme Hereward.

Puis Georgie regarda Clem d'un air pensif. C'était logique : celle-ci pouvait être considérée comme le suspect numéro un, même en sachant ce que Negret savait sur le Pr Gowervine. Clem était mieux que discrète : elle se déplaçait sans faire le moindre bruit. Et presque tout le monde l'avait entendue déclarer qu'elle était une cambrioleuse, même si c'était en plaisantant. De plus, Negret avait du mal à imaginer le Pr Gowervine, ce petit rondouillard un peu empoté, dans le rôle du rôdeur agile et silencieux.

Cela dit, deux jours plus tôt, Milo ne se serait jamais imaginé en rôdeur agile et silencieux ; ce qui ne l'empêchait pas de se sentir de plus en plus à l'aise dans la peau de Negret l'escaladeur. On ne pouvait donc pas éliminer le Pr Gowervine aussi rapidement.

Après le petit déjeuner, tout le monde se dispersa. Clem annonça qu'elle remontait dans sa chambre et disparut. Le professeur alla fumer sa pipe dans la véranda. Il fut décidé que les Wood allaient accompagner les victimes des vols l'une après l'autre dans leurs chambres pour vérifier que les objets disparus n'y traînaient pas quelque part. On commença par Mme Hereward, bien entendu.

Negret hésita. Il pourrait peut-être collecter des informations en s'incrustant sous le prétexte d'aider, mais quelque chose lui disait que ses parents ne tenaient pas à l'avoir dans les pattes. Par ailleurs, il s'aperçut tout à coup que M. Vinge semblait être remonté lui aussi. En dehors de Mme Caraway qui lavait les assiettes et de Lizzie qui faisait de la pâtisserie, il ne restait plus au rez-de-chaussée que Georgie Moselle, Sirine et lui-même.

Negret lança un regard significatif à Sirine en touchant ses clés au fond de sa poche pour se porter chance, et tous deux s'approchèrent de Georgie. Elle était si absorbée dans ses pensées que Negret dut s'éclaircir la gorge pour lui signaler leur présence.

– Oh, salut, dit-il en se poussant pour faire de la place sur le sofa.

Sirine s'installa à côté d'elle et Negret s'assit sur la table basse.

– Il y a plus d'ambiance que d'habitude, j'ai l'impression, reprit Georgie.

– On peut le dire, marmonna Sirine.

– Un peu, ouais, acquiesça Negret. Du coup, vous n'avez pas dû avoir le temps d'installer votre appareil photo ce matin.

– Si, si, je l'ai installé. C'est seulement ensuite que je me suis rendu compte de la disparition de mon carnet.

– Mes parents espèrent qu'on va le retrouver... qu'il n'a pas été volé mais seulement perdu.

– Je sais, Milo. Je l'espère moi aussi.

– Enfin, nous, on pourrait...

Sirine lui décocha un petit coup de pied dans le genou et Negret se reprit.

– Enfin, je pourrais peut-être aider à le chercher. Je suis assez fort pour retrouver les choses.

Georgie l'observa attentivement, et Negret se demanda un instant si elle le soupçonnait. De fait, s'il était coupable, faire semblant d'avoir retrouvé les objets serait un bon moyen de les restituer sans s'attirer d'ennuis. Il s'efforça de garder une expression neutre.

– D'accord, dit enfin Georgie. Qu'as-tu besoin de savoir ?

– Euh... Alors... Pour commencer, à quoi il ressemble, ce carnet ?

– Il est à peu près grand comme ça, répondit-elle en formant avec ses mains un rectangle de la taille d'un livre de poche. Et épais comme ça. (Elle écarta le pouce et l'index de deux centimètres.) D'ailleurs, tu l'as peut-être vu l'autre jour, quand tu m'as aidée à nettoyer mes affaires.

– Il a quelque chose de spécial ?

– Il l'est pour moi. Il contient toutes sortes de notes auxquelles je tiens. Mais si ta question est : y a-t-il une raison pour qu'il puisse intéresser quelqu'un d'autre… alors, oui, sans doute. Et je suppose qu'il n'y a pas de mal à te le dire, ajouta-t-elle comme si elle se parlait à elle-même. Ça n'a plus tellement d'importance, maintenant.

Mais à cet instant, elle se tut.

– Alors, on peut le savoir, oui ou non ? s'impatienta Sirine.

Georgie poussa un soupir de résignation.

– Mes notes concernent cette maison, avoua-t-elle. Et aussi quelqu'un dont je pense qu'il pourrait avoir un lien avec elle.

– Ha ! lâcha Sirine.

– C'est une blague ? fit Negret, les yeux écarquillés.

– Pas du tout, répondit Georgie. Mais je ne peux pas en dire plus. Je n'ai pas encore pu définir ce lien.

Elle se leva en voyant les Wood et Mme Hereward redescendre.

– Georgie ! l'appela Nora Wood. Peut-on aller inspecter votre chambre ?

– Pourquoi pas ? répondit Georgie du ton de quelqu'un qui n'y croit pas.

Negret n'y croyait pas davantage. Vu la tête de Mme Hereward, son sac n'avait pas refait surface.

– Allez-y, dit Nora Wood à son mari et à Georgie. Je prépare du thé pour Mme Hereward et je vous rejoins.

– Eh bien, voilà qui est intéressant, chuchota Negret à Sirine après le départ des adultes. L'objet qu'on a volé à Georgie concerne la maison, exactement comme le sac de Mme Hereward.

– Je ne suis toujours pas convaincue qu'il y ait un rapport entre ce sac et son histoire d'hier, répondit Sirine. Mais je suis prête à changer d'avis. Voilà ta chance.

Ils attendirent d'entendre la bouilloire siffler dans la cuisine, puis les pas de Nora Wood remonter l'escalier. Alors, tous deux rejoignirent Mme Hereward à la table de la salle à manger.

D'une main tremblante, elle mit un sucre dans sa tasse en porcelaine bleue. Nora Wood utilisait rarement ce service à thé. Il était ancien et fragile et lui venait de sa grand-mère. Elle ne le sortait que quand elle avait besoin de se remonter le moral, ou de remonter le moral de quelqu'un d'autre. Dans le cas présent, celui de Mme Hereward.

Milo se glissa sur le banc en face de la vieille dame.

– Bonjour, madame Hereward.

Elle tressaillit et manqua de renverser sa tasse.

– Oh, bonjour, Milo.

– Pardon de vous avoir fait peur. Je suppose que vous n'avez pas retrouvé votre sac, alors ?

– Non, confirma-t-elle en secouant la tête. Visiblement, le voleur ne l'a pas rapporté.

– Euh… À ce propos…

Negret se pencha vers elle et lui fit signe d'en faire autant. Après l'avoir dévisagé d'un air suspicieux, elle se décida à l'imiter.

– On… Je veux dire, je suis assez fort pour retrouver les choses perdues. Alors, j'ai pensé que je pourrais peut-être le chercher, ce sac. On ne sait jamais.

– Qu'est-ce qui te fait croire que tu pourrais le retrouver ?

– Eh bien, quelqu'un finira forcément par suggérer qu'on fouille toutes les chambres. Ça ne serait pas malin de la part du voleur de le cacher dans ses affaires. Ce qui veut dire qu'il ou elle a dû le mettre ailleurs. Et moi, je connais toutes les bonnes cachettes de la maison.

Une petite lueur d'espoir s'alluma dans les yeux de Mme Hereward.

– Dans ce cas, Milo, je te serais très reconnaissante. Il n'y a pas de mal à ce que tu fouilles la maison, j'imagine. Tu es chez toi, après tout.

– Absolument ! s'exclama Negret. C'est bien de votre sac de tricot qu'il s'agit ? Mais je ne comprends pas en quoi il pourrait intéresser quelqu'un. Il était précieux ? Ou c'était un objet ancien, peut-être ?

– Euh… Eh bien, oui, on peut dire qu'il est ancien. Le voleur en a peut-être déduit qu'il avait de la valeur.

L'hypothèse était crédible, mais elle l'avait formulée d'un ton assez évasif. Le moment était venu pour Negret de tester son charisme. « La Flatterie irrésistible. La Flatterie irrésistible… » Il toucha de nouveau ses clés pour se donner du courage.

– Je l'ai remarqué hier soir quand vous êtes descendue avec, reprit-il. Il m'a plu parce que le motif brodé dessus m'a fait penser à l'hôtel. Vous auriez des détails à me donner ? Des informations utiles ?

– En quoi en as-tu besoin pour fouiller la maison ?

– Je ne sais pas, admit Negret. Mais il me semble que, quand on cherche une chose, plus on a d'éléments, plus on a de chances de la trouver.

Mme Hereward pinça les lèvres, avant de s'autoriser un sourire.

– Excellent argument, jeune homme, reconnut-elle en levant sa tasse. Et il faut bien avouer que mes recherches personnelles ne sont pas très efficaces. Peut-être parce que je ne connais pas du tout cette maison.

Sirine, qui avait réussi à ramper sous la table pour écouter, donna un petit coup dans le genou de Negret. Enfin, ils avançaient.

Mme Hereward sirota une gorgée de thé, réfléchissant visiblement à ce qu'elle allait dire. Negret jeta un coup d'œil autour de lui. Dans la cuisine, Lizzie faisait cuire un cake qui diffusait dans tout le rez-de-chaussée de délicieux arômes de noix de muscade, de clou de girofle, de cannelle et de vanille. Et elle faisait assez de bruit pour ne pas les entendre s'ils parlaient à voix basse. Le Pr Gowervine fumait encore sa pipe dans la véranda, et Clem montait et descendait les étages. Ils étaient donc tranquilles, du moins pour le moment.

– J'ai hérité ce sac de ma mère, déclara enfin Mme Hereward d'une voix à peine audible. Elle-même l'avait hérité de sa grand-mère, qui l'avait hérité de sa grand-mère. Cette femme, mon arrière-arrière-arrière-grand-mère, était la fille de la femme pour qui cette maison a été bâtie.

Negret battit des paupières.

– Cette maison a été bâtie pour quelqu'un de votre famille ?

– Oui, répondit-elle en souriant tristement. Bien que ni mon aïeule ni aucun de ses descendants n'y aient vécu longtemps. Une tragédie a frappé notre famille. Ce sac – on appelait cela une aumônière, à l'époque – fut cousu pour une jeune fille qui devait vivre dans cette maison. Elle n'y habita jamais, mais garda le sac et le transmit à sa mort.

– C'est ce lien entre le sac et la maison qui vous a amenée ici ? demanda Negret.

La question s'imposait. À la place de Mme Hereward, Milo aurait sûrement été tenté de visiter une maison où avait vécu sa famille, même si cela remontait à deux cents ans.

– Oui… et non, répondit la vieille dame en tapotant sa tasse avec sa bague.

Elle soupira.

– Cela va peut-être te paraître ridicule, mais selon une autre histoire, avant que la maison ne soit abandonnée par la famille de la jeune fille, un marchand ambulant vint frapper à la porte, et elle lui acheta une relique ayant appartenu à Julien Chemineau.

– C'est quoi, une relique ? demanda Negret. Ce n'est pas un objet religieux ?

Il avait déjà entendu ce mot, mais n'était pas sûr de ce qu'il signifiait.

– Un objet précieux lié à un saint, répondit Sirine de sous la table. Certains pensent que les reliques sont dotées d'un pouvoir.

– Il peut s'agir de cela, en effet, confirma Mme Hereward. Une relique est la trace de quelque chose – un objet qui demeure pour nous rappeler ce qui a été. C'est pourquoi on appelle ainsi certains objets religieux. Ils nous rappellent des saints ou des martyrs. Mais une relique peut être n'importe quoi.

Negret repensa au *Livre ordinaire du raconteur,* et au passage où Nell l'orpheline s'était servie d'un os pour invoquer l'inconnu qui l'avait aidée à faire cesser les inondations.

« Il existe un type de magie qu'on appelle la magie orpheline… Il y a dans le corps du chat un os capable de m'invoquer. Mais cet os doit être isolé des autres pour accomplir son rôle. Le potentiel qui dort en lui tant qu'il fait partie d'un tout se transforme en pouvoir quand il s'en trouve séparé. »

Peut-être qu'en parlant de magie orpheline, le mystérieux inconnu faisait allusion à une espèce de relique.

– Donc… vous pensez non seulement que ce Julien Chemineau a réellement existé, mais que les objets qui lui ont été donnés par les créatures magiques ont existé aussi, et qu'ils pourraient se trouver ici ?

Tout à coup, il se rendit compte que, si un os isolé d'un squelette pouvait une relique, tout élément isolé d'un groupe pouvait l'être aussi.

« Et moi, est-ce que je pourrais être une relique ? se demanda-t-il. Et s'il y avait une sorte de magie orpheline en moi ? »

– Je sais que tout cela peut sembler extravagant, répondit Mme Hereward en rougissant. Je dois avoir l'air d'une vieille folle. Mais je me suis dit que ce serait une aventure passionnante de chercher la relique de Julien, et me voilà.

Elle se tut le temps que Clem, arrivée en bas de l'escalier, tourne sur elle-même et remonte au pas de charge.

« Comment peut-elle faire aussi peu de bruit, même quand elle court ? » se demanda Negret.

– Et, ce qui est encore plus stupide de ma part, reprit Mme Hereward après son départ, je n'avais aucun autre indice que le sac et les histoires. Et même ce sac ne me fournissait pas d'éléments concrets. Mais de tous les objets que m'aient légués mes ancêtres, celui-ci est le seul qui les relie à cette maison… et voilà qu'il a disparu.

Negret ne trouva pas cela stupide du tout. À sa surprise, il songea même que, malgré le caractère irritable de la vieille dame, sa manie de boire du thé à longueur de journée et le nombre d'années qui les séparait, ils avaient peut-être beaucoup de points communs. Ils avaient tous les deux une âme d'aventurier et ils recherchaient un lien avec leur passé. Mme Hereward semblait juste avoir une faiblesse en points de charisme.

– Non, ce n'est pas idiot, dit-il tout haut. Vous espériez trouver quoi ? Les chaussures de Julien Chemineau ?

– Son couteau, répondit Mme Hereward, apparemment soulagée par sa réaction. Mais au fond, je n'en sais rien. J'ai toujours pensé que si la jeune fille avait acheté l'une de ses reliques au colporteur, ce devait être le couteau. Elle avait grandi à bord d'un voilier au temps de la guerre de 1812[1]. Et si les marins ne portaient pas toujours de chaussures, ils avaient toujours un bon couteau sur eux.

Elle leva vers Negret des yeux pleins d'espoir.

– Se peut-il que tu aies déjà vu un vieux couteau quelque part dans l'hôtel ?

– Je ne crois pas. Mais je n'en ai jamais cherché.

La vieille dame lui sourit et lui tapota la main.

– Ça ne fait rien, jeune homme. Mais si tu réussissais à retrouver mon sac, je t'en serais infiniment reconnaissante. Je te remercie pour ton aide.

1. Guerre menée par les États-Unis contre le Royaume-Uni pour la domination de territoires canadiens, alors sous le contrôle des Anglais.

II

– Ça ne te gêne pas d'ajouter ça à notre campagne ? demanda Negret à Sirine tandis qu'ils montaient l'escalier. Je parle de la recherche des objets volés.

– Pas du tout. Quelquefois, dans le jeu, on obtient des récompenses ou on trouve des petits trésors qui nous mènent au gros. Dans Les Grands Chemins, on appelle ça des prunes.

Ils s'arrêtèrent sur le palier du premier.

– M. Vinge et Mme Hereward logent au deuxième et Georgie Moselle au troisième, c'est ça ? questionna Sirine. Que dirais-tu d'une petite inspection de ces deux étages ?

– Pas de problème. Tu sais ce qui est intéressant ? Que la fille qui possédait le sac ait grandi sur un voilier. Si tu ajoutes ça à la carte nautique, ça nous donne deux indices en rapport avec la navigation.

– Et cette carte avait l'air super vieille, en plus. Tu crois qu'elle peut dater de la même époque que le sac ?

– Bof. Mme Hereward n'a pas parlé de carte, et j'ai l'impression que si elle lui avait appartenu, ou si elle avait été au courant, elle nous l'aurait dit. Il me semble qu'elle était vraiment sincère. Pas toi ?

– Si.

– Reste ce portail, qu'on retrouve à la fois brodé sur le sac et en filigrane sur le papier.

Arrivé au deuxième étage, Negret leva les yeux sur le vitrail vert dans lequel figurait le fameux portail.

– Ce portail doit exister en vrai quelque part dans la propriété. C'est la seule explication.

– Ou il y a *eu* un portail, nuança Sirine. Si la maison date de 1812, en deux cents ans, il a eu tout le temps d'exister et de disparaître.

Tous deux levèrent la tête vers Clem qui redescendait.

– Mais comment faites-vous pour courir aussi silencieusement ? lui demanda Negret. Vous pourriez m'apprendre ?

Clem s'arrêta et lui répondit avec un grand sourire en sautillant sur place, à peine essoufflée :

– C'est le fruit de longues années d'entraînement, mon jeune apprenti. Je t'ai vu parler à son Altesse royale en bas. Comment t'es-tu débrouillé pour lui échapper ?

– Oh, elle n'est pas si désagréable que ça, nuança Negret. Et puis, elle me fait de la peine. Son sac a disparu, et c'était une sorte de… Ah, j'ai oublié le mot…

– Souvenir de famille ? suggéra Clem. C'est vrai que c'est moche. Mais tu ne crois pas sérieusement qu'on le lui a volé ?

– À vous de nous le dire. C'est vous, la cambrioleuse…

Negret avait seulement voulu plaisanter, mais Clem cessa de sautiller et prit un air songeur.

– Je ne sais pas trop, répondit-elle tout à fait sérieusement. S'il n'y avait pas eu trois vols… Oui, je crois que si trois objets n'avaient pas disparu, je t'aurais répondu oui.

– Quoi ? Vous pensez que trois disparitions, ça écarte l'hypothèse d'un vol ? J'aurais plutôt dit le contraire !

– La vraie question n'est pas « combien de choses ont été volées » mais plutôt « qui a été volé », rectifia Clem. En fait, c'est surtout le carnet de Georgie qui me fait soupçonner qu'on ne parle pas d'un petit larcin ordinaire.

– Pourquoi ? Parce que c'est plus normal de voler une montre et un sac ancien qu'un carnet tout bête ?

– Oh, répondit Clem avec une ébauche de sourire. Aucune chance qu'un carnet de Georgie soit un carnet tout bête. Mais oui, c'est l'idée.

– Vous voulez dire que ce carnet a de la valeur ? Mais dans ce cas, justement, ça deviendrait logique de le voler !

– Je ne doute pas qu'il en a, et qu'il serait précieux pour quelqu'un qui saurait ce que c'est et quoi en faire. L'ennui, c'est qu'à part Bleue, la seule personne à qui ce carnet pourrait être utile, c'est moi.

Son sourire s'élargit devant l'air ébahi de Negret.

– Je ne le cache pas, poursuivit-elle avec détachement. Mais ce n'est pas moi, la coupable. Voilà pourquoi cette disparition est absurde.

Et, après un petit signe de tête, elle reprit sa course dans l'escalier.

Chapitre sept

LE TOUR DE MAIN DU MALANDRIN

Negret et Sirine se tenaient dans la douce lueur vert d'eau du vitrail du deuxième étage. La seule porte ouverte était celle de la 2O : l'unique chambre inoccupée, au fond à droite.

– Commençons par celle-là, proposa Negret.

– Mais on peut y entrer comme dans un moulin, objecta Sirine. Pas très sûr, comme cachette.

– Parle moins fort. Justement, le voleur compte peut-être sur le fait que ce ne soit pas une cachette très probable.

Tout comme la veille à l'étage au-dessus, Negret contempla le couloir d'un œil neuf. Le plafond en métal gaufré quadrillé par des poutres sombres. Le vieux papier peint à volutes vertes, assorties aux tons les plus sombres du vitrail. Il y avait trois appliques sur chaque mur et, contre le mur du fond, un guéridon en demi-lune sur lequel était posé un pot d'étoiles de Noël blanches.

« Assure-toi qu'il n'y a pas de pièges », se rappela Negret. Ils couraient aussi le risque que quelqu'un les aperçoive et leur demande ce qu'ils faisaient là. Il tendit l'oreille. Tous les occupants de l'étage étaient restés en bas, mais Clem ne tarderait pas à remonter. Autant ne pas se faire voir lorsqu'elle referait son apparition.

Talonné par Sirine, il parcourut le couloir en balayant des yeux les murs, le plancher, les trois portes fermées. Des détails assez familiers jusque-là pour devenir invisibles aux yeux de Milo pouvaient se changer en indices pour Negret le roublard. Mentalement, il fit la liste de tout ce qu'il venait de remarquer : il fallait changer l'ampoule de l'une des appliques et, de même qu'ailleurs, le papier peint devait être recollé dans les angles. Enfin, toujours comme aux autres étages, il y avait le vieux monte-charge au fond du couloir. Dans un coin de sa tête, il se demanda si quelqu'un aurait pu y cacher quelque chose, mais la porte avait le même aspect que toujours ; personne n'avait touché au monte-charge depuis très, très longtemps.

Negret alla jusqu'au guéridon calé sous la porte en question. En écartant doucement les feuilles, il constata que l'étoile de Noël avait été arrosée récemment. Sa mère avait dû faire le tour des plantes de la maison avec son arrosoir. Il plissa le nez, agressé par la bouffée de parfum doux-amer exhalé par les fleurs, et passa la main sous la table au cas où quelqu'un aurait eu l'idée d'y scotcher quelque chose. Raté.

– J'entends Clem qui remonte, lui souffla Sirine.

Negret acquiesça d'un signe de tête et ils se glissèrent dans la chambre vide.

À l'intérieur, à gauche derrière la porte, se trouvait le pliant à bagages. La pièce était meublée d'un lit double au pied duquel était pliée une couverture à rayures vertes et bleues, d'un petit bureau, de sa chaise et d'une commode comprenant six tiroirs. La fenêtre donnait sur la colline boisée et, dans la neige tourbillonnante – il lui sembla qu'elle tombait plus fort que jamais –, Negret parvenait tout juste à distinguer les silhouettes massives des annexes dispersées dans la propriété.

– Tout est normal ? demanda Sirine.

– Pour autant que je puisse voir.

Il regarda sous le lit ; rien d'autre à signaler que deux ou trois moutons de poussière. Il tapota les draps, les oreillers et la couverture : rien là non plus, et pas davantage dans les tiroirs du bureau et de la commode. Ils la décollèrent légèrement du mur et retirèrent les tiroirs pour la fouiller à fond. Toujours rien. Negret réussit même à persuader Sirine de s'intéresser de plus près à chaque lampe, sans autre résultat.

La salle de bains ne semblait pas cacher plus de secrets. Après avoir inspecté les serviettes en vain, Negret les replia de son mieux en luttant contre le découragement. Il n'y avait vraiment pas d'autre endroit où cacher quelque chose ici. Les toilettes n'avaient pas de réservoir, l'armoire de la salle de bains était vide, et les seuls autres objets de la pièce étaient le savon et le flacon de shampooing posés sur le pont de baignoire.

– Et maintenant ? demanda Sirine en s'appuyant au lavabo, les bras croisés sous sa cape.

Negret s'assit sur le bord de la baignoire et lissa l'emballage plissé du savon.

– J'hésite. Peut-être le troisième étage ? Il y a trois chambres vides là-haut.

Il s'interrompit brusquement pour fixer le petit savon. Il n'avait pas été utilisé. Du coup, l'emballage aurait dû être fixé par un point de colle – il avait déposé assez de savons dans les chambres pour savoir qu'ils étaient toujours scellés –, or celui-ci ne l'était pas.

Il le prit et sut tout de suite qu'il avait mis le doigt sur quelque chose. Le savon ne pesait pas le poids habituel. Il ouvrit délicatement l'emballage pour le faire glisser dans sa main, et son cœur battit plus vite. Une petite ligne était visible tout autour du savon : une soudure.

Negret fouilla sa poche et en sortit le trousseau de clés. « Souviens-toi que les portes verrouillées ne sont pas les seules à cacher des trésors », lui rappela la voix de son père imaginaire, le vénérable vieux roublard.

Le disque qui ornait le porte-clés était juste assez fin pour qu'il l'introduise dans la ligne de soudure. Une légère torsion du poignet, et le savon s'ouvrit en deux dans sa paume.

Il avait été évidé, et dans le creux ainsi formé était nichée… une montre à gousset en or.

– Waouh, souffla Sirine. T'es fort.

« Le Tour de main du malandrin, songea-t-il triomphalement. *“Vous pouvez voler tout objet protégé par un contenant qui s’ouvre à l’aide d’une clé ou d’une combinaison”*… ainsi que tout ce qui est protégé par des articles de toilette d’hôtel, apparemment. »

– Waouh, répéta Negret.

Le voleur avait eu de la chance que Nora Wood préfère les gros savons aux échantillons miniatures offerts par la plupart des hôtels, parce que la montre ne passait pas inaperçue. Elle était à peu près grosse comme sa paume, avec une chaîne qui se terminait par une petite tige transversale. Negret tira sur le bouton qui se trouvait en haut et le boîtier s’ouvrit. Sur la face interne du couvercle était gravée une inscription :

À D.C.V., avec notre plus haute estime
et nos remerciements pour une mission
accomplie de main de maître,
D. & M.

– D. C. V., ça doit être De Cary Vinge, supposa Negret. Ça paraît évident. C’est forcément sa montre.

Ils fixèrent l’objet un moment.

– Et… on fait quoi, maintenant ? demanda enfin Sirine. On la lui rend ?

Les pensées tournaient à toute vitesse dans la tête de Negret.

– On va la rendre, oui. Mais pas tout de suite. Si le voleur découvre qu'on a retrouvé l'un des objets, il risque de déplacer les autres.

– Alors on la remet dans le savon ? Pour qu'il ne se doute de rien ?

– Trop risqué. Il pourrait décider de la cacher ailleurs.

Negret fit couler un filet d'eau au lavabo, humidifia les deux moitiés du savon et le recolla. Puis il le remit soigneusement dans son emballage et le reposa là où il l'avait trouvé.

– Il n'aura qu'à le soulever pour s'apercevoir de l'embrouille, objecta Sirine.

– Exact. Mais je te parie qu'il ne le fera pas. Pas avant un moment, en tout cas. Il passera peut-être en vitesse s'assurer que le savon est toujours là, mais il va éviter de se faire surprendre dans des chambres autres que la sienne. Ça éveillerait les soupçons.

– Mais qu'est-ce qu'on en fait ? Si on nous trouve avec, on va se faire accuser du vol !

– Mes parents n'imagineraient jamais une chose pareille, éluda-t-il avec dédain.

Cela dit, la question se posait : les clients, eux, les soupçonneraient. Il fallait mettre la montre en lieu sûr, le temps de décider quand et comment la restituer à son propriétaire.

– Je sais ! s'exclama-t-elle en claquant des doigts. Cachons-la dans la Grande Réserve ! Mais il vaut mieux que ce soit moi qui la tienne. Au cas où on se ferait prendre.

Et elle tendit la main.

Negret y déposa la montre avec un sourire amusé.

– Pourquoi ? Parce que tu es invisible ?

– Évidemment ! Quelle question ! fit-elle en fourrant la montre dans la poche de sa Cape d'Or d'Indiscernabilité.

Ils retraversèrent la chambre sur la pointe des pieds et s'arrêtèrent devant la porte pour tendre l'oreille. Pas un bruit. Negret risqua un coup d'œil dans le couloir et le trouva désert.

– Allons-y.

Les deux aventuriers gagnèrent le grenier sans encombre. Negret déverrouilla la porte, pensa à s'assurer de l'absence de pièges, et s'immobilisa.

– Encore une toile d'araignée ? demanda Sirine en regardant par-dessus son épaule.

Puis elle vit ce qu'il observait.

– Mince, souffla-t-elle. Tu crois que ça veut dire ce que je pense ?

La grosse toile tissée avec art dans laquelle il avait failli foncer la veille flottait doucement dans l'air, en lambeaux.

– Ouais, c'est exactement ce que je crois, répondit-il sombrement. Quelqu'un est venu ici après nous.

Soudain, il recula vivement.

– Et s'il y était encore ?

Sirine ricana.

– Si c'est le cas, il sait déjà qu'on est là, et c'est lui qui devrait avoir peur de se faire prendre.

Elle se pencha à l'intérieur et ajouta :

TINTIN

– Tu m'entends, le fouineur ? T'as intérêt à trouver une explication vite fait !

Pas de réponse, bien sûr.

– Bon, on y va ou pas ? demanda-t-elle.

Negret avala sa salive.

– On y va.

Il franchit prudemment le seuil et trouva à tâtons le cordon de l'ampoule, qui s'alluma. Celle d'après lui parut bien éloignée, cette fois.

– Je te suis, lui dit Sirine en le poussant en avant.

– J'y vais, j'y vais...

Il inspira à fond et se força à marcher jusqu'à l'ampoule suivante, puis à celle d'après. À son grand soulagement, nul assaillant ne jaillit sur lui dans les ténèbres.

– C'est peut-être mon père ou ma mère qui sont venus, suggéra-t-il. C'est l'hypothèse la plus simple.

– Ha ! N'importe quoi, ricana Sirine. Ils ont passé la matinée à s'occuper des clients qui se sont fait voler. Aucune chance qu'ils aient trouvé le temps de faire un tour au grenier.

– En tout cas, il n'y a personne.

Elle sortit la montre de sa poche.

– Pendant que je cherche une planque provisoire pour notre petit trésor, je te suggère de regarder partout pour voir si on aurait touché à quelque chose.

– Comment veux-tu que je le sache ? grommela Negret.

– On a passé des heures ici hier. Et avec un peu de chance, ça peut te sauter aux yeux.

– Bon, OK.

Il tourna sur lui-même en se demandant par où commencer. Puis il se rappela la carte qu'il avait dessinée et la sortit de son sac à dos. Il avait représenté les portants chargés de vêtements, les cartons de jouets, la caisse de bouteilles et la pile de vieilles toiles sur laquelle ils s'étaient assis pour examiner leurs trouvailles. Tout cela était en place. Il y avait la porte appuyée contre le mur, et les caisses de Gemmes de la Puissance Suprême à demi masquées par le moteur du monte-charge…

Negret s'arrêta, pivota sur ses talons et retourna à la flaque de lumière diffusée par la quatrième ampoule. Il y avait un truc…

– Quoi ? demanda Sirine en surgissant à côté de lui.

– Chut.

Il fixa la carte, puis releva les yeux.

– Bon, mais qu'est-ce que tu… ?

– Chut !

Il leva la main pour la faire taire. Elle referma la bouche et recula en croisant les bras.

– Il y a un truc… mais je ne sais pas quoi.

– OK.

Sirine escalada la montagne de toiles à voile et s'assit dessus en repliant les bras autour de ses genoux. C'est là que Negret comprit ce qui avait changé.

– Je sais ! Bouge-toi !

Elle redescendit de son perchoir, et il entreprit de dégager les couches de toiles. La veille, il y avait eu assez de place pour deux en haut de la pile, et même pour son sac à dos en prime. Aujourd'hui, il n'y avait plus de place que pour une seule personne.

Les toiles étaient lourdes et recouvertes de poussière mais, en s'y mettant à deux, ils parvinrent à les disperser jusqu'à ce que la pile soit devenue un grand lac crasseux de toiles à voile. Et parmi les vagues du lac, une bosse irrégulière se dessinait entre les deux couches du bas.

Negret rampa entre les deux épaisseurs jusqu'à la bosse en repoussant les toiles d'araignée. Puis il ressurgit à la maigre lumière de la Grande Réserve avec un objet dans la main.

– J'y crois pas, fit Sirine.

– Moi non plus.

Ils fixèrent le sac en toile, sur lequel était brodée l'image de la Villa de Verre au milieu des pins émeraude. Negret retourna le sac sur la face qui montrait le portail. Pas d'erreur : il s'agissait bien de celui qui figurait sur le vitrail et en filigrane sur le papier… à une différence près. Celui-ci présentait un détail qui manquait sur les autres images : un petit nœud de fils cuivrés qui pendait sur un côté. Une lanterne.

– Je vais le rendre à Mme Hereward, déclara Negret. Je n'ai pas envie de la faire attendre.

– Dans ce cas, il faut d'abord qu'on retrouve le carnet de Georgie. Et comme les deux premiers objets étaient cachés dans des endroits différents, je suppose qu'il se trouve encore ailleurs.

– C'est probable, acquiesça Negret. Tiens, aide-moi à remettre tout ça en place.

– Où veux-tu cacher le sac en attendant qu'on retrouve le carnet ? lui demanda-t-elle en soulevant une toile avec lui.

– Je crois que j'ai une idée pas mauvaise du tout.

Ils empilèrent de nouveau les toiles et frottèrent leurs mains noires de poussière.

– Où as-tu caché la montre, au fait ? questionna-t-il en prenant le sac.

– Je l'ai enfouie dans l'une des caisses des Gemmes de la Puissance Suprême.

– Retourne la chercher. J'ai une meilleure idée.

Pendant qu'ils s'efforçaient de reconstituer une pile à peu près ordonnée, il s'était souvenu d'une chose qu'il devait faire impérativement dans la journée, ce qui lui avait fait penser à une cachette absolument parfaite.

– Mais on doit d'abord passer prendre des trucs à notre étage, ajouta-t-il.

Et il leur restait encore à retrouver le carnet, qui pouvait se trouver n'importe où. Negret referma la porte en sortant, tout en élaborant dans sa tête la liste des endroits qu'il leur restait à fouiller. Les chambres libres du troisième et du quatrième étage, le sous-sol, soulever tous les tapis de la maison…

Mais alors qu'il allait poser le pied sur la première marche, Sirine lui agrippa le bras en articulant silencieusement :

– Attends.

Un faible murmure leur parvenait de l'étage d'en dessous. Ils allèrent se coller à la rampe à pas de loup, puis s'accroupirent pour écouter.

– Ne sois pas ridicule, sifflait la voix de Georgie. Je sais bien que ce n'était pas toi. Je ne me serais jamais rendu compte qu'il avait disparu, vu que tu l'aurais remis sans que je remarque quoi que ce soit.

– Ça, c'est vrai, acquiesça Clem.

– J'ai besoin de ton aide, reprit Georgie à contrecœur. Il faut que je récupère ce carnet.

– Franchement, tu ne pouvais pas le cacher mieux que ça ?

– Pour quoi faire ? répliqua Georgie, qui commençait à s'énerver. Je ne pensais pas que ça pouvait intéresser quelqu'un d'autre que toi, et c'est une perte d'énergie d'essayer de t'empêcher de trouver quoi que ce soit. En plus, je savais que tu ne le prendrais pas.

– Merci du compliment, en tout cas, gloussa Clem.

– Si tu m'aides à le retrouver, je partage ce qu'il y a dedans avec toi, lui proposa Georgie avec un soupir.

Il y eut un silence.

– Ça ne marche pas. Je veux aussi des infos qui ne sont pas dans le carnet.

Ce fut au tour de Georgie de rire, mais d'un rire plus résigné qu'amusé.

– Suis-je bête ! J'aurais dû me douter que tu t'étais déjà débrouillée pour le lire.

– Alors ? Sais-tu quelque chose qui ne soit pas dans le carnet, Bleue ?

– Oh, c'est pas vrai. Bien sûr que oui.

Sur le palier du grenier, Negret plissa le nez. Une odeur venait de surgir dans l'escalier, qu'il n'avait pas sentie en montant. Une odeur à la fois fleurie et épicée…

– Voyons, qu'est-ce qui pourrait m'intéresser ? reprit Clem en pianotant sur la rampe. Ah, oui : ton petit projet d'appareil photo.

Puis, après un nouveau silence :

– Voilà. C'est ce que je veux. Ta parole que tu me montreras la photo que tu auras prise avec. La vraie, bien sûr, pas celle que tu auras fourguée au gamin.

– C'est… C'est juste un passe-temps pour rigoler, Clem ! Ça l'amuse, ce môme. C'est tout. Ça n'a rien à voir avec Owen.

Owen ?

– C'est du pipeau, Bleue. Rien de ce que tu fais n'est un passe-temps pour rigoler. Je veux voir cette photo. Et pas de coup fourré.

Nouveau silence, suivi d'un bruit qui ressemblait moitié à un ricanement, moitié à un soupir.

– Très bien.

– Et puisqu'on en est aux confidences, ce n'est pas toi qui serais entrée dans ma chambre hier, par hasard ? demanda Clem.

Negret décocha un coup de coude à Sirine. Elle savait !

– Absolument pas. Je ne suis pas stupide à ce point. Je connais mes limites.

– Je me suis posé la question parce que, pour autant que je sache, on n'a touché à rien. Donc, celui qui a fait ça *connaissait* ses limites.

– Ce n'était pas moi. Alors, marché conclu ?

– Ouais, c'est bon. Je te tiens au courant dès que j'ai du neuf. Mais nom d'un chien, qu'est-ce que tu as fichu ? Tu t'es douchée avec ton flacon de parfum ou quoi ?

– C'est Milo qui l'a cassé dans mon sac. Je n'ai pas d'autre pull. Comme il va au nettoyage à sec, Nora Wood n'a pas pu le laver, et ça gèle, aujourd'hui. Tu vas devoir t'y faire.

Mais oui ! Le parfum de Georgie ! C'était cela, l'odeur dans l'escalier !

– C'est une véritable infection ! Attends, je vais te prêter l'un des miens.

Tandis que Clem regagnait sa chambre pour en rapporter un pull plus respirable, les rouages tournaient dans la tête de Negret.

– Quoi ? articula Sirine.

Il secoua la tête. Il y avait quelque chose à propos de ce parfum…

Clem revint, Georgie la remercia et Clem répondit qu'un gilet, ce n'était pas grand-chose, entre malandrins ; ce qui était un peu bizarre, mais bien moins intéressant pour Negret que cette histoire de parfum qui lui échappait. Tandis que les deux jeunes femmes redescendaient, les éléments éparpillés dans sa tête se mirent soudain en place.

– Viens ! dit-il à Sirine en l'attrapant par un pan de sa cape. Je sais où est le carnet !

Il dévala l'escalier à toute allure, sans plus se soucier d'être discret. Cela n'avait plus d'importance. Le sac en toile et la montre étaient dans son sac à dos. Même s'il les repérait, le voleur ne pouvait plus rien récupérer.

– Pardon ! lança-t-il d'un ton enjoué en croisant Georgie.

– Tu ne lui dis pas, pour le carnet ? chuchota Sirine un peu plus bas dans l'escalier.

– C'est trop tôt, répondit-il sur le même ton.

– Et à moi, tu pourrais peut-être le dire ?

– Mieux que ça : je vais te montrer.

Il s'arrêta sur le palier du deuxième et fila au bout du couloir où il prit l'étoile de Noël dans son pot en céramique verte. Puis, toujours suivi par Sirine, il descendit en courant jusqu'à sa chambre.

– Apporte-moi la corbeille à papier, demanda-t-il dès qu'il eut fermé sa porte.

Puis, en tenant le pot de fleurs au-dessus de la corbeille, il attrapa la plante par la tige et tira doucement. Une fois sortie du pot, la terre humide garda un instant sa forme avant de se désintégrer. Quelque chose d'autre tomba du pot en même temps que les mottes de terre : un sachet en plastique.

Sirine le ramassa et l'ouvrit délicatement. L'odeur mi-fleurie, mi-épicée que Negret avait remarquée sur la plante – puis dans l'escalier en épiant Clem et Georgie –, inonda toute la chambre lorsqu'elle sortit du sachet un carnet imbibé de parfum, dans lequel étaient glissées quelques feuilles volantes.

– J'aurais dû y penser plus tôt, dit Negret avec un sourire de triomphe. Les étoiles de Noël ne sentent pas grand-chose.

Ils s'assirent sur le lit et déposèrent sur la couverture les trois objets qu'ils avaient récupérés : le carnet au parfum écœurant de Georgie, la montre en or de M. Vinge et l'aumônière brodée de Mme Hereward.

– On peut rendre tout ça, maintenant ? demanda Sirine.

– Eh bien, je ne sais pas…

Negret prit le carnet et dit en essayant de bloquer son souffle pour respirer le moins de parfum possible :

– J'ai encore un peu peur qu'on se fasse accuser. Si on n'en avait retrouvé qu'un, passe encore. Mais les trois ? À mon avis, on a intérêt à rester prudents.

Il ouvrit le carnet.

– C'est mal d'avoir envie de regarder ? demanda-t-il.

– Regarder quoi ?

– Le carnet. Pour voir ce qui a pu intéresser le voleur.

– Tu rigoles ? fit Sirine avec un sourire jusqu'aux oreilles. Si toi, tu ne regardes pas, je le ferai. Surtout après ce que Clem et Georgie se sont raconté tout à l'heure.

– C'est juste que…

Negret hésita.

– … ce serait un peu comme lire le journal intime de quelqu'un, tu vois.

– Passe.

Elle le lui prit des mains et l'ouvrit.

Puis elle fronça les sourcils, feuilleta quelques pages, et son front se plissa encore davantage.

– Je rêve !

– Quoi ? s'inquiéta Negret.

Elle lui jeta le carnet avec un grognement exaspéré. Il le rattrapa maladroitement et l'ouvrit à la première page. Elle était couverte de mots incompréhensibles. Il tourna la page, et celle d'après. Il y avait des flèches, des cases, des lignes barrées, des passages entourés ou soulignés, mais pas un seul mot intelligible.

– Mais qu'est-ce que c'est que cette langue ?

– Je ne pense pas que ce soit une langue, Negret, lui dit la scoliaste avec un regard éloquent. Rappelle-toi, Georgie a dit qu'elle n'avait pas besoin de le cacher de qui que ce soit d'autre que Clem. Elle savait que des gens pouvaient tomber dessus et elle ne voulait pas qu'ils puissent le lire. Je te parie que c'est un code.

– Tout un carnet écrit en code ?!

Il laissa retomber le carnet sur le lit et la dévisagea.

– Mais qu'est-ce qu'ils ont tous ?

– Je ne sais pas, mais il est peut-être temps de travailler sur ce qu'on sait d'eux. Tu as de quoi noter ?

– Dans mon sac, près du bureau, il y a le bloc-notes que j'ai trouvé dans la Grande Réserve. Il doit aussi y avoir un stylo.

Sirine alla fouiller le sac et revint avec le bloc et un stylo-bille.

– Procédons dans leur ordre d'arrivée, proposa-t-elle en gribouillant pour faire monter l'encre. Le premier est M. Vinge, non ? Que sait-on sur lui ?

Elle nota le nom de Vinge en haut de la page.

– Il porte des chaussettes atroces, répondit Negret. Il lit beaucoup, mais je n'ai pas pu voir quoi.

Il ouvrit la montre à gousset.

– Note ça : « À D.C.V., avec notre plus haute estime et nos remerciements pour une mission accomplie de main de maître, D. & M. »

– Quoi d'autre ? demanda Sirine en se tapotant le menton avec le stylo.

Negret s'adossa à la tête de lit et fixa le plafond.

– Je ne vois rien d'autre.

– On y reviendra plus tard. Qui est le suivant ?

– Georgie Moselle. Clem l'appelle Bleue. On sait qu'elles se connaissaient déjà. Je ne crois pas qu'elles soient amies, mais elles ont l'air de s'entendre assez bien. Et Georgie a dit un truc intéressant. Quand Clem a demandé à voir la photo de son appareil, elle lui a répondu un truc comme : « Ça n'a rien à voir avec Owen. » C'est peut-être lui, le lien entre elles deux.

– Et puis il y a l'appareil photo, signala Sirine. Georgie est capable d'en fabriquer un à partir d'une boîte. Clem pense que cette photo a quelque chose de spécial, et que Georgie va t'en montrer une bidon.

– Et elle a tout un carnet rédigé en code. Tu veux en noter un passage ? suggéra Negret en reprenant le carnet.

– D'accord, fit Sirine avant de copier quelques lignes. Quoi d'autre sur Georgie ?

– Elle m'a prêté le *Livre ordinaire du raconteur.* Elle pensait que le début pourrait me plaire.

– Et ça raconte quoi ?

– Ça parle d'un groupe de gens coincés dans une auberge, et quelqu'un propose qu'ils racontent des histoires. C'est comme ça que…

Il s'interrompit en plissant le front.

– Enfin, c'est comme ça que j'ai eu l'idée hier soir. Mais…

Sirine l'observa attentivement.

– Mais quoi ?

Un soupçon venait de germer dans l'esprit de Negret, même s'il lui paraissait saugrenu.

– Tu crois qu'elle a pu le faire exprès pour que je lance l'idée ? Pour que je persuade les autres de raconter des histoires sur eux-mêmes ?

– Si c'est le cas, ce n'était pas gagné d'avance. Mais ça se peut, oui. Au fond, ça ne serait pas plus étrange que tout ce qui se passe dans cette baraque.

– Attends ! s'exclama-t-il. Ce matin, quand elle nous a parlé en bas, elle a dit…

– Mais oui ! Quand tu as demandé ce qu'il y avait dans son carnet, elle a répondu qu'elle avait pris des notes sur notre hôtel…

– … et sur quelqu'un dont elle pensait qu'il avait un lien avec la maison. Le fameux Owen ?

– Je te parie que oui. Tu peux demander à tes parents si ce nom leur dit quelque chose ?

– Bien sûr. Bon, on continue. Les clients suivants, c'était le Pr Wilbur Gowervine et Mme Eglantine Hereward. Ils sont arrivés en même temps.

Negret sourit en les revoyant serrés dans l'*Ouragan de Secrets' Hill* avec tous leurs bagages.

– Tu sais quoi ? observa Sirine. Si Georgie a raison de penser que Clem n'est pas la voleuse, ça ne laisse plus que le Pr Gowervine. En plus, on sait qu'il est entré dans la chambre de Clem.

– J'y ai bien pensé. Mais d'après elle, on ne lui a rien pris. Ce qui voudrait dire qu'il est allé y faire autre chose que voler.

– Comme quoi ?

– Aucune idée, avoua Negret. Et je ne vois rien d'autre à dire sur le professeur. C'est celui sur lequel j'ai le moins d'informations, en fait.

– Il est professeur de quoi ?

– Je n'en sais rien.

– Il passe beaucoup de temps dans la véranda, en tout cas, signala Sirine.

– Ça, c'est parce qu'il fume la pipe.

– N'empêche, insista-t-elle patiemment. Quelle que soit la raison, il y passe beaucoup de temps tout seul. On devrait creuser ça. À Mme Hereward, maintenant.

Et elle tourna une nouvelle page.

Là, ils avaient un peu plus d'éléments. Sirine nota tout ce qu'ils se rappelaient sur l'histoire racontée la veille par la vieille dame, et ce qu'elle leur avait dit le matin.

– Ses ancêtres étaient des marins. Elle a peut-être un lien avec la carte.

Negret prit le sac à tricot et contempla la broderie, en particulier la petite lanterne accrochée au portail.

– Et ce portail a forcément une signification, marmonna-t-il. On n'arrête pas de tomber dessus.

Sirine examina à son tour les deux motifs brodés sur le sac.

– Quant à savoir si ce portail est censé se trouver sur la propriété de la Villa de Verre, c'est une autre histoire.

À cet instant, Negret repéra sur le dessin de la maison un détail qui lui avait échappé jusque-là : une série de petits traits sur la porte, qui ressemblaient à des symboles.

Il sortit de sa poche le trousseau de clés du roublard pour examiner le disque martelé qui ornait le porte-clés. L'une de ses faces représentait une couronne gravée, tachetée de petites traces d'émail bleu. L'autre face portait les quatre caractères chinois. Identiques aux traits brodés sur la porte.

– Qu'est-ce que ça veut dire ? rugit-il en direction du plafond. Je vais devenir dingue !!

– Mme Hereward le saurait peut-être, suggéra Sirine en lui tapotant l'épaule. On lui posera la question en lui rendant le sac. Allez, on reste concentrés.

Elle lui prit le porte-clés et copia les symboles dans le bloc-notes.

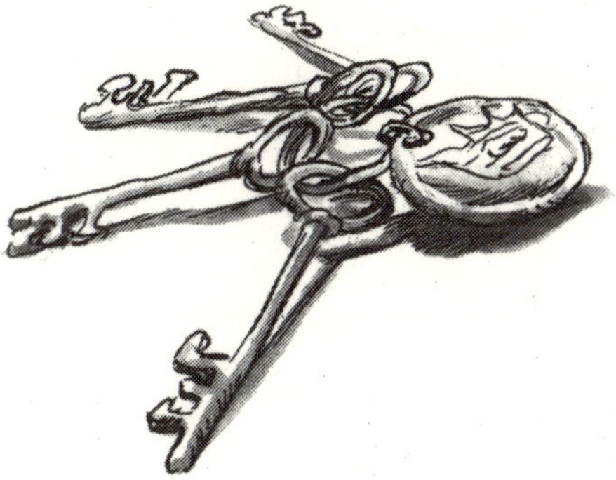

– Ensuite ?

Negret soupira.

– Clem. Clemence O. Candler. Rapide, silencieuse. Elle a déclaré en blaguant qu'elle était une cambrioleuse. Elle a aussi laissé entendre que Georgie était une voleuse. Hé ! s'exclama-t-il en claquant des doigts. J'étais tellement préoccupé par le parfum que je n'ai pas fait attention sur le coup, mais quand elle a prêté son gilet à Georgie, elle a dit : « Un gilet, ça n'est pas grand-chose, entre malandrins ». Et j'ai lu un truc dans le livre des Grands Chemins sur le Tour de main du malandrin, qui est un…

– Un exploit. Une compétence qui permet de voler presque n'importe quoi, acheva Sirine en hochant pensivement la tête.

– Voilà !

– Ça peut juste signifier qu'elles sont fans des Grands Chemins.

– Je n'y crois pas. Clem a dit aussi qu'elle avait une bonne raison de voler le carnet, et ça n'a pas étonné Georgie.

– Qui ne la croit pas coupable.

– Ça, c'est ce que Georgie prétend. Mais c'était peut-être… Comment on appelle ça ? Une fausse piste ?

L'art de lancer les gens sur de fausses pistes était, selon les *Roublards de la route*, une autre compétence clé du métier.

– Elle voulait peut-être donner à Clem une chance de lui rendre le carnet sans avoir à l'accuser ? développa Sirine. Oui, pourquoi pas. Clem ne t'a pas paru sincère en disant que ce n'était pas elle ?

En fait, Negret l'avait crue, mais il n'était pas sûr de pouvoir se fier à son instinct.

– Peut-être qu'elle est aussi douée pour mentir que pour se déplacer sans faire de bruit. En tout cas, je ne l'éliminerais pas tout de suite de la liste des suspects.

– Bon, d'accord. On sait quoi d'autre sur elle ?

Plus grand-chose, semblait-il. Ils décidèrent de dresser la liste des autres indices et des questions qu'ils avaient, ce qui donna :

Carte nautique trouvée dehors, peinte sur du papier avec le portail en filigrane

Carte volée et remplacée par fausse carte (sur le même papier)

Bout de papier identique trouvé dans la Grande Réserve (Lucksmith - Papetiers)

Même portail sur les vitraux

Même portail sur le sac de Mme H.

Caractères chinois sur le sac de Mme H. correspondant aux symboles gravés sur le porte-clés de Negret

Qui a perdu la carte ?

Est-ce la même personne qui a pris la carte et qui a volé les autres objets ?

Le Pr Gowervine est-il un voleur ou est-il entré dans la chambre de Clem pour une autre raison ?

Ils fixèrent la liste, feuilletèrent leurs notes, discutèrent, argumentèrent, sans rien découvrir de nouveau. Mais ils tombèrent d'accord sur la nécessité de questionner Mme Hereward à propos des symboles affichés sur la porte – dès qu'ils pourraient remettre les objets à leurs propriétaires sans éveiller les soupçons.

Cela, au moins, Negret s'en sentait capable. Son idée sur l'endroit où les cacher devrait faciliter les opérations.

Il gagna le bureau du premier étage, où Nora Wood avait commencé à envelopper des cadeaux avant que les clients ne fondent sur elle avec leurs problèmes. Il déroba deux rouleaux de papier, un rouleau de scotch, une paire de ciseaux et trois petites boîtes identiques et les rapporta dans sa chambre.

– Excellente idée, approuva Sirine, admirative.

Ils disposèrent les objets dans les boîtes en les nichant dans du papier pour les caler, emballèrent le tout et inscrivirent sur chaque boîte respectivement un petit « m », un petit « c » et un petit « s » dans un coin en dessous, là où le papier présentait une affluence de joueurs de tambour qui tambourinaient. Dans la foulée, ils en profitèrent pour prendre les cadeaux pour Ben et Nora Wood cachés sous le lit de Milo et pour les emballer à l'aide du deuxième rouleau.

Il nouait le ruban du dernier paquet lorsqu'on frappa à la porte.

– Entrez ! lança-t-il en cachant le bloc-notes sous son oreiller.

Sa mère passa la tête dans l'encadrement et sourit devant la pile de paquets emballés tant bien que mal.

– Tu as encore oublié de regarder l'heure, Milo ? demanda-t-elle.

Les enfants échangèrent un sourire coupable.

– Eh oui, avoua-t-il.

– On a manqué le repas ? demanda Meddy en regardant le réveil posé sur la table de chevet.

Nora Wood agita une main apaisante.

– Mme Caraway a préparé un gratin de macaroni et des sandwichs au jambon. Cette fois, je lui ai demandé d'en mettre de côté. Mais les pâtes vont refroidir.

– Juste une minute, maman.

Negret attendit que la porte soit refermée pour fourrer les trois paquets dans son sac à dos.

– Tu viens ?

Meddy reprit le bloc-notes en secouant la tête.

– J'ai besoin de réfléchir. Ça t'embête si je reste ici au calme pour revoir nos indices ?

Ce n'était pas une question simple. Est-ce que ça l'embêtait de la laisser seule dans sa chambre ? Ou plutôt – parce que oui, ça l'embêtait : c'était *son* espace –, est-ce que ça l'embêtait au point de lui dire non ?

Elle attendit patiemment.

– Je peux aller ailleurs, si tu préfères.

Finalement, ce fut le fait de penser au jeu qui le décida. Ils étaient alliés. S'il n'était pas capable de lui faire confiance, il se retrouvait tout seul.

– Non, tu peux rester, dit-il enfin. Mais si possible, évite de changer mes trucs de place. Tout est pile là où ça me va.

– Promis.

– Bon, OK.

Milo ouvrit la porte, sortit dans le couloir et prit une grande inspiration. C'était dur, mais pas autant qu'il l'avait craint.

– À toute.

Chapitre huit

DES PRUNES

La neige cessa, remplacée par la pluie, qui gelait aussitôt tout ce qu'elle touchait. Quand le soir tomba, les nuages dégagèrent le ciel pour la première fois depuis des jours et, au clair de lune, tout parut recouvert d'une fine couche de verre argenté.

Puis le vent se leva, et le monde vitrifié se mit à gémir, à grincer, parfois même à craquer, faisant éclater dans la nuit des bruits de pétarade.

Entre les murs de l'hôtel, chacun paraissait passablement plus nerveux que la veille au soir. Et ce n'était pas juste à cause des vols. En voyant surgir des bougies à des endroits inhabituels, Milo comprit que ses parents craignaient une coupure d'électricité. La maison disposait de son propre générateur de secours et les bûches ne manquaient pas. Mais le générateur ne se mettait pas en marche automatiquement, ce qui, en cas de panne, impliquait au moins un petit intervalle sans électricité. Les bougies s'intégraient parfaitement dans le décor de

Noël, de sorte que les clients ne durent même pas les remarquer. Mais Milo, lui, ne voyait qu'elles.

Ainsi que les trois paquets contenant les objets volés et retrouvés qu'il avait glissés sous le sapin. Ils avaient beau être noyés parmi ceux que Nora Wood avait déposés dans l'après-midi, pour Milo, ils étaient aussi flagrants que s'ils arboraient en lettres lumineuses clignotantes : OBJETS VOLÉS ! OUVREZ-NOUS !

Encore un repas, toujours sous la forme d'un buffet qui avait éparpillé les clients dans tout le rez-de-chaussée. De nouveau, Meddy envoya Milo épier les occupants du salon. Il alla s'asseoir dans le canapé d'où, assis en biais le dos contre l'accoudoir, il pouvait tout observer par-dessus le dossier. Et, ce qui ne gâchait rien, son poste lui permettait d'entendre tout ce qui se passait dans la salle à manger.

Comme le précédent, le dîner fut un moment un peu embarrassant, plein de regards mornes et de silences pesants. Mme Hereward fut la seule à aborder le sujet des vols.

– Vous avez fouillé nos chambres sans aucun résultat ! lança-t-elle soudain à la fin du repas, depuis la table de la salle à manger.

Les mots s'étaient échappés de sa bouche comme si elle avait passé le dîner à essayer de les retenir. Puis, d'un pas raide, elle gagna le salon où elle désigna Clem et le Pr Gowervine en agitant sa fourchette.

– Et leurs chambres à eux, vous les avez fouillées ?

– Incroyable ! bafouilla le professeur. Ne me dites pas que vous nous accusez de...

– Le coupable est l'un de vous deux ! explosa Mme Hereward d'une voix qui montait dans les aigus. Vous êtes les seuls à qui l'on n'ait rien pris ! C'est forcément l'un de vous deux !

Clem finit de mâcher sa bouchée, posa sa fourchette et contempla la vieille dame avec un calme exaspérant.

– Vous ne savez pas de quoi vous parlez. Si vous le saviez, si vous en aviez la moindre idée, vous sauriez que ça ne signifie absolument rien.

Meddy se laissa tomber sur le canapé face à Milo et regarda la scène par-dessus le dossier.

– Qu'est-ce qu'elle veut dire par-là, à ton avis ? lui demanda-t-elle.

Il éluda la question d'un haussement d'épaules, guettant la réaction de Mme Hereward.

– Elle sous-entend peut-être qu'on fait aussi partie des suspects, reprit Meddy à voix basse. Que ça pourrait être quelqu'un de l'hôtel.

C'était possible, en effet, mais Milo n'en était pas convaincu. Pour lui, elle suggérait plutôt que le voleur pouvait être l'une des trois victimes.

L'idée méritait réflexion. Et si le voleur s'était volé lui-même pour éloigner les soupçons ? Ou la voleuse. Clem fixait Mme Hereward avec insistance, comme si elle suspectait fortement la vieille dame d'être derrière tout cela.

– Alooors, se hâta d'intervenir Nora Wood en frappant dans ses mains. Qui veut du café ?

– Jeune fille, répliqua Mme Hereward en ignorant totalement Nora, vous n'insinuez sûrement pas que…

– Je n'insinue rien du tout, la coupa Clem. Je ne dis rien de plus que ce que j'ai dit. Et je n'apprécie pas plus que vous de me faire accuser d'une entourloupe.

Sur quoi elle replia sa serviette, prit son assiette et se leva.

– Puis-je aider à servir le café, madame Wood ? proposa-t-elle.

Mme Hereward rouvrit la bouche, mais Clem la devança en ajoutant :

– Vous pouvez fouiller ma chambre quand vous voudrez. Dès maintenant, si ça peut vous faire plaisir.

– Je suggère que nous nous calmions, s'interposa Nora Wood en levant les mains.

– Je suis tout à fait calme, grâce à la proposition raisonnable que vient de nous faire Mlle Candler, affirma Mme Hereward.

Son ton et la rougeur qui avait envahi ses joues contredisaient quelque peu ses paroles. Elle se tourna vers le Pr Gowervine, qui s'était levé à son tour pour rapporter son assiette à la cuisine.

– Et vous, professeur ? lui demanda-t-elle.

– C'est une idée parfaitement grotesque, marmonna-t-il entre ses dents.

La vieille dame, s'apercevant qu'elle allait bientôt se retrouver seule dans le salon, pressa le pas pour le rattraper.

– Dois-je comprendre que c'est oui ou que c'est non ?

– Je suggère que nous nous *calmions*, dit à son tour Ben Wood d'une voix forte.

Il se trouvait dans la cuisine, où se tenaient maintenant tous ceux qui avaient mangé au salon. Milo se redressa pour suivre la scène derrière le dossier du canapé.

Après avoir foudroyé du regard Mme Hereward, le Pr Gowervine croisa les bras, s'éclaircit la gorge et se tourna vers Ben Wood pour lui dire :

– Monsieur, si vous estimez que cela peut améliorer les choses, c'est de bonne grâce que je vous laisserai fouiller ma chambre et mes affaires.

– Je vous remercie, répondit Ben Wood d'un ton crispé.

Meddy fronça les sourcils.

– Je crois qu'on ferait bien de rendre les objets avant que ça dégénère pour de bon. Je m'en charge. Toi, tu rejoins les autres à la salle à manger. Et tu dis juste que c'est pas les tiens, conclut-elle en le poussant d'un petit coup de coude.

– Quoi ?

– Fais-moi confiance. « C'est pas les miens. » Contente-toi de dire ça.

– Bon, OK.

Il se leva et gagna discrètement la salle à manger en retenant son souffle. Un instant plus tard, un carillon tintinnabulant résonna dans l'hôtel. Depuis sa cachette, Meddy avait dû secouer les branches du sapin où, selon la tradition familiale, Milo avait accroché toute la collection de clochettes d'argent de sa mère.

– Qu'est-ce que c'est que ce vacarme ? s'écria Mme Caraway.

– Bonne question, enchérit Nora Wood.

Déjà, elle et son mari se dirigeaient vers le salon.

– Qu'est-ce qui se passe ici ?

Les clients suivirent le mouvement, imités par Milo. Lorsqu'il entra dans le salon, tout le monde avait les yeux rivés sur les trois paquets contenant les objets volés, qui formaient une petite pyramide au centre du tapis.

Une tape sur l'épaule fit sursauter Milo. C'était Meddy, dont il se demanda comment elle avait pu quitter sa cachette aussi vite.

– Chut, fit-elle, un doigt sur les lèvres.

Il n'y avait plus un bruit dans la pièce.

Ben et Nora Wood se regardèrent, les yeux écarquillés.

– Ben ? murmura Nora Wood d'une voix presque inaudible.

– Je ne sais pas ce que c'est, lui répondit son mari.

Il alla s'accroupir devant la pile et prit le paquet du haut d'un geste hésitant.

– Je ne reconnais pas ces paquets, déclara-t-il à sa femme. Et toi ?

– Non, ils ne sont pas à moi. Milo, chéri, tu les as déjà vus ?

Suivant à la lettre les instructions de Meddy, celui-ci affirma en secouant la tête :

– Non, c'est pas les miens.

– J'aurais pourtant juré que je t'avais vu descendre tout à l'heure avec des paquets qui ressemblaient à ceux-là. Et la… technique d'emballage fait assez penser à la tienne.

Milo traversa l'attroupement pour s'approcher des paquets, fit semblant de les examiner attentivement, et alla chercher ceux qu'il avait glissés sous le sapin pour ses parents.

– Les miens sont là. Deux pour toi et deux pour papa.

Ses parents échangèrent un nouveau regard.

– Eh bien, quelqu'un a l'air de penser qu'on devrait les ouvrir, commenta Ben Wood. Nora, qu'en dis-tu ?

Celle-ci se redressa et se retourna pour demander :

– Quelqu'un reconnaît-il ces paquets ?

Meddy, les bras croisés sous sa Cape d'Or d'Indiscernabilité, prit un air innocent et garda le silence.

– Dans ce cas, allons-y, reprit la mère de Milo.

Elle s'empara du premier paquet, déchira l'emballage et souleva le couvercle de la boîte. Après avoir écarté le papier réparti à l'intérieur, elle se figea.

– Incroyable !

– Non… fit Ben Wood en sortant de la boîte la montre à gousset en or.

M. Vinge tressaillit.

– Seigneur, mais qu'est-ce que…

Il s'avança en trébuchant pour récupérer sa montre.

– Je n'arrive pas à y croire.

Georgie et Mme Hereward s'approchèrent à leur tour.

Ben Wood saisit les deux paquets qui restaient et en tendit un à chacune. Mme Hereward se jeta sur le sien, tandis que Milo surprenait un regard interrogateur de Georgie à Clem. La rousse haussa imperceptiblement les épaules avec une moue d'incompréhension.

Avant que Georgie ait pu s'attaquer à son paquet, Mme Hereward lui colla entre les mains celui qu'elle venait d'ouvrir et arracha le papier de l'autre. Georgie laissa tomber la boîte, dont se déversa un flot de papiers, et le carnet imbibé de parfum tomba par terre.

– Oh ! s'exclama la vieille dame en brandissant son sac à tricot.

Puis elle le serra contre son cœur et s'affala sur le sofa. Une larme dessina une rigole sur sa joue poudrée.

– J'ai cru que je l'avais perdu pour toujours !

Le regard de Georgie passa de son carnet à Ben, Nora, et enfin Milo Wood.

– Et on ne sait pas comment ils sont arrivés là ? demanda-t-elle. Milo, ce ne serait pas le résultat de ton enquête, par hasard ?

– Ton enquête ? répéta Nora Wood en jetant à son fils un regard suspicieux. Quelle enquête ?

Meddy, qui se tenait en face de lui, posa discrètement un doigt devant sa bouche en secouant la tête. Il réfléchit à toute vitesse. Negret pouvait faire appel au pouvoir qui lui permettait de mentir sans se faire prendre, mais Milo se rendit compte qu'il répugnait à exploiter le don du Fabuliste contre ses parents. Il inspira à fond.

– Je me suis lancé à la recherche des objets volés, maman. Et je les ai retrouvés. Mais j'ai eu peur qu'on m'accuse de les avoir pris, alors… alors je les ai emballés dans du papier cadeau, pour que les gens les récupèrent sans que ça passe par moi.

Il regarda furtivement les trois victimes l'une après l'autre.

– Ce n'est pas moi qui les ai pris, je le jure.

Son père glissa un bras autour de ses épaules.

– On sait que ce n'est pas toi, Milo. On te croit.

– Tu… tu les as retrouvés ? intervint M. Vinge. Mais… comment ?

– La réponse à cette question nous intéresse tous, enchérit Clem. Comment, et où ?

Milo se tourna vers sa compagne d'aventure. Meddy leva les yeux au ciel avant d'enfouir le visage dans ses mains d'un air désespéré.

– Peux-tu nous expliquer comment tu t'y es pris ? demanda Nora Wood.

– Oui, pas de problème. Je pourrais juste avoir un chocolat chaud d'abord ?

– Bien sûr, répondit sa mère en lui pressant l'épaule. Si quelqu'un veut du café ou du gâteau, n'hésitez pas à vous servir.

Puis elle s'éloigna vers la cuisine. Meddy en profita pour se rapprocher de lui.

– Mauvaise idée, marmonna-t-elle. On aurait dû s'en tenir à notre plan.

Milo ouvrit la bouche pour se justifier, mais elle poursuivit sans le laisser parler :

– C'est toi qui vois. Mais laisse-moi en dehors de ton histoire, ou notre campagne est fichue.

Elle sortit de sa poche les Yeux de la Clarté Aveuglante.

– J'observerai tout le monde pendant que tu parleras. Au cas où ça nous fournirait des indices.

Et elle repartit, sans cesser de marmonner contre les gens qui n'en font qu'à leur tête et qui mettent en danger leur équipe en prenant des risques idiots.

Il l'ignora, trop occupé à se demander s'il ne serait pas plus facile de tout expliquer dans la peau de Negret le roublard. Milo commençait déjà à se sentir mal à l'idée de s'adresser à tant de monde. Va pour Negret.

Nora Wood revint avec une tasse de chocolat fumant et s'assit à côté de lui sur le rebord de la cheminée.

– C'était très courageux de ta part de dire la vérité. Et tu sais que *nous* savons que tu n'as rien pris, j'espère. Ton père et moi, on te fait entièrement confiance.

Dehors, le vent soufflait en rafales de plus en plus déchaînées. Milo posa sa tête sur l'épaule de sa mère et regarda en silence les clients qui s'installaient avec leur dessert. Georgie lui adressa un clin d'œil en s'affalant sur une chaise. Mme Hereward passa devant lui pour regagner le canapé et, à sa surprise, posa gentiment une main noueuse sur son épaule. « Peut-être qu'elles non plus ne me croient pas coupable », songea-t-il avec espoir.

M. Vinge reprit son fauteuil. Il avait glissé sa montre dans la poche de poitrine de sa veste et observait Milo par-dessus sa tasse de café, la mine soucieuse.

« Lui, il me croit peut-être coupable. »

Clem, aussi enjouée qu'à son habitude, s'assit à côté de Mme Hereward. Le Pr Gowervine resta debout près de la porte de la véranda. Il ne semblait pas très à son aise.

Une fois tout le monde installé, Nora Wood passa un bras autour des épaules de Negret.

– Tu es prêt ? lui demanda-t-elle.

Il fit signe que oui, et se lança.

Passant sous silence les conversations que Sirine et lui avaient eues avec Mme Hereward et Georgie, il commença par expliquer comment il avait pensé à explorer la chambre libre du deuxième étage, comment l'emballage non scellé du savon lui avait mis la puce à l'oreille, et comment il avait recollé les deux moitiés du savon et changé la montre de cachette.

– Je ne comprends pas, intervint M. Vinge. Pourquoi ne pas m'avoir dit simplement que tu l'avais retrouvée ? Pourquoi ne pas me l'avoir rendue tout de suite ?

– J'ai pensé que si le voleur l'apprenait, il risquait de déplacer les autres objets. C'est pour ça que j'ai voulu cacher la montre au grenier.

Il raconta ensuite comment le changement d'aspect du gros tas de toiles du grenier l'avait amené à retrouver le sac à tricot. Ce n'était pas vraiment un mensonge, mais il croisa les doigts dans sa poche pour que personne ne demande comment un garçon de douze ans avait pu déplacer une pile géante tout seul. Personne ne le fit.

– Et tout de suite après, j'ai entendu Clem et Georgie parler dans l'escalier. Enfin, je n'ai pas entendu ce qu'elles disaient, s'empressa-t-il d'ajouter. J'ai juste reconnu leurs voix. Et j'ai senti le parfum de Georgie. C'est grâce à ça que j'ai retrouvé le carnet.

Il termina son récit par l'épisode de l'étoile de Noël, réalisant soudain avec une pointe de remords que la pauvre plante devait être en train de mourir dans la poubelle où il l'avait laissée.

– Et… enfin, voilà.

Pendant quelques instants, personne ne dit rien. Ce fut Ben Wood qui rompit le silence.

– Je suis vraiment très impressionné, Milo, déclara-t-il. Tout cela était très malin de ta part. Je crois qu'on peut tous te remercier.

Georgie confirma d'un signe de tête et se mit à applaudir, bientôt imitée par Clem et Mme Hereward.

– Je vais te resservir du chocolat chaud, Milo, proposa Georgie.

Il lui sourit. L'espace de quelques instants, il oublia que Sirine restait à l'affût d'indices et choisit d'ignorer le regard tendu échangé par ses parents, qui n'étaient que trop conscients de la présence d'un voleur dans leur hôtel. Et il savoura son chocolat en profitant du fait que, pour la première fois de la journée, l'atmosphère était plus à la bonne humeur qu'à la méfiance.

Bien sûr, cela ne pouvait pas durer. Pour commencer, le voleur était toujours dans la place. Ensuite, restait la liste d'indices et de questions dressée avec Sirine. Et maintenant que les objets avaient été restitués, Negret songea que c'était le bon moment pour répondre à l'une d'elles.

Georgie et M. Vinge étaient montés ranger leurs possessions dans leurs chambres, mais Mme Hereward était restée dans le sofa. Elle serrait son sac sur ses genoux en caressant les broderies d'un geste affectueux. Negret vint s'asseoir à côté d'elle.

– Madame Hereward ? Je peux vous poser une question sur votre sac ?

– Je ne peux pas te refuser cela, répondit-elle en souriant. Que voudrais-tu savoir ?

La face visible du sac était celle qui montrait le portail et sa lanterne dorée.

– Sur l'autre broderie, sur la porte de la maison, j'ai remarqué des symboles qui ressemblent à des caractères chinois, dit Negret.

Mme Hereward retourna le sac.

– Oui, ils sont là.

– Je peux vous demander ce qu'ils signifient ? Si vous le savez, bien sûr.

Elle hésita un instant, puis sourit de nouveau. Elle regarda autour d'elle : le Pr Gowervine fumait dans la véranda et tous les autres étaient en train de se resservir dans la cuisine. Elle se pencha vers Negret et lui murmura :

– C'est le vrai nom de la maison, Milo. De *cette* maison. Je ne sais pas comment ça se prononce, mais dans ma famille…

Elle s'assura de nouveau que personne ne pouvait les entendre avant de poursuivre :

– Dans ma famille, on a toujours dit « Lansegwann ».

Negret resta bouche bée pendant une seconde.

– Comme l'appareil photo de Georgie !

Mme Hereward hocha la tête avec un petit sourire.

– Eh oui. Justement, je cherchais un moyen de lui demander comment elle avait trouvé ce nom. Elle ne te l'a pas dit, je suppose ?

– Non. Mais elle avait l'air de penser que je saurais peut-être ce que ça signifiait. Ou que ça pourrait me revenir si je cherchais bien. Comme si elle espérait que je pourrais le lui dire.

– Très intéressant, chuchota la vieille dame. Dans l'immédiat, je préférerais que tu ne répètes pas à Georgie ce que je viens de te révéler, Milo.

– Mais vous, vous allez lui dire ?

Elle fronça les sourcils.

– Je ne sais pas encore. J'ai besoin d'y réfléchir.

À cet instant, un craquement déchirant secoua l'hôtel. Depuis des heures, déjà, on entendait en bruit de fond le vacarme du vent et des branches gelées, mais celui-ci fut assourdissant.

– Mon Dieu, la maison s'écroule ! piailla Mme Hereward.

– Voudriez-vous brailler moins fort, chère madame ? gronda le Pr Gowervine qui revenait de la véranda.

– Ce n'est pas la maison, assura Nora Wood d'un ton apaisant en surgissant de la cuisine.

De son côté, son mari était déjà en train d'enfiler ses bottes et son manteau. Ce n'était pas la maison, mais ce bruit venait bien de quelque part. Son regard croisa celui de Milo, et il lui sourit gaiement.

– Je vais jeter un coup d'œil dehors, lui expliqua-t-il. On aurait dit une grosse branche qui tombait. Je voudrais m'assurer qu'il n'y a pas eu de casse. Tu m'accompagnes ?

– Je peux venir aussi ? demanda Georgie Moselle qui arriva en trottinant pour prendre son manteau. J'adore sortir en hiver quand il fait noir.

Ben Wood hésita.

– Je ne sais pas, Georgie. Il fait un temps glacial dehors.

– Oh, je ne crains pas le froid, répliqua-t-elle en remontant sa fermeture Éclair. Je vous suis.

Ben Wood n'était visiblement pas emballé, mais il se contenta de hausser les épaules et tous trois sortirent dans la nuit.

Milo n'avait pas fait trois pas qu'il faillit se retrouver sur le derrière. Le perron s'était transformé en patinoire.

– Holà ! fit son père.

Il le rattrapa par le bras à la dernière seconde et manqua tomber à son tour.

– Vous êtes sûrs que vous allez y arriver, tous les deux ? s'esclaffa Georgie. Dire que vous vous inquiétiez pour moi !

En s'agrippant à la balustrade et en avançant tout doucement, ils réussirent à franchir le perron sans trop déraper. Quand Milo posa le pied sur le chemin, la surface craqua sous sa botte comme une couche de glaçage sur un gâteau et sa jambe s'enfonça dans la neige presque jusqu'au genou. Hors de la protection du perron, le vent brûlait les joues et le grincement des arbres évoquait une tempête à l'humeur plaintive.

– Tu peux aller inspecter le pavillon avec Georgie, Milo ? suggéra son père. Attention au verglas, et ne t'approche pas de l'escalier. Je vais jeter un coup d'œil à la remise à bois et aux autres annexes là-haut, derrière la maison.

Georgie le regarda pensivement s'éloigner en s'enfonçant dans la neige, avant de sembler se souvenir de la présence de Milo.

Elle se tourna vers lui et lui sourit.

– Bon, au boulot, petit gars !

Il eut l'impression que, soit elle n'appréciait guère de l'avoir sur le dos, soit elle se posait la même question que lui : qu'est-ce que Ben Wood allait vérifier, au juste ?

Bien sûr, songea-t-il en se dirigeant tant bien que mal vers la lisière des bois, Georgie n'avait aucune raison de savoir que la remise à bois, construite en pierres, ne risquait pas d'être détruite par la chute d'une branche, aussi grosse soit-elle. Quant aux autres annexes…

« Oh. » Milo trébucha en comprenant tout à coup la source du bruit, et où se rendait son père.

Georgie le rejoignit en deux bonds.

– Qu'est-ce qu'il y a ?

– Quoi ? répéta-t-il d'un air innocent en se remettant en route.

Ce qu'il vit alors le fit trébucher de nouveau, et oublier totalement son père.

Dans les bois, devant eux, un homme se hissa de la dernière marche de l'escalier sur la plateforme. Avec un énorme soupir, il laissa tomber son sac et s'affala par terre. Georgie eut un cri étranglé puis se tut en s'avançant derrière Milo.

Ils rejoignirent l'inconnu à pas prudents et Georgie s'agenouilla à côté de lui.

– Mais… comment… ? lui demanda-t-elle, un peu essoufflée. Est-ce que ça va ?

– Il y a un banc juste à côté, monsieur, lui signala Milo.

– Je crois que je ne peux plus bouger un seul muscle, geignit l'individu.

Après avoir échangé un regard, Milo et Georgie l'attrapèrent chacun par un bras et l'aidèrent à se relever. Georgie glissa le bras de l'homme autour de ses épaules.

– Je vais le soutenir jusqu'à la maison, dit-elle. Tu prends son sac, Milo ?

– OK.

Prenant appui sur la fille aux cheveux bleus, l'inconnu se laissa traîner en direction de l'hôtel. Milo ramassa le sac et repartit en titubant derrière eux.

Devant la maison, il aida Georgie à hisser l'homme en haut des marches verglacées du perron. « Le pauvre, pensa-t-il, après les centaines de marches qu'il vient déjà de monter ! » En passant devant la cloche, Milo se demanda pourquoi l'individu n'avait pas pris le funiculaire. Mais un deuxième coup d'œil lui apprit que la vieille cloche n'était plus qu'un bloc figé dans la glace.

Ils se démenèrent pour franchir la porte avec leur fardeau et firent asseoir l'homme dans l'entrée.

– Apportez des couvertures ! lança Georgie à la cantonade. Tout de suite !

– Maman ! cria Milo de son ton le plus « Vite, il y a urgence ! »

Nora Wood fut là en un éclair, talonnée par Mme Caraway. Elle s'arrêta net devant l'étranger qui claquait des dents, affalé sur le banc. Puis, en quelques gestes précis et efficaces, elle aida Georgie à le débarrasser de son manteau.

– Ça va aller, dit doucement Georgie. Pas de souci. On est à l'abri.

– Qui est-ce ? s'enquit M. Vinge dans leur dos.

– On ne sait pas, répondit Milo. Mais il est venu d'en bas par l'escalier. La cloche du funiculaire ne marche plus.

– Clem ! appela Nora Wood. Apportez-nous du café, s'il vous plaît !

– Je m'appelle O-Owen, parvint à articuler l'inconnu. M-Merci.

Milo resta bouche bée pour la deuxième fois de la soirée. Il se tourna vers Georgie, qui croisa son regard et devint écarlate. Il devait donc s'agir du mystérieux Owen dont elle avait parlé avec Clem.

– Je m'occupe des couvertures, annonça Mme Caraway avant de s'éloigner.

Le jeune homme était âgé d'une vingtaine d'années, comme Clem et Georgie. Il avait le teint mat, maintenant qu'il reprenait peu à peu des couleurs. Avec ses yeux noirs, Milo lui trouva un air asiatique. « En fait, il me ressemble un peu, réalisa-t-il avec un tressaillement. En tout cas plus que n'importe qui d'autre dans cette maison. »

– C'est bon, le café arrive ! Pourquoi tout ce…

Clem, qui arrivait dans l'entrée, se tut brusquement en voyant le petit groupe qui s'y pressait. La tasse qu'elle apportait lui tomba des mains et rebondit sur la tête de M. Vinge, accroupi près de l'inconnu. Une gerbe de café brûlant jaillit du petit récipient, qui se fracassa par terre.

Avec un rugissement de douleur, M. Vinge s'écarta d'un bond en se tenant la tête et bouscula Mme Caraway, qui revenait en courant, les bras chargés de couvertures. Deux adultes et quatre couvertures s'étalèrent par terre. Nora Wood se couvrit les yeux d'un geste consterné, avant de se ressaisir et de tendre la main à M. Vinge pour l'aider à se relever.

– Vraiment désolée, monsieur Vinge. Venez, je vais vous donner un sachet de glaçons à mettre sur votre bosse.

Clem restait pétrifiée, les yeux rivés sur le jeune homme. Elle était blême, les yeux écarquillés. Pour la première fois depuis son arrivée à l'hôtel, elle semblait avoir perdu contenance.

Milo regarda à son tour l'inconnu, qui déclara avec un faible sourire :

– Je t'avais dit que je te retrouverais, Ottilie.

Georgie, qui avait suivi la scène avec autant d'attention que Milo, souffla d'un ton douloureux :

– Non.

Seul Milo parut l'entendre.

– Tu as gagné, Owen, dit lentement Clem en hochant la tête.

Georgie émit un drôle de rire, si étrange, même, que Milo le prit d'abord pour un sanglot. Mais non, elle souriait – bizarrement – lorsqu'elle demanda :

– Ottilie ? Il t'appelle Ottilie ?

– C'est mon deuxième prénom, murmura Clem.

Deux larmes tracèrent un sillon luisant sur le visage de Georgie.

– Moi qui trouvais déjà que Clem était un nom ridicule !

Elle s'essuya les joues avec sa manche, fit volte-face et disparut dans l'escalier.

Les autres la suivirent des yeux avant de reporter leur attention sur le jeune homme à moitié gelé. Clem empila les couvertures sur ses épaules puis, assistée de Mme Caraway, l'aida à se lever pour aller l'installer sur le sofa.

– Vous le connaissez ? demanda Nora Wood à Clem depuis la cuisine.

Derrière elle, M. Vinge observait la jeune femme en pressant sur sa tempe un torchon rempli de glace.

– Oui.

Clem prit une tasse fumante des mains de Lizzie, replia dessus les doigts glacés d'Owen et l'aida à la porter à ses lèvres.

« Ça n'a rien à voir avec Owen. » Et tout à coup, sorti de nulle part, débarquait un Owen assez intime avec Clem pour l'appeler par son deuxième prénom. Georgie avait assez bien réussi à jouer l'innocence jusqu'au bout, mais il était évident qu'elle le connaissait aussi.

Pendant ce temps, Ben Wood était toujours dehors, occupé à déterminer l'origine du bruit qui avait secoué la maison. Milo était tiraillé. D'un côté, ce mystérieux Owen était visiblement un indice capital ; de l'autre, avec toutes ces dames qui s'agitaient autour de lui, l'inconnu ne risquait pas de fournir beaucoup d'informations pour l'instant.

Milo, qui avait gardé son manteau et ses bottes, se glissa de nouveau dehors et suivit les traces de son père dans la neige. Tout de suite après la remise à bûches, les empreintes s'enfonçaient sous les arbres. Milo n'arrivait plus à les distinguer dans l'obscurité, mais cela n'avait pas d'importance. Il savait où elles menaient.

Dans ce coin des bois étaient réparties plusieurs petites annexes, vestiges d'une époque lointaine où les terres de la Villa de Verre appartenaient au monastère perché au sommet de la colline. Milo en avait aménagé une en fort l'été précédent. Une autre abritait une source qui jaillissait en bouillonnant du sol pavé. Une troisième, qui servait aux Wood de lieu de stockage, était remplie de planches et de ferraille. La plus ancienne se réduisait à trois murs et aux deux tiers d'une cheminée, et ne tenait plus que grâce à la vigne vierge qui l'enveloppait. Et puis il y avait celle qui cachait l'entrée d'une voie de chemin de fer souterraine abandonnée.

La ligne de chemin de fer de Nagspeake, dont l'existence avait été de courte durée, s'appelait le STS : Système de Transport Souterrain. Il y avait très longtemps de cela (avant la naissance de Milo), avait existé à cet endroit un arrêt connu sous le nom du Refuge de Secrets' Hill. Après la fermeture de la ligne, on avait laissé tels quels les vieux arrêts disséminés dans la ville. D'après le père de Milo, les gens ne les voyaient même pas, parce qu'ils avaient été construits de manière à se fondre dans leur environnement. Mais Milo soupçonnait que, s'ils étaient tous comme celui du Refuge de Secrets' Hill, l'intention des bâtisseurs avait carrément dû être de les cacher. On n'avait aucune chance de repérer celui-ci si on ne savait pas ce qu'on cherchait.

Les trafiquants de Nagspeake racontaient toutes sortes d'histoires extravagantes sur ce qu'ils appelaient « la vieille voie ferrée des catacombes ». Elle jouait un rôle dans plusieurs légendes des plus célèbres contrebandiers de la région, et quelques-uns des vauriens qui fréquentaient l'hôtel prétendaient même qu'elle n'avait jamais été vraiment abandonnée.

Cela dit, la plupart d'entre eux ignoraient combien c'était vrai. Il restait précisément un train sur la vieille ligne... et un conducteur qui y travaillait. Les Wood et les Caraway faisaient partie des très rares personnes à être au courant, parce que ce conducteur était un client régulier de l'hôtel et qu'au fil du temps, il avait fini par se confier.

Milo gravit la pente jusqu'à la pierre rouge couverte de givre qui marquait l'arrêt du Refuge de Secrets' Hill, au milieu des pins. Deux silhouettes examinaient la grosse porte en bois ferrée de l'entrée, qui s'était abattue sur un monticule de neige. Une troisième silhouette surgit des profondeurs du souterrain. Elle portait une énorme doudoune ouverte sur une salopette grise, et de grosses lunettes de protection cerclées de cuir sur le front. L'homme tendit la main aux deux autres, qui l'aidèrent à franchir l'obstacle de la porte pour sortir.

– Désolé, les gars, le verrou était complètement bloqué par le gel.

À sa haute taille, ses lunettes et son accent, Milo reconnut Brandon Levi, le conducteur du dernier train encore en fonctionnement du STS.

– T'en fais pas pour ça, lui répondit Ben Wood. Une chance que tu ne te sois pas retrouvé prisonnier là-dedans.

Les trois hommes redressèrent la porte et la remirent en place.

Le conducteur frappa dans ses mains pour ôter la neige de ses gants.

– Tiens, on a de la compagnie. Salut, Milo ! lança-t-il en lui faisant signe.

– Salut, Brandon, répondit le garçon. T'inquiète pas, papa, Georgie est rentrée à la maison. Et il y a un nouveau.

– Un nouveau ? répéta son père en s'accroupissant pour observer l'hôtel. Depuis quand ?

– Il arrivait en haut de l'escalier au moment où on atteignait le pavillon. Il s'appelle Owen. Et on dirait qu'il connaît Clem, mais il l'a appelée par un autre nom. « Otarie », un truc comme ça. Enfin, un nom bizarre.

– On nage en plein délire… grommela son père.

Il se tourna vers Brandon et le troisième homme, que Milo avait reconnu aussi : c'était Fenster Plum, un petit bonhomme toujours débraillé qui faisait le trafic de plantes et logeait à l'hôtel au printemps. Le fameux Fenster qui avait navigué avec Doc Holystone et vu un jour son fantôme.

Ben Wood se gratta la tête.

– Vous deux, dit-il, vous feriez bien de vous trouver une couverture crédible, au cas où on vous poserait des questions. Comme je vous disais, on a une drôle de clique à l'hôtel. Qui comprend au moins un voleur. Je ne crois pas qu'il y ait de douaniers dans le lot, mais on ne sait jamais.

– Pas de souci, fit Brandon avec nonchalance. Je n'aurai qu'à dire la vérité en laissant de côté le Souterrain. Si quelqu'un veut aller vérifier dans les salles de boxe de la rue du Caniveau, tout le monde confirmera ma version. J'ai disputé un match le mois dernier.

Il précisa à Milo avec un clin d'œil :

– Gagné grâce à un coup de pied circulaire en plein sur le pif de l'autre.

Puis Ben Wood et lui se tournèrent vers Fenster.

– Quoi ? demanda faiblement celui-ci. Je trouverai quelque chose.

– Trouve tout de suite, lui suggéra Brandon avec une grimace. Et essaie de t'en tenir à un truc que tu connais. Tu n'es pas fichu de mentir.

– C'est pas vrai ! protesta Fenster.

Rien qu'en disant cela, il était si peu crédible que même Milo leva les yeux au ciel.

– Je m'y connais en bulbes, en graines, tout ça, argumenta le trafiquant. Je peux dire que je suis jardinier.

– Pas mal, approuva Brandon. Tu n'as qu'à raconter que tu travailles au monastère et que tu as été pris dans la tempête en rentrant chez toi.

– C'est nul, comme couverture, marmonna Fenster. Quitte à inventer un truc, je me verrais bien en…

– Jardinier au monastère, c'est parfait, trancha Brandon. C'est sans risque, c'est ça qui compte.

Au lieu de rentrer directement à l'hôtel, Ben Wood leur fit faire un détour pour rejoindre la route de terre qui dessinait un petit ruban blanc et verglacé à travers les bois. De là, ils reprirent la direction de la maison, Fenster suivant derrière en ronchonnant.

– Comme ça, ils vont croire qu'on vient de la route ? supposa Milo.

– Voilà, confirma Brandon. Moins les étrangers en savent sur le Souterrain, mieux ça vaut.

Il se retourna pour jeter un regard sévère à Fenster.

– Tu m'as bien entendu ?

– Je ne suis pas totalement idiot, grommela le trafiquant.

Après un tournant, ils virent apparaître les deux monticules de neige formés par la fourgonnette des Wood et la voiture de Mme Caraway sur le petit parking de l'hôtel, et, au-delà, les lumières réconfortantes qui brillaient derrière les vieux vitraux de la Villa de Verre.

À l'instant où ils sortaient du couvert des bois, un vent acéré comme une lame monta du bas de la colline et tout gémit et craqua plus fort que jamais sur son chemin. Le vent poursuivit sa course vers le haut tandis qu'un grondement de tonnerre parcourait les conifères. Une minute plus tard, sous les yeux de Milo, toutes les lumières s'éteignirent.

Chapitre neuf

L'HISTOIRE DE L'ŒIL ET DE L'OTARIE

I

– La vache… souffla Milo en gardant les yeux fixés sur l'hôtel, qui n'était plus qu'une grosse masse noire.

– Il ne manquait plus que ça, se lamenta son père. Bon, j'avais prévu que ça pouvait arriver, mais quand même. Brandon, tu peux me donner un coup de main pour mettre en marche le générateur ? Toi, Fenster, ça t'ennuie d'accompagner Milo pour aller aider Nora à remettre de la lumière en attendant ? Il y en a sûrement qui doivent paniquer là-dedans.

Au moins deux, en tout cas : le Pr Gowervine et Mme Hereward devaient pousser des cris d'orfraie. Milo fila vers la maison sans attendre la réponse de Fenster.

En effet, il entendit crier avant même d'être arrivé en haut des marches du perron (qu'il se rappela à la dernière seconde de ne pas monter quatre à quatre à cause du verglas). Il ouvrit la porte et déboula dans une véritable pagaille.

– Ce n'est que moi ! lança-t-il au milieu des piaillements.

En fait, tout ce vacarme n'était produit que par les deux clients les plus enragés, que Mme Caraway et Lizzie tentaient de calmer. Ils se tenaient tous les quatre au milieu du salon où la lueur du feu – le seul éclairage de la pièce – rendait leurs visages monstrueux. M. Vinge, Georgie, Clem et Owen semblaient avoir déserté le rez-de-chaussée.

Nora Wood apparut à côté de Milo, et son expression éclairée par une bougie était visiblement furieuse.

– Quand on aura réglé ça, j'aurai deux mots à te dire, le prévint-elle sèchement. On ne disparaît pas comme ça en pleine nuit ! Mais il y a plus urgent pour l'instant.

Elle lui mit dans la main un allume-gaz, de ceux qu'on actionne avec un bouton.

– Allume les bougies. Et…

Elle se hissa sur la pointe des pieds pour voir pardessus l'épaule de son fils.

– … c'est *Fenster* qui est là ?

Celui-ci retira sa casquette.

– Oui, m'dame. Mais incognito. Je ne suis que l'humble jardinier du monastère.

Et il la gratifia d'un clin d'œil appuyé.

Elle battit des paupières d'un air perplexe, puis soupira.

– Bon, vous m'expliquerez plus tard. Où est ton père, Milo ?

– Il met en marche le générateur.

Il lui fit signe de s'approcher et lui murmura à l'oreille :

– Brandon Levi est avec lui.

– Aussi incognito, ajouta Fenster à mi-voix.

– Bien, répliqua-t-elle en pinçant les lèvres. Les bougies. Tout de suite. Et ces deux-là cesseront peut-être de croire que c'est la fin du monde rien que parce qu'il fait noir. Je descends chercher les lanternes à la cave. D'ailleurs, Fenster, vous pourriez m'aider ? J'en profiterai pour vous parler d'une histoire sur vous que j'ai racontée à tout le monde ici.

Et ils disparurent tous les deux par la porte de la cave au fond de la cuisine.

Milo fonça droit sur les bougies que sa mère avait disposées artistiquement sur la table dans l'après-midi. Il actionna l'allume-gaz et appliqua la flamme aux mèches de chaque bougie. Il sursauta et réprima un petit cri en découvrant le visage de Meddy, qui l'observait de l'autre côté de la table.

– Où est-ce que tu étais passée ? questionna-t-il, un peu rudement.

– C'est plutôt à toi qu'il faut le demander, rétorqua-t-elle. Moi, je n'ai pas bougé d'ici. Ça m'a semblé être la meilleure chose à faire, en attendant que ce bazar se tasse.

D'un signe de tête, elle désigna le salon, où, aussi incroyable que cela puisse paraître, le niveau sonore avait encore monté. Mme Hereward et le Pr Gowervine avaient vu passer Fenster et exigeaient de savoir qui était cet individu qui s'était introduit parmi eux.

– Mais ma parole, qu'est-ce qu'ils ont, ces deux-là ? marmonna-t-elle.

Milo alla chercher les trois bougies qui restaient sur le comptoir de la cuisine, les emporta au salon, se planta au milieu du groupe vociférant et brandit l'allume-gaz qu'il alluma.

Surpris, les deux clients se turent. Milo tendit deux bougies à Lizzie et alluma la troisième. Il la colla dans les mains de Mme Hereward, qui la prit plus par obligation que pour l'aider.

– Posez-la sur la petite table près du sofa.

Elle ouvrit la bouche pour parler.

– Là, coupa-t-il en lui montrant la table du doigt.

La vieille dame prit une mine renfrognée, mais fit ce qu'on lui demandait.

Milo prit une autre bougie des mains de Lizzie, qui suivait la scène d'un air perplexe. Après l'avoir allumée à son tour, il la passa au Pr Gowervine.

– Celle-là va sur le guéridon près de la porte d'entrée. S'il vous plaît.

Le professeur adopta la même expression que Mme Hereward, mais obéit sans discuter. Milo alluma la dernière bougie et la passa à Mme Hereward avant qu'elle n'ait pu se remettre à crier.

– Merci, dit-il en faisant semblant de ne pas remarquer son mécontentement.

Elle le regarda, surprise.

– Euh… il n'y a pas de quoi.

– Si vous alliez vous asseoir pour vous détendre un peu ? lui proposa-t-il. Gardez donc la bougie. Ah, professeur Gowervine, si vous voulez faire quelque chose de vraiment utile, vous pourriez aller chercher du bois pour Lizzie.

Le petit homme, qui s'apprêtait à retourner à la cuisine pour se remettre à crier sur Mme Caraway, s'immobilisa. Il foudroya Milo du regard, tourna les talons et courut dans l'entrée enfiler son manteau.

Milo sourit. « Et je n'ai même pas eu besoin de recourir à la Flatterie irrésistible de Negret, se félicita-t-il. Ça a marché tout seul. »

Sa mère revint bientôt avec deux lampes à kérosène pendues à chaque bras. Fenster la suivait, chargé de quelques lampes supplémentaires et d'une montagne de couvertures. Nora trouva le salon paisible, éclairé à la bougie. Mme Hereward tricotait tranquillement sur le sofa, le Pr Gowervine et Lizzie empilaient des bûches à côté de la cheminée tandis que Milo et Meddy chuchotaient dans leur coin derrière le sapin.

– Waouh, souffla Nora Wood. Si je m'attendais à ça !

À cet instant, Georgie sauta en bas de l'escalier.

– Oh, je vois qu'il n'y a pas qu'en haut qu'il n'y a plus de lumière.

– Non, confirma la mère de Milo. On a une coupure de courant. Mais ça va s'arranger. Comment va le jeune homme ?

Georgie haussa les épaules et gagna la cuisine en traînant les pieds d'un air pitoyable.

– Je ne sais pas. Je les ai laissés seuls.

Puis elle se tut et oublia brièvement sa tristesse en découvrant la présence de Fenster.

– Je ne crois pas qu'on se connaisse, fit-elle, intriguée.

Il la salua d'un petit signe de tête, qui faillit le faire basculer en avant avec tout son équipement. Deux grosses couvertures atterrirent par terre, faisant trébucher M. Vinge, qui arrivait en bas de l'escalier.

– Fenster Plum, madame, se présenta le trafiquant avec un signe de tête à l'adresse de M. Vinge. Je suis jardinier. Je travaille au monastère en haut de la colline. Mais avec toute cette neige, je n'ai pas pu rentrer chez moi. J'habite à Cartonbourg, mademoiselle. Ça fait une trotte, par une nuit pareille. Enfin, voilà comment j'ai atterri ici. Rien d'anormal là-dedans.

Georgie suivit ces explications en ouvrant des yeux de plus en plus ronds, mais hocha la tête comme s'il n'y avait rien d'étrange à faire du jardinage au milieu de la nuit en pleine tempête de neige, ni à entreprendre une longue route ensuite, ni à se justifier avec autant de détails. Milo aurait pu parier qu'elle n'avait pas cru un mot du baratin de Fenster.

– Non, absolument rien d'anormal, intervint Nora Wood en glissant au trafiquant un petit coup d'œil de mise en garde.

– Serait-ce le fameux Fenster de votre histoire, madame Wood ? demanda M. Vinge en ramassant les couvertures.

– C'est bien moi ! s'exclama l'intéressé. Nora m'a dit qu'elle vous l'avait racontée !

– Il faudra que vous nous donniez votre propre version, suggéra M. Vinge en lui posant les couvertures sur les bras. Nous avons commencé à nous raconter des histoires.

– Avec plaisir, répondit Fenster. En fait, je peux même vous la raconter tout de suite, en vitesse. C'était en avril...

– Plus tard, Fenster, l'arrêta Nora Wood. Je voudrais poser tout ça, j'ai atrocement mal aux bras.

Ce fut Mme Hereward qui vint à sa rescousse en arrivant du salon, une pelote de laine verte enroulée autour de ses mains osseuses.

– Dites-moi, madame Wood ! Sans vouloir être alarmiste, que comptez-vous faire exactement pour nous empêcher de geler dans nos lits cette nuit ?

– Le générateur ne devrait pas tarder à rétablir le courant, répondit Nora Wood, apparemment soulagée par ce changement de sujet. Mais je monte tout de suite mettre des lanternes dans les chambres, et il y aura des stocks de couvertures et de bouillottes bien chaudes au cas où. C'est vrai qu'il y a des courants d'air dans cette vieille maison, mais ce n'est pas une hutte en paille. Elle gardera la chaleur un bon moment avant qu'on ait à s'inquiéter de mourir de froid.

Mme Hereward eut l'air sceptique, mais Nora Wood se contenta de pousser Fenster vers l'escalier pour monter avec lui. Georgie alla se servir du café à la cuisine.

– Moi, j'en ai une, déclara-t-elle. Une histoire, je veux dire.

Elle revint s'installer dans le fauteuil qui faisait face à celui de M. Vinge.

– Je peux la raconter ?

– Bien sûr ! Pourquoi pas ? répondit Milo.

Georgie contempla l'intérieur de sa tasse avant de relever le nez.

– Ta mère a dit qu'il y avait du whisky, si on voulait. Tu crois que je pourrais en ajouter dans mon café ?

– Pas de problème.

Milo alla chercher la bouteille dans le placard à liqueurs et la rapporta à Georgie, qui s'en versa une généreuse rasade. Elle lui rendit la bouteille, touilla son mélange avec l'index et but une longue gorgée en faisant la grimace.

– Écoutez mon histoire, dit-elle enfin.

La veille au soir, ce mot avait résonné comme un ordre dans la bouche de Mme Hereward. Mais prononcé par Georgie, on eût plutôt dit un soupir.

– C'est l'histoire de deux malandrins, deux célèbres voleurs. L'un était un cambrioleur surnommé l'Otarie à cause de son style acrobatique et de sa gaieté. L'autre était un hacker qu'on appelait l'Œil, parce qu'une fois qu'il avait choisi une cible, il n'ignorait plus rien d'elle. Il collectait et exploitait sur elle jusqu'à la plus petite bribe d'information.

Ces deux voleurs se connaissaient de réputation, bien sûr, mais ils ne s'étaient jamais rencontrés. Jusqu'au jour où, par un caprice du destin, ils tombèrent amoureux de la même jeune fille.

Cette jeune fille… Enfin, il est difficile d'expliquer pourquoi on tombe amoureux, et on ne saura jamais ce qui les amena tous les deux à l'aimer. Elle était jolie, mais ce n'était pas la raison profonde. Tout ce qu'elle disait était intéressant, et elle avait des idées surprenantes et fascinantes, ce qui contribuait beaucoup à son charme. Elle était… (Georgie haussa les épaules.) Enfin, ce n'était pas le genre de personne qui cherche à changer les autres. Et pourtant, chacun des deux voleurs pensait secrètement que, si par miracle elle l'aimait en retour, il pourrait même réfléchir sérieusement à prendre un emploi honnête, si elle le souhaitait.

Assis devant la cheminée, Milo réprima un grognement, craignant qu'après un début prometteur – des malandrins ! –, cette histoire ne dégénère en histoire d'amour rasoir.

– Toujours est-il, reprit Georgie, que l'Œil et l'Otarie tombèrent passionnément amoureux. Et, étant des voleurs, ils commencèrent chacun à se demander comment voler le cœur de cette fille.

« Ah ouf, songea Milo. On en revient au sujet intéressant. »

– Comme il est presque impossible que deux voleurs de haut niveau s'attaquent au même trésor sans s'apercevoir de la présence de l'autre, l'Œil et l'Otarie – qui, je vous le rappelle, ne se connaissaient que de réputation – découvrirent qu'ils poursuivaient le même objectif.

S'il avait suffi pour gagner le cœur de cette jeune fille de subtiliser un objet précieux pour le lui offrir, l'Otarie aurait été tellement avantagée que l'Œil n'aurait eu aucune chance. L'Otarie était un expert en bijoux et en objets de valeur, et n'avait pas son pareil pour les voler. Nul n'avait son talent pour pénétrer sur les lieux, s'emparer de son butin et disparaître sans laisser de traces.

Mais la jeune fille n'était pas de celles qu'on achète avec des bijoux, et ils le savaient. Ils savaient aussi que cela favorisait l'Œil. Celui-ci était passé maître dans l'art de recueillir patiemment des informations, de cerner sa cible de sorte qu'elle n'ait bientôt plus de secrets pour lui, et enfin, de déterminer parmi ces secrets ceux qui avaient de l'importance. S'il existait une seule chose à offrir à cette jeune fille pour la convaincre que le cœur du voleur lui était acquis, c'était l'Œil qui avait les meilleures chances de la trouver. Mais il devait se méfier de l'Otarie. Son rival veillait, et n'hésiterait pas à s'emparer de sa découverte pour l'offrir lui-même à la jeune fille. S'il était possible de lui prendre cette découverte, l'Œil aurait toutes les peines du monde à la protéger des griffes de l'Otarie.

Enfin, pour faire court, l'Œil trouva ce qu'il cherchait au fin fond des archives de la ville. La jeune fille avait été adoptée enfant (là, Milo se redressa légèrement) et à cause de l'état lamentable des archives, elle n'avait jamais rien pu savoir sur sa famille.

– Sa famille biologique, précisa Milo par réflexe. Ceux qui l'avaient adoptée étaient sa famille aussi.

Georgie le regarda d'un air d'excuse.

– Oui, pardon, Milo. Elle n'avait jamais rien pu savoir sur sa famille biologique, sur laquelle elle s'interrogeait depuis toujours. Et même si l'Œil n'avait rien trouvé de concret sur les parents de la jeune fille, il parvint à dénicher des informations sur le seul élément qui la reliait à sa naissance : son deuxième prénom. Lansegwann.

Milo se figea, et Mme Hereward en fit autant sur le sofa. Ils se jetèrent un petit coup d'œil à travers le salon et Milo haussa les sourcils. La vieille dame lui répondit par un hochement de tête avant de poser un doigt sur ses lèvres.

Georgie poursuivit sans paraître s'apercevoir de leur échange :

– L'Œil apprit que ce nom avait aussi été autrefois celui d'une maison, bien que tous l'aient oublié, et il entreprit de découvrir sa signification. Il ne laissa aucune trace écrite de sa trouvaille, conscient que sa tanière était déjà fouillée toutes les nuits par l'Otarie. Le seul indice matériel dont il disposait était une carte, qui avait un lien avec la maison du temps où elle portait ce nom. L'Œil comptait sur cette carte pour lui révéler son secret. Pour la protéger, il créa un leurre : une autre carte, très similaire à l'originale. Puis il se mit à étudier studieusement cette deuxième carte. Le reste du temps, il la cachait le mieux possible, pour faire croire qu'elle était précieuse et qu'il était vital de la protéger des voleurs. Et, comme il l'avait prévu, un matin au réveil, l'Œil s'aperçut que cette fausse carte s'était volatilisée. Profitant de ce que l'attention de l'Otarie était détournée par ce faux indice, il se mit aussitôt en route pour la maison.

Ce n'est qu'une fois sur place qu'il s'aperçut de l'erreur qu'il avait commise, en donnant un indice à l'Otarie. Il avait fait quelque chose d'intelligent, mais s'y était pris bêtement. En exécutant la fausse carte, il avait veillé à la rendre convaincante en utilisant le même papier que celui de la vraie. Il avait même dû faire des recherches pour trouver une ramette du papier d'origine, qui était ancien.

Rien n'échappait très longtemps à l'Œil ; il avait eu vite fait de mettre la main sur un stock du papier en question dans un vieil entrepôt. Mais ce qu'il ignorait alors – et que découvrit l'Otarie après s'être emparée de la fausse carte – était que ce papier filigrané était autrefois fabriqué spécialement pour les propriétaires de cette maison. Donc, même si la fausse carte elle-même ne pouvait rien apprendre à l'Otarie, ce fut précisément ce papier qui la conduisit droit à la Villa Lansegwann, malgré tous les efforts de l'Œil pour brouiller sa piste.

Les deux voleurs y arrivèrent à quelques heures d'intervalle, et là, bien sûr, ce fut la course à qui trouverait le premier le secret de la maison. Ils firent semblant de ne pas se connaître et, une fois présentés, affectèrent la plus grande courtoisie. Mais pendant tout ce temps, ils ne cessaient de s'épier en silence.

Georgie et Clem, bien sûr. La Tête Bleue et la Tête Rousse. Georgie pouvait toujours essayer de faire croire qu'il s'agissait de deux hommes, Milo n'était pas dupe. « Je le *savais*, que c'était des voleuses ! » songea-t-il.

– Puis, l'impensable se produisit, reprit Georgie après avoir bu une gorgée de café. La fille elle-même se présenta à la maison. Elle débarqua en personne. (Là, la voix de Georgie se brisa. Elle but une nouvelle gorgée en faisant la grimace.) Elle débarqua parce qu'elle savait qu'elle y trouverait l'Otarie.

– Mais comment pouvait-elle le savoir ? s'exclama Milo. Je croyais qu'elle n'était pas au courant, pour la maison. Comment savait-elle ce qu'ils cherchaient ?

– Elle l'ignorait. Elle ne savait pas que les voleurs étaient venus là en quête d'éléments sur son passé. Elle savait juste qu'ils y étaient. Ou plus exactement, que l'Otarie y était. Mais elle ne se doutait pas une seconde que cela avait un rapport avec elle. Elle voulait seulement voir l'Otarie, tu comprends ?

Georgie regarda Milo d'un air morne.

Il fit non de la tête, et elle soupira.

– Pendant tout ce temps, reprit-elle à mi-voix, alors que l'Œil et l'Otarie tombaient éperdument amoureux d'elle, celle qu'ils aimaient était tombée amoureuse, elle aussi. Mais d'un seul des deux, bien sûr. Et ce n'était pas l'Œil.

La tasse de café s'était mise à trembler dans la main de Georgie. Mme Hereward la lui retira doucement.

– Vous parlez de Clem et de vous, pas vrai ? demanda Milo, comme s'il venait seulement de comprendre. C'est vous, les voleurs de l'histoire, et vous êtes toutes les deux amoureuses d'Owen ?

Georgie croisa les mains sur ses genoux et lâcha un petit rire.

– Oui, Milo.

Elle prit une grande inspiration saccadée, décroisa les doigts et reprit la tasse que Mme Hereward tenait pour elle.

– Et il a choisi Clem, conclut-elle.

Il y eut un silence, déchiré par un bruit de trompette qui fit sursauter tout le monde. C'était Mme Hereward qui se mouchait.

– Je vous prie de m'excuser, dit-elle en battant des paupières. Continuez.

Est-ce qu'elle *pleurait* ?

Avant que Milo ait pu se remettre de sa surprise, Meddy passa la tête de derrière le sapin pour lui balancer un coup de poing dans l'épaule.

– On se concentre, Negret ! lui chuchota-t-elle d'un air exaspéré. On a besoin d'indices !

Il se frotta le haut du bras et rentra dans la peau de son personnage.

– Alors… quand vous m'avez dit qu'il y avait dans votre carnet des notes sur la maison et sur une personne qui lui était reliée, vous parliez d'Owen ? demanda-t-il.

Georgie fit oui de la tête.

– Mais vous venez dire que l'Œil… que vous n'aviez rien écrit de peur qu'on vous le vole.

– Je n'ai commencé à le faire qu'en venant ici, quand j'ai pensé qu'il n'y avait plus de danger.

– Mais pourquoi nous racontez-vous ça maintenant ? demanda-t-il. Après avoir passé tout ce temps à le cacher et… ?

– Parce que, Milo, il a *choisi Clem* ! Et même pas à cause d'un truc qu'elle aurait pu faire pour voler son cœur. Elle n'avait même pas encore eu l'occasion d'essayer. Elle ne devait même pas se douter qu'elle avait *déjà* réussi. Et maintenant qu'il l'a choisie, peu importe qui sera la première à découvrir le secret de Lansegwann.

Elle but une longue gorgée de café.

– Moi, j'arrête là. Ça ne sert plus à rien, maintenant qu'il a failli mourir de froid pour la rejoindre. Au point où on en est, c'est sans doute mieux si c'est elle qui le trouve, ce secret.

Elle plongea les yeux dans sa tasse presque vide, la tendit à Negret, prit appui sur ses genoux et se leva, légèrement chancelante. Elle salua d'un petit signe de tête un peu raide le reste de l'assemblée : Negret et Sirine, Mme Hereward, M. Vinge, le Pr Gowervine et Lizzie, ainsi que Fenster et Nora Wood, qui étaient revenus vers la fin de l'histoire après leur distribution de lanternes à travers la maison.

– Fin, murmura Georgie Moselle.

Et elle disparut dans l'escalier.

– C'est vraiment triste pour elle, dit Mme Hereward après un long silence. Pauvre petit agneau. Pauvre petit agneau bleu.

Fenster acquiesça d'un hochement de tête.

– Moi non plus, je n'aime pas voir les gens tristes. Quelqu'un devrait lui faire un gâteau ou un truc comme ça.

Tout le monde le dévisagea.

– Vous n'êtes pas d'accord? Ça fait toujours du bien, un gâteau ! Oh, et puis zut, je dois pouvoir le faire moi-même.

– Vous savez faire de la pâtisserie ? s'étonnèrent Sirine et Mme Hereward d'une même voix.

– Bah, pas assez bien pour en faire mon métier, répondit Fenster en rougissant, mais je suis capable de peser de la farine. Je parie qu'il y a au moins un livre de cuisine dans cette maison. Nora, vous n'avez pas un livre de cuisine ?

Nora Wood hocha la tête avec un petit sourire.

– Pari gagné, Fenster.

La vieille dame eut un léger ricanement, puis se radoucit.

– Et si je vous aidais, monsieur Fenster ? On fera un gâteau à Georgie demain matin. On pourrait même arriver à le décorer avec du glaçage bleu.

– Pour ça, oui, madame ! Je crois que j'ai un stylo bleu quelque part que je peux dévisser. Demain matin à la première heure, alors ?

Il lui fit un petit salut militaire.

– Bon, je vais faire un saut dehors, voir où en sont les autres avec ce générateur.

Mme Hereward garda un sourire poli jusqu'à ce que Fenster soit sorti, puis demanda à Milo :

– Mon cher garçon, dis-moi, ce monsieur ne vient tout de même pas de suggérer qu'on prenne de l'encre bleue comme colorant pour le glaçage du gâteau ?

– Ça se pourrait, si, répondit-il avec une grimace.

Il regarda le sac qu'elle tenait serré contre elle depuis qu'elle l'avait récupéré.

– Madame Hereward ? Vous pensez que vous pourriez parler à Georgie de Lansegwann et de ce que vous savez sur la maison ?

Elle hésita.

– Eh bien, il me semble qu'elle n'a plus très envie de le savoir. Ça risquerait juste de lui faire du mal.

– Alors vous pourriez en parler à Owen. Si c'est son deuxième prénom, il doit descendre de cette famille qui a habité ici autrefois.

Surpris lui-même par le ton insistant de sa demande, Milo fit un effort pour ne pas prendre un air trop pressant. Il glissa la main dans sa poche et la referma sur ses clés, en pensant au vieux roublard de son invention pour qui il éprouvait déjà beaucoup de tendresse. Ce serait si injuste que quelqu'un détienne des informations sur le passé d'Owen sans les partager avec lui ! Peu importait que ce soit un parfait inconnu. Le jeune homme avait une occasion d'apprendre quelque chose sur son histoire familiale et, si Milo ne s'en mêlait pas, il risquait fort de passer à côté.

– Je vais y réfléchir, lui promit Mme Hereward.

Elle baissa les yeux sur la porte ornée de symboles brodée sur son sac, puis le retourna, comme pour signifier que le sujet était clos.

Milo hocha la tête et se leva. Son regard tomba de nouveau sur le sac.

– Et le portail ? demanda-t-il. Il y en avait un comme ça dans la propriété à l'époque ?

– À vrai dire, je ne sais rien du tout sur ce portail, répondit-elle avec une moue d'ignorance.

II

Quelque temps plus tard, Milo retrouva Meddy sur le petit canapé à haut dossier face à la fenêtre du salon. Elle était adossée à l'accoudoir, hypnotisée par les ombres vacillantes projetées par le candélabre dans la salle à manger. Elle leva les yeux vers lui.

– C'est qui, le nouveau, au fait ? Pas Owen, l'autre.

– Fenster Plum. C'est un… un « habitué ». Croisons les doigts pour qu'il ne gaffe pas sur son vrai métier.

– Je crois que je l'ai déjà vu quelque part, murmura Meddy d'un ton un peu soucieux.

– Sans doute du côté des quais. Il vit là depuis toujours.

– C'est bien lui, le type de l'histoire que ta mère nous a racontée ? Celui qui a vu les fantômes de Doc Holystone et de son fils ?

– Alors, Milo, dit Nora Wood qui venait de surgir derrière eux. Tout va bien ?

– Ouais, ça roule.

– Je file dehors voir où en sont ton père, Brandon et Fenster. Ils mettent des heures. Je peux vous abandonner un petit moment ?

– Pas de problème.

– Si tu as besoin de quoi que ce soit, viens me chercher ou va frapper à la porte de Mme Caraway. Elle est allée se coucher. Mais n'hésite pas à la réveiller en cas d'urgence.

– OK, maman.

– Tu étais en train de me parler de Fenster, lui rappela Meddy quand sa mère fut partie.

– Ah oui, c'est vrai.

Milo baissa la voix pour reprendre :

– Oui, c'est bien le gars de l'histoire. Elle a dit qu'il avait reconnu Doc Holystone à cause des affiches, mais la vérité, c'est qu'il a navigué avec lui. C'est bête qu'on ne puisse pas lui demander de nous raconter des histoires. Il en connaît des super.

– Hm, fit Meddy.

Elle se perdit de nouveau dans la contemplation des lumières vacillantes des bougies sur la table, puis rabattit ses lunettes sur ses yeux et se tourna vers Milo pour le regarder bien en face.

– Allez, on se remet au boulot, Negret ! On a de nouveaux indices à traiter. Pour commencer, c'est clair que Georgie parlait de la carte que tu as trouvée. Ce qui veut dire que c'est sûrement Clem qui te l'a prise.

Negret secoua la tête avec un sourire retors.

– Erreur. Si Clem est aussi forte que le dit Georgie, elle n'aurait jamais commis les erreurs qu'a commises le voleur, du genre déplacer mes affaires sans les remettre à leur place exacte.

– Alors ce serait qui, d'après toi ?

– Je dirais... Je dirais que c'était Georgie, répondit lentement Negret. À mon avis, elle l'a laissée sur la plateforme exprès pour que je la trouve...

– Tu as dit que la personne avait dû perdre le portefeuille...

– Oui, parce que c'est ce que je croyais. Mais plus maintenant.

Il se gratta la tête en repensant au récit de Georgie et à la manière dont elle avait décrit l'Œil.

– Maintenant, je crois qu'elle a laissé la carte exprès pour moi. Elle *voulait* que je la trouve.

– Mais pourquoi ?

– Parce que... Parce qu'elle a dû se dire – ou espérer – que j'arriverais à la déchiffrer. Elle a dû compter sur moi pour suivre la carte et la mener à...

Pour la suite, Milo dut admettre qu'il était un peu perdu.

– À je-ne-sais-quoi qui est censé être quelque part ici. Un truc sur Lansegwann.

– Mais elle prenait un risque ! s'exclama la scoliaste. Imagine que Clem l'ait trouvée à ta place ! La carte, je veux dire. Ou que tu lui en aies parlé !

– Clem n'était pas encore arrivée. Mais je parie que c'est justement pour ça que Georgie l'a récupérée ! En voyant débarquer Clem, elle a dû se dire qu'elle ne pouvait pas laisser traîner un indice aussi important.

– Chut, lui fit Sirine avec un petit coup de coude.

Quelques secondes plus tard, Georgie refit son apparition en traînant les pieds. Elle prit sa tasse à café qu'elle avait laissée sur une table basse, alla se resservir à la cuisine et s'apprêta à remonter.

Mme Hereward toussota bruyamment et regarda tour à tour M. Vinge et le Pr Gowervine, qui, revenu de la véranda, se réchauffait les pieds au feu de la cheminée, enfoncé dans un fauteuil.

M. Vinge l'ignora, mais le professeur comprit le signal.

– Dites, mademoiselle Moselle, déclara-t-il, puisque vous avez commencé, si je racontais la deuxième histoire de la soirée ?

Georgie s'arrêta, les yeux rougis.

– Je crois que je préférerais aller me coucher, dit-elle en passant les mains dans ses cheveux d'un air égaré. Je vais sans doute partir demain. J'ai mes valises à faire.

– Oh, venez écouter avec nous ! insista Mme Hereward d'un ton cajoleur en s'approchant vivement de la jeune femme. Ça vous changera un peu les idées !

Georgie soupira et se laissa conduire au fauteuil le plus proche de la cheminée. Elle replia ses jambes sous elle et, tout à coup, parut bien plus jeune qu'auparavant. Elle semblait si abattue que Negret avait de la peine pour elle. En revanche, il se réjouissait de la reprise du rite des histoires du soir. Il s'agenouilla sur le canapé pour écouter, les coudes sur le dossier, le menton sur ses poings.

Le Pr Gowervine s'éclaircit la gorge.

– Bien. Je ne suis qu'un humble professeur et je ne suis pas très doué pour raconter des histoires. J'en appelle donc à votre indulgence.

Il regarda pensivement la fenêtre cintrée qui surmontait la porte d'entrée. De temps en temps, la lumière vacillante d'une bougie faisait scintiller l'un des morceaux de verre du vitrail.

– Dans mon travail, reprit le professeur, je tombe parfois sur des anecdotes intéressantes, et ce que je vais vous raconter en est une. Il me semble que cette histoire est adaptée à notre décor, puisqu'elle n'est pas sans rapport avec les vitraux.

Il était une fois, il y a un peu plus de trente ans, un homme qui fabriquait des vitraux, commença le professeur après une pause. C'était un véritable artiste, mais ce n'était pas quelqu'un de sympathique. En tout cas, pas toujours. Et il détenait des secrets. C'était une sorte de deuxième métier pour lui, comme pour beaucoup d'habitants de Nagspeake. À moins que ce ne fût son premier métier, et le travail du verre, le second. Quoi qu'il en soit, il exerçait les deux, et avec un talent extraordinaire.

Il avait un atelier dans le quartier des Imprimeurs et créait des vitraux magnifiques avec du verre, du métal, des colorants, glanant ici et là un secret, une miette de mystère que quelqu'un voulait cacher ou révéler, ou échanger contre un autre secret obscur.

Il s'interrompit à l'arrivée de Nora Wood, qui venait de rentrer, poursuivie par un tourbillon d'air polaire.

– Désolée, tout le monde, annonça-t-elle en fermant la porte. Ils sont toujours au travail sur le générateur. On va encore devoir s'éclairer aux bougies un petit moment.

– Le Pr Gowervine nous raconte une histoire, l'informa Mme Hereward.

– Oups, désolée de vous avoir interrompu, professeur.

Nora Wood souffla sur ses doigts pour les réchauffer et se dirigea vers la cuisine.

– Ceux qui ne connaissaient pas son activité secrète venaient pour son travail du verre : pour décorer des églises, des maisons, des bibliothèques – il reçut même un jour la visite du maire de la ville, lorsqu'il fallut rebâtir l'édifice des archives détruit par un incendie. Le maire commanda au célèbre maître verrier une fenêtre qui se consumerait en gerbes de couleurs éblouissantes si les archives devaient un jour brûler de nouveau. Le défi était si excitant que le vitrailliste ne put refuser. C'était un homme étrange, qui avait aussi ses propres secrets. Il se nommait Lowell Skellansen.

Negret suivit le regard du Pr Gowervine, qui flottait toujours sur les reflets du vitrail de la porte d'entrée. Il se demanda si le professeur s'apprêtait à leur révéler que les vitraux de la Villa de Verre étaient l'œuvre du mystérieux artiste, et que c'était la raison de sa présence à l'hôtel.

Apparemment, il n'était pas le seul à se poser la question.

– Laissez-moi deviner, fit Mme Hereward avec ironie en agitant la main pour faire tinter ses bracelets. Cette maison serait décorée avec des vitraux de ce Skellansen ? Allons ! Elle est bien trop vieille pour cela.

Le Pr Gowervine la regarda froidement.

– Je le sais, merci, riposta-t-il.

L'espace d'un instant, il sembla que la trêve qu'ils avaient conclue pour tenter de consoler Georgie allait voler en éclats. Mais le professeur se contenta de lui adresser un froncement de sourcils dédaigneux.

– Oui, c'est une vieille maison. Et certaines de ces fenêtres sont aussi vieilles qu'elle. Mais sauf erreur de ma part – ce qui m'étonnerait, car je m'y connais sur la question –, d'autres sont nettement plus récentes. Hormis celles de la cage d'escalier, je pense que la plupart des fenêtres ont été ajoutées ensuite, tout comme les escaliers de secours et la véranda.

Il remonta ses lunettes sur son nez et tourna la tête vers la fenêtre contiguë à la porte de la véranda.

– Et ces fenêtres sont superbes, je vous l'accorde. Mais il y a un… un gouffre entre de très beaux vitraux et ceux de Skellansen. Cela revient à comparer des pommes

avec des oranges. De vieilles pommes flétries et des oranges de Californie mûries à point. En outre, à une exception près, tous les vitraux de l'hôtel datent au plus tard du tout début du XXe siècle. Or, j'étais déjà né quand Skellansen exerçait.

– À une exception près, souligna Negret. De quel vitrail s'agit-il ? Est-ce qu'il pourrait avoir été créé par Skellansen ?

– Oh, il s'agit du vitrail en verre émaillé. Je dirais qu'il date des années trente. Encore trop ancien pour être attribué à Skellansen.

– C'est quoi, du verre émaillé ?

– Du verre peint, répondit le professeur. Par opposition au verre coloré.

Il avait commencé à se montrer un peu nerveux, et Negret comprit soudain pourquoi. Le professeur parlait de la fenêtre de la 4O, la chambre de Clem. Voilà pourquoi il y était entré sans rien toucher : pour examiner cette fenêtre de plus près. Par chance pour lui, Clem n'était pas là, et Nora Wood ne fit pas attention.

Le Pr Gowervine s'éclaircit la gorge.

– Pour répondre à votre remarque, madame Hereward, non, il n'y a pas de vitraux de Skellansen ici. Mais revenons-en à lui. L'histoire que je vais vous raconter commence, comme beaucoup de choses à Nagspeake, avec un trafiquant. Celui dont je parle appartenait à l'équipage de Doc Holystone, et il avait une information à mettre à l'abri. Il s'adressa donc au maître verrier qui faisait le commerce des secrets.

Le regard de Negret croisa celui de Sirine. Encore le fameux Doc Holystone, qui avait jadis possédé cette maison. Cela ne pouvait pas être une coïncidence.

– Pour ceux qui l'ignorent, précisa le professeur, Doc Holystone est mort il y a trente-quatre ans, après ce qui semble avoir été une cavale mouvementée, dont certains détails restent obscurs.

À cet instant, Sirine se raidit en fronçant les sourcils. Negret se demanda ce qui l'avait surprise. Tout le monde connaissait le dernier épisode de l'histoire de Doc Holystone.

– On raconte que des agents de l'entreprise de vente par correspondance Deacon & Morvengarde étaient impliqués ; cela n'a rien de très étonnant, sachant que le bureau de douane de Nagspeake est pratiquement au service de Deacon & Morvengarde. Cela expliquerait pourquoi le trafiquant qui s'adressa à Skellansen arriva dans son atelier dans un état de panique totale, et craignant pour sa vie. Il expliqua qu'il connaissait toute l'histoire de la capture de son chef, et qu'elle devait absolument être racontée. Il avait très peur d'être traqué ensuite par les hommes de main de Deacon & Morvengarde s'il s'exposait lui-même. Mais peut-être Skellansen pourrait-il l'aider à trouver quelqu'un, un journaliste, par exemple, qui serait prêt à écrire sur ce qui était arrivé à Doc Holystone ?

Skellansen écouta son récit et eut une autre idée. Il allait le raconter lui-même. Il allait créer un vitrail qui montrerait le sort infligé à Doc Holystone par les agents de Deacon & Morvengarde. Et il l'exposerait là où tout le monde pourrait le voir. Le vitrailliste venait d'accepter la commande du maire pour le nouveau bâtiment des archives et décida de choisir comme sujet l'histoire du trafiquant. Des festivités étaient prévues à l'occasion de l'inauguration, et même si Deacon & Morvengarde faisait voler le vitrail en miettes dès le lendemain, des milliers de gens l'auraient déjà vu au moins une fois. Le vitrail serait photographié et commenté par tous les journaux de la ville. C'était le moyen idéal. Skellansen se lança dans les premiers croquis à la minute où le trafiquant quitta son atelier.

Il faut préciser que ce n'était pas le seul vitrail qui l'occupait à ce moment-là, ni la première fois qu'il associait ses deux gagne-pain. Il le faisait avec beaucoup de subtilité, mais si l'on savait lire ses vitraux, ceux-ci révélaient des univers entiers, quantité de secrets et de mystères murmurés par le verre et le plomb. Or, quelqu'un dans cette ville, quelqu'un qui avait aussi transmis ses secrets par l'intermédiaire de Skellansen, avait décidé d'éliminer l'artiste.

On ne fait pas le trafic des confidences et des secrets sans prendre soin de se protéger et d'être averti quand l'heure est venue de se faire oublier un moment. Le temps que le scélérat arrive devant l'atelier un couteau entre les dents, le maître verrier s'était envolé depuis belle lurette, emportant toutes ses œuvres en cours. Parmi lesquelles au moins quatre vitraux en préparation. L'atelier avait été entièrement vidé. Il n'y restait pas un morceau de verre, et personne ne savait ce qu'était devenu le bonhomme.

Le professeur s'interrompit.

– Et ? s'impatienta Mme Hereward.

Le regard du professeur se posa sur la vieille dame, puis sur le vitrail qui surmontait la porte, avant de revenir sur elle.

– Et on ne l'a jamais revu. Pas plus que les quatre vitraux, dont au moins un, mais probablement tous, cachait des secrets, dont au moins un, mais probablement tous, donnait des raisons à quelqu'un de souhaiter sa mort. Et dans l'un de ces vitraux était encodée la vérité sur la mort de Doc Holystone.

– Et il se serait échappé sans laisser de traces avec quatre vitraux sous le bras, alors qu'il était traqué par un tueur ? demanda Mme Hereward d'un ton sceptique. Cette fuite paraît pour le moins invraisemblable.

– En tout cas, l'atelier avait été entièrement vidé. Tous ont pu le constater. Mais il n'était pas obligé d'emporter les vitraux intacts, expliqua le professeur d'un ton docte. La plupart des gens – je veux parler des spécialistes du travail de Skellansen – s'accordent pour penser qu'il a pris la fuite soit avec le tracé, c'est-à-dire les dessins à l'échelle réelle qui servent de guide pour mesurer, découper et disposer les pièces de verre ; soit avec la maquette, qui est le modèle réduit initial présenté au client. L'un ou l'autre lui suffisait pour réaliser son vitrail.

Le professeur prit une gorgée de café, tandis que son public retenait son souffle.

– Et ? dit de nouveau Mme Hereward.

– Et quoi ? s'irrita-t-il. Je ne sais pas où est passé Skellansen, moi. C'est vous qui vouliez qu'on remonte le moral de la petite demoiselle. Alors j'ai proposé de raconter une histoire, et les vitraux de cette maison m'ont rappelé celle-là. Personne n'a dit qu'elle devait avoir une fin bien arrêtée, comme dans je ne sais quel conte de fées ridicule. Il s'agit d'une histoire vraie ; les histoires vraies ne peuvent pas avoir de fin, puisque les choses ne s'arrêtent jamais.

Mme Hereward se hérissa en l'entendant parler de « conte de fées ridicule », et Georgie protesta en marmonnant :

– Je n'ai pas demandé qu'on me remonte le moral.

Mais un léger sourire flottait sur ses lèvres.

Negret glissa un coup d'œil vers Sirine. Elle se tenait parfaitement immobile, fixant le professeur entre ses yeux plissés. Puis elle se détendit et plongea derrière le dossier du canapé.

– C'était intéressant, non ? chuchota-t-elle à Negret. Qu'est-ce que tu en penses ?

Il se baissa à son tour pour s'isoler des autres.

– On dirait que ce n'est pas la première fois qu'il raconte cette histoire. Et je ne crois pas une seconde qu'il s'en soit souvenu par hasard à cause de nos vieux vitraux. Ils n'ont peut-être pas été fabriqués par ce Skellansen, mais je suis certain qu'il est ici à cause de ces vitraux et de cette histoire. Et que c'est pour la même raison qu'il est allé dans la chambre de Clem.

Il lui expliqua la bourde que le Pr Gowervine avait commise à propos du verre émaillé.

– Cela dit, pour les objets volés, ça ne l'écarte pas de la liste des suspects. Et il cherche quelque chose, c'est sûr.

– Je suis d'accord. Le problème, c'est de trouver quoi. Tu penses que ça a un lien avec les caisses de morceaux de verre qu'on a trouvées dans la Grande Réserve ?

– Oui. Mais je pense aussi à ce qu'il a dit – sur le fait que Skellansen n'avait pas besoin d'emporter les vitraux eux-mêmes à partir du moment où il avait la maquette ou le… le…

– Le tracé.

– Voilà. En plus, si je devais cacher des trucs pour fabriquer des vitraux, choisir un endroit qui est déjà connu pour ses vitraux, ça permettrait de les noyer dans la masse, pas vrai ? Si les vitraux de Skellansen sont vraiment géniaux, il aurait sans doute eu du mal à les planquer parce qu'on les aurait repérés tout de suite ; mais ses outils, ses dessins… tout ça, ça pourrait passer inaperçu.

– Waouh, fit Sirine, épatée. Ça, c'est bien pensé. C'est super rusé.

– Après, ça se peut que le Pr Gowervine soit juste un passionné de vitraux et qu'il soit venu ici simplement parce qu'il y en a plein la maison. Et qu'il se soit souvenu de cette histoire par hasard. Mais il reste ce lien avec Doc Holystone.

– Ouais, c'est curieux, hein ? fit Sirine avec la même expression concentrée que pendant le récit du professeur. Il n'a pas mentionné le fait que la maison avait appartenu à Doc Holystone. Tu crois qu'il était au courant ? Avant d'entendre l'histoire de ta mère ?

– Suffit de demander, dit Negret en se retournant sur le canapé. Professeur Gowervine ?

Le professeur leva le nez de sa tasse.

– Oui, Milo ?

– À propos de Doc Holystone...

– Oui ? fit l'autre d'un ton réservé.

Negret prit son air le plus innocent.

– En arrivant, vous saviez qu'il avait vécu ici ?

Le professeur prit une mine censée refléter l'étonnement, la franchise et l'innocence, sans réussir sur aucun des trois. Il eut juste la tête de quelqu'un qui s'apprêtait à mentir.

– Seigneur, pas le moins du monde ! J'ai été stupéfait de l'apprendre.

– Quelle coïncidence, commenta Negret.

– N'est-ce pas ? enchérit le professeur. Une coïncidence incroyable.

Negret se tassa de nouveau derrière le dossier du canapé.

– C'est bizarre, il n'avait pourtant pas l'air si étonné que ça quand ma mère l'a dit, souffla-t-il à Sirine.

– Non seulement il le savait, mais il refuse de l'admettre. Pourquoi mentirait-il ? Ce n'est pas un secret, que je sache.

– Eh non, acquiesça Negret. En revanche, si tu cherchais un truc qui a obligé quelqu'un à disparaître, un truc qui a mis la vie de cette personne en danger, ça te rendrait peut-être un peu nerveuse. Même si ça remontait à loin.

– Donc, à ton avis, il pense que la maquette des vitraux est cachée quelque part dans l'hôtel ?

– Absolument, ma chère Sirine. Je crois qu'il pense que le secret de la mort de Doc Holystone se trouve ici.

Lâchant son personnage le temps d'un instant, il éclata de rire en regardant l'une des deux grandes fenêtres qui flanquaient l'entrée.

– C'est vraiment dingue !

– Quoi ? demanda Sirine en souriant.

– Ben, que... que tout ça se passe *chez moi* ! Tu ne trouves pas ça dingue, toi ? (Il haussa les épaules.) Bon d'accord, autrefois, c'était la maison de Doc Holystone. Mais encore avant-hier, j'étais assis là à faire mes devoirs de maths !

À l'extérieur, de petits paquets de neige avaient gelé dans les angles des fenêtres. Celle du salon était en bon vieux verre ordinaire de Nagspeake : épais, parsemé de bulles d'air, et de la couleur de la chair de concombre, de sorte que tout ce qu'on voyait derrière prenait la même teinte vert pâle. Par contraste avec la pénombre de la pièce, la neige éclairée par la lune était encore plus lumineuse qu'à l'ordinaire.

Le regard de Negret se tourna vers le pavillon, et il repensa soudain à la silhouette emmitouflée dans un gros manteau qui lui était apparue l'avant-veille sur la plateforme du funiculaire. Il avait supposé que c'était la personne qui avait perdu son portefeuille, mais s'il avait raison à propos de Georgie, cette hypothèse ne tenait plus.

Il semblait maintenant que tout le monde avait une raison de venir fureter à l'Hôtel de Secrets' Hill.

* * *

La lueur des bougies commençait à faiblir, et ceux qui étaient encore debout prirent bientôt le chemin de l'escalier. Georgie monta la première en marmonnant un « bonsoir » à la compagnie. Puis ce fut le tour de Mme Hereward, de Lizzie et de Meddy. Le Pr Gowervine fit un dernier détour par la véranda pour fumer sa pipe dans le froid avant d'aller se coucher. Il ne restait plus que M. Vinge, Nora Wood et Milo, qui s'était rapproché de la cheminée pour lire un ou deux chapitres du *Livre ordinaire du raconteur* à la lumière des flammes. Sa mère avait déposé une pile de couvertures sur le rebord de la cheminée, et, au prix de légers aménagements, Milo en avait fait un petit siège confortable. Le sac à dos déniché dans la Grande Réserve constituait un parfait repose-pieds.

Nora Wood déplaça le pare-feu pour ajouter deux bûches dans l'âtre.

– Quel silence !

Milo releva la tête, croyant qu'elle s'adressait à lui, mais sa mère regardait M. Vinge en souriant. Le vieux monsieur remua dans son fauteuil et croisa les chevilles (avec chaussettes à losanges verts et bleus parsemées de grenouilles sautillantes).

– Vous savez, répondit-il avec un petit gloussement, il n'est pas très difficile d'avoir l'air discret comparé à certains de vos clients.

– Effectivement, admit Nora Wood en replaçant le pare-feu.

Elle frotta ses mains sur ses genoux et se tourna vers lui.

– Je peux vous demander ce que vous lisez ?

– Une histoire du Skidwrack et de ses environs, dit-il en abaissant son livre.

– Pour le travail ou pour le plaisir ? Figurez-vous qu'avec tout ce qui s'est passé, je n'ai même pas eu l'occasion de vous demander ce que vous faisiez. Et puis, vous êtes quelqu'un d'assez réservé. En comparaison, bien sûr, précisa-t-elle en souriant.

Milo, qui faisait semblant de lire, n'en perdait pas une miette. M. Vinge sembla réfléchir avant de répondre :

– Je suis à la retraite.

Si cette information laissa Nora Wood sur sa faim, elle n'en laissa rien paraître, et n'insista pas.

– Ça doit être agréable. Voulez-vous encore du café ou autre chose, monsieur Vinge ?

– Non, non, je vous remercie.

Il se leva avec raideur et s'inclina.

– Je crois que je vais monter me coucher.

– Et toi, Milo ? lui demanda sa mère. Il n'y a plus que nous deux, on dirait. Avec ceux qui sont encore dehors.

Il suivit son regard qui se perdait dans la nuit étoilée.

– Tu crois que ça se passe bien, là-bas ? lui demanda-t-il. Tu veux que j'aille voir ?

Sa mère lui sourit, mais avant qu'elle ait eu le temps de répondre, trois silhouettes emmitouflées apparurent à l'angle de la maison, s'enfonçant dans la neige glacée qui recouvrait la pelouse.

– Oh, la poisse ! grommela-t-elle. Je crois que ça veut dire qu'on n'aura pas d'électricité cette nuit.

– Mince !

La porte s'ouvrit et une nouvelle rafale réfrigérante en profita pour s'engouffrer dans la maison. Ben Wood entra, suivi de Brandon et de Fenster. Les trois hommes semblaient pour le moins frustrés.

Nora Wood se précipita pour les aider à enlever leurs manteaux.

– Milo, apporte-moi des couvertures, s'il te plaît.

Son fils s'exécuta.

– Merci, moustique, lui dit son père.

Les trois hommes s'enroulèrent dans les couvertures en claquant des dents et s'attroupèrent autour de la table de la salle à manger, tandis que Nora Wood revenait de la cuisine avec de grandes tasses de café fumant.

– Ça n'a pas marché ? demanda-t-elle.

Tous trois lui répondirent par la même expression dégoûtée.

– Je vois.

– Non, c'est pire que ça, grommela Brandon. Annonce-lui, Ben.

– M'annoncer quoi ? s'inquiéta Nora Wood.

Son mari fit jouer son cou pour assouplir sa nuque endolorie.

– Tu ne vas pas le croire, chérie, mais on est sûrs à quatre-vingt-dix-neuf pour cent que quelqu'un a trouvé le moyen de péter volontairement notre générateur.

– Quelqu'un a… répéta Nora Wood dans un souffle.

Elle s'affala sur une chaise.

– Dites-moi que c'est une blague !

– Malheureusement non. C'est un acte de sabotage, déclara sombrement Brandon. Aussi sûr que si on avait jeté une barre de fer dans cette bécane.

La vieille horloge qui se dressait à côté du divan se mit à sonner les douze coups de minuit. Le père de Milo leva sa tasse.

– Eh bien, joyeux Noël, tout le monde !

III

Les parents de Milo se lancèrent dans une longue discussion avec Brandon et Fenster sur le problème du générateur, comment le résoudre, et comment faire en sorte que la maison – ou au moins ses hôtes – restent au chaud, que la nourriture se conserve et autres questions domestiques. Milo regagna sa place sur le petit canapé et reprit son livre.

Il avait interrompu sa lecture au milieu d'une histoire sur le diable et le chiffonnier, mais n'arrivait pas à s'y remettre. Trop de pensées se bousculaient dans sa tête. Negret et Sirine avaient récupéré les trois objets volés et trouvé ce qui avait amené Georgie, Clem et Mme Hereward à l'hôtel. Ça, c'était cool. D'un autre côté, Georgie, qui s'était toujours montrée très sympa avec lui, avait le cœur brisé, ce qui était moins drôle. Et puis il y avait l'histoire du Pr Gowervine, dont Negret soupçonnait qu'elle expliquait sa présence à l'Hôtel de Secrets' Hill.

À quoi pouvait ressembler la maquette du fameux vitrail ? Et si le Pr Gowervine était à sa recherche, pouvait-il avoir volé les trois objets au cours de ses fouilles ? A priori, le carnet de Georgie contenait des informations sur quelqu'un qui avait un lien avec la maison, et Clem pensait être la seule que cela pouvait intéresser. Mais si elle se trompait ? Et si le professeur avait réussi à apprendre que le carnet parlait de l'hôtel et l'avait volé pour y jeter un coup d'œil ? Et pareil pour le sac de Mme Hereward ?

Le seul élément qui ne collait pas était la montre de M. Vinge, qui n'avait rien à voir avec tout ça. En revanche, cette vieille montre avait peut-être de la valeur, ce qui constituerait un bon motif de vol. Un motif on ne peut plus classique.

La Villa de Verre en 1812… ou plutôt la Villa Lanseg-wann, rectifia intérieurement Milo. Doc Holystone il y avait une quarantaine d'années… Le portail qui apparaissait partout…

– Milo…

Il se réveilla en sursaut. Son père lui souriait d'un air fatigué, assis à côté de lui sur le canapé.

– Et si tu allais au lit, moustique ? Nous, on en a encore pour un moment, à déplacer les réserves de nourriture, le bois de chauffage, etc.

Milo hocha la tête, à moitié endormi, et ramassa ses affaires.

– Où est-ce que tu as déniché ça ? lui demanda son père en désignant le sac à dos.

– Au grenier.

– Belle trouvaille. C'est peut-être bien le vieux sac de mon père. Je suis sûr qu'il serait super content que tu l'aies adopté. Bon, tu crois que tu auras la force de monter te coucher avec une bougie et de l'éteindre avant de te rendormir ?

– Ouais. Enfin… Attends…

Milo plongea la main dans son sac et chercha à tâtons la vieille lanterne en cuivre.

– Tu saurais la faire marcher ? Elle vient aussi du grenier.

Son père la prit et l'examina.

– Dis, Nora ! lança-t-il à sa femme. On a de l'huile pour les lampes ?

– On doit en avoir une bouteille dans le bureau. Je l'avais achetée pour ta drôle de lampe cochon.

– Je ne vois pas ce qu'elle a de drôle, protesta son mari. Viens, Milo, on va te chercher ça.

Une fois dans le bureau à l'étage, Milo s'assit à moitié endormi dans l'un des gros fauteuils rembourrés et fit tourner machinalement la lanterne entre ses mains pendant que son père fouillait les armoires et les tiroirs à la lueur d'une bougie. Soudain, il se redressa, les yeux grands ouverts.

– Trouvé ! s'exclama Ben Wood en agitant une bouteille en plastique remplie d'un liquide transparent et une boîte d'allumettes. C'était sur l'étagère des alcools, ce qui est à la fois d'une logique imparable et parfaitement sûr. Ah, ta mère, quelquefois…

Il s'interrompit en dévisageant son fils.

– Pourquoi tu fais cette tête ?

– Tu peux approcher la bougie, papa ? demanda Milo sans lui répondre.

Le cul de la lanterne présentait des griffures en forme de parenthèses. Il n'y avait pas prêté attention en la découvrant dans la Grande Réserve, mais après l'accumulation d'histoires et de mystérieux indices des deux derniers jours, chaque détail comptait. Maintenant, il ne pouvait pas ne pas remarquer que ces boucles ressemblaient plus à des marques tracées délibérément qu'à des éraflures accidentelles. On aurait presque dit que… – Milo se lécha le pouce et le passa sur le métal. Oui ! Ces marques représentaient clairement quelque chose. Il tourna la lanterne dans un sens, puis dans l'autre.

À l'éclairage de la bougie, il n'eut plus aucun doute. Et, comme avec le portillon, une fois l'image révélée, il ne voyait plus qu'elle. Les lignes sinueuses s'assemblèrent sous ses yeux pour dessiner les contours d'une petite flamme en forme de larme, et les paroles prononcées la veille par Mme Hereward résonnèrent dans sa tête.

Julien lui tendit les deux objets qu'il réclamait, et Cornouille ajouta sur le manche du couteau et sous la lampe le signe qu'il avait déjà gravé sur la semelle de sa chaussure.

– Ainsi, tu pourras toujours débroussailler et éclairer ta route, tant que tu auras un bout de silex.

Plongeant de nouveau la main dans son sac, Milo en ressortit la petite boîte d'amadou et le silex qu'il avait trouvés au grenier près de la lampe.

Son père l'observait d'un air déconcerté.

– J'ai le droit de savoir ?

– Papa, tu te rappelles l'histoire de Mme Hereward ? Celle sur le chemineau ?

– Bien sûr, dit Ben Wood en jetant un coup d'œil sur la lanterne. Ah, ça y est, j'y suis ! Il n'y avait pas une lanterne, dans cette histoire ?

– Si.

Milo réfléchit une minute.

– Tu sais, elle dit que c'est ses ancêtres qui ont fait bâtir la maison.

– Sérieux ?

– Ouais ! Elle m'a dit ça quand je lui ai posé des questions sur son sac, après le vol. C'est ce qui lui a donné envie de venir ici. Elle a dit que, d'après une légende familiale, l'un de ses ancêtres possédait une relique de l'histoire qu'elle nous a racontée.

– C'est dingue, ça ! fit son père en souriant. Et qu'est-ce que tu penses, Milo ? Que cette lanterne est celle de l'histoire ?

– Ce que je pense, répondit lentement Milo, c'est que même si ce n'est pas la bonne, cette lanterne pourrait lui rappeler la sienne. Il y a un… un truc gravé dessous, pareil que dans l'histoire. Et j'ai trouvé ça, aussi, ajouta-t-il en lui montrant la boîte d'amadou. Peut-être que… qu'elle aimerait bien les avoir. Si tu es d'accord.

Ben Wood passa un bras autour des épaules de son fils et le serra contre lui.

– C'est la meilleure idée que j'ai entendue de toute la journée. Je vais juste vérifier que ta mère n'a rien contre. Comme je n'avais jamais vu ces objets et que, à mon avis, elle non plus, je ne vois pas en quoi ça la gênerait. Mais je vais quand même lui demander, au cas où. Je te réponds demain matin.

– OK, dit Milo en remettant la lanterne à l'endroit. Mais on peut l'essayer ?

– Bien sûr.

Ben Wood déboucha la bouteille d'huile et en versa un peu dans la lampe, en tenant la mèche pour l'empêcher de tomber dedans. Ils attendirent une minute que l'huile ait imbibé la mèche, puis Milo tint la lanterne par sa chaîne et son père gratta une allumette. La mèche prit feu aussitôt, et la flamme qui s'éleva vira en quelques secondes d'un rouge doré à un bleu profond.

– Mince alors ! s'exclama Ben Wood. Regarde ce bleu ! C'est sûr que ma lampe cochon ne fait pas ça !

* * *

Milo rouvrit les yeux quelque temps plus tard. Il n'avait pas dû s'assoupir longtemps car la flamme bleue luisait toujours sur le bureau, et son père avait dit qu'ils devraient l'éteindre quand il reviendrait avec des couvertures supplémentaires.

La maison était remplie de bruits. En plus de ses bruits habituels, on entendait le tremblement des fenêtres et des corniches, secouées par les bourrasques qui soufflaient toujours à travers les bois, et les craquements des branches gelées dehors. On entendait les pas et les voix des adultes au rez-de-chaussée. Milo identifia celles de ses parents, et celle de Brandon grâce à son accent qui n'était pas d'ici, sans discerner pour autant ce qu'ils disaient.

Or le bruit qui l'avait réveillé ne venait pas d'en bas, mais d'en haut, et il n'était pas produit par la maison. Milo avait passé assez de nuits avec des clients aux différents étages pour savoir reconnaître des pas au-dessus de sa tête.

Il se leva et regarda l'heure au réveil du bureau, qui luisait sous l'éclat bleuté de la lanterne. Deux heures du matin. Son père avait dû l'oublier. Il ne l'aurait jamais laissé délibérément s'endormir sans éteindre la flamme.

Milo regarda la lanterne avec envie. Mais se balader en pleine nuit dans une maison obscure avec une mèche allumée ne semblait pas particulièrement raisonnable. Il éteignit la flamme bleue à regret avant de se glisser dans le couloir, la lanterne à la main.

Tout l'étage était plongé dans le noir. Quelqu'un avait posé une lampe à kérosène sur la table de la cuisine et une autre sur le guéridon du palier. Toutes deux étaient réglées en veilleuse et ne jetaient que de petites flaques de lumière, mais c'était suffisant pour ne pas se cogner.

Une fois dans sa chambre, Milo posa la lanterne sur son bureau et enfila ses chaussons d'escaladeur. Aussitôt, il sentit que Negret était saisi par l'envie irrépressible d'aller enquêter en catimini. Il prit la lampe torche rangée dans le tiroir de sa table de chevet et la fit clignoter. Son rayon était dur et froid comparé au bleu cobalt apaisant de la lanterne. Il récupéra dans son sac à dos le petit miroir rond et piqueté trouvé dans la Grande Réserve et le trousseau de clés du vieux roublard, répartit son équipement dans ses poches, et ressortit.

Negret s'arrêta devant l'escalier et tendit l'oreille. En bas, les voix murmuraient toujours. Il monta les marches sur la pointe des pieds, sans oublier d'éviter celles qui craquaient. Si le bruit avait été assez fort pour le réveiller, il provenait sans doute du deuxième étage. Mais il n'entendait plus rien.

« Là. »

Ce n'était pas le même bruit que la première fois, mais il sut aussitôt de quoi il s'agissait : le grincement d'une des vieilles poignées de porte qu'on tournait. Negret gagna aussi vite qu'il l'osa le tournant de l'escalier, son miroir à la main. Celui-ci lui révéla un couloir vide, doucement éclairé par une lanterne de camping à piles posée sur un guéridon. Là aussi, la lumière était réglée au plus bas, mais il n'y avait aucun doute : le couloir était désert. Toutes les portes étaient fermées, sauf celle de la chambre inoccupée où il avait retrouvé la montre.

Il longea le couloir à pas de loup jusqu'à la chambre vide, en se demandant ce qu'il dirait s'il y tombait sur quelqu'un. Aucune règle n'interdisait aux clients de se promener dans la maison ni de fourrer le nez dans d'autres chambres que la leur, tant qu'elles n'hébergeaient personne. Mais, entre les vols et le sabotage du générateur, il devenait difficile de ne pas suspecter d'intentions malveillantes toute personne surprise à fouiner.

« Enfin, toute personne, non, se défendit Milo. Je ne mijote rien de malveillant. »

Il franchit la porte, dirigea sa lampe devant lui et l'alluma. Le faisceau projeta sur la fenêtre un cercle de lueur aux contours brouillés. Tout était exactement comme Sirine et lui l'avaient laissé dans l'après-midi. Il s'avança sur la pointe des pieds jusqu'au seuil de la salle de bains. Le cœur battant, il pointa le rayon lumineux à l'intérieur. Personne. Le cœur battant encore plus fort, il tira vivement le rideau de douche.

Personne. La chambre était vide.

« Là ! »

De nouveau, dans le couloir, le bruit d'une poignée qu'on tournait. Negret se dépêtra du rideau et sortit de la salle de bains. Une poignée tourna de nouveau, pas la même que juste avant ; le grincement était légèrement différent. Il évalua mal la longueur du lit, se cogna le tibia au montant en tournant trop tôt et parcourut les derniers mètres jusqu'à la porte, plié en deux, la main crispée sur sa jambe. Le temps qu'il atteigne le couloir et qu'il darde le rayon de sa torche dans le noir, il était de nouveau désert.

Mais cette fois, Negret était sûr qu'il se passait quelque chose. Quelqu'un était sorti d'une chambre pour entrer dans une autre. Negret éteignit sa lampe et regagna furtivement l'escalier. La 2E : M. Vinge. La 2N : Mme Hereward. La 2S : le Pr Gowervine. Quelqu'un était debout et venait de pénétrer dans la chambre de quelqu'un d'autre, ou d'en sortir. Mais les portes closes ne livraient aucun indice.

Devant l'escalier, Negret hésita. Finalement, il s'accroupit sur la marche du haut et attendit, à l'affût de la respiration sifflante du Pr Gowervine ou des pas feutrés mais néanmoins audibles de Georgie.

Il attendit, guettant le bruissement du peignoir de Mme Hereward ou le craquement des vieux os de M. Vinge.

Il attendit, sachant que si c'était Clem, il avait intérêt à garder les yeux grands ouverts, parce qu'il ne risquait pas d'entendre quoi que ce soit.

Et il continua d'attendre.

Personne n'apparut. Mais Negret attendait toujours. Ce n'est que lorsqu'il se sentit vaciller et comprit qu'il allait s'endormir là, dans l'escalier, qu'il se résolut à abandonner. Il se leva, et faillit se rasseoir, trahi par les fourmis dans ses jambes. En conséquence, la descente ne fut pas aussi discrète que la montée.

De retour dans sa chambre, il se mit rapidement en pyjama, ralluma la lampe à huile et regarda danser la flamme bleue. Toute cette activité signifiait-elle qu'un nouveau vol serait découvert au matin ? Le voleur était-il vraiment prêt à recommencer, après son échec cuisant de la veille ? À moins qu'il n'ait précisément voulu récupérer ces trois objets : un sac et un carnet qui étaient reliés à la maison et une montre qui ne l'était pas. Et pourquoi ceux-là, pour commencer ? Qu'en dirait le père roublard de Negret ?

Il s'endormit sans avoir répondu à aucune de ses questions.

Chapitre dix

LA VEILLÉE DE NOËL

I

Le jour du vingt-quatre décembre se leva sur une nouvelle aube polaire. Milo se réveilla sous trois couvertures supplémentaires. Les yeux encore brouillés de sommeil, il roula sur le côté pour regarder son réveil. Sept heures du matin. Celui de ses parents qui avait apporté les couvertures avait éteint sa lanterne. Ce qui voulait dire qu'en plus du sermon que sa mère lui réservait pour être sorti sans prévenir, il allait sans doute avoir droit à un deuxième pour s'être endormi près d'une flamme.

À côté de la lanterne était posée la lampe torche. Les événements de son excursion nocturne lui revinrent en bloc.

Dehors, le ciel était bleu. Mais en s'approchant de la fenêtre, Milo vit voguer vers l'est un amoncellement de nuages gris acier. Il allait encore neiger.

Il regagna son lit et rampa sous les couvertures pour y repêcher le bloc-notes sur lequel Meddy et lui avaient inscrit leurs commentaires. Assis par terre en tailleur, il alla à la page consacrée au Pr Gowervine, et nota sous son nom : *Cherche des tracés du vitrail. Peut-être lié au sac et au carnet volés. Sans doute allé dans la chambre de Clem pour regarder le vitrail en verre émaillé.* Puis il tourna la feuille et inscrivit sur la page des indices : *Quelqu'un qui se promène la nuit précédant le soir de Noël. Le voleur qui recommence ?* Puis, après avoir contemplé un moment la lanterne en cuivre, *Possible que la lanterne trouvée à la Grande Réserve soit une relique du chemineau ? Petite flamme gravée dessous. Lanterne brodée sur le portillon sur le sac de Mme H. ?*

On frappa à la porte et il se releva en glissant son bloc-notes sous son oreiller.

Meddy se tenait dans le couloir avec un petit paquet rectangulaire enveloppé dans du papier doré.

– Joyeux Noël ! dit-elle en le lui tendant. Il était par terre devant ta porte.

Milo prit le paquet avec un grand sourire.

– Papa et maman déposent toujours un paquet devant ma porte la veille de Noël.

Ils allèrent s'asseoir sur son lit et, avant même de s'autoriser à tirer sur le ruban de son paquet, il l'informa des événements de la nuit, depuis la découverte du symbole sur la lanterne jusqu'au mystérieux rôdeur du deuxième étage.

– Mais qu'est-ce qu'on fait encore là ? s'exclama-t-elle en le poussant hors du lit. On doit filer en bas voir ce qui a disparu ! Allez ! Et que ça saute !

– C'est bon, c'est bon !

Il prit au vol ses chaussons d'escaladeur et son sac à dos, fourra sa torche et les clés dans sa poche et se dirigea vers la porte, son cadeau de Noël sous le bras.

– Tu vas rester habillé comme ça ? lui demanda Meddy en le regardant de travers.

– Ouaip.

Le vingt-quatre décembre, de même que le vingt-cinq, étaient traditionnellement des journées pyjama chez les Wood. Les clients allaient devoir faire avec.

Considérant qu'il s'agissait sans doute d'une nouvelle matinée post-cambriolage, le rez-de-chaussée était étonnamment calme. Enfin, calme, c'était beaucoup dire, mais personne ne hurlait « au voleur ». Pour le moment.

Mme Caraway et Lizzie étaient assises l'une en face de l'autre à la table de la salle à manger. Lizzie n'était identifiable qu'à ses mèches blondes ; elle avait le visage enfoui dans ses mains et ses épaules étaient secouées de tressaillements. Milo crut d'abord qu'elle pleurait, avant de s'apercevoir que Mme Caraway avait toutes les peines du monde à se retenir de rire.

Le regard de la cuisinière croisa celui de Milo. Il devait avoir l'air assez désorienté, parce qu'elle lui fit un petit clin d'œil en lui désignant la cuisine d'un signe de tête. La pièce était un véritable chantier, au milieu duquel Fenster Plum et Mme Hereward s'escrimaient à faire un gâteau.

– Mais… on n'a pas d'électricité, observa Milo.

– Le four et la plaque de cuisson marchent au gaz, lui répondit Mme Caraway en secouant la tête. Ça ne pose pas de problème.

Les deux apprentis pâtissiers avaient emprunté des tabliers de cuisine à Nora Wood. Mme Hereward en avait choisi un rose à pois blancs, le genre qu'on passe autour du cou et qu'on noue autour de la taille. Celui de Fenster ne couvrait que le bas, et ressemblait à une jupette. Une jupette mauve bordée de dentelle blanche, avec une poche décorée d'une fleur bleu lavande.

– Fenster, mon cher, disait Mme Hereward du ton de quelqu'un qui fait appel à toute sa patience, vous pouvez me croire, en pâtisserie, il est vraiment extrêmement important de peser les ingrédients. S'il vous plaît, cessez donc de tout jeter à pleines mains dans ce saladier.

– Je dirais que ça manque un peu de cannelle, répliqua Fenster avec entrain. Je ne fais qu'en ajouter une pincée.

– Si une pincée s'appelle une pincée, mon cher, c'est parce que cela correspond à la quantité qu'on peut saisir entre ses doigts, lui précisa Mme Hereward.

– Mais ce n'est rien du tout !

– En effet. En outre, ceci n'est pas de la cannelle. C'est du poivre. Veuillez le reposer *immédiatement*.

– Peut-être que ça manque de poivre, marmonna Fenster.

– Pas du tout. Je vous recommande de consulter la recette.

– Pitié, arrêtez-les, quelqu'un, lança la voix étouffée de Brandon depuis le salon.

Milo suivit le son de sa voix jusqu'à une pile de couvertures entassées sur le sofa.

– Tu as dormi ici ? demanda-t-il aux couvertures.

– Eh oui. Plus la force de monter l'escalier. Hé, Milo ?

Un œil entrouvert apparut au-dessus de la bordure de la couverture.

– Tu crois que tu pourrais t'aventurer dans la zone de guerre là-bas et en extraire une tasse de café avec un peu de lait ? Il doit y avoir une bouteille dans l'une des glacières. Madame Bidule sait peut-être laquelle, si elle en a pris pour le… hum… gâteau.

– Je vais essayer.

Milo posa son sac, ses chaussons et son cadeau par terre à côté du sofa et gagna la cuisine.

– Salut, Milo, croassa Fenster. T'as vu ça ? On fait un gâteau remonte-moral pour mamzelle Georgie.

– Il reste encore un doute sur le fait que cette chose devienne un gâteau, nuança sombrement Mme Hereward.

Elle tendit le bras par dessus le comptoir, arracha une boîte métallique des mains du trafiquant et la remit là où il venait de la prendre.

– Merci, Fenster.

Milo se faufila derrière le comptoir qui disparaissait sous les bols et les paquets et trouva une cafetière en métal maintenue au chaud sur un petit réchaud à gaz. Les glacières dont avait parlé Brandon étaient alignées contre un mur.

– Madame Hereward, vous savez dans quelle glacière se trouve le lait ?

– Dans la bleue, Milo.

Quand Milo rejoignit Brandon avec une tasse, celui-ci avait émergé de ses couvertures pour ajouter des bûches dans le feu.

– Merci beaucoup.

– Vous êtes restés debout super tard, cette nuit, non ?

– Ouais, et tes parents se sont couchés encore plus tard que Fenster et moi. Je ne sais même pas à quelle heure ils sont montés.

Il remua les braises et lui adressa un demi-sourire.

– Alors, il paraît que le début de tes vacances a été assez mouvementé, gamin.

– Et ça continue, dit Milo, qui ajouta en baissant la voix : J'ai entendu quelqu'un marcher au deuxième étage cette nuit, alors que vous étiez encore en train de parler ici. Je m'attendais à ce qu'un nouveau truc ait été volé, mais on dirait que je me suis trompé.

Brandon haussa les épaules.

– Va savoir, mon gars. Y en a encore plein qui ne sont pas levés. Il reste encore toute la journée pour que ça dérape.

Pile à cet instant, le fracas métallique d'un saladier en inox heurtant le sol résonna dans la cuisine, suivi d'un chapelet de jurons émis par Fenster et d'un soupir atterré de Mme Hereward.

– Et c'est parti, commenta Brandon avant de boire une grande gorgée de café. Rends-nous service, Milo.

Quand ton père sera levé, tu peux lui dire que je m'y suis remis pour ne pas perdre trop de temps ?

– Sur le générateur ?

– Ouaip. En espérant que ça se présentera mieux à la lumière du jour. Et je me dis que si Fenster met le feu à la baraque, je serai plus à l'abri là-bas, dans le réduit.

Et après lui avoir donné une tape sur l'épaule, il alla dans l'entrée mettre ses vêtements chauds.

– Je crois qu'on va devoir attendre que tout le monde soit levé pour avoir des nouvelles, déclara Meddy en sortant de son recoin derrière le sapin. Et tu as oublié ton cadeau, je te signale.

– Ah, mince !

Il ramassa son paquet par terre et alla s'asseoir près de la cheminée, à côté du sapin. Le pauvre sapin ! Le feu dans la cheminée, les bougies, la cuisinière qui assurait toujours l'approvisionnement en chocolat chaud... la plupart des habitudes de Noël des Wood n'avaient pas été affectées par la coupure de courant. Sauf le sapin, qui avait l'air tout triste et abandonné sans sa guirlande lumineuse.

Mais Milo avait un paquet doré à ouvrir, et les cadeaux suffisent à donner un air festif à un pauvre arbre de Noël en toutes circonstances.

Il dénoua le ruban, qu'il renoua soigneusement autour d'une branche basse. En retournant la boîte, il trouva une petite enveloppe coincée sous la bordure du papier. Elle contenait une carte qui représentait un cheval à bascule, et un petit mot dans l'écriture brouillonne de Ben Wood :

Joyeux Noël, Milo ! On t'aime très fort, et on est très fiers de la manière dont tu gères tous les coups de théâtre de cette année. On est très fiers aussi de ton excellente idée à propos de la lanterne. Tu pourrais peut-être recycler cette boîte pour l'emballer pour Mme H.
Il m'a fallu un peu de temps pour retrouver cet objet. Je n'avais jamais pensé que ça pourrait t'intéresser.
J'espère qu'il te plaira !
Bisous,

Papa

Milo déchira le papier doré et fit sauter d'un coup d'ongle le morceau de ruban adhésif qui fermait la boîte. À l'intérieur, nichée dans du papier crépon argenté, il trouva une petite pochette en velours bleue fermée par une cordelette. Il l'ouvrit, la retourna et fit glisser son contenu dans sa paume. Une petite figurine en métal de la taille de son pouce tomba dans sa main.

Meddy se pencha pour mieux voir.

– La vache ! Il est génial, ton père.

– Qu'est-ce que c'est ? lui demanda Milo.

La peinture qui recouvrait le personnage était brunie par le temps : il portait une tunique marron et un pantalon marron plus soutenu, orné d'un galon du même bleu que la pochette. Il était accroupi dans une position que Milo définit aussitôt comme furtive, et tenait deux drôles de petites épées dans ses mains burinées.

– Je te parie ce que tu veux que c'est le personnage des Grands Chemins de ton père, répondit Meddy. Il a dit qu'il était un bretteur-éclaireur armé de sabres papillons, pile comme ceux-là.

Elle toucha délicatement les armes de la figurine.

– Peut-être même qu'il l'a peint lui-même.

– Les gens jouent avec des personnages aussi petits que ça ? s'étonna Milo.

Meddy ne lui avait pas du tout parlé de figurines.

– Dans les jeux de rôle sur table, oui. Il y a beaucoup de joueurs qui se sentent plus à l'aise s'ils ont des petites figurines comme celle-là. Ça les aide à se situer par rapport aux obstacles, aux ennemis, tout ça.

– C'est marrant !

Il examina attentivement le visage du personnage. Il n'avait aucune ressemblance avec son père, bien sûr, mais il avait clairement une allure de roublard.

L'espace d'un instant, Milo eut un pincement de remords. Il s'était inventé de toutes pièces un père roublard pour le jeu, sans penser une minute à imaginer son propre père dans le rôle-là.

« C'est lui que je devrais prendre et personne d'autre », se sermonna-t-il. Puis, avec un nouveau pincement aussi douloureux que le premier, il visualisa le porte-clés aux caractères chinois et les parents qu'il s'était inventés pour aller avec. « Mais Negret n'est pas pareil que Milo », raisonna-t-il. Cet argument apaisa un peu sa conscience tandis qu'il remettait la figurine dans son sachet de velours et la rangeait soigneusement dans la poche intérieure de son sac à dos.

– Je reviens, dit-il à Meddy. Je vais emballer la lanterne pour Mme Hereward.

Il ramassa le papier doré et alla à la cuisine chercher un récipient pour y verser de l'huile pour la lampe, en veillant à rester à l'écart du chantier pâtissier. Quelques minutes plus tard, il était dans le bureau du premier étage, occupé à transvaser un peu d'huile dans un flacon d'essence de vanille vide. Puis il rassembla la lanterne, la boîte d'amadou et le flacon dans sa boîte qu'il remmaillota dans son papier doré, et redescendit.

Dans la cuisine, les deux pâtissiers en tablier avaient entrepris de verser la pâte dans trois moules à gâteau. Lizzie et sa mère les observaient d'un air effaré depuis la salle à manger, et puisaient visiblement dans leurs ultimes réserves de sang-froid pour ne pas se précipiter à la cuisine et prendre la relève. Enfin,

Fenster réussit à glisser les moules dans le four et Mme Hereward régla le temps de cuisson sur le petit minuteur-tomate.

Lizzie et sa mère se mirent à applaudir doucement. Milo les imita avec un grand sourire, bientôt suivi par Meddy. Mme Hereward se tourna vers eux d'un air vexé, comme si elle pensait qu'ils se moquaient d'elle, mais Fenster, radieux, s'inclina pour les remercier. Prise de court, Mme Hereward ébaucha un sourire gêné et s'inclina à son tour.

C'est au milieu de ces applaudissements que les Wood firent leur apparition.

– C'est quoi, ce tintamarre ? questionna Ben Wood d'un ton vaseux.

– Il semble qu'avec l'aide de Mme Hereward on ait survécu aux expériences culinaires de Fenster, lui expliqua Mme Caraway. Je pourrais peut-être prendre le relais pour faire la vaisselle ?

Mais Fenster secoua la tête.

– Ma mère, paix à son âme, ne me le pardonnerait jamais. Règle de base : toujours laisser un endroit nickel après s'en être servi.

– Je ne saurais dire mieux, approuva Mme Hereward. Fenster, je lave, vous essuyez.

– Décidément, je n'y arriverai pas, marmonna Mme Caraway en retombant sur son banc.

En riant, Milo entra dans le salon avec sa boîte pour la déposer sous le sapin. Son père le rejoignit peu après sur le rebord de la cheminée.

– Alors, lui demanda-t-il, tu as trouvé ton cadeau, Milo ?

– Oui ! C'était vraiment ton personnage des Grands Chemins ? Le… Le bretteur-éclaireur ?

– Parfaitement.

Nora Wood les rejoignit à son tour quelques minutes plus tard avec trois tasses. Elle en tendit une à Ben et une à Milo et s'assit par terre près du sapin. Le sourire aux lèvres, elle écouta son mari se replonger dans les lointains souvenirs de ses aventures des Grands Chemins, dont une à laquelle le cuisinier du bateau de son père avait participé comme meneur de jeu.

Le feu sentait bon, le sapin sentait bon, même les gâteaux (pour l'instant) sentaient bon. Tout en sirotant son chocolat chaud, Milo se laissa aller à un calme délicieux. L'hôtel avait beau être infesté de barjos, au moins, jusque-là, cela n'avait pas gâché son Noël avec ses parents. Même Meddy semblait avoir compris qu'il avait besoin de cette parenthèse seul avec eux. Il la vit passer la tête par-dessus le dossier du canapé, lui sourire et disparaître à nouveau.

Évidemment, la trêve ne pouvait pas durer. Au bout d'un moment, Ben Wood frappa dans ses mains et se leva en déclarant :

– Bon, je ferais bien d'aller donner un coup de main à Brandon.

– Emporte le thermos, lui dit sa femme.

Elle embrassa Milo sur le front et se leva à son tour.

– Odette ! appela-t-elle. Vous êtes prête à lancer le petit déjeuner ?

Mme Caraway risqua un coup d'œil dans la cuisine.

– Je crois bien que oui, annonça-t-elle avec un sourire soulagé. La vaisselle est presque finie.

Quelques minutes plus tard, les pâtissiers sortirent de leur repaire d'un air triomphant. Fenster fila mettre son manteau dans l'entrée, sans paraître se souvenir de la monstruosité mauve à dentelles qui lui ceignait la taille.

Mme Hereward prit place sur le sofa avec une tasse de thé, se laissa aller contre le dossier et ferma les yeux en soupirant. Milo vit ressurgir le sommet du crâne de Meddy derrière le canapé. Ils échangèrent un regard et elle le rejoignit. Alors il prit le paquet doré posé sous le sapin et alla s'asseoir à côté de la vieille dame.

– Madame Hereward ?

Elle rouvrit les yeux avec un sourire de contentement.

– Oui, Milo ?

Il lui tendit le paquet.

– J'ai trouvé ça dans le grenier il y a quelques jours. J'ai pensé que ça pourrait vous faire plaisir, et mes parents sont d'accord.

– Oh, Milo, tu es sûr ? Je ne sais vraiment pas quoi dire.

– Ouvrez-le ! dit Milo en trépignant d'impatience.

Mme Hereward ouvrit le paquet avec une lenteur insupportable. La mère de Milo était pareille ; avec elle, on aurait dit que le monde allait s'écrouler si jamais elle déchirait le papier. Il se mordit la lèvre pour se retenir de la presser. Elle finit par ôter le couvercle de la boîte et par découvrir la lanterne.

– Mais que…

Elle la souleva par sa chaîne.

– Tu… Tu as trouvé ça par hasard ?

– Regardez en dessous. Il y a un…

Mme Hereward repéra le symbole de la flamme et retint son souffle.

– Oh, mon Dieu…

– Vous vous rappelez, dans votre histoire, quand le gars-brindille grave un symbole sous la semelle de Julien, et sur son couteau, et sur sa lanterne ?

– Oui, murmura-t-elle, stupéfaite. Je me le rappelle très bien.

– Et je me suis dit aussi… Enfin, il y a une lanterne suspendue au portail brodé sur votre sac. Peut-être que la relique achetée par votre ancêtre n'était pas le couteau, mais la lanterne ! Une lanterne, ça serait utile aussi sur un bateau, non ?

– Certainement, confirma Mme Hereward en hochant la tête.

– Rien ne dit que celle-ci est celle de Julien, mais j'ai pensé que vous aimeriez l'avoir.

Milo plongea la main dans la boîte et en sortit le flacon d'huile et la boîte d'amadou.

– Et regardez, il y a aussi un silex et de l'huile. On a essayé la lanterne hier soir, avec mon père. La flamme est toute bleue !

– Une flamme bleue, murmura Mme Hereward. Je ne me souviens pas d'avoir précisé ça.

– Il y a une flamme bleue dans votre histoire ?

Elle fit oui de la tête.

– Dans les récits de chemineaux, les flammes surnaturelles sont toujours bleues. Mais c'est impossible, bien sûr… C'était idiot de ma part de m'imaginer qu'il puisse exister des reliques de cette sorte dans le vrai monde. Et pourtant… oui, Milo, je crois que je vais le dire : « Et si jamais… ? »

Elle entortilla légèrement la chaîne et la lanterne tourna doucement sur elle-même.

– Tout est possible, non ? acheva-t-elle.

– Mais oui ! acquiesça-t-il en hochant la tête vigoureusement. Tout est possible.

– Et tu es sûr que tes parents sont d'accord pour que tu me la donnes ?

Milo fouilla dans sa poche et brandit fièrement la carte de Noël de son père. Mme Hereward remonta ses lunettes sur son nez et la lut.

– Bon, eh bien, dans ce cas, je serai honorée et heureuse d'accepter ton cadeau. C'est tellement gentil d'y avoir pensé ! Je vais la ranger tout de suite dans ma chambre pour éviter de la perdre.

Elle posa la main sur l'épaule de Milo et l'y laissa un moment dans un geste de remerciement maladroit, puis remit tout dans la boîte et disparut dans l'escalier.

Puis les arômes du petit déjeuner firent descendre un à un les lève-tard : d'abord Georgie, l'air toujours abattu ; ensuite M. Vinge, arborant des chaussettes jaunes zébrées d'éclairs rouges ; le Pr Gowervine, qui, lui, avait son air habituel ; et enfin Clem et Owen. Une bonne nuit de sommeil semblait avoir fait des merveilles sur le nouveau venu.

– Milo ! lança Nora Wood. Tu peux aller dire aux mécaniciens de faire une pause ?

Son fils aurait de loin préféré rester pour voir s'il n'y avait pas eu d'autre vol pendant la nuit, mais personne n'avait l'air de s'apprêter à faire une telle déclaration. À l'exception de Georgie, tous paraissaient à peu près de bonne humeur. Alors il se couvrit pour affronter le froid et sortit.

Une marée de nuages gris bouchait maintenant presque entièrement le ciel, mais la réverbération de la lumière sur la pelouse blanche de givre fit regretter à Milo de ne pas avoir de lunettes de soleil. Il remonta son col, y rentra le menton pour le protéger de la morsure du froid, et fit le tour de la maison en suivant le ruban de neige lissée par les pas de son père, de Fenster et de Brandon.

Le générateur se trouvait à l'écart, dans un réduit en briques situé à l'arrière de la maison. Milo frappa à la porte, juste au cas où « travailler sur le générateur » impliquerait quelque chose de dangereux dans lequel il ne serait pas censé débarquer. La porte s'ouvrit et Brandon passa le nez au-dehors.

– Oui, mon gars ?

– Maman demande si vous voulez venir prendre le petit déjeuner.

Brandon sourit et regarda par-dessus son épaule.

– Hé, vous deux, vous pensez qu'on peut faire un break pour aller croûter ?

– Je dirais que oui, répondit Ben Wood, apparemment content de l'avancement des opérations. Vas-y, Fenster !

Une minute plus tard, un crachotement étranglé fit reculer Milo. Il se marcha sur le pied et atterrit sur le derrière, brisant la fine pellicule de glace qui recouvrait la couche de neige moelleuse du dessous. Alors qu'il se relevait, les ratés du moteur se muèrent en une toux rythmique, puis en un grondement sourd. Les trois hommes sortirent à la queue leu leu, l'air assez fiers d'eux. Le père de Milo s'essuya les mains sur un chiffon.

– Après vous, messieurs, déclara-t-il en agitant son chiffon comme un chapeau à plume. Allons réclamer notre récompense !

– C'est quoi, ce bruit ? demanda Milo avec méfiance. Ça veut dire que ça remarche ?

Son père lui fit un clin d'œil.

– Suis-moi, et tu vas voir ce que tu vas voir.

Leur retour fut salué par une standing ovation de la part des occupants de l'Hôtel de Secrets' Hill. Les lumières étaient revenues, de celles du grand lustre en volutes de verre blanc jusqu'aux loupiotes multicolores qui clignotaient doucement sur le sapin.

Milo laissa les trois hommes à leur victoire pour aller s'affaler sur le canapé près de Meddy, qui fixait le sapin d'un air rêveur en triturant l'ourlet de sa cape.

– Quelqu'un a dit quelque chose d'intéressant pendant que je n'étais pas là ? lui demanda-t-il à mi-voix.

– Si la question est : « Est-ce que quelqu'un s'est plaint de s'être fait voler quelque chose cette nuit ? », la réponse est non. Mais j'ai l'impression que Mme Hereward essaie de finir de préparer le gâteau en douce, avant que Fenster ne se rappelle cette histoire de glaçage.

Comme s'il l'avait entendue, Fenster choisit cet instant pour filer à la cuisine en abandonnant ses compagnons.

– Trop tard, commenta Milo.

Mme Caraway réussit à faire défiler tous les hôtes à la table pour remplir leurs assiettes, et le repas fut bien plus gai que tous les précédents, en dépit des divergences en matière de glaçage. Milo s'assit par terre et mangea à la table basse, laissant Meddy surveiller M. Vinge et le Pr Gowervine dans la salle à manger. Tout à trac, Mme Hereward se pencha vers Georgie, assise à côté d'elle sur le sofa, et lui murmura :

– Vous êtes sûre que vous n'avez pas changé d'avis, ma chère petite ?

La jeune femme se tourna vers le rebord de la cheminée, sur lequel étaient assis Clem et Owen. Même Milo voyait leur bonheur d'être là tous les deux, côte à côte, comme s'il leur était impossible de cacher combien ils s'aimaient. À tel point qu'il se sentit presque gêné pour eux.

Georgie prit une profonde inspiration.

– Oui, madame Hereward. J'en suis sûre. Merci. Allez-y.

Après s'être tapoté les lèvres du coin de sa serviette, la vieille dame fit tinter doucement son verre de jus d'orange avec sa fourchette.

– Excusez-moi de vous interrompre mais, jeune homme – vous vous appelez Owen, n'est-ce pas ?

Celui-ci releva la tête.

– Oui, madame.

– Vous vous doutez bien que votre arrivée a éveillé notre curiosité, commença Mme Hereward avec l'air de s'excuser. Mais nous ne voulions pas vous importuner hier soir alors que vous étiez si mal, ni déranger Mlle Candler pendant qu'elle s'occupait de vous. Néanmoins, je n'ai pas pu m'empêcher de remarquer que Georgie semblait également vous connaître, et, au cours de la soirée, elle a prononcé votre deuxième prénom.

– Mon… deuxième prénom ? bafouilla Owen.

Il se tourna vers Georgie.

– Je ne savais pas que tu le connaissais.

– Surprise ! fit-elle en souriant tristement.

Mme Hereward tapota la main de la jeune fille.

– Lansegwann, reprit-elle. Ce n'est pas ce qu'on appelle un prénom courant. Avez-vous déjà rencontré quelqu'un qui porte le même ?

– Non, madame. À vrai dire, j'ai essayé d'en savoir plus dessus, mais… – il écarta les mains en signe d'impuissance – les archives de la ville sont dans un triste état, et le dossier de mon adoption ne comprend aucune information sur mes parents biologiques. Je suis un enfant trouvé.

« Comme moi », songea Milo en se penchant pour l'écouter.

Ceux qui avaient pris leur repas dans la salle à manger commençaient à les rejoindre au salon.

– Eh bien, jeune homme, je peux vous aider, répondit Mme Hereward. Seriez-vous surpris d'apprendre que nous sommes peut-être parents ?

Cette fois, tous la dévisagèrent. Il y avait de quoi. Les Wood s'attiraient parfois ce genre de réaction quand ils annonçaient que Milo était leur fils.

– En effet, répondit lentement Owen en détaillant le teint pâle et les yeux bleus de la vieille dame. Oui, ce serait tout à fait étonnant.

– C'est bien ce que je pensais. Laissez-moi vous raconter une petite histoire. J'ai déjà expliqué à Milo que cette maison avait été bâtie par l'un de mes ancêtres. Il avait deux enfants. L'aînée s'appelait Lucy. Sa mère était morte, et son père, un corsaire britannique, s'était remarié avec une Chinoise.

Elle s'arrêta pour boire une gorgée de jus d'orange.

– Ils eurent un fils, le demi-frère de Lucy, qu'ils appelèrent Liao. Jusqu'à ses six ou sept ans, Liao et sa mère vécurent en Chine, tandis que Lucy naviguait avec son père sur son bateau. Puis, vers le début de la guerre de 1812, le capitaine décida qu'il était temps de rassembler toute sa famille sous un même toit, en espérant qu'ils y resteraient à l'écart du conflit. Alors il fit bâtir cette maison et installa ses bien-aimés à Nagspeake.

Ce furent les enfants qui trouvèrent le nom de la maison. Le nom de famille du corsaire était Bluecrowne. À la demande de Lucy, Liao traduisit de son mieux en mandarin les deux éléments qui le composaient : « bleu » et « couronne ». Lucy, qui était encore petite et qui ne savait pas très bien écrire, le nota phonétiquement. Ne me demandez pas comment cela se prononce, mais le mot qu'elle écrivit, et qu'ils donnèrent à la maison, était *Lansegwann*.

Owen l'écoutait fasciné, les yeux écarquillés. Milo pouvait le comprendre ; c'était exactement le genre de choses qu'il avait toujours rêvé d'apprendre sur ses racines.

– C'est pourquoi j'imagine, conclut Mme Hereward, que vous pourriez très bien descendre de la branche de Liao, ou peut-être d'une personne d'origine asiatique qui aurait épousé un descendant de Lucy. Peut-être n'y a-t-il pas moyen de le savoir. Mais quoi qu'il en soit, voilà d'où vient le nom de la maison. De la traduction de « Bluecrowne », « couronne bleue », par deux jeunes enfants.

– C'est incroyable, murmura le jeune homme en secouant la tête, incrédule.

Milo battit des paupières dans l'espoir de retenir ses larmes. Il était submergé par des émotions qu'il avait du mal à comprendre. Lui-même ignorait tout de ses propres ancêtres, mais il n'éprouvait aucune jalousie vis-à-vis d'Owen. Au contraire, il était heureux – follement, indescriptiblement heureux – de pouvoir se dire que quelqu'un qui, jusque-là, ne savait *rien* sur ses origines, venait enfin d'en découvrir *quelque chose*.

Il n'était pas le seul à se retenir de pleurer. Clem – la téméraire, l'imperturbable Clemence O. Candler – avait même déjà perdu la bataille. Les joues sillonnées de larmes, elle se tourna vers Georgie.

– Tout à l'heure, Mme Hereward t'a demandé si tu étais sûre. Elle t'a demandé la permission de parler, n'est-ce pas ? Tu étais au courant ?

Georgie, elle aussi, battait désespérément des paupières.

– J'ai raconté mon… notre histoire hier soir, après que vous êtes montés, répondit-elle. J'ai prononcé le nom de Lansegwann, et Mme Hereward a reconstitué le puzzle.

– Milo pensait que je devais vous le dire, précisa Mme Hereward à Owen. Et, ce matin, Georgie m'a convaincue qu'il avait raison.

– Mais après… Après ce que toi et moi, on… bredouilla Clem, dont la voix se brisa. C'était ce qu'on cherchait toutes les deux… Pourquoi ne pas avoir… ?

– Mais regardez-vous ! répondit Georgie sans pouvoir retenir ses larmes plus longtemps. Je n'avais plus de raison d'essayer de te battre.

Clem se leva et traversa le salon d'un pas incertain, et Georgie eut à peine le temps de se lever à son tour avant que sa rivale ne la serre contre elle.

– Merci, Bleue, murmura-t-elle.

Georgie resta figée l'espace d'un instant, avant d'étreindre Clem en retour.

De son côté, Owen semblait ne plus savoir où donner de la tête, entre la révélation qu'il venait d'entendre et le comportement incompréhensible des deux filles. Il n'avait pas l'air de se douter une seconde qu'elles n'avaient cessé de se battre pour gagner son cœur.

Pendant tout ce temps, Milo était resté pétrifié, retenant ses larmes à grand-peine tandis que son cœur battait à tout rompre. Bluecrowne. Il commanda à ses doigts crispés de reposer son assiette sur la table basse et les fourra dans sa poche, où ils se replièrent sur le porte-clés en cuir. Pour la énième fois, il les promena sur les caractères gravés dessus. Il sortit le trousseau, puis retourna le disque, la gorge nouée, et contempla la couronne qui ornait l'autre face.

Il imagina le père de Negret, chinois tout comme son fils, transmettant ces clés comme elles lui avaient été transmises. Pour la première fois, grâce au jeu de Meddy, il avait une excuse pour imaginer l'un de ses parents biologiques sans avoir le sentiment de trahir son père et sa mère. Et Milo se rendait compte combien il s'était déjà attaché à ces clés et à l'histoire qu'il avait bâtie autour. « Pour moi, c'est réel », dit la voix de Negret dans sa tête.

« Oui, lui répondit tristement Milo. Mais pour Owen, c'est plus que réel. C'est vrai. »

Il s'essuya les yeux, se força à prendre un air gai et se leva. Il traversa le salon, où régnait encore un silence stupéfait, et alla tirer son père par la manche. Il lui montra le trousseau et lui chuchota une question.

Ben Wood glissa en gloussant à sa femme :

– Je crois que Milo a décidé de vider le grenier de fond en comble.

Puis il répondit à son fils :

– Mais oui, pourquoi pas ? Vas-y !

Milo s'éclaircit la gorge.

– Excusez-moi, tout le monde, lança-t-il à la cantonade.

Sa voix tremblait légèrement, mais, avec un peu de chance, pas assez pour que cela s'entende. Treize paires d'yeux se posèrent sur lui, et il se tourna vers Owen.

– Monsieur, euh… Owen, j'ai trouvé ça l'autre jour. Je l'ai gardé parce que ça m'a plu, mais je crois que c'est vous qui devriez l'avoir.

Et il lui tendit le porte-clés.

Owen le prit et examina le disque de métal accroché à la boucle en cuir. Il caressa les caractères chinois, puis le retourna sur l'autre face, pour observer la couronne avec ses petites traces d'émail bleu.

– Je… Je ne sais pas quoi dire, bredouilla-t-il d'un air bouleversé.

Milo comprit aussitôt son émotion, même s'il n'avait pas les mots pour la définir.

– J'en prendrai grand soin, reprit Owen. Je… Je peux vraiment l'avoir ?

– J'ai demandé à mes parents d'abord. Ils sont d'accord.

Le jeune homme replia les doigts sur le trousseau.

– Merci, Milo. Tu n'imagines pas ce que cela représente pour moi.

– Je crois que si. Moi aussi, j'ai été adopté.

Là-dessus, Milo se rassit et reprit son assiette en ignorant tous les regards qui restaient braqués sur lui. Negret venait de perdre le seul souvenir qu'il avait de son père. Mais lorsqu'une chose vous est transmise, au bout du compte, on est censé la transmettre aussi à quelqu'un d'autre. « Peut-être, songea-t-il, peut-être qu'en donnant les clés à Negret, le vieux roublard a dit quelque chose comme : "Je te les remets et, un jour, tu les donneras à ton tour. Peut-être à ton propre fils, peut-être pas. Cela pourrait même être à un inconnu. Tu reconnaîtras la bonne personne quand tu la rencontreras." »

Ainsi, Milo et Negret acceptèrent-ils sereinement de se séparer des clés du roublard. Milo fut étonné de découvrir qu'il n'en souffrait presque pas. Il prit une grande inspiration, la relâcha lentement et reporta son attention sur ses pancakes.

Le temps qu'il en avale quelques bouchées, Georgie vint s'asseoir à côté de lui et lui donna un léger coup de coude dans les côtes. Malgré ses yeux rouges, elle semblait presque joyeuse.

– C'est bien, ce que tu as fait, l'approuva-elle à mi-voix. Merci pour ça, et pour ce que tu as dit à Mme Hereward.

– Même si ce n'est pas pour ça qu'il va vous choisir ? demanda-t-il sur le même ton.

Elle hésita, avant de hocher la tête.

– Oui. Même. Tu as fait un cadeau très précieux à quelqu'un que j'aime.

Milo lui rendit son coup de coude.

– Moi aussi, je trouve ça bien, ce que vous avez fait.

Ce n'est pas vraiment la situation qu'il avait imaginée quand elle avait parlé de magie orpheline, mais c'était tout de même une sorte de magie. Et c'était lui, Milo, ancien orphelin, qui l'avait déclenchée.

– Merci.

Georgie se frappa les genoux et se releva énergiquement.

– Madame Wood ? Je peux vous parler ?

La mère de Milo, qui faisait le tour du salon avec la cafetière, hocha la tête et rejoignit Georgie près du sapin.

– Je crois que je vais vous quitter aujourd'hui, lui annonça la jeune fille à mi-voix. Le passeur qui m'a amenée ici m'a donné sa carte pour que je l'appelle en cas de besoin.

– Les lignes téléphoniques ont été coupées en même temps que le courant, l'informa Nora Wood en secouant la tête. Il va falloir attendre que la municipalité envoie quelqu'un les réparer.

Georgie soupira.

– C'est ce que je craignais. J'imagine qu'il n'y a pas d'autre moyen de passer un appel ?

– On hisse un drapeau en cas d'urgence, répondit Nora Wood avec une grimace. Mais on ne peut pas savoir quand quelqu'un va nous répondre. Et ça m'ennuierait de hisser ce drapeau en dehors d'une véritable urgence.

– Oui, je comprends, dit Georgie en se massant le front. Mais vous pourriez quand même le faire pour moi ?

– Bien sûr, Georgie, si c'est ce que vous voulez.

– Merci. Je... Je suis désolée de vous créer des complications. Comment peut-on savoir si quelqu'un va venir ? Ça met combien de temps, à votre avis ?

– Par ce temps ?

Nora Wood réfléchit.

– Avec cette neige, le quai des bateaux-bus est sûrement fermé. Ça va dépendre du temps qu'ils vont mettre à repérer le drapeau, et ensuite à trouver quelqu'un qui soit disposé à monter. On peut avoir une réponse dans les cinq minutes, comme on peut devoir attendre que la météo se calme. Si les quais sont restés ouverts, ils vont hisser leur drapeau en réponse, même si on a peu de chances de le voir s'il se remet à neiger. Si c'est fermé, mais que quelqu'un est prêt à affronter le temps et la corvée, il viendra directement sonner à la porte. Dans tous les cas, ça va vous coûter une fortune, vous savez.

Georgie rejeta l'argument d'un geste de la main.

– Aucune importance. Ne le prenez pas mal, mais je suis prête à risquer une pneumonie pour partir d'ici. Ou presque, ajouta-t-elle devant l'air alarmé de Nora Wood.

– D'accord, Georgie, dit celle-ci en lui pressant l'épaule. Je vais demander à Ben de hisser le drapeau tout de suite.

Puis le calme régna un moment. Milo termina son petit déjeuner, et eut droit à un câlin géant de sa mère en rapportant son assiette à la cuisine. Lorsqu'elle le libéra, il s'aperçut avec surprise qu'elle avait les yeux rouges.

– Qu'est-ce qui ne va pas ? s'inquiéta-t-il.

– Rien, Milo, tout va bien, dit-elle en l'étreignant de nouveau. Je suis très fière de toi.

Il regagna le salon, toujours sous le coup des dernières émotions. Alors qu'il allait retrouver Meddy derrière le sapin, Owen l'intercepta.

– Dis, Milo, tu aurais une minute ?

Milo s'assit à côté de lui sur le rebord de la cheminée, et Owen tendit sa paume ouverte. Elle contenait une figurine couleur ivoire haute comme son pouce : une créature au corps sinueux, aux pieds griffus et à la gueule pourvue de crocs.

– C'est un dragon ?

Owen confirma d'un signe de la tête.

– Quand j'étais petit, j'étais obsédé par les dragons, parce qu'il y en a partout dans la mythologie chinoise. Je devais en avoir… oh, des centaines. En peluche, sur des affiches, dans des livres. Et des tas de petites figurines dans ce genre-là.

Il avança sa main vers Milo, qui prit délicatement le dragon et le tourna entre ses doigts. Il ne s'attendait pas à le trouver si lourd.

– C'est mon préféré, poursuivit Owen. Je l'ai trouvé dans un marché aux puces quand j'avais une dizaine d'années. En fait, c'est de l'ivoire, et vraiment ancien. Moi, c'est surtout sa tête qui m'avait plu. Même après, quand je suis devenu trop grand pour avoir des peluches et qu'il n'y avait plus de place sur mes murs pour ajouter une seule affiche de dragon, j'ai gardé celui-ci. Et il ne m'a jamais quitté.

Il eut une seconde d'hésitation avant d'avouer :

– Ça te paraîtra peut-être moins bizarre à toi qu'à n'importe qui d'autre, mais… enfin, c'était un peu ma manière de garder un lien avec mes origines. Même si je ne savais pas trop comment je le vivais, ni comment me situer, je portais ça dans ma poche. Tu comprends ce que je veux dire ?

Milo hocha la tête sans quitter des yeux le dragon, en luttant contre le tumulte de ses sentiments.

– Je m'inventais même des histoires, ajouta Owen avec un petit rire. Parfois sur les aventures que vivait le dragon, parfois sur la figurine et d'où elle venait. Encore aujourd'hui, je l'ai pratiquement toujours sur moi. Mais tu sais quoi, Milo ? Jamais, pas une seconde, je n'aurais pu imaginer que je pourrais un jour transporter dans ma poche quelque chose qui me relierait directement à mon propre passé. Et maintenant que j'ai cet objet, grâce à toi, je me dis qu'il est peut-être temps de transmettre ce dragon à quelqu'un.

Ils contemplèrent tous deux la petite figurine.

– J'aimerais te le donner. Faute de mieux, il pourra te porter chance.

Milo ouvrit la bouche pour le remercier et s'aperçut qu'il était incapable de parler. Alors ils restèrent assis un moment en silence. Milo gardait les yeux sur le dragon pour ne pas montrer qu'il pleurait, et Owen attendait sans rien dire. Il ne lui demanda pas si ça allait, s'il voulait un mouchoir ou s'il avait envie d'être un peu seul. Il se contenta de rester auprès de lui et de lui tenir compagnie.

Enfin, Milo s'essuya les yeux avec sa manche et hocha la tête.

– Merci, murmura-t-il après un petit hoquet.
Owen hocha la tête à son tour.
– Salut, p'tit gars, dit-il au dragon.
Puis il se leva et quitta le salon.

II

Lorsqu'il se sentit enfin capable de relever la tête sans que tous ses sentiments se lisent sur sa figure, Milo inspira à fond et s'essuya de nouveau les yeux. Sa mère vint rôder dans les parages, sous prétexte de remettre en place le plaid qui couvrait le sofa. Les sourcils haussés, elle lui lança un petit regard faussement détaché qui disait : « Ça va, toi ? »

Son fils lui sourit en hochant la tête.

C'est alors qu'un tonnerre de pas résonna dans l'escalier.

– C'est pas possible ! Mais c'est quoi, le problème, dans cette maison ? rugit le Pr Gowervine en dévalant les marches.

– Oh, non, grommela Nora Wood.

– Ça recommence, chuchota son fils en glissant le dragon dans sa poche. Tous aux abris.

– Que se passe-t-il, professeur ? demanda sa mère d'une voix où la lassitude était à peine perceptible.

Elle se hâta vers lui, Milo sur les talons.

– À votre avis ? gronda le professeur. Cette fois, c'est à moi qu'on a volé quelque chose ! Voilà ce qui se passe !

Ben Wood venait de rentrer, après avoir hissé le drapeau en haut de son mât derrière la maison et dégelé la cloche au cas où on leur répondrait. D'un air désespéré, il plaqua une main sur son visage battu par le vent.

– C'est pas vrai. Dites-moi que c'est une blague !

– Est-ce que j'ai l'air de blaguer ? brailla le professeur sur un ton qui virait à l'hystérie.

– Ne vous énervez pas, professeur, c'était juste une façon de parler, répliqua Nora Wood en le prenant par le bras. Je monte avec vous. On va aller voir ça.

Tandis que le Pr Gowervine se laissait reconduire à l'étage en grommelant, Meddy fondit sur Negret.

– Viens ! On y va ! lui souffla-t-elle.

Il fila mettre ses chaussons d'escaladeur restés près du sofa et ils montèrent la première volée de marches en prenant leur temps, pour s'échanger leurs impressions à distance des oreilles de Nora Wood et du professeur.

– Ça flanque tout par terre ! marmonna Sirine. J'étais sûre que c'était lui !

– Moi aussi ! dit Negret. Je pensais qu'il avait dû mettre la main sur le carnet et sur le sac en espérant y trouver des indices sur la maquette des vitraux. Il y avait juste la montre qui ne collait pas.

– Ça pouvait être une ruse, suggéra Sirine. Pour brouiller les pistes, justement.

– Sauf que maintenant, il est blanchi, puisqu'on lui a aussi piqué quelque chose. À moins que… Mais oui ! À moins que ce soit encore une ruse pour qu'on ne le soupçonne pas !

– Pas mal, Negret. Pas mal, approuva Sirine.

Ils arrivaient au deuxième étage, où il semblait que les efforts de Nora Wood n'avaient pas suffi à apaiser le professeur.

– Vous l'avez vu quand pour la dernière fois ? lui demandait-elle avec un calme surhumain.

– Mais je n'en sais rien ! J'ai regardé tout de suite après les premiers vols, et il était encore là. Mais depuis…

– Et à quoi il ressemble, ce sac ?

Le Pr Gowervine lâcha un soupir que Negret et Sirine entendirent à l'autre bout du couloir.

– C'est un gros cartable en cuir marron, avec des coutures rouges et des pièces en cuivre qui portent mes initiales. La doublure est en coton à carreaux rouges.

– Là, il en rajoute, souffla Sirine. Tu ne trouves pas que « cartable en cuir marron » aurait suffi ?

– Chut.

– Vous pouvez me dire ce qu'il y avait dedans ? demanda Nora Wood.

– C'est à cause de cette maudite histoire ! explosa le professeur. Je savais bien que j'aurais dû me taire ! Je le savais ! Mais cette harpie a réussi à me persuader de raconter quelque chose pour faire oublier à la petite une… une stupide affaire de cœur, et c'est la seule histoire qui m'est venue ! Je savais que j'aurais mieux fait de la boucler !

– Professeur Gowervine, dit Nora Wood, avec une patience dont seules les mères sont capables, qu'y avait-il dans ce cartable ?

Il y eut un silence.

– Mon travail, répondit-il enfin en baissant la voix. Tout. Tout ce que j'avais rassemblé sur Lowell Skellansen. La totalité de mes recherches était dans ce cartable.

La conversation se tarit tandis que les deux adultes se concentraient sur leurs fouilles. Negret désigna l'escalier du menton et les deux aventuriers redescendirent au premier sur la pointe des pieds. Dans sa chambre, Negret prit le bloc-notes sous son oreiller et l'ouvrit à la page du professeur pour y ajouter : Disparition constatée au petit déjeuner : cartable en cuir marron avec tous les trucs du Pr G. sur le gars des vitraux.

– Comment ça s'écrit, « Skellansen » ?

– On s'en fiche, répondit Sirine en s'adossant à la fenêtre, les bras croisés. Bon, qu'on le lui ait volé ou que ce soit un coup monté, ce qui est sûr, c'est que le cartable n'est plus dans sa chambre. Il se doutait forcément que tes parents viendraient fouiller, puisqu'ils l'ont fait hier. Et il a dit que c'était un *gros* cartable. Où peut-on cacher un truc de cette taille-là ?

Negret repensa tout à coup aux bruits qu'il avait entendus pendant la nuit. Mais si les bruits de pas et de poignées de portes contenaient des indices, s'ils présentaient un schéma susceptible de lui donner des pistes sur la cachette du cartable, il ne voyait pas lesquels.

– En plus, le voleur a pu le changer de place, songea-t-il tout haut. Il a eu toute la matinée pour le faire.

Trois coups secs retentirent sur la porte. Negret referma le bloc-notes et le fourra sous son oreiller.

– Entrez.

Georgie Moselle passa le nez par l'entrebâillement.

– Désolée de te déranger, ton père a dit que j'avais des chances de te trouver ici. Je peux te parler une minute ?

– Euh, oui.

Milo sauta de son lit et sortit dans le couloir.

Georgie semblait aller nettement mieux, et tenait à la main une assiette garnie d'une tranche de gâteau recouvert de glaçage bleu.

– Je voulais juste te remercier pour ce que tu as fait aujourd'hui.

De sa main libre, elle lui tendit un paquet plat et rectangulaire, emballé dans du papier orné de flocons bleus.

– Un cadeau ? Pour moi ?

– Un cadeau pour toi, répéta Georgie en agitant le paquet pour qu'il le prenne. Tu en as offert un à Mme Hereward, et un à moi – et à Clem, aussi – en donnant ce porte-clés à Owen. Ce n'est pas grand-chose, mais ça me ferait plaisir que tu l'aies.

– Merci, Georgie, dit Milo en le prenant. Je dois l'ouvrir maintenant, ou je le garde pour demain ?

– Vas-y, ouvre-le. En principe, je ne serai plus là demain. Fais attention de ne pas déchirer le contenu en l'ouvrant.

Milo le déballa très délicatement, et trouva à l'intérieur… encore du papier. Du papier vert, cassant, à la texture épaisse. Il le reconnut aussitôt.

– La carte ?!

Il dévisagea Georgie.

– J'étais sûr que c'était vous ! Vous avez fait exprès de la perdre pour que je la trouve, hein ?

– J'ai pensé que ce serait une expérience intéressante, avoua-t-elle. Enfin, ça, c'était avant que la planète entière ne débarque ici. J'ai agi sur un coup de tête, sans vraiment réfléchir. Et oui, c'est aussi moi qui l'ai reprise. Désolée d'être entrée dans ta chambre, mais quand j'ai vu arriver Clem… enfin. Mais je me suis dit que tu aimerais peut-être la garder. Tu peux aussi garder la pochette en cuir dans laquelle j'avais mis la fausse, si tu veux.

– Je l'adore ! s'exclama Milo en la dépliant soigneusement. Est-ce que vous savez… Oups !

Un autre bout de papier – plus épais, presque du carton – s'échappa des plis de la carte et tomba par terre. Milo et Georgie faillirent se cogner la tête en se penchant pour le ramasser.

Georgie fut la plus rapide.

– J'aurais dû te prévenir. Tiens.

C'était une photo en noir et blanc, floue, brouillée et granuleuse. L'image était globalement ronde, et s'obscurcissait dans les coins. Même sans les couleurs, Negret sut aussitôt ce qu'il voyait.

– C'est la fenêtre du troisième étage !

– Gagné. C'est la photo que j'ai prise hier avec mon appareil-boîte à cigares.

– Mais quel rapport avec Owen ou Lansegwann et tout ça ?

Georgie haussa les épaules.

– J'ai seulement essayé d'attirer l'attention de Clem sur des endroits sans intérêt pour l'empêcher de découvrir ce que je faisais. L'appareil photo n'était qu'un leurre, une fausse piste. Mais pour un premier essai, ce n'est pas si mal, non ?

– C'est super ! Merci beaucoup, Georgie. C'est vraiment un cadeau génial.

– Je suis contente qu'il te plaise.

Elle se retourna pour partir, puis s'arrêta, et revint.

– Mais tu allais me poser une question.

– Ah, oui. Cette carte, vous savez ce qu'elle représente ?

– Non, je n'ai pas réussi à l'apprendre. Pourtant, je l'ai comparée à tous les cours d'eau de la région. Le papier est ancien, de toute évidence. Il pourrait même remonter au temps de la famille dont parlait Mme Hereward. À part pour une chose…

Georgie posa le doigt sur l'amas de petites lignes blanches qui se trouvaient dans un coin.

– À mon avis, cette peinture, là, est plus récente. Je ne pourrais pas la dater, mais nettement plus récente, en tout cas. Et la rose des vents aussi, sans doute.

Negret examina la rose des vents en forme d'oiseau et les petites courbes tracées juste au-dessus.

– Comment vous le savez ?

– Je suis une voleuse, Milo, fit-elle en levant un sourcil. Tu le savais, non ?

– Oui, répondit-il lentement. Et alors ?

– Tu n'imagines pas le nombre de domaines qu'on doit maîtriser dans ma… branche. La contrefaçon en est un. Pour créer un faux qui soit crédible, l'un des points essentiels est de s'assurer que rien ne se distingue du reste. D'après mes connaissances, je peux te dire que ce papier remonte à environ deux cents ans, et que le bateau et la mouette ont été peints très, très longtemps après. Pour moi, ça crève les yeux.

– Le bateau ?

– Oui, le petit truc blanc, là. Je suis à peu près sûre que c'est censé représenter un bateau vu du dessus avec les voiles gonflées. Mais je peux me tromper.

C'était le même dessin que le symbole en forme de flamme gravé sur la lanterne. Mais après ce que venait de dire Georgie, Negret ne pouvait plus voir dans ces volutes blanches autre chose que des voiles.

– Non, je crois que vous avez raison. Qu'est-ce qui relie cette carte au nom de Lansegwann ?

– Je l'ai trouvée dans une enveloppe timbrée avec le mot « Lansegwann » écrit dessus. Juste le nom de la maison, rien d'autre. Pas d'adresse. Comment j'ai découvert ce dernier point… ça, c'est encore une autre histoire. Quand je pense que depuis le début, il m'aurait suffi de suivre la trace de ce papier filigrané, quelle idiote j'ai été !

Elle secoua la tête d'un air découragé.

– Enfin, ça te laisse pas mal de mystères à éclaircir. Amuse-toi bien, Milo, et encore merci.

Elle lui fit un petit salut en guise de conclusion.

– Pas de quoi. Ah, euh, Georgie, vous devriez peut-être éviter de manger trop de ce glaçage.

Elle baissa les yeux sur son assiette.

– Ouais, Mme Hereward m'a dit la même chose. Une histoire d'encre à laquelle je n'ai pas tout compris.

Quand Negret regagna sa chambre, Sirine trépignait littéralement d'impatience.

– Allez ! Raconte ! Raconte !

Il eut juste le temps de lui tendre la carte et la photo – et de grimacer devant son couinement de victoire peu digne d'une scoliaste – avant qu'une autre volée de coups ne s'abatte sur sa porte. Cette fois, c'était Clem.

– Salut, Milo ! Tiens, c'est pour toi.

Elle lui tendit un petit paquet cylindrique enveloppé dans du papier cadeau parsemé de flocons bleus.

– C'est vrai ?

Deux cadeaux en moins de dix minutes ? Venant de deux personnes qu'il ne connaissait pas deux jours plus tôt ? Incroyable !

– Je tenais à te remercier, lui dit-elle d'un air grave.

– Mais… il n'y a pas de quoi.

– Eh bien, ouvre-le !

D'habitude, Milo n'avait pas besoin qu'on insiste beaucoup pour ouvrir un cadeau. Mais là, il hésita.

– Clem, d'après Georgie, vous avez compris qu'elle venait à l'Hôtel de Secrets' Hill grâce à un papier filigrané. Et c'est le filigrane qui vous a amenée ici : l'image d'un portail.

– C'est exact.

– Comment saviez-vous que ce portail avait un rapport avec la maison ?

– Ah.

Elle fourra les mains dans ses poches.

– En fait, j'ai eu une chance incroyable. J'ai trouvé le portillon dans une brocante.

– Vous avez trouvé le *vrai* portail ?

– Oui. Enfin, la moitié.

– Mais vous l'avez… volé ?

Elle éclata de rire.

– Il était plutôt lourd, Milo. Non, je ne l'ai pas volé. À vrai dire, j'étais entrée dans cette boutique pour autre chose. Pour *regarder* autre chose, précisa-t-elle. Mais je l'ai reconnu tout de suite et, heureusement, les vrais antiquaires – par opposition aux brocantes miteuses des quais ou de Cartonbourg – sont censés connaître la provenance de leurs objets.

– La provenance ?

– Leur origine. D'où ils viennent, à qui ils ont appartenu. Et d'après l'antiquaire, le portillon venait de cette propriété. Si j'ai bien compris, l'endroit par lequel on est tous arrivés n'était pas le chemin d'accès principal autrefois. Au temps où la maison a été bâtie, il y avait une autre route qui suivait la crête de la colline, plus à l'est. Et on arrivait dans une clairière, qui était fermée par ce portillon.

Milo se demanda par où on avait bien pu descendre jusqu'au fleuve, autrement que par le chemin emprunté par l'*Ouragan de Secrets' Hill*. Partout ailleurs, la crête de la colline n'était qu'une pente caillouteuse impraticable, couverte d'arbres et de broussailles.

– Mais où est-ce que… ? Oh.

Il n'y avait pas d'autre chemin pour descendre, mais il y avait bien un endroit où les arbres présentaient une trouée.

– Tu vois où ça pouvait être ? lui demanda Clem.

– Je sais où il y a une clairière. Mais il n'y a aucun passage qui part de là pour descendre vers le fleuve. C'est devenu un jardin. Je n'y ai pas pensé tout de suite parce qu'en dessous, ce n'est pas juste une pente. C'est carrément une falaise à pic. On a dû mettre une barrière, et maman dit toujours qu'un de ces jours, elle finira par basculer dans le vide.

– Eh bien, beaucoup de choses peuvent changer en deux cents ans, commenta Clem. Les fleuves, les collines… Sans doute qu'une partie de la pente s'est éboulée. C'était peut-être là ; je ne sais pas. L'antiquaire a juste dit que le portillon se trouvait à l'endroit qui constituait au départ l'entrée de la propriété, dans une clairière. Il m'a même raconté que, quand le soleil se couchait, il brillait à travers les volutes du fer forgé et que ça faisait comme un vitrail supplémentaire. Je l'ai identifié comme étant le même portillon que celui du filigrane. Et voilà comment je suis arrivée ici. Maintenant, ouvre ton cadeau ! Qu'est-ce qui cloche chez toi ? Moi, quand j'avais ton âge, je ne tenais pas dix secondes avant d'ouvrir les miens !

Il lui sourit jusqu'aux oreilles et reporta son attention vers le paquet. Quand le papier glissa, il se retrouva avec un morceau de cuir roulé en cylindre, maintenu par une cordelette.

– C'est quoi ?

– Mais tu vas te décider, à la fin ? s'exclama Clem avec une impatience de petite fille. Je ne tiens plus, moi !

Il défit le nœud et ouvrit le rouleau de cuir dans sa main. Il contenait un assortiment de petites piques en métal longues et fines, munies d'un manche. Il en sortit quelques-unes de leur gaine en cuir et vit qu'elles avaient toutes des extrémités différentes : l'une se terminait par un crochet, une autre par des petites dents, comme une clé, une autre encore par une pointe en forme de flèche.

– Je ne vois toujours pas ce que c'est, avoua-t-il.

– C'est un kit de crochetage, l'informa Clem d'un ton théâtral.

Negret cligna des paupières et fixa l'objet posé dans sa main.

– Un « kit de crochetage » ?

Elle haussa les épaules.

– Je me suis dit que tu allais avoir besoin d'un outil pour ouvrir les portes, maintenant que tu avais donné tes clés à Owen. En plus, tout roublard se doit d'en avoir un. C'est de l'équipement de base.

– Mais… fit Negret en fronçant les sourcils. Et vous ? Enfin… vous n'allez plus en avoir besoin ?

Elle chassa la question d'un revers de main.

– Ne t'inquiète pas pour si peu, jeune apprenti. J'en ai d'autres en réserve.

Un vrai kit de crochetage. La classe.

– Merci, Clem ! s'exclama-t-il.

Il roula l'étui en cuir sur lui-même et le glissa dans la poche de son pyjama.

– Euh… vous pensez que vous pourriez me montrer comment on se sert de ces trucs ? osa-t-il demander.

– Premièrement, on dit des crochets, sauf que cette trousse comprend aussi deux tendeurs, qu'on appelle aussi des entraîneurs. Deuxièmement… on verra.

Puis, après lui avoir décoché un clin d'œil, elle s'éloigna tout aussi silencieusement que d'habitude.

Chapitre onze

DES PIÈGES

I

– Tu crois que, maintenant qu'on a découvert la planque du grenier et de la chambre, le voleur en a choisi une autre ? demanda Sirine.

Negret lui avait répété tout ce que Georgie lui avait expliqué sur le portail, et ils venaient de passer dix bonnes minutes à étudier chaque crochet et chaque tendeur du kit en s'interrogeant sur son usage spécifique.

– C'est probable. À sa place, j'essaierais de trouver mieux. Surtout qu'un cartable, c'est gros. C'est plus dur à cacher qu'un carnet.

Déjà, Negret passait en revue les différentes possibilités : le sous-sol… éventuellement la réserve de bois dehors…

– N'empêche, je serais plus tranquille si on vérifiait, dit Sirine. Je n'aime pas l'idée de laisser des pièces de côté. Ce n'est pas pro.

Negret rangea le bloc-notes et la trousse de crochetage dans son sac à dos, puis glissa la carte et la photo de Georgie dans sa poche.

– C'est logique, admit-il. Commençons par les chambres libres, dans ce cas.

Celles-ci n'étaient pas les mêmes que la veille. Clem avait demandé à descendre au troisième étage pour avoir une chambre en face de celle d'Owen, ce qui avait poussé Georgie à monter au quatrième. Puis, après le petit déjeuner, Brandon et Fenster, qui avaient dormi dans le salon, s'étaient également installés au dernier étage. En quelques minutes, Negret dessina un plan en coupe de la maison, qui ressemblait à un gâteau fourré un peu raté, et nota qui logeait où. Tous ces trafics leur laissaient quatre chambres à inspecter : deux au troisième et une au quatrième. Sans oublier de fouiller une nouvelle fois la chambre libre au deuxième.

Ils commencèrent par le haut, dans la lumière vert et or du vitrail dans lequel un feu d'artifice jaillissait sans fin sur le portail omniprésent.

– Plus tard, il faudra qu'on aille visiter le jardin pour vérifier l'hypothèse de Clem, dit Negret.

Sirine haussa les épaules.

– Il va être complètement recouvert de neige. On ne verra rien du tout.

– Peut-être, mais je ne veux rien laisser de côté. Comme tu dis, ce n'est pas pro.

– D'accord, marmonna-t-elle. Mais je ne vois pas ce que tu espères en tirer à part un bon rhume.

Elle se tourna vers le couloir. À en juger par les portes qui étaient restées ouvertes, Brandon et Fenster avaient dû prendre les chambres les plus proches de l'escalier. De nouveau, Negret s'appliqua à examiner chaque détail en parcourant le couloir. Papier peint, moquette, appliques, plafond, monte-charge au bout du couloir ; rien à signaler. La table calée en dessous était carrée, et l'étoile de Noël était rouge.

L'ancienne chambre de Clem était la 4O, située au fond, juste avant le monte-charge. Là aussi, tout était en place : lit, commode, bureau, chaise, pliant à bagages, salle de bains. Elle avait fait le lit avant de partir, mais Negret vit que personne n'était passé changer les draps. Ils ne découvrirent rien d'intéressant.

Au troisième étage, les deux chambres les plus proches des escaliers étaient également fermées, et Negret et Sirine commencèrent par celle du fond, l'ancienne chambre de Georgie. Le lit était défait mais, pour le reste, la pièce ne présentait pas plus d'intérêt que la précédente. Milo avait soulevé le pliant à bagages pour le mettre à sa place de l'autre côté de la porte lorsqu'il s'aperçut que, dessous, la moquette n'était pas bien alignée le long du mur. Peut-être sa mère avait-elle disposé le pliant là exprès pour cacher le défaut. Negret le replaça donc où il l'avait trouvé, bien que cela perturbât son sens de l'ordre. Puis ils traversèrent le couloir pour aller visiter la dernière chambre vide.

Une fois dans la 3E, Negret laissa la porte à peine entrebâillée derrière eux, comme il l'avait fait pour les autres. Inutile d'attirer l'attention sur leurs activités, même si, en dehors d'un ronflement au quatrième, ils n'avaient ni vu ni entendu personne depuis le début de leurs recherches.

Ils inspectèrent toutes les cachettes probables – sans résultat – et allaient renoncer quand la porte se referma.

Elle le fit avec si peu de bruit que Negret ne s'en serait sans doute même pas aperçu s'il ne s'était pas tenu en face. Là, non seulement il s'en rendit compte mais il vit la poignée tourner à la dernière seconde, accompagnée d'un léger déclic.

– Un courant d'air ? demanda Sirine, qui avait suivi son regard.

– … Possible.

Mais la porte ne s'était pas refermée comme les portes le faisaient d'ordinaire dans les courants d'air de la vieille maison. Et les courants d'air ne tournaient pas les poignées.

Un second petit déclic le poussa à se lever et à saisir la poignée. La porte ne s'ouvrit pas.

II

– Non… fit-il, incrédule.

Il secoua la poignée.

– C'est dingue !

– C'est fermé à clé ?

Negret recula d'un pas, les yeux rivés sur la serrure.

– Oui ! J'y crois pas !

– Et tu ne peux pas l'ouvrir de l'intérieur ?

– Je pourrais si j'avais la clé ! répondit-il patiemment. Toutes les portes des chambres ferment avec des clés qui fonctionnent des deux côtés.

Sirine se pencha pour regarder dans la serrure.

– Alors ça veut dire…

– Ouais, confirma Negret en balançant un coup de pied dans la lourde porte en bois. Quelqu'un nous a enfermés. Avec une clé. Exprès.

Il s'affala sur le pliant à bagages.

– Tu sais ce qu'on a oublié de faire ? demanda-t-il.

– Vérifier l'absence de pièges ?

– Voilà.

– Tu ne le prends pas trop mal, observa Sirine en le dévisageant.

– Ce n'est qu'une apparence. Ça ne me fait pas plaisir, crois-moi.

Il posa son sac à dos à côté de lui, fourragea dedans et en sortit la trousse de crochetage de Clem.

– Tu crois que j'ai une chance de réussir à me servir de ces trucs ?

– Essaie toujours.

Il déroula la pochette et contempla les crochets. « Il faut bien commencer quelque part », songea-t-il. Il mit les Gantelets de Broussailles du Maestro et choisit un crochet qu'il glissa dans le trou de la serrure. Bien, et ensuite ?

« Allez, Tour de main du malandrin… » En principe, ce pouvoir devait permettre de forcer des serrures et des combinaisons même si ce n'était pas pour voler quelque chose. Il tortilla le crochet dans la serrure. Il l'enfonça en donnant des petits coups. Il tenta de le faire tourner comme s'il s'agissait d'une *vraie* clé ; mais toujours sans succès. Negret essaya tous les crochets les uns après les autres, puis croisa les bras et se laissa aller contre le mur.

– Tu parles d'un escaladeur, grommela-t-il. J'ai tous les crochets possibles et je ne suis pas fichu d'ouvrir cette porte.

– Ne sois pas trop dur avec toi-même, lui dit Sirine en lui tapotant l'épaule. On ne t'a pas appris à les utiliser.

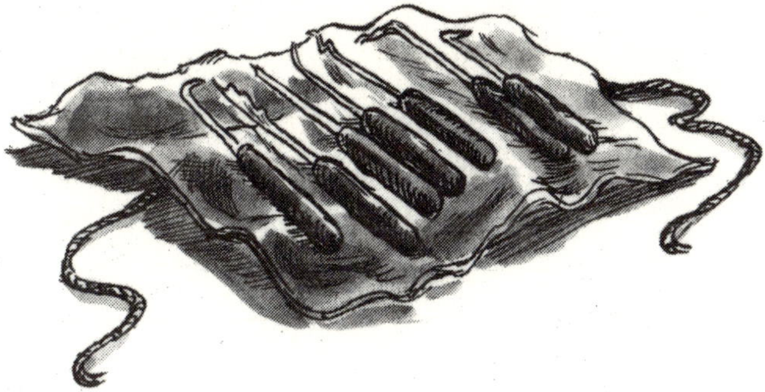

Allez, viens. On peut toujours cogner sur cette porte jusqu'à ce que quelqu'un vienne nous libérer. Tu as une autre idée ?

– Espérons que celle-là fera l'affaire.

Et ils se mirent à tambouriner sur la porte en criant de toutes leurs forces. De longues minutes s'écoulèrent. Personne ne vint.

– C'est pas possible, dit Negret en fixant la porte d'un air frustré.

Sirine ouvrit la bouche, puis la referma.

– Attends. Peut-être que…

Elle le prit par le bras et le poussa vers la porte.

– Regarde bien, Negret.

– Je ne fais que ça.

– Non, plus près.

Elle le poussa de nouveau, droit sur le panneau, et le fit trébucher dans la foulée, lui projetant le nez contre le bois.

– Hé ! Mais ça va pas ?

Negret la repoussa en se frottant le nez.

– Désolée, je suis une empotée. Alors, comment on sort d'ici ?

– Qu'est-ce que tu voulais que je regarde d'aussi près ?

– Juste la serrure. C'est toi, l'escaladeur, après tout.

Milo la dévisagea d'un air suspicieux avant de se pencher sur la serrure.

– Je ne vois rien. De toute façon, ce qu'il nous faudrait, c'est soit la clé soit un passe-partout.

– Tu veux dire qu'il y a une autre clé quelque part pour ouvrir cette porte-ci ?

– Oui, dans le bureau, au premier. Mais ça nous fait une belle jambe. D'ailleurs, celui qui nous a enfermés ici a dû piquer un passe-partout. Les clés qu'on donne aux clients n'ouvrent que leur propre chambre.

C'était logique, après tout. La plupart des gens s'enfermaient pour la nuit ; il avait bien fallu au voleur un moyen pour déverrouiller leurs portes. Donc, il ne s'était pas contenté de fouiner dans les étages. Il était *aussi* allé fouiller dans les affaires de ses parents au premier.

Milo se sentit bouillonner de colère à l'idée que l'espace privé de sa famille avait encore été violé. Et non seulement on leur avait volé le passe-partout, mais on s'en était servi contre lui. Il était furieux. Et par-dessus le marché, il ressentait la piqûre de la fierté blessée. Negret n'était pas content d'avoir été battu par un adversaire, même s'il avait été pris en traître.

– Negret, fit la scoliaste en agitant la main devant ses yeux. Hou hou, reste avec moi. Tu dois nous sortir de cette chambre.

– OK, OK.

Il se concentra et regarda autour de lui.

– La sortie de secours.

Milo gagna la fenêtre à guillotine et souleva le châssis sans difficulté. Un vent glacial projeta une giclée de flocons sur la moustiquaire et s'engouffra en sifflant dans la pièce.

– On va devoir enlever cette grille, annonça-t-il.

Les crochets se révélèrent parfaits pour cela. Sirine tendit le cou et jeta un coup d'œil dehors. Prise de vertige, elle recula pour s'appuyer contre le mur.

– Je n'aime pas ça du tout.

Negret se pencha à son tour.

– Oh-ho.

Monter sur le palier de l'escalier de secours n'avait rien de compliqué. À tel point que les Wood avaient formellement interdit à leur fils de le faire, sauf en cas d'urgence ou sous leur surveillance. Il y avait bien une rampe, mais les marches en métal rouges qui longeaient le mur de la maison étaient raides, branlantes et mal fixées. En outre, elles étaient recouvertes de neige verglacée. Une chute entraînerait une dégringolade de plusieurs mètres.

Les bourrasques secouèrent les arbres alentour dans une nouvelle salve de craquements sinistres.

« Seulement en cas d'urgence », avaient dit ses parents. C'était le cas, non ?

– Tu crois que tu as une chance de descendre sans glisser ? lui demanda Sirine, dubitative.

– Je n'en sais rien du tout, avoua-t-il en se mordant la lèvre.

À cet instant, une énorme stalactite s'écrasa sur les marches et vola en éclats avec une violence qui arracha une grimace aux deux aventuriers. Ils se regardèrent d'un air sombre.

– On pourrait appeler… commença Negret.

– Oui. Mais si on ne nous a pas entendus cogner et crier à l'intérieur, est-ce qu'on a plus de chances du dehors ?

– S'il y a quelqu'un dans la cuisine, oui. Les marches s'arrêtent au-dessus de la fenêtre de la cuisine. Il nous faut un objet en métal.

Il réfléchit une minute avant de claquer des doigts.

– J'ai trouvé.

Il courut à la porte et en rapporta le pliant à bagages replié. Ils le firent passer tant bien que mal par la fenêtre, le calèrent sur le rebord et frappèrent avec l'autre extrémité la rambarde couverte de glace.

Le bruit produit fut impressionnant. *Clang clang clang clang clang* ! On aurait dit une cloche fêlée. *Clang clang clang clang clang. Clang clang clang clang clang* !

Une minute passa. Puis deux. Puis cinq.

Clang clang clang clang clang !

Enfin, une silhouette surgit en courant de derrière la maison : Ben Wood, l'air totalement affolé.

– Ah, ouf ! fit Negret en donnant un dernier coup sur la rampe pour faire bonne mesure.

Puis il s'appuya dessus et agita la main.

Ben Wood leva les yeux.

– Milo ? Mais qu'est-ce que c'est que ce ramdam ?

– On est enfermés ! Et l'escalier de secours est trop glissant pour descendre par là. Viens nous ouvrir !

Une expression d'incrédulité traversa le visage de son père, puis il disparut par où il était venu.

Peu après, un bruit de clé dans la serrure annonça son arrivée.

– Mais qu'est-ce qui se passe ici ? s'exclama-t-il en ouvrant.

Negret sortit inspecter le couloir du regard.

– Quelqu'un nous a enfermés volontairement, lui expliqua-t-il. On cherchait le cartable du Pr Gowervine et… quelqu'un a fermé la porte à clé.

– Attends, je n'y comprends rien…

Negret passa la tête dans l'ancienne chambre de Georgie.

– On a dû s'approcher d'un truc que le voleur ne voulait pas qu'on trouve.

– Mais on a déjà fouillé cette chambre de fond en comble, objecta Sirine, qui l'avait suivi.

Dans la pièce, rien ne semblait avoir changé. Si le voleur les avait enfermés pour venir y récupérer quelque chose ici, cela signifiait qu'ils étaient passés à côté la première fois. Mais de quoi ?

– Nous, on a fait ça ? reprit Ben Wood en se grattant la tête. Milo, j'ai du mal à te suivre, là.

Celui-ci ouvrit la bouche pour répondre, et se figea.

La petite vague formée par la moquette, le petit défaut caché par le pliant à bagages, avait disparu. La moquette était maintenant parfaitement alignée le long du mur.

Negret déplaça le pliant, ressortit le kit de crochetage de son sac, y piocha un crochet et le glissa entre le mur et le bord de la moquette. En soulevant un peu, il réussit à passer ses doigts dessous.

– Milo, qu'est-ce que tu... ? Attention, tu vas... Ne tire pas sur la moquette !

– Elle était déjà comme ça, papa. Tout à l'heure, elle était de travers mais, entre-temps, quelqu'un l'a remise comme il fallait. Je parie que c'est pour ça qu'on nous a enfermés ! Pour vérifier qu'on n'avait pas trouvé ce qui était caché dessous, et éviter d'attirer l'attention sur ce coin-là si jamais on revenait !

– Mais qu'est-ce que tu as à dire tout le temps... ?

Ben Wood secoua la tête, renonçant visiblement à obtenir de plus amples éclaircissements.

– Doucement, Milo, il y a peut-être des clous.

Negret entendit la mise en garde, mais elle n'atteignit pas son cerveau. Ses doigts venaient de trouver quelque chose qui n'était ni la moquette, ni le plancher ; du papier, lourd et plié.

Il tira dessus avec précaution. Il s'attendait à tomber de nouveau sur le papier verdâtre et filigrané de la carte, mais non. Celui-ci était épais et de couleur crème, le genre de papier officiel sur lequel on tape une lettre importante.

La première chose qu'il vit en dépliant la feuille fut l'emblème de la ville de Nagspeake, imprimé en bleu en haut de la page. Puis des mots, tapés dans une typographie tout aussi officielle :

Le Présent Document informe et confirme dans la Ville et au-delà que le Porteur de cette Lettre a été chargé par le Service des Douanes de la cité Souveraine de Nagspeake...

Sirine étouffa un petit cri.

– Oh, non, souffla Ben Wood, qui s'était accroupi pour voir par-dessus son épaule.

Il prit la lettre des mains de Negret, la lut, tourna et retourna la feuille, la relut.

– C'est pas vrai.

– Qu'est-ce que ça veut dire, papa ?

– Ça veut dire que quelqu'un ici n'est pas ce qu'il prétend être et que Fenster a franchement intérêt à se faire discret.

Ben Wood se releva en fourrant la lettre dans sa poche et alla regarder la neige tourbillonner derrière la fenêtre.

– Cette chambre était bien celle de Georgie ? Je ne l'aurais jamais prise pour un agent des douanes. Je me demande pourquoi elle a décidé de partir ; même si, à mon avis, personne ne viendra la chercher. Tu te sens capable de te taire ? De faire comme si tu n'étais au courant de rien ? Il faut que je parle à ta mère.

– Pas de problème, papa.

Georgie Moselle, voleuse professionnelle *et* agent des douanes ? Pouvait-on être les deux en même temps ? Et si oui… ça voulait dire que c'était elle qui les avait enfermés ? Et elle aussi qui avait détroussé les autres clients ? Tout cela ne lui ressemblait pas.

– Je crois qu'elle ne mentait pas en disant qu'elle voulait s'en aller. Et tu ne trouves pas ça bizarre qu'elle ait laissé ce papier ici en changeant de chambre ?

– Elle a peut-être préféré qu'on ne le découvre pas dans ses affaires, au cas où quelqu'un fouillerait dedans, suggéra son père.

– Qui irait fouiller dans ses affaires ?

– Ici ? répliqua Sirine. La question serait plutôt : « Qui ne le ferait pas ? »

– Je ne sais pas, Milo, dit son père. Bon, il faut que je m'occupe de cette histoire. Toi, évite de te fourrer dans de nouvelles embrouilles et tâche de faire comme si de rien n'était, d'accord ?

– OK, fit Negret.

Ben Wood ne semblait pas se préoccuper des détails. C'était compréhensible. Les agents des douanes étaient les ennemis jurés des trafiquants. S'il y en avait un dans l'hôtel, le premier problème était que Fenster risquait de se faire arrêter. Le deuxième, songea Negret, était sans doute que les Wood eux-mêmes n'étaient pas à l'abri des ennuis. Après tout, ils n'avaient pas caché que Fenster était un client régulier.

Negret et Sirine le regardèrent s'éloigner à la hâte.

– Tu ne penses pas que c'est Georgie, hein ? demanda Sirine.

– Non. Et je ne suis pas certain de qui ça peut être. Mais j'ai une bonne nouvelle, ajouta-t-il avec un sourire victorieux. Je crois que je sais où est le cartable du Pr Gowervine. Suis-moi !

III

Le premier étage était encore désert quand Negret et Sirine se glissèrent dans le bureau, mais Milo s'attendait à voir ses parents arriver sans tarder. Ils ne le laisseraient sans doute pas assister à leur discussion sur la lettre du Service des douanes, de peur de l'inquiéter. Ce qui ne lui laissait que quelques minutes pour trouver le cartable.

– Qu'est-ce qui te fait penser qu'il est ici ? demanda Sirine en regardant autour d'elle.

– La logique, dit Negret en haussant les épaules. Avec tous les clients, mes parents n'ont pas beaucoup le temps de venir se détendre ici. Ils ont trop de travail. Du coup, c'est facile pour quelqu'un de venir en douce. Toi, commence à chercher. Moi, je vais vérifier si j'ai eu raison à propos du passe-partout.

Ses parents rangeaient leurs affaires de travail sur l'étagère du bas d'une bibliothèque vitrée. Tout avait l'air en ordre : la caisse et le registre, la planchette à laquelle on suspendait les clés. Elle était munie de douze crochets répartis sur trois rangées : un crochet par chambre. Bien sûr, seules quatre clés y étaient suspendues.

Sous la planchette, il y avait un petit plateau métallique qui accueillait les passe-partout. Il aurait dû en contenir deux – le serrurier le plus proche se trouvant tout en bas sur les quais, les Wood avaient plusieurs doubles par sécurité – or il n'y en avait qu'un.

– C'est clair, il manque une clé, annonça Negret. Et je pense qu'on devrait prendre l'autre au cas où. Au moins le temps que j'apprenne à me servir des crochets.

Il la fourra dans son sac à dos.

– Il y a autre chose ici que le voleur aurait pu piquer ? demanda Sirine.

– Bah, on ne laisse jamais beaucoup d'argent dans la caisse.

Il jeta un coup d'œil dedans par acquit de conscience. Elle contenait quelques petits billets et un peu de monnaie, comme d'habitude.

Le registre, qui comprenait les noms et les dates d'arrivée de presque tous les clients, ne devait pas manquer d'intérêt pour un agent des douanes. Negret le sortit de la bibliothèque et l'ouvrit. Les pages étaient couvertes de noms familiers – mais majoritairement faux. Fenster Plum, par exemple, signait généralement du nom de Plum O. Collins. Même dans un refuge aussi sûr que l'Hôtel de Secrets' Hill, les trafiquants restaient prudents. Si l'agent des douanes (Negret ne se résolvait toujours pas à admettre que ça pouvait être Georgie) avait feuilleté le registre, il n'en aurait pas tiré grand-chose d'autre qu'un chapelet de noms inventés.

Negret remit le gros livre en place et referma la bibliothèque.

– Bon. Aide-moi à chercher le cartable, maintenant.

– Pas la peine, dit Sirine, debout devant la fenêtre. Regarde.

Il ne vit pas tout de suite de quoi elle parlait. Puis, en écrasant un peu sa joue contre la vitre et en suivant la direction désignée par l'index de Sirine, il repéra une grosse masse brune à moitié recouverte de neige fraîche sur une marche de l'escalier de secours.

– Tu crois que c'est ce que je crois ? demanda-t-il.

– Tu paries combien ?

Ils ouvrirent la fenêtre et Negret, en se penchant au-dehors, parvint à atteindre l'objet. Il en ôta la neige, referma les doigts sur la poignée et tira. C'était incontestablement un cartable, bien qu'il fût dans l'immédiat d'une teinte boueuse tachée d'humidité. Les coutures étaient rouges et les ferrures en cuivre, conformément à la description du Pr Gowervine.

– Si on avait pris la peine de regarder par la fenêtre du haut pendant qu'on cognait tout à l'heure, je suis sûr qu'on l'aurait vu, dit Negret.

– Et moi, je suis sûre qu'on n'aurait vu que de la neige. On fait quoi, on le rend tout de suite ou on regarde d'abord ce qu'il y a dedans ?

– Normalement, on ne devrait pas regarder. Mais comme on l'a retrouvé, on a gagné le droit de voir ce que le voleur cherchait, pas vrai ? raisonna Negret.

Sirine approuva d'un signe de tête et appuya sur les fermoirs. Le cartable s'ouvrit sur un fouillis de feuilles et de cahiers. Une chose en particulier attira le regard de Negret. Il tendit la main et s'empara d'une photo en noir et blanc, de format carré.

Et constata le même phénomène qu'avec les cartes : il ne pouvait pas confondre ce qu'il avait sous les yeux avec autre chose. Même si ça ressemblait à des gribouillis sur la buée d'une fenêtre. Ou, pour être exact, à une photo de gribouillis sur la buée d'une fenêtre.

La fenêtre remplissait presque entièrement le cadre. Elle était divisée en six panneaux couverts de condensation. Le bas était occupé par une forme rectangulaire, coupée en deux par la ligne de séparation entre deux panneaux. Tout autour du gros rectangle, il y avait des sortes de petits triangles, comme des montagnes dessinées par un enfant. Une ligne zigzaguait au milieu de ces petits pics et s'achevait par une flèche qui désignait le bord droit du rectangle.

– J'ai une drôle d'impression, dit Negret. Un peu comme si j'étais sur le point de reconnaître ce truc. Comme si quelque part, je savais ce que ça représente.

– Et qu'est-ce qu'on fait du reste ? demanda Sirine. Ça prendrait des heures de lire tout ça.

À cet instant, des pas pressés approchèrent dans le couloir. Negret sortit la tête du bureau et sa mère bondit sous l'effet de la surprise.

– On l'a retrouvé ! souffla-t-il en faisant signe à ses parents de les rejoindre.

– C'est n'importe quoi, dit Nora Wood en fixant le cartable ouvert. Enfin, je suppose que le Pr Gowervine va être soulagé.

Elle échangea un regard avec son mari avant de reprendre :

– Milo, tu veux bien le lui porter ? Ton père et moi, on a besoin de discuter.

– OK.

Il referma le cartable à regret.

– Et pas de blague, cette fois, hein ? Tu lui apportes directement. Il est en train de faire un scandale.

– Ah, et il manque un passe-partout, signala Negret. Alors j'ai pris le dernier. Par sécurité.

Ses parents fouillèrent aussitôt leurs poches pour en sortir leurs propres trousseaux.

– J'ai le mien, annonça Nora Wood en se tournant vers son mari. Et toi ?

Il fit oui de la tête.

– C'est déjà ça, commenta-t-elle en poussant Negret vers la porte. Si tu croises Brandon ou Fenster en train de descendre, tu peux nous les envoyer, sans leur dire de quoi il s'agit ?

– D'accord.

La porte se referma doucement et les deux aventuriers prirent le couloir en direction de l'escalier.

IV

– Toi, tu observes tout le monde, indiqua Negret à Sirine. Note les réactions des gens quand ils vont nous voir avec le cartable.

À leur arrivée, le silence régnait au rez-de-chaussée.

– Si j'ai un conseil à donner à celui qui passe son temps à voler des choses ici, c'est de laisser tomber, déclara Negret. Il n'est pas de taille.

Et il brandit à deux mains le cartable maculé de taches d'eau.

– Mais c'est mon… commença le Pr Gowervine en se levant pour se précipiter vers Negret. Mais où… Seigneur ! Qu'est-ce qui lui est arrivé ?

Il s'en empara délicatement.

– Il était dehors, dans l'escalier de secours, répondit Negret. Vous feriez mieux de vérifier qu'il ne manque rien.

Le professeur alla poser son cartable sur la table et en tira des brassées de papier qu'il entreprit de trier.

– Euh, merci, Milo.

– Pas de problème.

Negret le regarda faire un moment, puis croisa le regard de Sirine et lui désigna le petit canapé près de la fenêtre. Après être venus voir ce qui se passait, les autres clients retournèrent à leurs occupations.

À l'une des petites tables de la salle à manger, Georgie remmaillotait de ruban adhésif sa boîte à cigares, qu'elle avait dû ouvrir pour y récupérer la photo du vitrail du troisième étage. Dans le salon, Clem et Owen étaient serrés l'un contre l'autre sur le divan. Ils se tenaient la main, si absorbés dans leur conversation que Negret se demanda s'ils l'avaient vu rendre le cartable au professeur. Mme Hereward tricotait tranquillement dans un fauteuil. M. Vinge venait de se rasseoir à sa place habituelle et reprit son livre.

– Quelqu'un a eu une réaction particulière ? demanda Negret à Sirine, à l'abri du dossier du canapé.

– Tout le monde a levé la tête, mais dès qu'ils ont vu le cartable, ils se sont tous replongés dans ce qu'ils faisaient. Sauf le Pr Gowervine, bien sûr.

Negret observa M. Vinge et le livre qui l'occupait depuis son arrivée à l'hôtel.

– Une histoire du Skidwrack et de ses environs, murmura-t-il pensivement. Dis donc, Sirine, maintenant qu'on sait pourquoi Georgie a apporté la carte et qu'on connaît son histoire, tu crois que cette carte doit encore rester un secret ?

Elle plissa le front.

– Eh bien, en général, je suis plutôt pour garder les secrets le plus longtemps possible. C'est vrai, les autres gardent bien les leurs. Pourquoi tu me demandes ça ?

– Parce que j'aimerais bien savoir ce qu'elle représente.

– Georgie a dit qu'elle l'avait comparée avec tous les cours d'eau de la région et que ça n'avait rien donné.

– Oui, je sais, mais je pense à ce que Clem a dit à propos du portail. Sur le fait qu'en deux cents ans, le paysage a pu changer. L'érosion, les intempéries, les marées, les inondations… Peut-être que la carte montre une partie du fleuve tel qu'il était autrefois, et pas tel qu'il est devenu.

Dans son fauteuil, M. Vinge tourna une page.

– Il lit une histoire du fleuve et de sa région. Il doit y avoir de vieilles cartes dans ce bouquin. On pourrait peut-être en trouver une qui corresponde.

– Mais Georgie sait que le papier était ancien. Si elle est aussi forte qu'elle le dit, elle a déjà dû étudier de vieilles cartes.

La scoliaste médita cette théorie.

– Je ne la lui montrerais pas. Mais tu peux toujours demander à M. Vinge de te laisser regarder son livre sans lui dire pourquoi.

À cet instant, le vieil homme étendit ses longues jambes, retourna son livre sur son accoudoir et se leva, sa tasse à la main. Negret bondit presque par-dessus le dossier du canapé.

– Excusez-moi, M. Vinge ?

Celui-ci fit glisser ses lunettes vers le bout de son nez et regarda Negret par-dessus ses grosses montures d'écaille.

– Oui, Milo ?

– Je pourrais voir votre livre ? Je vous promets de ne pas le corner et de ne pas perdre la page.

– Mon livre ? répéta M. Vinge, étonné. Pour quoi faire ?

– Je vous ai entendu dire à ma mère qu'il parlait du Skidwrack, répondit Negret en réfléchissant à toute vitesse. Justement, j'ai un travail à rendre dessus en cours de géo. Si je trouve des informations intéressantes dans le livre, j'aurai une meilleure note.

M. Vinge remonta ses lunettes et l'observa un moment.

– Dans ce cas, c'est avec plaisir. Vas-y. Je vais me reposer les yeux, pendant ce temps-là.

Il fit quelques enjambées et s'arrêta pour ajouter :

– J'ai lu plusieurs ouvrages sur l'histoire du fleuve. Si tu as des questions, je pourrai peut-être y répondre.

– Merci.

Milo fonça droit sur le livre, glissa soigneusement l'index à la page où en était M. Vinge et regagna le canapé. Pendant dix minutes, Sirine et lui passèrent en revue les illustrations en les comparant systématiquement avec la carte. Aucune ne semblait présenter la moindre ressemblance avec les formes vertes et bleues de leur document.

– Alors, qu'est-ce que ça donne ?

Les deux comparses sursautèrent. M. Vinge, debout derrière le canapé, les regardait d'un air bienveillant. Negret replia sa carte de l'air le plus détaché possible.

– C'est très intéressant. Vous voulez récupérer votre livre, je suppose.

– Oh, rien ne presse. Tu as trouvé des informations utiles ?

– Euh, fit Negret en se grattant la tête. En fait, j'ai surtout regardé les images. Mais je crois que j'ai fini. Je vais faire un tour dehors avant qu'il fasse noir. Merci beaucoup.

Et il referma l'ouvrage pour le lui rendre.

– Comme tu voudras.

M. Vinge prit son livre et retourna vers son fauteuil. Puis il s'arrêta et leva le doigt, comme un professeur sur le point d'aborder un point important.

– J'ai une information qui pourrait te plaire, toi qui lis le *Livre ordinaire du raconteur.* Autrefois, les cartographes écrivaient *hic sunt dracones* en marge de leurs cartes pour signaler les zones dangereuses ou inexplorées. Ce qui veut dire : « Ici, il y a des dragons ». Mais ceux de Nagspeake, eux, écrivaient *hic abundant sirenes* : « Ici, il y a beaucoup de sirènes. » Tu as lu l'histoire sur les sirènes qui viennent à terre mais qui ne peuvent y rester que si chacune trouve un humain prêt à prendre sa place dans l'eau ?

– Oui ! dit Negret avec un grand sourire.

Cette histoire-là était assez flippante !

M. Vinge sourit en retour. Et son sourire paraissait sincère, même si cette expression ne lui semblait pas habituelle.

– Y a-t-il ce genre d'inscription sur ta carte ?

– Non, répondit Negret. Dommage, ce serait cool.

– Quelquefois, la mise en garde n'était pas écrite en toutes lettres. Elle était symbolisée par une otarie.

– Non, pas d'otarie non plus. Seulement un albatros. Aïe ! jappa Negret, à qui Sirine venait de décocher un coup de coude. Pas d'otaries, répéta-t-il fermement en la foudroyant du regard.

– Tant pis, dit M. Vinge d'un air un peu déçu en remontant de nouveau ses lunettes. C'est que cette carte représente une zone tout à fait sûre, alors.

Et il replia son grand corps dans son fauteuil en posant *Le Skidwrack : une histoire illustrée* sur ses genoux.

Negret rangea la carte dans le portefeuille de Georgie, la remit dans son sac et se leva.

– T'étais obligée de me frapper comme une brute ? siffla-t-il en se massant les côtes.

– Je voulais juste te rappeler ce qu'on avait décidé, répondit-elle d'un ton léger. On garde nos secrets, Negret. Où tu vas ?

– Je vais jeter un coup d'œil dans le jardin. Toi, reste à l'affût de ce qui se passe ici.

– Tu vas sortir *maintenant* ?

– Ben oui, répondit-il à mi-voix. Après, il fera trop noir. En plus, maintenant que je l'ai dit à M. Vinge, ça aurait l'air bizarre si je ne le faisais pas. Tu veux venir ?

– Non. Déjà que je trouve ça idiot que tu y ailles... On a de vraies pistes à suivre. Mais ne te sens pas obligé de m'écouter.

La scoliaste sortit de sa poche les Yeux de la Clarté Aveuglante et les chaussa.

– Je reviens tout de suite, dit Negret. Le jardin est de l'autre côté de la pelouse.

Ignorant le regard qu'elle lui lançait derrière ses verres bleus, il alla à la cuisine, où Mme Caraway coupait des carottes.

– Je vais faire un tour. Vous pouvez le dire à mes parents s'ils demandent où je suis ?

– Tu sais, Milo, ce n'est peut-être pas une bonne idée de sortir tout seul. Il fait un froid de canard et il neige de plus en plus.

– Juste un petit tour. Je n'irai pas plus loin que la pelouse. Vous pourrez même me voir par la fenêtre !

Et il lui sourit avec toute l'assurance dont il était capable.

Mme Caraway n'avait toujours pas l'air convaincue. Milo suivit le regard qu'elle jetait par la fenêtre et vit qu'on ne distinguait rien au-delà de quelques mètres.

– Tu as une montre ? lui demanda-t-elle enfin.

– Non, pourquoi ?

– Tiens.

Elle s'essuya les mains sur son tablier pour détacher la sienne de son poignet et la lui tendit.

– Si tu n'es pas rentré dans dix minutes, j'envoie Lizzie te ramener par la peau du cou. Compris ?

– Compris.

Il se dirigea vers l'entrée en mettant la montre à son poignet, se couvrit et sortit.

Sur la pelouse, ses bottes s'enfoncèrent dans la neige avec un crissement. Il porta la main en visière pour protéger ses yeux des flocons et partit en direction de la clairière. Comme il l'avait dit à Mme Caraway, il suffisait d'aller tout droit en sortant de la maison. La clairière n'était pas si claire que ça dans les bourrasques de neige mais elle était bien là, surface blanche sur fond blanc, bordée par deux rangées de pins aux faîtes enneigés.

Tout en marchant, il se demanda quelle décision ses parents allaient prendre à propos de l'agent des douanes.

Une ombre remua quelque part sur sa droite. Alors que Negret fixait le pavillon en plissant les yeux, un gros amas de neige dégringola d'un angle du toit. Il resta longtemps ainsi, immobile, mais plus rien ne bougea.

Negret fronça les sourcils, mais un coup d'œil à la montre de Mme Caraway lui signala qu'il n'avait pas le temps de se laisser distraire par des avalanches tombant des toits. En outre, il faisait bien trop froid pour rester sur place. Il repartit vers la clairière.

C'était logique, raisonna-t-il en arrivant au pied de la petite pente qui menait au jardin. C'était parfaitement logique que l'entrée de la propriété se soit trouvée autrefois à cet endroit. Contrairement au pavillon et à la route, ce point était aligné sur la porte de la maison. Quelque part sous la neige se trouvaient trois marches en pierre qui conduisaient au petit jardin. Chaque année, Nora Wood – qui avait toutes sortes de qualités précieuses, mais certainement pas la main verte – y faisait des plantations qu'elle parvenait à maintenir en vie quelques semaines. Deux bancs de pierre dessinaient des parenthèses de chaque côté du jardin. Derrière se dressait une haie de buis, qui n'avait pas été taillée depuis longtemps, et, au-delà, une clôture sinueuse censée dissuader les promeneurs de s'aventurer trop près de la falaise.

Negret déblaya le gros de la neige qui couvrait l'un des bancs, avant de décider qu'il serait trop froid pour s'y asseoir. Sous le banc, une petite surface ovale était restée sèche. Une surface juste assez grande pour accueillir un garçon de taille modeste. C'était le genre de petit coin secret auquel Milo n'avait jamais su résister. En se glissant sous le banc, il découvrit que non seulement il y tenait parfaitement, mais qu'il faisait plus chaud ici, à l'abri du vent.

Si le portail s'était un jour trouvé dans ce jardin, Negret ne voyait pas où. De toute façon, il ne lui restait plus beaucoup de temps pour y réfléchir sur place. Les dix minutes de Mme Caraway étaient presque écoulées.

Il y resta encore un moment, promenant les doigts machinalement sur de vieux graffitis gravés dans la pierre froide du banc par un propriétaire ou un client d'autrefois : AW REPOSE EN PAIX ADDIE TU AS SI PEU VÉCU surmontant un mauvais dessin qui ressemblait à un oiseau au bec crochu. Peut-être une chouette, mais c'était impossible à déterminer avec certitude.

Peut-être que Clem avait raison et que l'emplacement du portillon s'était effondré dans le fleuve depuis bien longtemps. Ou peut-être qu'elle se trompait, ou que l'antiquaire avait mal compris ce qu'on lui avait expliqué. Mais quand même… Negret se pencha à l'extérieur et regarda la maison, qui se dressait parfaitement en face du jardin, puis le ciel, d'où un soleil invisible aurait pu faire luire un portail comme un vitrail si on l'avait observé du bas de la pente. Et même s'il n'en avait aucune preuve, il eut la certitude que Clem ne se trompait pas.

La voix de Mme Caraway transperça le froid depuis la pelouse.

– Milo !

En consultant la montre, il constata qu'il avait deux minutes de retard. Il se faufila hors de sa grotte sous le banc et courut jusqu'à la maison où la cuisinière l'attendait sur le perron, les poings sur les hanches.

Ravigoté par un bol de cidre chaud après une bonne réprimande de Mme Caraway pour avoir désobéi à ses instructions et (à l'entendre) avoir failli mourir de froid sous ses yeux, Negret retrouva Sirine qui lui faisait signe depuis sa grotte personnelle derrière le sapin.

Il prit son sac à dos sur le canapé et la rejoignit en rampant sous l'arbre.

– Alors ? Ça se présente comme tu l'espérais ?

– Je ne pourrais pas dire si Clem a raison ou pas, mais je la crois, répondit-il avec un haussement d'épaules.

– Quoi d'autre ?

– Rien. Je voulais juste voir si l'entrée avait pu se trouver là-bas. C'est bien toi qui dis qu'il ne faut faire l'impasse sur aucun endroit.

– N'empêche que tu n'as rien appris, insista-t-elle.

– D'accord ! Tu as gagné, ça n'a servi à rien, reconnut-il, exaspéré. Pourquoi tu me cherches des poux dans la tête ?

– Je ne fais pas ça.

– Mais si !

Un peu remonté, Negret prit son bloc-notes.

– Bon, revenons à nos vrais indices. Et *toi,* tu as appris quelque chose depuis tout à l'heure ?

– C'est bon, excuse-moi. Je n'ai rien appris non plus.

– Alors, on a tous les deux perdu dix – non, douze minutes. Zéro partout. Remettons-nous au boulot.

Sirine s'assit en tailleur en se drapant dans sa cape.

– Bien. Alors... L'agent des douanes est il le responsable des vols ? Cherche-t-on une personne ou deux ?

– Je pense que c'est la même personne, mais je n'en suis pas certain. Par sécurité, disons qu'ils sont deux. D'abord, le voleur. Soit c'est Clem, parce qu'elle est la seule à qui on n'ait rien pris, soit l'un des autres s'est volé lui-même pour détourner les soupçons.

Sirine lui prit le bloc-notes et sortit un stylo de sa poche.

– Alors, l'argument qui accuse Clem : on sait déjà que c'est une voleuse.

– Oui. C'est l'hypothèse la plus évidente, c'est sûr.

– Bon. Et l'hypothèse la plus tordue ?

Elle nota les noms des victimes et, en face, ce qu'on leur avait volé. Le stylo s'immobilisa.

Il lut ce qu'elle avait écrit.

Georgie – Carnet avec ses notes sur Lansegwann

Mme Hereward – Sac avec la Villa de Verre en broderie

M. Vinge – Montre en or avec un texte gravé dessus

Pr Gowervine – Cartable contenant recherches sur Skellansen – Doc Holystone

– C'est laquelle, la plus tordue, Negret ?

– Je ne sais pas, admit-il. Je sais juste que c'est l'un de ces quatre-là.

– D'accord, fit Sirine en tournant la page. Passons à l'agent des douanes. La réponse la plus simple est Georgie, puisque la lettre était dans sa chambre.

– Et la réponse compliquée est : quelqu'un a caché la lettre dans sa chambre pour ne pas risquer de se faire accuser. Brouillage de piste.

Et là, tout à coup, Negret eut une illumination. Il n'y avait qu'un moyen pour que la réponse compliquée fonctionne. Et elle fonctionnait du tonnerre. Il tendit la main vers le bloc-notes pour revenir à la page des objets volés. Oui. Oui ! L'un de ces objets était un intrus. Il saisit le bloc et le feuilleta à la recherche d'une note antérieure. Il resta sonné, les yeux perdus dans le vide. Non seulement l'un de ces objets était un intrus, mais il contenait l'indice qui prouvait qu'il avait raison !

– C'est la même personne, murmura-t-il. Et je sais qui c'est.

– Eh ben, crache le morceau ! C'est qui ?

Mais alors que Negret ouvrait la bouche pour répondre, Ben et Nora Wood entrèrent dans le salon, suivis de Brandon et de Fenster. Brandon paraissait plutôt décontracté, mais Negret détecta une certaine tension dans ses yeux et un léger changement dans sa façon de se tenir. À côté de son activité de conducteur du train du STS, Brandon était boxeur professionnel, et sa posture donnait l'impression qu'il se tenait prêt à défier un adversaire.

Avec Fenster, c'était une autre histoire. Il jetait des petits coups d'œil nerveux dans toute la pièce, comme un animal pris au piège. Il trébucha en butant dans le tapis. Brandon le rattrapa avec un regard d'avertissement, en lui chuchotant quelques mots. Sans doute une incitation à se ressaisir.

– Qui a faim ? demanda Nora Wood, d'un ton enjoué qui sonnait terriblement faux. Un déjeuner tardif ? Un goûter ?

Negret arracha le bloc-notes des mains de Sirine, sortit de sa cachette et se dirigea le plus nonchalamment possible vers la cuisine. Fenster lui adressa un clin d'œil, ce qui lui valut cette fois un coup de coude de Brandon.

– Ça suffit, les petits signaux, gronda ce dernier. Enfin !

Nora et Ben Wood s'étaient repliés dans la cuisine où ils échangeaient à la hâte quelques phrases avec Lizzie et Mme Caraway.

– Papa, maman, chuchota Milo. Je peux vous parler ?

Sans attendre leur réponse, il saisit sa mère par la manche et la tira vers le grand placard sous l'escalier, en faisant signe à son père de les suivre.

– Milo, mais enfin… ?

– Je sais qui c'est, leur annonça-t-il dès qu'ils furent un peu à l'écart.

– Tu ne crois pas que c'est Georgie ? demanda son père, les sourcils froncés.

– Je *sais* que ce n'est pas elle, répliqua Milo en baissant encore la voix. Le voleur et l'agent des douanes sont une seule et même personne.

– Milo, je sais que l'idée ne te plaît pas, dit doucement sa mère, mais Georgie pourrait aussi être la voleuse. Elle a pu faire *semblant* de se faire voler son carnet.

– C'est exactement ce qu'a fait le voleur, mais ce n'est pas elle.

– Alors pourquoi l'affidavit – le papier officiel que tu as trouvé – était-il dans sa chambre ? demanda son père.

– Tu l'as dit toi-même, papa. Le voleur ne voulait pas qu'on le trouve dans ses affaires.

– Tu crois que quelqu'un a cherché à faire accuser Georgie ?

– Non, je crois qu'il l'a caché dans cette chambre parce qu'elle était libre à ce moment-là.

Il se tourna vers sa mère.

– Tu te souviens quand j'ai fait tomber le sac de Georgie par terre parce que le pliant à bagages n'était pas à sa place ? C'est parce que l'agent des douanes avait déjà caché le papier sous la moquette, et qu'il avait mis le pliant par-dessus par sécurité.

– Mais alors, dit Nora Wood, ça voudrait dire…

– Oui ! Et regardez ! reprit Milo en agitant fébrilement son bloc-notes. C'est la liste de ce qui a été volé. Tous les objets ont un rapport avec la maison et avec les raisons qui ont amené les gens ici. Tous sauf un.

Un objet : le seul susceptible d'intéresser un voleur normal, mais totalement incongru dans cette liste.

Un objet qui appartenait à la seule personne qui avait pu trouver la chambre de Georgie inoccupée, parce qu'il était arrivé avant elle. Leur tout premier client.

M. Vinge.

Il observa ses parents tandis qu'ils complétaient eux-mêmes son raisonnement. C'était le moment de dévoiler le dernier indice, la preuve ultime. Il tourna une nouvelle page.

– Vous n'avez jamais vu les objets de près, comme moi. Regardez ce qui était gravé sur la montre.

À D.C.V., avec notre plus haute estime
et nos remerciements pour une mission
accomplie de main de maître,
D. & M.

– « D. & M. », ça veut bien dire Deacon & Morvengarde ? reprit Negret. Est-ce que c'est vrai, ce que disait le Pr Gowervine hier, que la compagnie de V.P.C. était de mèche avec les douaniers ?

– Ce qui est certain, c'est que les seuls dans la région qui soient gênés par l'activité des trafiquants, c'est Deacon & Morvengarde, chuchota Ben Wood en se penchant vers la cuisine pour s'assurer que personne ne les écoutait. Sans les trafiquants, la compagnie aurait pratiquement le monopole de tous les produits qui entrent dans cette ville. Que D. & M. ait passé un accord avec les services des douanes, ça, personne n'a jamais pu le prouver. Mais tout le monde le soupçonne, en effet.

– Alors, vous me croyez ?

Sa mère hocha lentement la tête.

– Après l'arrivée des autres, il a dû décider d'enquêter sur les raisons de leur présence ici et sur leurs liens avec la maison. Je crois que tu as mis en plein dans le mille, mon fils.

– Mais qu'est-ce qu'on fait, maintenant ?

– Ça, c'est une autre paire de manches, admit-elle. À part aider Fenster à se faire tout petit le temps qu'on le sorte d'ici, je ne vois pas bien ce qu'on peut faire. Si M. Vinge travaille pour la douane – et s'il est ici en mission –, il cherche peut-être la confirmation d'une activité illégale.

– Mais on ne fait rien d'illégal, nous, pas vrai ?

– On ne fait pas de trafic, mais on ne livre pas non plus d'informations aux autorités sur ceux qui en font. On pourrait être considérés comme complices.

Elle pressa la main de son fils.

– Il ne faut pas que tu t'inquiètes pour ça. Essaie juste de rester calme et de ne pas t'attirer d'ennuis. Et… (elle eut un petit rire) tâche de profiter de la veillée de Noël. Tu crois que tu peux faire ça et nous laisser nous occuper du problème, ton père et moi ?

– Je peux toujours essayer.

Mais il était déjà à peu près sûr de ne pas y arriver.

Chapitre douze

LE RÉCIT DE M. VINGE

Tout le reste de la journée, Milo eut bien du mal à ne pas dévisager M. Vinge. Il se demandait comment ses parents y parvenaient.

Les Wood commencèrent par essayer de sortir Fenster de l'Hôtel de Secrets' Hill pour le mettre en sûreté. Ben Wood et Brandon prétextèrent qu'ils devaient aller vérifier le fonctionnement du générateur pour sortir avec lui. Mais au lieu de contourner la maison vers le réduit, Milo les vit monter la colline en direction des bois, vers l'entrée cachée du STS. Une demi-heure plus tard, ils étaient de retour tous les trois, ressemblant plus à des stalagmites qu'à des êtres humains. Milo, qui était dans la cuisine avec sa mère, entendit l'explication étouffée de son père.

– Le système de commande du train est complètement gelé et il a subi des dégâts. Brandon pense qu'il peut le réparer, mais ça va prendre du temps.

– Des dégâts? répéta sa femme d'un ton sceptique. Tu parles du même genre de dégâts que sur le générateur?

Par quoi Milo comprit : « Tu veux dire qu'il a été saboté aussi ? »

– Je ne sais pas. A priori, il pense que non. Mais si c'est le cas, ça a été fait de manière beaucoup plus subtile cette fois-ci.

Jusqu'au soir, tandis que Brandon rentrait et disparaissait à nouveau, les parents de Milo s'arrangèrent pour ne jamais laisser ni M. Vinge ni Fenster seuls dans une pièce. Ils turent à ce dernier leurs soupçons sur l'identité de l'agent des douanes, ce qui était sans doute une sage précaution. De plus en plus gagné par la paranoïa à mesure que les heures passaient, le trafiquant, lui, n'aurait jamais pu s'empêcher de dévisager M. Vinge.

La journée du vingt-quatre décembre progressait tout doucement vers le réveillon et, malgré l'agitation qui régnait à l'Hôtel de Secrets' Hill, elle avançait aussi lentement que chaque année. La neige tombait toujours, le vent fouettait les carreaux et, de temps à autre, Milo oubliait M. Vinge, Fenster et même Negret pour tomber dans des rêveries peuplées de fenêtres givrées et de clochettes d'argent. Des arômes de jambon et de tourtes cuisant au four, de sauce aux airelles et de zeste d'orange flottaient depuis la cuisine et se mêlaient aux parfums de pin, de myrte et de menthe poivrée des bougies. Alors que la lumière du jour commençait à décliner, le père de Milo descendit l'escalier chargé de trois grandes chaussettes de Noël aux pointes ornées de grelots.

Il suspendit les chaussettes à leurs crochets sur le linteau de la cheminée et se tourna vers son fils, lové avec un livre dans le canapé près de la fenêtre.

– Tu sais ce qu'on n'a pas eu le temps de faire ? De la luge ! Ça te dirait qu'on aille en faire un peu, juste toi et moi ? Je parie que ça va glisser tout seul, avec la couche de glace qu'il y a sous la neige. Si on y va tout de suite, ça devrait nous laisser une heure avant que la nuit tombe.

Ils se couvrirent, sortirent dans le froid mordant et descendirent les marches du perron en s'accrochant à la rampe. Puis Milo suivit son père vers le coin des annexes. Ils marchaient dans leur habituel silence complice, sauf quand Ben Wood fredonnait des bribes de « Vive le vent ». C'était la veille de Noël, il neigeait, les lumières de la maison luisaient derrière eux, et Milo allait faire de la luge avec son père.

Le bâtiment qu'ils appelaient le garage n'avait jamais abrité de véhicule. Le père de Milo promettait régulièrement de le vider pour qu'ils puissent enfin y garer une voiture, mais Milo doutait qu'il s'y attelle un jour. C'était la plus grande et la plus proche des annexes, un gros cube en briques percé d'une porte en bois à deux battants, construit en bordure des pins. Ben Wood avait emporté la pelle qu'ils laissaient toujours sur le perron et commença à déblayer les congères entassées le long de la bâtisse. Puis il ôta la neige qui recouvrait le loquet et, en s'y mettant à deux, ils réussirent à pousser le battant de gauche assez pour se glisser à l'intérieur.

Une petite détonation, un grésillement, et une ampoule très semblable à celles de la Grande Réserve s'alluma en crépitant au-dessus de leurs têtes.

– Les luges sont quelque part là-dedans, dit Ben Wood en inspectant le fouillis du regard. Où est-ce qu'on a pu les fourrer l'an dernier ?

– Probablement en dessous de tout le bazar, grommela Milo. Tous les ans, on dit qu'on doit leur trouver une place, mais il n'y en a jamais.

– Eh bien, cette année, on va y remédier. Sans faute. Cherche de ce côté-ci, je regarde de l'autre.

Milo se fraya un chemin le long du mur de droite tandis que son père attaquait celui de gauche. Les luges ne devaient pas être trop difficiles à repérer. Et, en effet, il en vit une presque aussitôt, perchée en haut d'une pile vers le fond. Son bois poli et ses patins en métal vert brillaient comme un sou neuf au milieu du bric-à-brac, un enchevêtrement de bois de charpente et de « pièces détachées » : un vieux moteur, plusieurs tiroirs sans leur meuble, des piquets de clôture à la peinture jaune écaillée, ce genre de chose…

– J'en ai trouvé une, papa ! lança Milo.

Il tira sur l'avant de la luge, mais elle resta coincée, et il était trop petit pour voir ce qui gênait.

– Elle est bloquée.

– C'est bon, je viens de trouver l'autre. Une minute, j'arrive.

Un instant plus tard, son père le rejoignit et monta sur une vieille tête de lit perchée en équilibre instable au sommet d'une pile. Lorsqu'il dégagea la luge, la tête de lit bascula sous son poids et toute la pile vacilla. Ben Wood sauta à terre, la luge dans les bras. Elle lui échappa et tomba en rebondissant sur un objet métallique.

– Mince, marmonna-t-il. Il y a un bout d'émail qui a sauté.

Milo ne l'écoutait pas. Il s'était penché pour examiner l'objet heurté par la luge, et s'était figé. La chose en question était en grande partie cachée par la tête de lit.

– Papa, tu peux m'aider à soulever ça ?

– Pour quoi faire ?

– Je voudrais voir ce qu'il y a dessous.

Son père haussa les épaules mais s'exécuta. Et sous la tête de lit, rouillé, tordu, entortillé de petites tiges de lierre mort : le portail, parfaitement identique à celui dont il voyait des images partout depuis trois jours. Ou la moitié du portail. L'antiquaire de Clem avait dit la vérité sur la provenance de l'autre moitié qui était en vente dans sa boutique.

Il le toucha, à l'endroit où étaient tombées les particules d'émail vert de la luge. Le portail était plus petit qu'il se l'était imaginé, à peu près de sa taille à lui. D'après les images, il avait supposé qu'il devait mesurer la hauteur d'une porte, ou au moins celle d'un adulte. Or, ce n'était en réalité qu'un petit portillon de jardin, le genre sur lequel on s'appuie pour parler au facteur. Mais c'était bien lui. Forcément. Il y avait même un crochet pour suspendre une lanterne, pile au même endroit que le petit nœud de fil doré sur la broderie du sac de Mme Hereward.

– Milo, grogna son père, j'aimerais bien lâcher ! C'est lourd !

– Papa, demanda Milo quand celui-ci eut reposé la tête de lit, il vient d'où, ce portillon ?

– Aucune idée. C'est comme dans le grenier et la cave. La moitié des trucs qui traînent ici y étaient déjà avant qu'on emménage, ta mère et moi. Pourquoi ?

– C'est le portillon qui est sur les vitraux. Aux fenêtres de chacun des paliers. Tu ne l'avais jamais remarqué ?

Ben Wood fronça les sourcils.

– Il faudra que tu me montres ça.

– OK, je le ferai.

Au fond, ce n'était pas si étonnant que son père n'ait jamais vu le portillon sur les vitraux. Milo ne l'avait jamais remarqué non plus avant de découvrir le filigrane sur la carte de Georgie.

« J'ai trouvé le portillon, j'ai trouvé le portillon ! », chantonnait-il dans sa tête tandis qu'ils ressortaient du garage en tirant chacun une luge. Quant à savoir ce que ça signifiait, *si* ça signifiait quelque chose, c'était une autre histoire. Mais il jubilait. C'était un pan de l'histoire de la maison, et donc un pan de la sienne, et chaque souvenir qu'il parvenait à retrouver était précieux.

Comme l'endroit où ils allaient faire de la luge se trouvait non loin de l'entrée du Système de Transport Souterrain, ils passèrent voir où en était Brandon sur les réparations du train. Puis ils gagnèrent leur destination, une pente à la blancheur immaculée.

Ben Wood avait raison : la neige était parfaite. Il dressa une petite barrière de neige en bas de la colline pour leur éviter d'aller se fracasser contre les arbres, puis ils remontèrent et dévalèrent la colline, renversant leurs luges dans la barrière-congère lorsqu'ils arrivèrent en bas. Puis ils recommencèrent, encore et encore, jusqu'à ce qu'il n'y ait plus un soupçon de lumière dans le ciel. Alors ils regagnèrent la maison à la lueur de deux lampes torches.

Ils laissèrent les luges et la pelle en haut du perron et rentrèrent, couverts de neige, les joues rouges et le sourire aux lèvres.

– Vous vous êtes bien amusés ? leur demanda Nora Wood en les accueillant avec deux grandes tasses fumantes.

Son mari déposa un baiser sur sa joue.

– Ça nous a fait un bien fou. Pas vrai, Milo ?

– Ouaip, approuva son fils.

Il prit sa tasse et la huma. Le chocolat chaud, relevé d'une pointe de menthe, était surmonté d'une généreuse portion de chantilly – une vraie chantilly maison, qu'on ne pouvait servir qu'à la cuiller et qui mettait du temps à fondre.

– Le calme est revenu, chuchota Nora. Le train n'est pas encore réparé, mais Brandon a laissé tomber pour aujourd'hui. Et le quai des bateaux-bus a répondu à notre appel juste après votre départ. Si j'ai bien compris les signaux, il est fermé mais ils cherchent quelqu'un à nous envoyer. Je n'ai pas encore pu leur répondre parce que la nuit était déjà tombée. On dîne dans une heure ! ajouta-t-elle en haussant le ton.

Milo gagna son refuge derrière le sapin avec sa tasse. Il s'adossa au mur, cala ses pieds sur un gros paquet cadeau et but une gorgée de chocolat. Les bûches craquaient dans la cheminée, la maison était plus paisible qu'elle ne l'avait été depuis des jours, et même Fenster (visible à travers les branches si Milo se penchait un peu sur la gauche) paraissait d'humeur tranquille. Lizzie, Brandon, Georgie et lui s'étaient lancés dans une partie de cartes – les garçons contre les filles, apparemment. Le Pr Gowervine devait encore être en train de fumer dans la véranda ; on sentait juste une légère odeur de tabac à pipe dans le salon.

Le sac à dos était toujours sous le sapin, là où Milo l'avait laissé pour aller faire part de ses découvertes à ses parents. Il l'ouvrit pour y prendre le *Livre ordinaire du raconteur* et chercha la page du récit dont M. Vinge avait parlé plut tôt.

« Personne n'a encore jamais pu m'expliquer comment les deux choses en vinrent à être associées, disait un jeune homme

timide du nom de Sullivan. Mais aussi loin que remonte la mémoire des anciens de la Skidwrack, les superstitieux ont toujours fait le signe de croix en voyant des otaries, par crainte des sirènes. Sauf, bien sûr, les quelques farfelus romantiques qui rêvent d'en rencontrer une. Il est vrai que les sirènes sont censées être magnifiques. »

– Salut, souffla Meddy en se glissant sous le sapin.

Milo ferma le livre à contrecœur.

– Où tu étais passée ? lui demanda-t-il.

– Je ne sais pas, en haut ? Tu m'as cherchée ?

– Pas vraiment, avoua-t-il.

Pris par l'envoûtement de Noël, il avait savouré pleinement ce petit intermède de solitude. Et il avait un peu oublié Meddy, malgré la découverte qu'il avait faite dans le garage. (Alors qu'il aurait pu lui proposer d'aller faire de la luge avec eux, songea-t-il tout à coup avec remords).

– Hé, dis donc ! reprit-il. J'ai découvert l'autre moitié du portail !

– Le portail ? *Notre* portail ? Mais où ça ?

– Dans l'annexe qui nous sert de débarras. Il était tout au fond, sous un tas de vieilleries. Mon père pense comme Clem : qu'il devait déjà y être avant qu'on s'installe ici. Mais il n'a rien pu me dire dessus. Il est plus petit que je n'aurais cru. C'est plutôt un portillon qu'un portail, en fait. Tu crois que ça signifie quelque chose ?

Meddy releva la tête tandis qu'une bouffée d'air froid s'engouffrait dans la pièce. Clem et Owen venaient de rentrer de promenade, les joues roses et le sourire aux lèvres.

– Je n'en sais rien, mais c'est cool que tu l'aies retrouvé !

* * *

– À table, la compagnie ! claironna Mme Caraway depuis la cuisine.

– Bon, je vais surveiller ce qui se passe au salon, déclara Milo.

Il rangea le livre dans son sac, et ils sortirent de leur recoin. Les joueurs de cartes poursuivaient leur partie, assis par terre autour de la table basse.

– Qui est-ce qui gagne ? s'informa Milo.

– Devine ! fit Georgie, dont le ton satisfait le fit pencher en faveur des filles.

Meddy, qui aimait bien se servir en dernier afin de pouvoir observer tout le monde, resta en retrait tandis que Milo et le Pr Gowervine s'approchaient de la table.

– Alors, il ne manquait rien dans votre cartable ? demanda Milo en prenant une assiette sur la pile.

– Hm ? Ah ! Non, rien du tout. C'est vraiment très bizarre ! Pourquoi diable prendre la peine de me voler des notes sur un sujet aussi obscur ?

– Je n'en sais rien.

En tout cas, le voleur s'intéressait à toutes sortes de sujets obscurs. Et Milo était à peu près sûr d'une chose, c'était que le point commun entre tous ces sujets, point sur lequel se concentrait le voleur, était la Villa de Verre.

Point sur lequel se concentrait *M. Vinge*, rectifia-t-il en son for intérieur. Point sur lequel se concentrait *l'agent des douanes*. Celui-ci cherchait-il à amasser le maximum d'informations sur la maison et son histoire simplement pour déterminer ses liens avec les trafiquants ? Ou cela cachait-il autre chose ?

Mme Hereward et Owen prirent place dans la queue.

– Jeune homme, lui dit-elle en souriant, il se pourrait que l'on vous demande une histoire ce soir. Il me semble que c'est votre tour, à vous et à M. Vinge.

– C'est le moins que je puisse faire, madame, lui répondit Owen en souriant à son tour. Tout le monde s'est montré si accueillant !

– Je pense que je peux en trouver une aussi, ajouta M. Vinge en allant s'asseoir à l'une des petites tables près de la fenêtre. J'y ai réfléchi et je crois que j'en ai une qui convient parfaitement.

– C'est ça. Racontez-nous une histoire, monsieur V., approuva Brandon en se servant en pommes de terre.

Le ton était détaché, mais les mots étaient un peu abrupts.

– J'aiderai à faire la vaisselle pour qu'on en profite le plus tôt possible, ajouta le boxeur.

M. Vinge sourit, et Milo se demanda si ce n'était qu'une impression ou si ce sourire était vraiment glacial.

– Je peux même faire mieux que cela, monsieur Levi. Si je vous la racontais tout de suite ?

– Euh, OK, fit Brandon avec méfiance. Super.

Posant ses coudes sur la table devant lui, M. Vinge forma une pyramide de ses doigts et cala le menton dessus.

– Il est particulièrement intéressant de noter qu'on nous a déjà raconté deux histoires sur Doc Holystone cette semaine, commença-t-il. Holystone était l'un des plus grands trafiquants du temps de ma jeunesse, célèbre pour la façon dont il a toujours fait tourner en bourrique Deacon & Morvengarde – et les douaniers, bien sûr.

Fenster, en train de remplir son assiette, leva vivement les yeux.

– Deux histoires ? s'étonna-t-il. Je me souviens seulement de celle sur le fabricant de vitraux.

– Mais l'autre vous concernait, monsieur Fenster ! s'étonna monsieur Vinge. Nora Wood nous a raconté votre rencontre avec les fantômes de Doc Holystone et de son fils. Elle ne vous l'a pas dit ?

Fenster se détendit.

– Oh ! Si, si, elle me l'a dit. J'avais oublié. Sauf que Nora l'a comprise de travers, ajouta-t-il en se tournant vers elle. Mais ça n'a pas d'importance. Pardon pour l'interruption, monsieur Vinge. Continuez.

Celui-ci l'examina un moment les yeux plissés, puis reprit :

– Il se disait dans la région que Deacon & Morvengarde avait fait de la capture de Doc Holystone sa priorité absolue ; et cela, dans une ville où cette compagnie comptait plus de représentants que partout ailleurs.

– Vous pouvez le dire, grommela Fenster entre ses dents.

Assis à côté de lui, Brandon bougea l'une de ses longues jambes dans un mouvement en apparence tout à fait innocent, et Fenster lâcha un petit jappement. Brandon avait dû lui balancer un coup de pied sous la table.

– Pardon, bredouilla Fenster. Mais c'est vrai qu'on disait ça. Tout le monde le savait, précisa-t-il, sur la défensive. Pas seulement… je veux dire, pas seulement les passeurs.

Milo se crispa, et soupçonna que tous les habitués de l'hôtel devaient être en train d'en faire autant ; ses parents, Lizzie, Mme Caraway et Brandon. Seuls les trafiquants eux-mêmes s'appelaient « passeurs » entre eux.

– Ferme-la, Fenster, gronda Brandon, les dents serrées. Allez-y, monsieur Vinge.

Muni de son assiette, Milo alla rejoindre Meddy, qui s'était assise au bar en attendant que tous les autres se soient servis.

– Il va finir par se trahir, lui marmonna-t-il.

Meddy hocha la tête sans rien dire. Elle se tenait toute raide, les traits figés comme ceux d'une statue.

À sa petite table près de la fenêtre, M. Vinge eut un drôle de demi-sourire. Mais Milo n'aurait pas su dire s'il avait remarqué la gaffe de Fenster. Le vieux monsieur s'éclaircit la gorge et poursuivit :

– Donc, comme chacun d'entre vous le sait sûrement, Doc Holystone parvint à cacher son identité pendant de longues, très longues années. Ce n'est que quelques jours avant sa mort qu'on sut avec certitude qui il était.

Fenster plissa le front, et Milo comprit qu'il allait encore dire une bêtise. Il pensa même deviner quoi. Il s'empressa de toussoter et déclara :

– Des tas de gens devaient déjà le savoir ! Son équipage, par exemple. Plus tous ceux avec qui il était en affaires. C'est juste qu'ils ne l'auraient jamais trahi. Ce que vous voulez dire, c'est que personne au service des douanes ni chez Deacon & Morvengarde ne le savait.

Fenster hocha la tête d'un air satisfait.

– Tout à fait, confirma M. Vinge un peu sèchement. Plus exactement, personne ne le savait parmi les citoyens de Nagspeake qui respectaient la loi. Je suis bien conscient que les criminels se couvrent entre eux. Des tas de gens le savaient en effet. Mais ils ne se sont jamais présentés aux autorités.

Toute l'assistance se figea et les couverts restèrent un instant suspendus en l'air. Même Clem l'imperturbable et Mme Hereward la hautaine parurent choquées par la manière dont M. Vinge avait prononcé le mot « criminels ». Brandon, croisant le regard de Fenster, secoua imperceptiblement la tête d'un air dissuasif. Et les parents de Milo semblaient terriblement mal à l'aise. « Les criminels se couvrent entre eux. » Héberger des trafiquants dans leur hôtel revenait-il à couvrir des criminels ?

Au regard dur de M. Vinge, Milo aurait parié que cela ne faisait aucun doute dans l'esprit du vieux bonhomme.

Milo avait toujours eu l'impression que, même s'ils ne l'avouaient pas toujours tout haut, la plupart des gens de Nagspeake se sentaient plus proches des trafiquants que des douaniers. Mais sans doute M. Vinge ne pensait-il pas comme la plupart des gens.

Celui-ci reprit :

– Mais un enquêteur de Deacon & Morvengarde finit par découvrir la vérité, grâce à un membre d'équipage de Doc Holystone qui était prêt à fournir des preuves au péril de sa vie.

– Pour *sauver* sa vie, vous voulez dire. Après avoir été battu à mort… ou presque.

Cette fois, l'interruption ne venait pas de Fenster mais du Pr Gowervine. M. Vinge le foudroya du regard, mais le professeur ne baissa pas les yeux.

– Appelons un chat un chat, monsieur Vinge, poursuivit ce dernier. Cela fait quinze ans que j'étudie l'histoire de Doc Holystone. J'ai vu des photos de ce membre d'équipage après que les hommes de Deacon & Morvengarde en ont eu terminé avec lui. La communauté des trafiquants s'est cotisée pour payer les frais médicaux de ce pauvre homme après sa rencontre avec les émissaires de Deacon. Rien que cela, c'est déjà la preuve qu'il a livré ces informations sous la torture.

– Vous me semblez très au courant du dossier, commenta M. Vinge avec détachement.

Mais sous le détachement, Milo perçut la menace. « Il est en train de se passer quelque chose. »

– Meddy ? chuchota-t-il.

Mais elle continuait à fixer M. Vinge, aussi immobile qu'une statue.

– Je veux entendre ce qu'il a à dire.

Quelque chose dans son ton fit sursauter Milo, ainsi que tous les autres. Peut-être parce qu'elle n'avait jamais parlé aussi fort ni aussi sèchement. M. Vinge lui-même se tourna furtivement vers elle avec une drôle d'expression. Ou peut-être n'était-ce pas les paroles de Meddy qui les figea tous, mais le courant d'air glacial qui traversa soudain le salon. Comme si une fenêtre s'était ouverte quelque part. Or toutes les fenêtres étaient fermées, de même que la porte d'entrée.

– Dis-leur, demanda Meddy à Milo, un ton plus bas. Dis-leur que toi aussi, tu veux l'entendre.

Il lui obéit, de plus en plus perplexe :

– Je veux entendre ce qu'il a à dire. Terminez l'histoire.

M. Vinge fixa Milo un long moment. Le garçon soutint son regard, comme pour le mettre au défi.

– Continuez !

– Le trafiquant montra une carte à l'enquêteur, dit lentement M. Vinge sans lâcher Milo des yeux.

Celui-ci sentit sa gorge se nouer, ayant compris ce qui allait suivre.

– Cette carte fournissait tous les détails sur la prochaine cargaison de Doc Holystone, codés sous forme de petits points censés représenter des profondeurs, poursuivit Vinge avec un sourire cruel. Un chargement d'armes qui devait arriver une semaine plus tard à bord de l'*Albatros*, le bateau de Doc Holystone.

Les doigts de Meddy s'enfoncèrent dans le bras de Milo.

– C'est un mensonge ! s'indigna Fenster. Tout le monde sait que Doc Holystone n'a jamais transporté d'armes de sa vie !

– Tous les trafiquants transportent des armes à un moment ou à un autre, répliqua Vinge en fixant toujours Milo. Tous autant qu'ils sont. Et Doc Holystone en particulier.

– Vous mentez ! gronda Fenster.

Vinge eut un large sourire.

– Pourquoi croyez-vous que tout le monde tenait tant à le capturer ? Parce qu'il trafiquait des livres ? Des bulbes d'iris ? Parce qu'il déversait sur la ville des babioles sans valeur et des stylos aimantés ? Soyons sérieux. Tout le monde se fichait de ces broutilles.

Cette fois, ce fut Georgie qui ricana :

– Tout le monde sauf Deacon & Morvengarde. Ils s'intéressaient à tout ce qui pouvait leur rapporter quelque chose.

– Parfaitement ! Mais arrête de me frapper, toi ! fit Fenster à Brandon, qui continuait à essayer de le faire taire. Celui qui dit que Doc Holystone a fait du trafic d'armes est un menteur. Il n'a jamais fait ça, pas une seule fois.

Une nouvelle lame de froid traversa la pièce, tranchante comme un couteau.

– « Je veux entendre ce qu'il a à dire ! » siffla Meddy entre ses dents. Répète-le, Milo !

– Je veux entendre ce qu'il a à dire ! répéta-t-il, un peu secoué par la colère qui grondait dans la voix de son amie.

M. Vinge but une gorgée de café et reprit en articulant très distinctement :

– Malgré tous leurs efforts, les enquêteurs firent chou blanc. Quelqu'un avait averti Doc Holystone. Et le trafiquant ne serait pas devenu une telle légende sans son talent pour les évasions miracles. Là encore, il réussit à s'échapper par un de ses tours de passe-passe. Ce fut… – Il secoua la tête avec un rictus dégoûté – enfin, ce fut quelque chose. Bref, les trafiquants s'enfuirent avec leur cargaison…

– Des tuyaux en cuivre, lâcha Fenster en ignorant les avertissements de Brandon et des Wood. Parce qu'il y avait une pénurie, due aux hausses de prix de cette boîte de V.P.C. infernale, et qu'aucun des entrepreneurs des quais ne pouvait payer ces prix-là…

– … s'enfuirent comme des rats qu'ils étaient.

– Cette fois, vous dépassez les… *Arrête de me frapper, Brandon !*

Et l'affaire en serait restée là sans une autre découverte, poursuivit tranquillement M. Vinge après une nouvelle gorgée de café. Les rats avaient disparu, mais il restait une chance de capturer leur chef. L'enquêteur était convaincu que Doc Holystone devait éviter comme la peste de laisser des traces écrites. Il supposait que, quand le trafiquant était contraint malgré tout de recourir à l'encre et au papier, il devait exister un code pour prouver l'authenticité de ses rares messages écrits. Ainsi, pendant que ses collègues montaient l'opération sur le chargement d'armes, il s'était concentré sur la carte. Le vieux papier filigrané le mena d'abord chez un vénérable papetier qui lui apprit qu'il avait été fabriqué deux cents ans plus tôt puis, de là, à une maison dont le propriétaire actuel était un certain Michael Whitcher.

D'après Georgie, c'était à peu près ainsi que le nom de Lansegwann avait conduit Clem à l'Hôtel de Secrets' Hill. Milo regarda la jeune femme rousse. Elle était livide. Entre-temps, M. Vinge avait sorti une feuille de sa poche et la déplia. Milo pâlit à son tour. C'était le papier d'emballage de Lucksmith - Fabricants de papier que Negret et Sirine avaient découvert dans la Grande Réserve en même temps que le lambeau de papier filigrané.

« Dire que je lui ai montré la carte de Georgie. » Si M. Vinge avait raison, il se pouvait qu'elle ait été tracée par Doc Holystone en personne. Milo eut soudain une conscience aiguë du sac à dos posé sur ses genoux en ce moment même, et se maudit de ne pas l'avoir mis en lieu sûr.

– Mais revenons-en à l'opération. Pour Holystone, il ne s'agissait sans doute que d'un nouvel échec de la part des douaniers. L'enquêteur qui avait découvert le papier filigrané supposa qu'après avoir échappé de si peu à la capture, le trafiquant allait se tenir tranquille pendant quelque temps. Les révélations de l'un de ses membres d'équipage étaient encore un secret soigneusement gardé.

Le trafiquant n'avait donc pas de raison de soupçonner que son identité avait été découverte. L'enquêteur n'avait plus qu'à attendre qu'il regagne sa tanière.

M. Vinge fit une pause et balaya la pièce d'un regard théâtral.

– Une maison pleine de vitraux, perchée en haut d'une colline au-dessus du fleuve.

Meddy retenait son souffle, les doigts toujours enfoncés dans le bras de Milo.

– Et c'est là qu'Holystone cacha la pièce maîtresse de la cargaison avec laquelle il avait failli se faire prendre en jetant l'ancre à Nagspeake. Une arme, comme le reste du chargement, mais une arme légendaire, mortelle, stupéfiante. Un objet que la ville de Nagspeake ne pouvait pas laisser aux mains du trafiquant, et qu'elle cherchait depuis plus de cent ans.

– Doc Holystone n'a jamais fait le trafic d'armes ! rugit Fenster. Jamais !

– Fenster !

Brandon semblait se demander s'il valait mieux jeter Fenster par terre pour le labourer de coups ou l'assommer directement, dans son propre intérêt. Il jeta un coup d'œil à Ben Wood. Mais avant que celui-ci ait pu ouvrir la bouche, Fenster avait fait le tour de la table d'un pas défaillant. Le doigt pointé sur le visage impassible de M. Vinge, il lâcha :

– Les guignols des douanes ont toujours justifié leurs opérations par cette fable de mystérieuse arme fatale, qui n'a jamais existé. C'était un mensonge ! C'est l'éternelle excuse pour tomber sur les trafiquants ! Cette arme dont vous parlez n'a jamais existé ! Et de toute façon, Doc Holystone ne s'en serait pas approché à cent milles nautiques, vous m'entendez ? Jamais ! C'était un patriote ! Il croyait au changement, mais pas par la force, bon Dieu !

Fenster enfonça ses mains tremblantes dans ses poches et déglutit. Lorsqu'il reprit, sa voix tremblait aussi.

– Vous avez une idée de ce qu'il aurait pu gagner s'il avait accepté de transporter des armes ? Vous croyez qu'on ne le lui a jamais demandé ? Il y avait toujours quelqu'un pour essayer de le persuader de prendre des cargaisons d'armes, de fusils, d'explosifs ! Et il a toujours dit non !

Nora Wood s'approcha du passeur secoué par la rage et glissa un bras autour de ses épaules.

– Fenster… Fenster, venez avec moi.

Il essaya de se dégager, mais Brandon et Ben Wood les avaient rejoints et, à trois, ils parvinrent à le faire sortir sur le perron. À travers le vitrail, Milo vit la silhouette du trafiquant s'accroupir et enfouir sa tête dans ses mains. Nora Wood s'accroupit à côté de lui et l'entoura de son bras.

Milo sentit la main de Meddy le serrer encore plus fort, à lui broyer les os. Il s'apprêtait à répéter sa demande une fois encore, mais ce fut Georgie qui parla.

– Eh bien, monsieur Vinge, on peut dire que vous savez raconter les histoires. Vous tenez vraiment à faire sortir ce pauvre homme de ses gonds ?

– C'est un petit désagrément inévitable, fit Vinge nonchalamment en allongeant les jambes. Je reprendrai à leur retour.

– Je crois que nous en avons assez entendu, commenta le Pr Gowervine en se dirigeant vers la véranda à petits pas rapides. Moi, en tout cas. Doc Holystone n'a jamais été un trafiquant d'armes. Je sais que tout le monde ne le considère pas comme le héros qu'il est pour moi, mais…

– Asseyez-vous, professeur Gowervine.

Le ton de M. Vinge était resté neutre, mais il s'agissait clairement d'un ordre.

– Asseyez-vous, répéta-t-il devant l'air étonné du professeur.

Il se leva et prit dans sa poche un étui en cuir rectangulaire, dont il sortit un insigne couleur bronze qu'il jeta sur la table entre deux plats.

– Asseyez-vous. S'il vous plaît. Cette demande s'adresse à tous.

– Qu'est-ce que c'est que ça ? demanda Mme Hereward en lorgnant l'insigne.

– Une plaque de douanier adjoint, répondit froidement Georgie avant de se tourner vers Vinge pour demander : Elle est authentique ?

– J'ai trouvé un papier officiel de la douane caché sous la moquette dans une chambre tout à l'heure, intervint Milo en fusillant l'homme du regard. Vous savez, monsieur Vinge, celle où vous nous avez enfermés.

– Oui, oui, tu me bats pour les parties de cache-cache, répliqua le douanier. Bravo, nous sommes tous très fiers de toi.

La porte s'ouvrit sur Ben Wood, qui entra d'un pas décidé.

– Que se passe-t-il ici ? demanda-t-il. Y a-t-il un sujet dont vous vouliez discuter en privé, monsieur Vinge ?

– Pas en privé, non. Asseyez-vous, monsieur Wood.

– Je suis très bien debout, merci. J'ai un mot à vous dire, si vous voulez bien me suivre.

M. Vinge posa un doigt sur l'insigne et le fit tourner sur lui-même pour le lui montrer.

– Je vous ai demandé de vous asseoir, monsieur. Je souhaite m'adresser à tout le monde. Ce qui vous inclut, vous, ainsi que votre femme et M. Fenster.

La porte s'ouvrit de nouveau sur Nora Wood, qui hésita sur le seuil. Milo devina ce qui devait se passer. Son père avait dû essayer d'éloigner M. Vinge pour que Fenster puisse revenir. Ils n'allaient plus prendre le risque de laisser les deux hommes dans la même pièce s'ils pouvaient l'éviter.

Malheureusement, M. Vinge voyait les choses autrement. Ignorant les regards échangés par les Wood, il alla jusqu'à la salle à manger et appela Fenster, qui arpentait furieusement le perron.

– Fenster ! J'aimerais que vous m'éclairiez sur un point.

– Y a qu'à demander, espèce de sale menteur, gronda le trafiquant en rentrant en trombe.

– Quand vous avez déclaré que Mme Wood n'avait pas bien compris votre histoire sur Doc Holystone, que vouliez-vous dire ?

Fenster s'immobilisa et fronça les sourcils.

– Qu'est-ce que ça peut vous faire ?

– Vous m'avez traité de menteur, répondit M. Vinge en haussant les épaules. Si je me trompe, aidez-moi à corriger mes erreurs. Quels éléments Mme Wood a-t-elle donc mal compris ? Était-ce, par hasard, quand elle a dit que vous aviez reconnu Doc Holystone grâce aux affiches ? La vérité n'est-elle pas que vous l'avez reconnu parce que vous avez navigué avec lui ? Parce que vous avez fait partie de son équipage ? Est-ce là l'erreur dont vous parliez ?

Le trafiquant serra les poings.

– Fenster, murmura Nora Wood en posant la main sur son bras.

Écarlate, il la repoussa et fixa longuement M. Vinge. Puis la tension le quitta brusquement et, même, il sourit.

– Non, monsieur, dit-il en mettant les mains dans ses poches. Ce n'est pas l'erreur dont je parlais. Elle a dit que j'avais vu le fils de Doc Holystone, alors que tout le monde sait qu'il avait une fille. Addie, elle s'appelait. Une erreur vraiment stupide, franchement, conclut-il en poussant doucement Nora d'un coup de coude. Mais c'est le seul point sur lequel elle s'est trompée, notre brave Nora.

– Eh bien, merci pour ces précisions, rétorqua M. Vinge avec un sourire forcé. Mais peut-être pourriez-vous éclaircir une autre question. Vous ou l'un de nos hôtes intrépides. L'un de vous connaît certainement la réponse. J'ai assez joué comme cela.

Pendant un long moment, personne ne bougea, jusqu'à ce que Nora Wood s'avance, les bras croisés.

– Veuillez vous expliquer, monsieur Vinge. Expliquez-nous pourquoi vous donnez des ordres à ma famille et à mes clients et, tant que vous y êtes, pourquoi vous avez volé certains d'entre eux et enfermé mon fils. D'ailleurs, non, ajouta-t-elle sèchement, ne prenez pas cette peine. Faites vos valises et allez-vous-en. Vous trouverez bien un moyen de vous débrouiller avec cette neige.

M. Vinge eut un petit rire.

– Non, non, madame Wood. Dans l'immédiat, je représente la loi dans cette maison. En conséquence, il me semble que c'est à moi de donner des ordres. Voici la seule explication que j'ai à vous fournir : le dernier chargement de Doc Holystone se trouve quelque part dans cette maison, et je pense que l'un d'entre vous, Fenster, ou votre mari, ou vous-même, sait où, et de quoi il s'agit. De toute évidence, l'héritage de Doc Holystone reste très présent ici, ou votre fils ne se promènerait pas avec une de ses cartes sur un papier à son filigrane. En particulier une carte sur laquelle figure un albatros. Pas vraiment le genre de chose qui traîne partout, n'est-ce pas ?

Georgie ouvrit grand la bouche.

– Non ! Non ! protesta-t-elle. C'est moi qui ai apporté cette carte ! Je la lui ai donnée !

– Le chargement est ici ! rugit M. Vinge. Et je ne repartirai pas sans ! Voilà près de quarante ans que j'attends de refermer le dossier de Doc Holystone. Je m'en irai quand j'aurai ce chargement et pas avant.

– Milo, chuchota Meddy, prépare-toi à courir.

– Quoi ?

– Tu m'as entendue. À mon signal, fonce dans l'escalier. Pas dehors, surtout. Tu ne pourrais pas te cacher, ou tu gèlerais. Prends l'escalier à toute vitesse et file à la Grande Réserve.

Milo s'apprêtait à lui demander si elle avait perdu la boule quand Mme Wood intervint de nouveau, d'une voix qui tremblait de fureur :

– Monsieur Vinge, vous ne représentez pas la loi, et je vous demande de partir.

– Ou je me charge de vous jeter dehors, gronda Brandon en faisant un pas en avant.

À cet instant, deux choses se produisirent. M. Vinge sortit une arme de son gilet et la braqua sur Brandon ; et deux inconnus firent irruption par la porte d'entrée.

– Maintenant ! hurla Meddy.

Milo bondit du banc et se rua vers l'escalier. « *Le Passage du Zéphyr*, pensa-t-il dans un éclair. *Vos pieds vous transportent avec la vitesse et l'invisibilité du vent.* »

– Stop ! aboya M. Vinge. Arrêtez ce gamin !

Les deux inconnus voulurent se jeter sur Milo et Meddy, mais Clem passa à l'action. Dans une série de mouvements qui ressemblait à une séquence de film de kung-fu, elle gagna en trois bonds l'angle du bar qui

séparait le salon de la cuisine, pivota et fonça dans une sorte de vol plané sur l'un des deux individus. Celui-ci s'écroula, écrasé sous le poids de la jeune femme.

Sans avoir son agilité, Owen suivit son exemple et faucha le deuxième individu qui s'apprêtait à saisir Clem. Pendant ce temps, Milo et Meddy atteignirent l'escalier, puis le premier étage.

Un bruit d'explosion retentit en bas. Milo trébucha.

– Ce n'était pas… ?

Meddy l'attrapa par le col et le poussa en avant.

– Ne t'arrête pas !

Docilement, il courut jusqu'à ce que la poignée vert anis de la porte du grenier tourne dans sa main. Il se prit les pieds sur le seuil et s'étala dans la poussière. Meddy claqua la porte derrière eux et la première ampoule s'alluma en crachotant.

Ce n'est qu'à cet instant que Milo comprit qu'il venait de s'enfuir en laissant ses parents au salon avec un homme armé.

– C'est bien un coup de feu qu'on a entendu, non ?

Il jeta son sac à dos et éclata en sanglots.

Meddy s'accroupit et lui tapota l'épaule.

– Ressaisis-toi, Milo, dit-elle d'un ton apaisant qui ne cadrait pas avec ses paroles. Tes parents doivent être rassurés que tu sois à l'abri.

– Je… Je les ai laissés en bas, bredouilla-t-il. Je les ai laissés ! Imagine qu'il… qu'il…

– Vinge ne veut pas de mal à tes parents.

Elle soupira.

– J'aurais dû le reconnaître, ajouta-t-elle avec amertume. J'aurais dû le savoir.

Milo s'essuya les yeux.

– Savoir quoi ?

– Qu'il était envoyé par Deacon & Morvengarde. Il en a bien la tête.

Milo ne savait pas trop ce qu'elle voulait dire par là, mais son ton évasif l'interpella.

– Pourquoi tu dis que tu aurais dû le reconnaître ?

– Je veux dire le reconnaître comme étant un agent de…

– En plus, tu étais vraiment bizarre pendant tout le temps où il parlait, la coupa Milo en la scrutant. Il se passe un truc. Tu me caches quelque chose. Pourquoi tu aurais dû le reconnaître ?

Meddy croisa les bras et le considéra longuement.

– Ce que je vais t'avouer va te paraître absurde, dit-elle enfin. Mais j'ai besoin que tu me croies, d'accord ?

Il haussa les épaules et attendit la suite. Finalement, elle reprit avec un soupir :

– L'agent des douanes dont Vinge parlait, c'était lui. Et son histoire, elle s'est passée ici, dans cette maison. Il est super vieux, maintenant, c'est pour ça que je ne l'ai pas reconnu. Mais c'est lui.

Elle pointa un doigt accusateur sur la porte du grenier, comme si M. Vinge se dressait derrière.

– C'est le type qui a capturé Doc Holystone et qui est responsable de sa mort.

« Voilà près de quarante ans que j'attends de refermer le dossier de Doc Holystone », avait expliqué M. Vinge. Cela tendait à prouver que Meddy avait raison. Cela dit...

– Comment tu peux en être aussi sûre ? Comment tu peux le *savoir* ?

Elle avala sa salive avec difficulté, et toute sa colère et son assurance la désertèrent brusquement. Elle déglutit de nouveau, et Milo vit qu'elle allait pleurer.

– Parce que je l'ai vu, murmura-t-elle. Je l'ai *vu* avec Doc Holystone. J'y étais.

– Ça n'est pas possible, dit Milo, perdu. C'était il y a quarante ans, Meddy.

– Tu te trompes doublement, Milo, répondit-elle avec un pauvre petit sourire. D'abord, c'était il y a trente-quatre ans. Et ensuite, je ne m'appelle pas Meddy. Même quand je ne suis pas Sirine.

– ... Meddy, c'est un diminutif de Madeleine, un truc comme ça ?

– La fille de Mme Caraway s'appelle Meddy. Si tu lui disais que tu joues avec sa fille depuis trois jours, elle te prendrait pour un timbré. Meddy Caraway n'est pas là. Elle ne l'a jamais été. Mais comme je me suis présentée à toi au moment où sa mère et sa sœur sont arrivées et que tu m'as prise pour elle, j'en ai profité. J'attendais le moment où tu allais vendre la mèche en disant un truc à quelqu'un, et où je devrais m'expliquer, mais ça ne s'est jamais réellement produit.

Et soudain, tout s'emboîta. Toute une série de souvenirs ressurgirent les uns après les autres dans la tête d'un Milo en état de choc.

« C'est comme dans le grenier et la cave. La moitié des trucs qui traînent ici y étaient déjà avant qu'on emménage, ta mère et moi. »

MATÉRIEL DE JEU DE RÔLE - AW

« Elle a dit que j'avais vu le fils de Doc Holystone, alors que tout le monde sait qu'il avait une fille. Addie, elle s'appelait. »

AW REPOSE EN PAIX ADDIE TU AS SI PEU VÉCU

– Tu es… Addie Whitcher, dit lentement Milo.

Elle eut un sourire hésitant.

– Je n'ai jamais beaucoup aimé ce nom, en fait. Meddy, ça me plaît assez, maintenant que je m'y suis faite.

– Et Doc Holystone… était ton père ?

Elle hocha la tête en le regardant bien en face.

Milo opina à son tour, un peu sonné.

– Et tu as vu M. Vinge le capturer il y a trente et quelques années ?

– Trente-quatre, très exactement.

Elle enfonça ses poings dans ses poches avec un sourire crispé et regarda ses pieds. Et pour la première fois depuis que Milo l'avait rencontrée, Meddy – Addie ? – lui sembla vraiment toute petite.

Un vertige le saisit. Mathématiquement, ça ne collait pas.

– Mais tu n'es pas assez vieille ! Tu as mon âge !

– *J'avais* ton âge, répliqua-t-elle posément. Il y a trente-quatre ans.

AW REPOSE EN PAIX

Dans l'histoire racontée par la mère de Milo, l'enfant de Doc Holystone était un fantôme. Et Fenster avait affirmé qu'en dehors du fait qu'il s'agissait d'une fille, le reste de l'histoire était vrai.

– Tu es un fantôme ? murmura-t-il, sans oser croire lui-même à ce qu'il était en train de dire.

– Il y a trente-quatre ans, répéta-t-elle doucement en frottant le bout de sa chaussure avec l'autre pied. Tu vois, je n'oublierai jamais ce jour-là. Parce que c'est le jour où je suis morte.

Chapitre treize

DES AFFRONTEMENTS

I

Ils se regardèrent. Milo ne savait pas s'il devait rire de cette histoire ou envisager d'y croire. S'il suivait la deuxième hypothèse, à tous les coups, il allait péter un plomb. Meddy était clairement consciente qu'elle lui demandait beaucoup, mais semblait garder l'espoir ténu que peut-être, peut-être, il pourrait l'étonner.

– Tu as des preuves ? demanda-t-il.

Elle soupira.

– S'il t'en faut.

Et sans crier gare, son image clignota comme une ampoule qui va s'éteindre. Elle était là, elle ne l'était plus, elle revint, puis disparut pour de bon.

– M-Meddy ? Je veux dire, Addie ?

Et elle fut de nouveau devant lui, comme si elle n'avait pas bougé de là, les bras croisés dans sa Cape d'Indiscernabilité.

– Meddy, ça me va. Je m'y suis habituée.

Donc, elle était… un fantôme. Pris de vertige, Milo se laissa tomber sur une caisse.

« D'abord, ça impliquerait que Sirine reste invisible pour les personnages non joueurs, c'est-à-dire tout le monde sauf toi. »

– Mais alors, tu ne faisais pas juste semblant d'être invisible ? demanda-t-il quand ses battements de cœur eurent retrouvé un rythme normal. Aucun des autres ne t'a jamais vue, c'est ça ? À aucun moment ?

Elle secoua la tête avec l'air de s'excuser.

– Non.

– Et ils ne t'entendent pas non plus ? Et tu m'as laissé me comporter devant tout le monde comme si tu étais là ? Ils ont dû me prendre pour un dingue, à me voir parler tout seul, grommela-t-il.

– Je crois que seuls ceux à qui j'apparais peuvent m'entendre. Mais si ça peut te consoler, je suis sûre que tu avais toujours l'air moins dingue que certains des toqués de la bande.

– Il y a une inscription gravée à ton nom sur un banc dans le jardin, dit Milo. C'est pour ça que tu ne voulais pas que j'y aille ? Pas parce que c'était une perte de temps mais parce que je risquais de découvrir la vérité ?

– Ce n'est pas une inscription, c'est ma pierre tombale, répondit-elle simplement. Après ce qui est arrivé à mon père, ils ont dû se dire qu'il valait mieux qu'on ne voie pas ma tombe. Qu'elle reste cachée. Et je n'ai pas cherché à te mentir, mais j'ai eu peur que… que ça détourne ton attention. Ou que ça te fasse peur.

– Mais je n'ai pas peur !

– J'ai bien vu que les imprévus, ça te perturbait, lui dit-elle doucement. Et tu te sens super mal dès qu'on envahit ton espace personnel : ta chambre, ton étage, même l'hôtel, quand tout le monde est arrivé d'un coup. Alors je n'arrivais pas à imaginer comment tu pourrais réagir à propos de moi ! Et j'ai *aussi* pensé que c'était une perte de temps. Là-dessus, je n'ai pas menti, conclut-elle d'un ton bourru dans lequel Milo (à son soulagement) retrouva la Meddy qu'il connaissait.

Il hocha la tête. Il avait une boule dans la gorge et sentait un début de panique lui nouer l'estomac. Elle avait raison – tout à coup, c'était comme si sa propre maison était devenue un lieu totalement étranger.

Il regarda son amie. Elle n'avait rien de changé.

– Je dois t'appeler comment, alors ? lui demanda-t-il, complètement perdu.

Elle réfléchit un moment, et répondit avec une note de gaieté dans la voix :

– Meddy. Ça te va ? Tu ne peux pas passer ton temps à te demander qui je suis quand tu me parles. Et puis, je suis la même personne depuis le début, Milo.

Il acquiesça. La nausée qui lui tordait l'estomac ne s'en allait pas.

– Mais pour mes parents… murmura-t-il. Il… Il est armé…

Addie – « Non, Meddy », se répéta-t-il – secoua la tête.

– M. Vinge ne s'intéresse pas à tes parents. Ni à Fenster. Il pense que mon père ou quelqu'un d'autre est revenu cacher quelque chose ici et c'est cela qu'il veut. Si on lui donne ce qu'il cherche, il ne fera de mal à personne, et on sera débarrassés de lui.

– Mais il a peut-être *déjà* fait du mal à quelqu'un ! objecta Milo.

Soudain, une pensée lui redonna espoir.

– Meddy, si tu es un… un… si personne d'autre ne peut te voir, tu ne pourrais pas… je ne sais pas, lui tomber dessus par surprise et lui prendre son pistolet ? (Il se gratta la tête.) C'est possible pour toi, ça, au fait ? De prendre un truc à… à…

– À un vivant ? Bien sûr. Tu m'as bien passé des trucs, toi. Mais le pistolet de M. Vinge… J'y ai pensé, mais je n'ai pas de pouvoirs magiques qui me permettraient de lui prendre son arme. La seule différence entre toi et moi pour ça, c'est que comme je suis invisible, je bénéficierais de l'effet de surprise.

– Ça pourrait peut-être suffire !

– Ça m'étonnerait. Tu saurais arracher un pistolet à un adulte, toi ? Parce que moi non. Sans compter qu'il doit avoir l'habitude de manipuler des armes et pas moi. Il pourrait se passer n'importe quoi. Et les deux autres types sont peut-être armés aussi. Quelqu'un risquerait d'être sérieusement blessé. Ou même tué.

Elle se tut, et Milo se rappela que Doc Holystone n'avait pas été simplement *capturé* ce jour-là, plus de trente ans plus tôt.

– Tu as vu ce qui s'est passé ? lui demanda-t-il.

– Tu veux dire, quand… (Meddy secoua la tête et regarda ses pieds.) Non. J'ai seulement vu M. Vinge qui essayait de l'arrêter.

Elle vint s'asseoir sur la caisse à côté de lui et ils restèrent silencieux un moment.

– Mon père est rentré tard cette nuit-là, reprit-elle enfin. Il venait de la falaise. Le funiculaire n'existait pas, à l'époque. Il n'y avait même pas d'escalier digne de ce nom ; rien que des espèces de trous creusés dans le sol pour caler ses pieds, sans rampe. Pour monter, il fallait savoir où ils se trouvaient. Et il avait plu. Déjà que c'était difficile en temps normal, ce jour-là, ça devait glisser. Et il devait déjà courir depuis des heures. Courir et sauter par-dessus les rochers, en prenant le meilleur trajet pour rentrer le plus vite possible sans être suivi.

Elle prit une longue inspiration saccadée. Milo lui tapota gauchement l'épaule.

– J'aime bien me dire qu'il venait me chercher, poursuivit-elle à mi-voix. Qu'on allait partir en mer jusqu'à ce que les choses se tassent. En réalité, je crois qu'il venait juste me dire au revoir, et m'expliquer où je pourrais me réfugier. Il devait savoir que, maintenant que les agents de D. & M. avaient découvert son identité, ils ne le lâcheraient plus avant de l'avoir *pris*. Il n'aurait jamais rien fait qui puisse me mettre en danger, même si ça nous obligeait à nous séparer.

– Et ta mère, où était-elle ?

– Elle est morte quand j'étais petite.

– Alors quand il n'était pas là, tu vivais toute seule ici ?

– D'habitude, non. On avait Mme Gallick, qui faisait la cuisine, et son neveu qui s'occupait de la maison. (Meddy sourit tristement.) Elle se prenait un peu pour le chef quand papa n'était pas là. Je la laissais faire parce que Paul et elle – Paul, c'était son neveu – jouaient aux Grands Chemins avec moi. Mais cette nuit-là, oui, j'étais toute seule. Ce n'était pas fréquent, mais ça se produisait de temps en temps.

– Mais comment il aurait pu partir sans toi ? s'indigna Milo. Et si jamais il lui arrivait quelque chose ? Tu te serais retrouvée toute seule. Tu aurais été…

Meddy tourna la tête et le regarda dans les yeux.

– Orpheline ? Comme toi ?

– Ben oui !

Mais il regretta aussitôt ses paroles.

– Tu n'es pas orphelin, Milo, dit-elle d'un ton un peu brusque.

– Non, c'est vrai, marmonna-t-il l'air penaud.

– Tu as une famille. Tu en as deux, en fait, même si l'une des deux est un mystère. Et qu'est-ce qui te dit que ta première famille, celle dans laquelle tu es né, n'a pas fait exactement la même chose que mon père : ce qu'ils ont pensé être le mieux pour toi, même si ça les obligeait à se séparer de toi ? (Elle était presque en colère, maintenant.) En plus, tu n'es pas si mal tombé que ça !

Milo secoua la tête en se bouchant les oreilles.

– Je sais, je sais ! Arrête, OK ?

– Tu es super bien tombé, insista Meddy en pointant du doigt le monde extérieur derrière la porte du grenier.

Tu es là avec deux personnes que tu aimes et qui t'aiment. Alors que moi…

Sa voix s'étrangla et elle dut s'interrompre une seconde.

– Moi, je suis *morte.*

II

– Il y avait déjà la cloche en bas de la colline, reprit Meddy d'une voix plus douce. Il l'a fait sonner avant de commencer à gravir la pente, sans doute pour me réveiller. Je suis montée sur l'escalier de secours et je l'ai attendu. De là-haut…

– … on voit une partie des bois, acheva Milo. L'endroit par où il devait ressortir en venant d'en bas.

– Je l'ai vu apparaître et je lui ai fait signe. Mais il ne regardait pas de mon côté… J'ai pensé qu'il aurait dû savoir où j'étais, mais il avait la tête tournée vers l'entrée de la maison, de l'autre côté de la pelouse…

– Vers la route de la colline ?

– Oui. Parce que c'était là que M. Vinge l'attendait. Lui, je ne l'ai pas vu, mais j'ai vu mon père qui le regardait. Il a fait demi-tour et il a disparu dans les bois en direction de la falaise. Une minute plus tard, M. Vinge – un M. Vinge bien plus jeune qu'aujourd'hui, à peu près du même âge que mon père – a foncé vers les bois. Et il a disparu à son tour. J'étais morte de peur ! J'ai attendu en retenant ma respiration. Et j'ai vu revenir M. Vinge, mais sans mon père.

Milo retint son souffle à son tour.

– Un autre homme, qui ne courait pas aussi vite que M. Vinge, est allé le rejoindre à la bordure des bois, continua Meddy d'une voix dénuée d'émotion, seulement un peu hachée. Je me suis penchée autant que j'ai pu pour entendre ce qu'ils disaient. M. Vinge a allumé une cigarette. Et… c'est là que j'ai compris que mon père était tombé. Il avait glissé et il gisait au pied de la falaise. M. Vinge l'avait vu tomber et il savait qu'il était mort. Parce que sinon, s'il n'en avait pas été sûr, il l'aurait poursuivi. Et quand l'autre homme est arrivé, M. Vinge a soufflé sa fumée de cigarette en l'air et il a ouvert la bouche pour parler, et je me suis penchée encore plus… en me disant – en espérant que je m'étais trompée, qu'il allait dire : « Il s'est enfui », ou « On l'aura la prochaine fois ». Je me suis penchée pour entendre ses paroles et je… et…

Milo écarquilla les yeux.

– Et tu es tombée ?

Elle hocha la tête en silence.

– Et tu es morte.

Nouveau hochement de tête.

Ils restèrent assis longtemps sans parler. Milo tenta d'imaginer le moment qu'elle venait de décrire, et une grosse boule se forma dans sa gorge.

– Je suis désolé.

– Le temps passe bizarrement pour moi, déclara-t-elle en balayant le grenier des yeux. Je ne sais pas si j'ai déjà hanté cette maison. Et si oui, je ne sais pas combien de temps. Je me rappelle juste de petites bribes de choses entre… entre le moment où je suis tombée et celui où je t'ai rencontré il y a deux jours. Je me souviens de gens qui réparaient, qui remplaçaient des trucs, en faisant beaucoup de bruit. Je me souviens d'un homme qui accrochait le lustre bateau dans votre salle à manger, par exemple. Ou de quand tu as aidé ton père et ton grand-père à bâtir la voie pour l'*Ouragan de Secrets' Hill*. Je me rappelle plusieurs fois où j'ai vu Fenster Plum après l'arrivée de tes parents. Mais comme j'avais déjà dû le voir des tas de fois avant avec mon père, peut-être que je m'embrouille. Je me rappelle la fois dont ta mère a parlé, en tout cas du moment où Fenster m'a vue en haut de l'escalier, mais je ne sais plus quand c'était. Le temps passe bizarrement.

Elle reprit après une pause :

– Les choses m'ont paru… nouvelles quand je suis arrivée ici cette fois ci. Tout paraît nouveau, même les choses dont je sais qu'elles étaient là avant. Comme ce peignoir, dit-elle en touchant le tissu de sa cape jaune. Comme la porte sur laquelle tu as trouvé les clés de Lansegwann au grenier. Tout ça devait déjà être là de mon vivant, mais ça me paraît nouveau.

– Qu'est-ce qui t'a fait revenir ?

Elle fronça les sourcils.

– M. Vinge. Je n'avais pas le choix. Je savais que quelque chose n'allait pas ici, mais sans savoir que c'était lui. Je mets du temps à comprendre les choses. Comme quand j'essaie de me rappeler le passé proche, toute la période entre ma mort et maintenant. Je finis par y arriver, mais c'est long. Quand il est revenu… et que les autres sont arrivés un par un, j'ai senti la *quête* dans cette maison. Tout le monde était en quête de quelque chose. Mais chacun d'une chose différente. Je sentais qu'ils cherchaient… et que quelque chose n'allait pas. Mais je n'arrivais pas à trouver le point où les deux…

Elle exprima ce qu'elle voulait dire en posant une paume sur l'autre.

– Où les deux se recouvraient.

– Voilà. Et je ne pouvais pas le trouver toute seule, puisque je ne pouvais pas leur parler. Enfin, j'aurais sans doute pu, mais je ne voulais pas. Je ne faisais confiance à aucun d'eux. Il me fallait de l'aide, et c'est toi que j'ai choisi. Après, j'ai eu l'idée du jeu. J'ai pensé qu'on arriverait peut-être à découvrir l'objet, la raison de la quête, avant que ça tourne mal.

Milo hocha la tête pour montrer qu'il comprenait.

– Et tu as été super fort ! reprit Meddy en le regardant. Tu as tout trouvé ! Tu es un super roublard et tu as trouvé la réponse à toutes les énigmes qu'on rencontrait ! Tu as trouvé les clés de Lansegwann, tu as trouvé les reliques du chemineau… Je sais que tu peux découvrir ce que cherche M. Vinge. (Sa voix prit un ton implorant.) Je sais que tu peux le faire, Milo, et je n'y arriverai pas sans toi. Si on réussit, on sera débarrassés de lui. C'est tout ce qu'il demande.

– Et tu es prête à lui donner ce qu'il veut ? demanda Milo, dubitatif.

– Je déteste l'idée, répondit-elle d'un ton sourd. Mais je ne vois pas d'autre solution.

Une question le tarabustait.

– Meddy ?

Ça lui faisait bizarre de l'appeler par un nom dont il savait maintenant que ce n'était pas le sien, mais il vit son visage s'illuminer en réaction.

– Tu as dit que quand ton père est revenu pour t'emmener ou pour te dire au revoir, il n'a jamais pu arriver jusqu'à la maison.

Il réalisa ce qu'il venait de dire et se sentit rougir.

– Je veux dire que... qu'il n'est pas entré dans la maison.

– J'avais compris, dit-elle doucement. Oui, c'est exact.

– Mais alors pourquoi M. Vinge pense-t-il qu'il a caché une arme ici ?

Elle ricana.

– Fenster a raison. Mon père n'a jamais touché à une arme de sa vie. C'est une pure invention des douanes. M. Vinge doit parfaitement savoir qu'il n'y a pas d'arme cachée dans cette maison. Soit il cherche la même chose que le Pr Gowervine et il ne veut pas l'admettre, soit il s'est persuadé que les choses s'étaient passées différemment de la réalité cette nuit-là, et il s'imagine que mon père a eu le temps de cacher un truc avant de mourir. Mais s'il y a quelque chose, n'importe quoi, et si on arrive à le trouver, je te parie que ça suffira à le faire partir. Je te parie que lui-même ne sait pas ce qu'il cherche.

Milo la secoua par l'épaule.

– Réfléchis, Meddy ! Même si c'est dur ! Réfléchis ! Qu'est-ce que ça peut être ?

– Ça ne sert à rien ! protesta-t-elle. Quoi que ça puisse être, je ne sais rien du tout. En admettant que ça existe. De toute façon, même si mon père avait vraiment caché quelque chose ici, il ne m'en aurait pas parlé. Il ne me racontait pas les détails, pour ne pas m'exposer à des risques inutiles. Je n'étais même pas au courant pour le papier filigrané. Non, répéta-t-elle en secouant la tête. Ça ne peut pas être lui. Ça se serait forcément passé après. Après ma... Après que je suis... Quelqu'un serait venu après. Peut-être Skellansen, si le Pr Gowervine a raison. Ou quelqu'un qu'il aurait envoyé.

Elle se leva.

– Écoute, je vais aller voir ce qui se passe en bas. Croise les doigts. On ne sait jamais, peut-être qu'ils lui sont tombés dessus tous en même temps, qu'ils l'ont fichu dehors et que le problème est déjà réglé. Mais au cas où, tu ferais bien de te remettre à réfléchir à nos indices.

Après une hésitation, elle ajouta :

– Tu sais, ce n'est pas les parents de Negret qui sont en bas. Il aurait peut-être moins de mal à se concentrer que Milo. Je dis ça comme ça.

– Peut-être, oui.

Milo ouvrit son sac à dos. Il eut un peu de mal à se couler dans la peau de Negret, maintenant que ce n'était plus du tout un jeu. Puis une autre pensée lui vint.

– Comment tu fais pour porter les choses, au fait ? Comment ça se fait que personne n'ait vu un peignoir jaune se promener en flottant dans la maison ?

– Aucune idée.

Elle jeta un coup d'œil vers la boîte ouverte du matériel de jeu de rôle.

– Tout ce que je peux te dire, c'est que dans certains jeux, il existe plusieurs mondes qui cohabitent sur des plans différents. Peut-être que j'existe sur un plan différent du vôtre et que les objets que je porte basculent dans ce monde-là.

– Comme si tu les changeais en objets fantômes ?

– Peut-être, oui, temporairement. Mais on dirait que ça ne marche que pour les petits objets. Même si j'ai réussi à descendre mes livres derrière le sapin le matin où on a créé ton personnage. Mais tu te rappelles le moment où je t'ai poussé contre la porte, quand on était enfermés dans la chambre ?

– Ouais, confirma-t-il en frottant son nez encore endolori.

– Appelons cette fois-là une expérience ratée, commenta-t-elle avec un haussement d'épaules.

– Mais tu aurais pu aller chercher la clé et la rapporter, non ?

– J'ai failli le faire, avoua Sirine. Mais j'aurais dû passer à travers la porte et je ne voulais pas vendre la mèche à moins d'y être obligée. Et finalement, tu as trouvé une solution ! Tiens, à propos de clé, tu as le passe-partout dans ton sac ? Je peux te l'emprunter, au cas où M. Vinge aurait enfermé tout le monde ?

Negret dénicha la clé et la lui tendit.

– Tiens. Mais elle marche seulement pour les chambres des clients.

– D'accord. Je reviens dès que je peux.

Elle lui fit un petit sourire forcé et disparut en traversant la porte. Negret avala sa salive de travers ; c'était bien vrai, alors. Il ordonna à son cœur de se calmer et se força à se concentrer.

Le temps qu'elle revienne, il avait étalé tous leurs indices sur le couvercle d'une malle.

– Tout le monde va bien, lui annonça-t-elle, le souffle court. Personne n'a été blessé. C'est quoi, la pièce qui se trouve à l'arrière de la maison, à côté de la cuisine ?

– La buanderie. Ou le garde-manger. Ils sont dans le même coin. Pourquoi ?

– Je crois que Vinge et ses deux types les ont enfermés dans la buanderie.

– Quoi ?

– Il y a un des deux types qui garde la porte, et on entend crier à l'intérieur. Vinge est dans le salon avec tes parents et Fenster. Il est en train de les cuisiner sur mon père et sur la maison. Je l'ai entendu leur dire qu'ils étaient en état d'arrestation. L'autre gars est au premier étage. Je crois qu'il te cherche. Il faut qu'on se dépêche.

– Mon père et ma mère sont en état d'arrestation ? s'indigna Milo. Ça a le droit de faire ça, un agent des douanes ?

– Je n'en sais rien, mais Vinge a l'air de le penser. Et c'est lui qui a la clé de la buanderie. Il y en a un double ?

– Je ne sais pas. Je n'ai jamais vu mes parents fermer cette porte à clé. C'est horrible ! dit-il en enfouissant sa tête dans ses mains. Tu ne peux pas les faire sortir sans la clé ?

– Comment ? Si je savais crocheter une serrure, figure-toi que je l'aurais fait quand on était enfermés, au lieu d'essayer de te faire passer à travers la porte. (Elle secoua tristement la tête.) Je ne suis pas magicienne, Negret. Je suis juste… différente de toi. Je peux traverser les murs, mais toi non, et ceux qui sont enfermés dans la buanderie ne peuvent pas non plus.

– Il n'y a rien que tu puisses faire ? s'emporta-t-il avant d'avoir pu se retenir.

– Pas grand-chose, non, répliqua-t-elle sur le même ton. Ou je n'aurais pas eu besoin de toi !

– Excuse-moi.

– Pas de problème. Moi aussi, ça me rend folle. Mais regarde, j'ai apporté ça.

Elle sortit de sa poche un petit livre de poche qui portait le titre *Œuvres, cinquième catalogue* et le posa sur la malle à côté des deux cartes ; la vraie, offerte par Georgie à Milo, et l'autre.

– Je suis passée par la chambre du Pr Gowervine et j'ai fouillé son cartable. Regarde, ajouta-t-elle en pointant le doigt sur le bas de la couverture. « Skellansen ». Je pense que c'est le catalogue de ses vitraux. Je me suis dit que ça pourrait servir de savoir à quoi ils ressemblent. Et j'ai aussi pris la drôle de photo floue de la fenêtre.

– Bonne idée, approuva-t-il en prenant le catalogue. C'est un point de départ qui en vaut un autre.

Il eut du mal à s'intéresser aux images qu'il feuilletait. « Concentre-toi. Il peut y avoir un indice là-dedans. Et dans ce cas, papa et maman ont besoin que tu le trouves. »

Du verre coloré et encore du verre coloré. Des vitraux d'église en rosace, des vitraux d'église cintrés, qui montraient de joyeux moines en train de brasser de la bière, de belles dames qui dansaient, des voiliers à la proue bordée d'écume qui fendaient l'eau bleue. Ensuite des tables en mosaïque, des pare-feu incrustés de verre qui accrochaient la lumière des flammes et la faisaient danser dans toute la pièce. Des lustres en verre, des candélabres en verre, des lampes en verre…

Negret jeta le catalogue sur la malle.

– Je ne sais même pas ce que je cherche, marmonna-t-il, découragé.

Il prit la carte de Georgie, puis la photo du Pr Gowervine.

– Il n'y a pas de raison que j'y arrive si le Pr Gowervine n'a pas réussi. Il a passé sa vie à essayer de découvrir l'existence d'une maquette cachée. On n'a aucune chance.

– Mais si, on a une chance. Arrête de ronchonner et réfléchis.

– Je ne fais que ça !

– Tu te plains, voilà ce que tu fais, rectifia-t-elle en prenant la carte nautique. Tu te rappelles ce que disait M. Vinge ? Que mon père et son équipage se servaient de ce genre de carte pour cacher des informations.

– Ouais, je me rappelle. En les codant dans les indications de profondeurs. Il faudrait que je sois un déchiffreur pour lire ça.

Le décryptage de code ne faisait pas partie de ses compétences.

– L'information peut aussi être à un autre endroit que dans les points verts, signala Sirine. D'ailleurs, c'est le voilier qui a attiré l'attention de Georgie.

– Ce fichu voilier…

Il lui reprit la carte et scruta les courbes blanches peintes sur la feuille.

– C'est vrai, mon père était quand même capitaine sur un bateau, argumenta Sirine. Il ne serait pas totalement impossible qu'il y ait un rapport entre…

– Attends.

Negret promena le doigt sur la rose des vents.

– Un albatros. C'est le nom du bateau de ton père, ça, non ? C'est bien ce qu'a dit M. Vinge ?

– Ouais, et alors ?

– Une rose des vents, ça permet de s'orienter en mer, d'accord ? Ça montre le chemin. Et celle-ci montre un voilier. Très clairement.

Il toucha la flèche, dont il avait supposé qu'elle désignait le nord, et qui était dirigée sur les voiles gonflées du bateau.

– Si la rose des vents est un albatros, c'est peut-être pour indiquer que le bateau qu'il montre est *l'Albatros* ?

– De toute façon, si ce qu'on cherche est réellement caché à bord du voilier de mon père, on est cuits. Je n'ai pas la moindre idée de ce qu'il est devenu.

– Tu n'as pas dit un truc à propos d'un lustre bateau ?

– Si, celui de votre salle à manger. Je ne suis pas sûre que ça représente un bateau, mais c'est comme ça que je l'ai toujours vu.

Negret examina les voiles dessinées sur la carte.

– Et tu as dit aussi que tu te rappelais le moment où il avait été accroché.

– Vaguement. C'était « après ».

Soudain, elle écarquilla les yeux.

– Tu penses que... ?

Mais déjà, Negret s'était remis à feuilleter furieusement le catalogue jusqu'aux pages des lustres.

– Skellansen en a fabriqué, justement. Regarde.

Il y avait des lustres classiques, aux branches recourbées en verre ou en métal d'où pendaient des pampilles en cristal. Mais d'autres étaient plus originaux. Il y en avait un aux branches rouge et doré qui ressemblait à une boule de feu aérienne. Un autre était formé de petites pièces sculptées et gravées qui faisaient penser à des étoiles suspendues dans les airs. Milo se représenta le lustre couleur crème suspendu au-dessus de la table de la salle à manger. Il aurait parfaitement eu sa place dans cette page.

– Mais le Pr Gowervine pense que la clé se trouve dans un vitrail, objecta Sirine. Dans un truc qui peut raconter une histoire. Qu'est-ce que tu veux raconter avec un lustre ?

– Il pense ça parce que ça paraît logique. Mais il peut se tromper.

Negret frappa tour à tour la carte et le catalogue.

– Plus je regarde ces pages et plus j'y réfléchis, plus je suis sûr qu'on est sur la bonne piste.

Sirine prit la photo qu'elle avait trouvée dans le cartable du professeur, celle qui semblait représenter une carte tracée sur la buée d'une vitre.

– Bon, j'ai une idée. Pense au lustre de ta salle à manger et regarde cette image.

Qu'est-ce qu'elle inventait encore ? Il eut beau l'examiner, la photo ne changea pas d'aspect : il distinguait vaguement un bâtiment rectangulaire en bas et un chemin qui montait dans la montagne. Il le lui dit.

– Pas des montagnes, corrigea Sirine. Des voiles.

– Et du coup, ce machin rectangulaire, ce serait quoi ? Le pont d'un bateau ?

– Possible.

– Bon…

Il se creusa la tête, essayant de se rappeler si le lustre du rez-de-chaussée comportait quelque chose qui puisse s'apparenter à un pont. Il ne trouva pas ; mais il prenait peut-être les choses trop au pied de la lettre.

– En bref, tu penses que cette photo devait montrer à quelqu'un à quel endroit du lustre – ou du voilier – il pourrait trouver ce qui y était caché ?

– En tout cas, je crois qu'on devrait aller voir.

– Ça implique de descendre dans la même pièce que M. Vinge et son pistolet.

Elle acquiesça d'un petit hochement de tête.

– Je sais. Il nous faut un plan. Negret, il est temps qu'on parle des affrontements.

– Des affrontements ? répéta-t-il en fronçant les sourcils. Tu n'es pas en train de me dire qu'on devrait se battre contre eux, j'espère ? Ils sont trois, avec au moins un pistolet et sans doute plus ! D'où ils sortaient, d'ailleurs, les deux autres, à ton avis ? Ils étaient peut-être là depuis le début, cachés quelque part dans le froid. Dans une vieille annexe au fond des bois, où ils pouvaient camper sans se faire repérer.

– Si, je te parle précisément de se battre, confirma Sirine. Mais pas comme tu crois. Si on est malins, on peut vaincre M. Vinge. Et on est malins. Plus que lui. Regarde un peu tout ce qu'on a découvert pendant qu'il traînait dans son fauteuil avec ses chaussettes idiotes.

Negret déglutit péniblement. Un garçon et une fille – une fille morte qui reconnaissait elle-même qu'elle ne pouvait pas faire grand-chose – contre trois hommes armés. Et il n'était pas si sûr qu'ils soient les plus malins, ni que cela puisse faire la différence. Dès que des enfants devaient se battre contre des adultes, c'était toujours ces derniers qui l'emportaient, sans même avoir besoin d'être armés.

« Enfin, toujours, peut-être pas », songea-t-il en repensant à l'une des histoires qu'il avait lues le premier jour des vacances. *« Et le diable, qui, lui, est rarement arrogant, ne perd presque jamais. Toutefois, bien que le fait soit peu ordinaire, cela s'est déjà vu. »* Si on pouvait vaincre le diable, on devait pouvoir vaincre un vieux type qui portait des chaussettes ridicules.

Negret se massa le front.

– OK, admettons qu'on soit plus malins, même si on est plus petits et qu'on n'a pas d'armes. Qu'est-ce qu'on...

Il s'arrêta net et pencha la tête en tendant l'oreille.

– Attends.

La porte du grenier venait de grincer très légèrement sur ses gonds.

– Quelqu'un est en train d'ouvrir les portes au quatrième. Ça crée un appel d'air qui fait bouger celle-ci.

– C'est sûrement le type que j'ai vu au premier, chuchota Sirine.

Elle fila à la porte.

– On peut fermer à clé ?

– Pas de l'intérieur. Mais on ne peut pas non plus la déverrouiller de l'intérieur, ajouta-t-il en la regardant avec un sourire en coin.

Le visage de Sirine s'illumina.

– Je vois où tu veux en venir, mon cher Negret. Et ça me plaît bien.

Après une petite mise au point stratégique, il descendit quelques marches de l'escalier et se pencha au-dessus de la rampe.

– Prête ? chuchota-t-il par-dessus son épaule.

Une minute plus tard, l'un des acolytes de M. Vinge émergea de la 4N. Negret donna un petit coup de talon contre une marche. L'individu leva les yeux. Negret sauta sur place, comme s'il était horrifié de s'être fait surprendre, et remonta au grenier au pas de course. Il referma la porte d'un coup de pied et plongea derrière le portant à vêtements qui se trouvait juste derrière.

Les pas de l'homme martelèrent l'escalier et la porte se rouvrit.

– Personne ne te veut de mal, petit ! lança-t-il.

Cachée derrière une malle un peu plus loin à l'intérieur du grenier, Sirine se releva juste assez pour faire apparaître le haut de sa tête. L'homme la vit et fit un pas en avant. Elle replongea derrière la malle.

– C'est promis ? demanda-t-elle.

L'individu plissa les yeux et s'avança davantage.

– Ouais, promis. Sors de là et on va aller retrouver les autres.

– C'est sûr ? insista Sirine d'un ton hésitant.

Negret attendit. L'homme fit un pas de plus en direction de la malle, puis un autre. Encore un peu de patience…

– Allez, viens, maintenant. Si on veut régler cette histoire, on ne peut pas te laisser cavaler partout. Ça perturbe tout le monde. C'est comme ça qu'il finit par y avoir des accidents.

– Bon, d'accord, chantonna Sirine gaiement. Me voilà !

Il avait beau s'y attendre, Negret eut un choc en la voyant apparaître de nulle part. Elle se matérialisa tout à coup debout sur une caisse à deux pas de l'individu. Celui-ci, pris de court, recula en trébuchant, puis se ressaisit et tenta de l'attraper.

Negret fonçait déjà vers la porte, son sac rebondissant contre son dos. À la seconde où il l'eut franchie, il la claqua et prit la clé sous le pot de fleurs. *Clic*, fit la serrure tandis que l'homme se jetait sur la porte de tout son poids.

– Il a oublié de s'assurer qu'il n'y avait pas de piège, ricana Negret en fourrant la clé dans sa poche, tandis que Sirine ressurgissait à ses côtés.

– Un vulgaire amateur ! Félicitations, Negret ! Tu viens de remporter ton premier combat. Un à terre, plus que deux adversaires à vaincre.

L'homme se mit à cogner furieusement contre la paroi. Negret en tête, les deux aventuriers filèrent se réfugier dans la première chambre vide qu'ils trouvèrent au quatrième.

– On ne peut pas descendre par l'escalier, dit Negret. S'ils ont envoyé ce type me chercher, ils doivent être sur le qui-vive.

– Et si notre prisonnier continue à frapper comme ça, ils vont finir par l'entendre, observa Sirine en s'asseyant sur le pliant à bagages, les coudes sur les genoux. S'il ne revient pas, Vinge va probablement envoyer le deuxième type voir ce qui se passe. On n'a pas intérêt à traîner ici. Qu'est-ce qu'on fait ?

III

Les yeux de Negret tombèrent sur l'escalier de secours à l'extérieur de la fenêtre.

– T'es d'accord avec moi que ça compte comme une situation d'urgence ? lui demanda-t-il.

– Ouais, on peut dire ça, admit-elle en suivant son regard.

Il se gratta la tête et alla jeter un coup d'œil au-dehors. Les marches couvertes de neige s'arrêtaient juste au-dessus d'un petit toit en pente.

– En bas, c'est le réduit du générateur, précisa-t-il. On peut facilement sauter à partir du toit. Ça nous amènerait pile devant la porte de la cuisine qui donne sur l'arrière.

– À côté de la buanderie où ils ont enfermé tout le monde ?

– Ouaip.

– Pas mal, comme plan.

– Ouaip.

Elle l'observa, le front plissé, et lui demanda d'une voix tendue :

– Tu te sens capable de descendre par là ? Il suffit que tu rates une marche et… Il suffit que tu rates une marche et tu risques de te retrouver avec un gros point commun avec moi, acheva-t-elle.

« Le sang-froid face à l'imprévu… Athlétique… Excellentes compétences en agilité et en intelligence… » Negret fourragea dans son sac et enfila ses Gantelets de Broussailles du Maestro (également anti-froid, avantage non négligeable).

C'était une chose de s'imaginer en escaladeur. C'en était une autre d'entreprendre sur quatre étages la descente d'un escalier de secours bien réel, verglacé et battu par le vent, puis de sauter sur un toit et de ce toit par terre.

Dans le monde réel, Milo n'avait rien d'un roublard. Il n'avait jamais été entraîné par un père roublard convaincu que son fils suivrait ses traces. Il n'était qu'un gamin qui ignorait d'où il venait et qui n'avait pas eu son mot à dire sur l'endroit où il avait atterri. Mais, à cet instant, pensa-t-il, il était libre de décider ce qu'il allait faire. Tout comme il avait décidé qui était Negret, il pouvait décider qui était Milo. Il était libre de choisir quelle personne il allait être désormais.

« Mais il doit être isolé des autres pour accomplir son rôle. Le potentiel qui dort en lui tant qu'il fait partie d'un tout se transforme en pouvoir lorsqu'il s'en trouve séparé. »

À lui, maintenant, de choisir ce qu'il allait faire, avec le potentiel, le pouvoir dont il disposait.

– Negret ?… Milo ?

Il hocha la tête.

– Je vais essayer. Si ça peut aider mes parents à se débarrasser de ces sales types, je dois le faire.

Il souleva le châssis de la fenêtre à guillotine, et la moustiquaire ne résista pas longtemps aux crochets de Clem. Des tourbillons de vent et de neige s'engouffrèrent dans la pièce, envahie par un froid mordant.

– Je te suis, lui dit Meddy. Je serai juste derrière toi.

Milo prit son courage à deux mains et, avec mille précautions, passa une jambe par la fenêtre, puis l'autre.

Il s'agrippa à la rampe et se redressa. Le métal lui glaça les doigts, même à travers les gants, et le vent faisait osciller l'escalier si fort qu'on l'aurait cru prêt à se détacher du mur à tout moment.

– Ça va tenir, précisa-t-il à Meddy en claquant des dents. C'est juste une impression. Papa le fait contrôler tous les ans.

Elle hocha la tête et le rejoignit sur la petite plateforme, mais elle n'avait pas l'air rassuré.

– Ça va ? demanda-t-il.

L'humidité transperçait déjà les semelles de ses chaussures. Il posa un pied sur une marche pour tester la surface glissante.

Brusquement, le châssis de la fenêtre retomba derrière eux.

– Baisse-toi, lui chuchota Sirine.

Milo se recroquevilla le plus possible sans lâcher la rampe, et entrevit l'ombre de l'autre acolyte de Vinge qui passait dans le couloir. Une fraction de seconde plus tard, celui qu'ils avaient enfermé au grenier passa la tête par la porte. Il ne tiqua pas devant la moustiquaire que Milo avait laissée contre le mur, et n'eut pas l'idée de regarder dehors, au-delà de la chambre elle-même. Il disparut dans le couloir sans plus se poser de questions.

– Notre captif a été libéré, on dirait, lui chuchota Meddy.

– C-c-c'est peut-être pas plus mal, lui répondit Milo en grelottant. P-peut-être qu'ils vont continuer à nous chercher. En attendant, M. Vinge est tout seul en bas.

Mais pour combien de temps ? Milo déplaça prudemment l'autre pied. Avec toute cette neige, il était presque impossible de distinguer les contours précis des marches. « Ici. » Son pied glissa un peu sur la neige qui s'effritait, puis se stabilisa.

Il se mit à descendre doucement, agrippé à la rampe. « Ne t'occupe pas du vent. Ne t'occupe pas de la façon dont le métal cogne contre le mur. Ne t'occupe pas du fait que tes pieds dérapent un peu à chaque pas. »

Puis, brusquement, son pied rencontra une grande surface plate. Il avait atteint le troisième étage.

– Attends, lui dit Meddy.

Elle se faufila devant lui (évidemment, elle n'avait pas à craindre de tomber, *elle*) et vérifia par la fenêtre qu'il n'y avait personne dans la chambre.

– C'est bon, la voie est libre.

Et il reprit sa descente, marche après marche, tâtonnant du bout des orteils, les mains crispées sur la rampe.

Déplaçant un pied, puis une main. L'autre pied. L'autre main.

Il avait tellement froid qu'il ne sentait plus ses orteils. Une nouvelle surface plate : ils étaient au deuxième.

– Et… la voie est libre ici aussi, l'informa Meddy après vérification. Plus qu'un étage et on sera sur le toit du réduit. Ça va ?

Il hocha la tête en claquant des dents sans pouvoir s'arrêter. « Plus qu'un étage. »

– Tu t'en sors super bien, l'encouragea Meddy. Allez. Plus qu'un. On y va.

Il avait de plus en plus de mal à bouger les pieds. Sans trop savoir comment, il réussit malgré tout à atteindre le premier étage sans tomber ni geler sur place. L'escalier s'arrêtait à plusieurs mètres au-dessus du sol. Une échelle était fixée sur la dernière longueur par des crochets. Normalement, il suffisait de la détacher pour qu'elle glisse presque jusqu'au sol, et il n'y avait plus qu'à sauter tranquillement par terre. Mais par ce temps, le mécanisme qui la maintenait en place était complètement grippé.

Milo se trouvait trop haut pour se laisser tomber. Mais le réduit du générateur n'était pas loin, et son toit en pente arrivait assez bas pour qu'on puisse en sauter.

– Bon, fit-il en serrant les dents. OK.

Lentement, il se retourna dos aux marches de l'escalier en serrant la rampe de toutes ses forces.

– Tu veux que je te donne le signal ? lui proposa Meddy.

Il hocha la tête.

– Alors… Prêt ? Un… deux… trois !

Elle regarda les mains de Milo, qui avaient tout simplement refusé de lâcher prise.

– On recommence ?

Cette fois, Milo secoua la tête, et sauta.

Ses pieds dérapèrent en se posant sur le toit en pente. Là, à l'image des marches, une couche de glace s'était formée sous la neige et il glissa dessus comme sur un toboggan. Il chercha désespérément une prise à laquelle se rattraper, n'importe quoi, mais ne trouva rien. Et avant d'avoir eu le temps de lâcher un cri, il déboula du toit dans un tas de neige.

Il resta un moment sans bouger, en se demandant s'il s'était cassé quelque chose. Meddy se percha sur une congère à côté de lui.

– Ça va ? Tu es entier ?

– J'ai l'impression.

– Alors lève-toi avant d'attraper une pneumonie. Allez ! Regarde, on y est presque.

Elle lui désigna la porte et l'aida à se relever en le prenant par le coude.

– Ouais.

Une fois debout, il ôta la neige de ses vêtements et glissa une main dans son dos pour s'assurer que son sac ne s'était pas ouvert. Puis ils s'approchèrent prudemment de la porte de la cuisine.

Meddy jeta un coup d'œil par la petite fenêtre habillée d'un rideau.

– Je vois le dos de M. Vinge, mais on dirait que les deux autres sont toujours en train de nous chercher en haut. Tout à l'heure, il y en avait un qui était assis sur une chaise devant la porte de la buanderie. Mais il n'est pas encore revenu.

Elle se tourna vers lui.

– Tu te sens prêt ? On a intérêt à se dépêcher.

– Prêt.

Il se frotta les mains pour les réchauffer et tourna la poignée.

Mais la porte ne s'ouvrit qu'à moitié, et avec un grincement de protestation strident. M. Vinge se précipita dans la cuisine pour voir ce qui se passait.

– Toi ! s'écria-t-il en écarquillant les yeux.

Milo claqua la porte derrière lui et s'appuya dessus.

– On fait quoi, maintenant ?

– Euh…

La porte se rouvrit d'un coup et Milo vola dans la neige. L'un des acolytes de M. Vinge se dressa de toute sa hauteur au-dessus de lui, puis le saisit et le traîna à l'intérieur. Meddy suivit le mouvement en se tordant les mains.

– Apparemment, ils n'étaient plus en haut, murmura-t-elle d'un air penaud.

Chapitre quatorze

LE DERNIER CHARGEMENT DE DOC HOLYSTONE

– Alors comme ça, on joue au plus malin ? remarqua M. Vinge, tandis que l'homme portait Milo dans le salon et le lâchait sans ménagement sur le tapis devant la cheminée.

Nora Wood s'était levée, prête à s'élancer vers son fils.

– Vous, vous restez assise, aboya Vinge.

À contrecœur, elle se laissa retomber sur le sofa entre son mari et Fenster Plum.

– Ça va, Milo ? demanda son père d'une voix forte. Ces types ne t'ont pas fait de mal ?

Son fils fit de son mieux pour le rassurer entre deux claquements des dents :

– Non, papa, t-tout va bien. J'ai j-juste froid, c'est tout.

Il échangea un regard avec Meddy.

– Le plan, Milo, lui rappela-t-elle. Trouve-lui ce qu'il demande pour qu'il débarrasse le plancher, d'accord ?

– OK.

Il se leva et fit face aux trois agents des douanes.

– Monsieur Vinge, vous dites que vous êtes venu ici pour trouver le dernier chargement de Doc Holystone. Si je vous montre où il est et si je vous le donne, vous partirez ? Vous nous laisserez tranquilles ?

M. Vinge le scruta avec intérêt.

– Tu *sais* où il est ?

– Vous savez bien que je suis plus doué que vous pour les jeux de cache-cache. En plus, vous avez pratiquement dit vous-même où il se trouvait. Alors ? Marché conclu ?

– Mouais, répondit l'autre en sortant son pistolet de sa poche d'un geste désinvolte. Je pourrais viser ta mère avec ça et t'envoyer balader, avec tes négociations de marchand de tapis. Mais entendu, ajouta-t-il avec un sourire sinistre. Marché conclu. Tout ce que je veux, c'est cet objet.

« Faites qu'on ait raison, faites qu'on ait raison… », pria Milo.

Il souleva l'un des tabourets du bar et le hissa sur la table sous le lustre. Il avait encore les pieds un peu engourdis et resta prudent en grimpant sur la table, puis sur le tabouret.

Le corps du lustre, en verre, était relié au tube de cuivre contenant les fils électriques par une pièce rectangulaire surmontée d'un cube, également en cuivre. En l'examinant, Milo distingua des parties un peu surélevées sur les côtés du rectangle. « Si ça, c'est un bateau, ces trucs-là sont les sabords », déduisit-il. Le petit cube était disposé à peu près à l'emplacement de la plage arrière d'un voilier. Une soudure presque imperceptible courait tout autour, comme s'il y avait eu autrefois un couvercle qu'on aurait scellé par la suite.

Milo sortit sa trousse de crochets de son sac à dos et en choisit un qui s'achevait par un fin triangle aplati. Doucement, il l'inséra dans la soudure et tourna. Le lustre oscilla en tournoyant sur lui-même, mais le haut du cube se souleva sans peine. Milo plongea la main dedans et toucha du tissu.

– Il y a quelque chose à l'intérieur, dit-il à mi-voix.

Le tabouret disparut brusquement de sous ses pieds. Milo chercha comment se retenir, mais les voiles en verre du lustre lui échappèrent en tanguant et il s'écroula. Il se tordit la cheville et atterrit rudement sur la hanche. Meddy poussa un couinement aigu et plaqua la main sur sa bouche. Depuis le salon, Nora Wood cria le nom de son fils.

– Tout va bien, grogna-t-il. Ouille.

– Je vais prendre ça, dit M. Vinge.

Repoussant le tabouret tombé sur la table, il grimpa dessus en écartant Milo du pied, fouilla dans le cube du lustre et redescendit avec une petite pochette en velours bleu à la main. Il dénoua le ruban qui la fermait et fit tomber le contenu dans sa paume. Sa mine s'assombrit.

Milo ne voyait pas de quoi il s'agissait, mais ce n'était clairement pas ce à quoi M. Vinge s'était attendu. Celui-ci lui jeta un regard noir.

– C'est une plaisanterie ?

– Quoi ? riposta Milo en se massant la cheville. Qu'est-ce que c'est ?

M. Vinge lui brandit l'objet sous le nez. C'était une petite figurine peinte, du même genre que celle que Ben Wood avait offerte à Milo le matin même. À part que c'était une fille. Ou un personnage au visage de fille, puisque le reste du corps était celui d'un oiseau. Une chouette, peut-être.

– Je peux regarder ? demanda-t-il.

M. Vinge lui jeta la figurine avec une moue dédaigneuse. Elle était incroyablement détaillée. Celui qui l'avait créée n'avait pas oublié une plume sur ses ailes arquées ni une écaille sur ses pattes et ses serres, repliées sur une branche. Ses yeux étaient plus ceux d'un rapace que d'un être humain. Milo la retourna. Un mot était peint sur le socle : « Sirine. »

« Il y a une sorte de personnage que j'ai toujours voulu être… »

– C'est une figurine pour les jeux de rôle, expliqua Milo. C'est… C'est une catégorie de personnage qu'on appelle un scoliaste.

Il sursauta en sentant quelque chose couler sur sa joue. Il se toucha le visage et se rendit compte qu'il pleurait.

– C'est un *jouet* ? s'étouffa M. Vinge. Un *jouet pour enfant* ?

Milo hocha la tête. Il regarda Meddy, debout à côté de la table, invisible aux yeux de tous les autres. Elle fixait la petite fille-chouette avec sidération.

– Il a dû la rapporter d'un voyage pour la donner à sa fille, ajouta Milo pour M. Vinge.

– Il ne peut pas y avoir que ça ! protesta l'agent des douanes. Tous ces subterfuges, le fait de l'avoir cachée… Pourquoi quelqu'un se donnerait-il autant de mal pour un malheureux jouet ?

– Vous avez pas de gamins, vous, hein ? lança Fenster depuis le sofa.

– Mais celui qui est venu cacher ce truc ici n'était même pas son père !

M. Vinge avait l'air sincèrement, totalement désorienté.

– Non, mais il l'a fait pour la fille de notre capitaine, rétorqua Fenster. Et c'est pas moi qui ai mis ce machin ici, mais je peux vous dire ce qui s'est passé dans sa tête. « Si je peux rien faire pour Doc, je peux au moins faire ça pour sa gamine. » Ou pour sa mémoire, plutôt. Parce que, à ce moment-là, évidemment, elle était plus là non plus.

Il plissa le front, et il sembla pendant un instant que Fenster Plum, à son tour, allait se mettre à pleurer.

– Je regrette de pas y avoir pensé. Je regrette de pas l'avoir su, conclut-il.

M. Vinge fixa la figurine d'un air ahuri. Puis, d'un seul coup, il retrouva tout son aplomb.

– Dans ce cas, je la prends, déclara-t-il en tendant la main vers Milo.

Tout s'était déroulé exactement comme ils l'avaient prévu mais, tout à coup, en voyant M. Vinge prêt à s'emparer de la Sirine en miniature, Milo la serra contre sa poitrine.

– Pas question. Qu'est-ce que vous en feriez, d'abord ? Vous cherchiez une arme, ou un secret, ou je ne sais quoi. Cet objet-là n'a aucun intérêt pour vous.

– Mais si, au contraire, répliqua M. Vinge. Si Doc Holystone y tenait tant, alors, c'est ce que je suis venu chercher. Parce que si cet objet a fait partie de sa vie, je ne le laisserai pas faire partie de sa légende.

Il avança d'un pas vers Milo, qui fila à l'autre bout de la table et sauta par terre.

Fenster se leva d'un bond.

– Vous seriez prêt à l'emporter et à le cacher par pure méchanceté ? Un *jouet* ?

M. Vinge sortit vivement son pistolet et le visa.

– Décidément, vous n'êtes qu'un imbécile ! Le cacher ne suffirait pas. Ce gamin l'a bien démontré. Et prenez notre cher professeur Gowervine, qui a passé toute sa vie à chercher cet objet ! ajouta-t-il en désignant la porte de la buanderie. Vous croyez qu'il est le seul ? Non, cette chose doit être détruite, même si ce n'est jamais qu'une pièce pour jouer à un jeu.

– Milo, commença Meddy d'une voix hésitante. Ne fais pas cavalier seul ! Ne prends pas de risques idiots. Donne-la-lui avant qu'il fasse je ne sais quoi avec cette arme…

Il ne l'écouta pas.

– Je ne vous laisserai pas faire, répliqua-t-il à Vinge. Cette figurine est à elle, même si elle ne l'a jamais eue. Il ne s'agit pas de Doc Holystone, mais d'un père et de son enfant qui n'ont pas pu se dire au revoir. C'est un trésor, et il n'est pas à vous.

Il essuya ses joues humides avec son poing.

M. Vinge soupira.

– Ne m'oblige pas à me servir de ce pistolet.

Des cris d'indignation s'élevèrent dans le salon.

– Non !

Fenster et les parents de Milo s'étaient levés d'un bloc en se cognant les uns contre les autres, mais avant que l'agent des douanes ait pu braquer son arme sur eux, un brusque changement survint dans l'air de l'hôtel.

Le lustre vibra, de même que toutes les fenêtres du rez-de-chaussée. Le feu mourant cracha une gerbe d'étincelles et la guirlande lumineuse du sapin clignota.

– Arrêtez.

Et toutes les personnes présentes se tournèrent sans exception vers Meddy. Pour la première fois, ils la virent tous.

Milo ne remarqua pas de changement particulier. Elle portait toujours son peignoir jaune ridicule et ses lunettes bleues, mais en dehors de ça, on aurait dit une fille parfaitement normale. Il n'y avait pas de halo autour de sa tête, pas de lueur étrange, rien de ce qui était censé signaler aux gens qu'un fantôme venait de surgir parmi eux.

Mais peut-être suffisait-il qu'une *fille* vienne de surgir parmi eux. Une fille qui, aux yeux de tous les autres, venait de sortir de nulle part.

Tous la fixaient – les parents de Milo, Fenster, M. Vinge et ses deux acolytes – mais elle n'avait d'yeux que pour l'enquêteur des douanes.

Elle marcha droit sur lui et tendit la main vers son pistolet.

M. Vinge recula. Le front en sueur, il leva son arme. Appuya sur la détente.

Milo hurla.

Meddy suspendit son geste et baissa les yeux sur son ventre. Puis elle se retourna pour regarder l'endroit où la balle s'était fichée dans le sol juste derrière elle.

– Vous venez de me tirer dessus, articula-t-elle. J'ai beau être morte, je suis un enfant. Vous venez de tirer sur un enfant.

Elle secoua la tête avec dégoût. Puis, en un clin d'œil, elle se retrouva à quelques centimètres du visage livide et luisant de sueur de Vinge. Très exactement au niveau de son visage, alors que l'agent des douanes mesurait plus d'un mètre quatre-vingts et que le fantôme d'Addie Whitcher était plus petit que Milo.

– Je vais prendre ça, dit-elle d'une voix où semblaient s'entrechoquer des icebergs. Avant que quelqu'un soit blessé.

L'instant d'après, elle tenait le pistolet à la main et avait recouvré sa taille normale. M. Vinge s'appuya à la table, les mains crispées sur sa poitrine.

– Euh, patron ? fit l'un de ses acolytes d'un ton incertain.

– On vous a déjà demandé de quitter cette maison, reprit Meddy avec un calme effrayant.

Ses yeux passèrent de Vinge à l'agent qui venait de parler, puis à son collègue, avant de revenir sur l'enquêteur.

– Ce n'est pas une question. Vous allez quitter cette maison. Vous allez laisser mes amis tranquilles. Et vous en ferez autant pour la mémoire de mon père.

M. Vinge releva les yeux et, malgré sa terreur évidente, sembla sur le point d'argumenter. Mais avant qu'il ait pu ouvrir la bouche, Meddy était de nouveau nez à nez avec lui, aussi grande que lui et, cette fois, son visage était presque défiguré par la colère.

– Vous allez quitter cette maison !

Son cri tenait à la fois du hurlement et du gémissement et força Milo et les autres à se boucher les oreilles. C'était un son horrible, chargé de tristesse et de chagrin. Et de peur, aussi, sentit Milo. Meddy s'effrayait elle-même. Mais, plus forte que la peur, plus forte que le chagrin, il y avait la rage d'Addie Whitcher, qui chauffait son visage à blanc, révélant toute la colère de son cœur aussi clairement que la lumière du jour révèle un paysage. Et cette rage ne laissait à M. Vinge aucune autre chance que la fuite.

Il fila entre la table et le fantôme hurlant, dont la main tenait toujours le pistolet le long de son corps, et se précipita dans l'entrée. Il franchit la porte en luttant contre les rafales de vent qui s'engouffraient à l'intérieur et disparut dans la neige et la nuit. Malgré la force du vent, la porte se referma en claquant. Puis elle se rouvrit et une bourrasque arracha un manteau accroché à l'une des patères pour l'emporter à son tour dans la nuit.

Par la fenêtre, on put voir la silhouette sombre de M. Vinge courir en zigzags vers la route. Son manteau le poursuivit jusqu'à ce qu'il le remarque avec un sursaut de panique. Le manteau le fit tomber en lui fauchant les jambes. M. Vinge finit par se relever, ramassa le manteau, attendit, l'enfila et reprit sa course. Puis il disparut.

Les yeux de Meddy quittèrent la porte pour se poser sur les deux agents.

– Qu'est-ce que vous attendez ? leur demanda-t-elle d'un ton glacial. Vous voulez peut-être que je vous apporte vos manteaux aussi ? Ou il faut que je vous refasse ma tête de fantôme ?

Ils échangèrent un coup d'œil et s'élancèrent dans la nuit.

Meddy regagna le salon en tenant toujours l'arme du bout des doigts comme un rat mort. Elle la déposa précautionneusement sur la table et regarda les parents de Milo.

– Je crois que quelqu'un devrait ranger ça en lieu sûr.

Nora Wood hocha la tête, l'air secoué. Elle ramassa prudemment le pistolet puis regarda autour d'elle, avant de filer vers le petit secrétaire de la cuisine, qui fermait à clé. Ben Wood se précipita vers son fils et le serra très fort contre lui en tremblant.

– Je vais bien, papa, lui assura Milo. Il faudrait peut-être libérer les autres.

Ben Wood émit un son à mi-chemin entre le rire et une espèce de soupir de soulagement géant.

– Bien vu, lâcha-t-il. Il va sans doute falloir défoncer la porte de la buanderie. C'est l'un des gorilles de Vinge qui a la clé.

– Moi aussi, je l'ai, dit sa femme depuis la cuisine. Il y a un double dans un tiroir.

Pendant ce temps, Fenster dévisageait fixement Meddy.

– Addie ? fit-il d'un ton hésitant. Addie Whitcher ?

Elle sourit au vieux passeur.

– Salut, Fenster. Je suis contente de te voir. Merci pour tout ce que tu as dit sur mon père.

Puis elle sourit à Milo et ajouta :

– Et merci à toi. Sauf pour ce que je t'ai dit à propos des risques idiots. On avait un *plan*, je te rappelle. Il aurait vraiment pu te faire du mal. Et je ne savais pas ce que j'étais capable de faire avant d'essayer. Ça aurait pu sérieusement déraper.

Elle paraissait encore un peu choquée.

– Le plan ? fit Ben Wood en les regardant tour à tour. Vous… vous deux… vous aviez un plan ?

Il passa une main sur son visage.

– Milo, une fois que j'aurai compris quelque chose à tout ça, on aura une vraie discussion sur l'attitude à adopter face à une personne armée. Mais ça attendra, parce que, là, je suis incapable de penser.

– Tu m'étonnes, commenta sa femme. Vous êtes libres ! annonça-t-elle aux autres en ouvrant en grand la porte de la buanderie. On a gagné. Ou plutôt : Milo et son amie ont gagné.

Cette remarque nécessita bien sûr quelques explications et de nouvelles présentations. Tout le monde dévisageait Meddy.

– Voyons si j'ai bien tout compris, déclara le Pr Gowervine en la fixant lui aussi. Toi, Milo, tu as retrouvé l'objet de Doc Holystone pour pousser M. Vinge à s'en aller et tu as changé d'avis au dernier moment ?

Milo confirma d'un hochement de tête.

– J'aurais dû obéir à Med… à Addie. Elle voulait que je donne la figurine à Vinge. Mais elle est à toi, Addie, ajouta-t-il en la lui tendant. C'est à toi de l'avoir. C'est un objet précieux. Ça vient de ton père.

Meddy la prit dans le creux de ses mains.

– Elle est vraiment superbe.

Elle la brandit devant elle pour la laisser voir au Pr Gowervine, qui rôdait en essayant visiblement d'y jeter un coup d'œil.

– Hein qu'elle est superbe ? répéta-t-elle.

– C'est effectivement une scoliaste, intervint Ben Wood en scrutant la petite fille-chouette, puis Meddy.

Alors, c'est grâce à toi que Milo est devenu tout à coup incollable sur les Grands Chemins ?

Elle hocha la tête.

– Et si on jouait à trois, un de ces jours ? proposa Milo. Mais peut-être que… tu dois t'en aller ? Maintenant que tu as eu ton cadeau et que M. Vinge est parti ?

Elle réfléchit un instant.

– Je ne sais pas. Je… Je n'ai pas l'impression de devoir partir. Mais vous n'avez peut-être pas envie d'avoir une maison hantée, observa-t-elle à l'intention des Wood.

Nora Wood haussa les épaules avec un sourire épuisé.

– On dirait qu'elle l'est déjà depuis un moment. Sans parler du fait que tu y étais chez toi avant nous.

– En fait, avoua Meddy, je ne sais pas vraiment comment ça marche, tout ça. C'est ce que je te disais, Milo. Le temps passe bizarrement, et je ne sais pas ce qu'il devient. Alors je ne sais pas non plus si je vais réapparaître ici ou pas. Mais si ça ne vous ennuie pas, j'aimerais bien passer vous voir tant que je peux le faire. Et, pourquoi pas, jouer aux Grands Chemins.

Ben Wood, qui ne semblait pas encore avoir retrouvé tous ses esprits, parvint quand même à sourire.

– Ça nous ferait très plaisir, lui assura-t-il.

De son côté, le Pr Gowervine avait pris la figurine pour l'examiner de plus près.

– Sans vouloir paraître déçu, c'est vraiment ce que j'ai cherché pendant tout ce temps ?

– On s'est demandé si le lustre n'avait pas été créé par Skellansen. Ce serait possible ?

– Oui, tout à fait, vous avez probablement raison là-dessus. Si je n'avais pas été aussi obnubilé par un objet qui… enfin, qui raconte une histoire, comme un vitrail, je m'en serais sans doute rendu compte aussi.

Puis il fronça les sourcils.

– Mais toutes mes sources indiquaient très nettement que Skellansen avait choisi Doc Holystone comme sujet de ses vitraux pour le bâtiment des archives.

Il rendit la figurine à Meddy d'un geste maladroit et retira sa main un peu trop vite, comme s'il avait peur qu'elle morde.

– Cependant, je suis d'accord avec Milo, cette figurine est un trésor en soi, se hâta-t-il d'ajouter. Ainsi que le lustre. Il reste si peu d'œuvres de Skellansen que c'est incroyable d'en trouver une ici. Mais enfin… vous comprenez.

– Vous voulez dire que ce ne sont pas *vos* trésors, formula Meddy.

– Voilà, c'est cela, acquiesça-t-il tristement.

Milo leva les yeux vers le lustre, prit le tabouret qu'avait renversé M. Vinge et le remit sur la table.

– Papa, tu peux me le tenir ?

Son père lui jeta un regard suspicieux, mais maintint le tabouret tandis qu'il montait dessus. En s'appuyant sur l'épaule de son père, Milo se hissa sur la pointe des pieds et tendit de nouveau la main vers la coque en cuivre. Il venait de se rappeler que le voilier avait légèrement tourné sur lui-même quand il avait soulevé le petit couvercle qui formait le pont. Il lui imprima un mouvement de torsion, et le voilier se dévissa sans opposer de résistance. Milo continua à le faire tourner, jusqu'à ce que le voilier se détache du tube qui contenait les fils électriques. Le lustre était plus lourd qu'il ne l'aurait cru, et il faillit le lâcher avant d'avoir pu le passer à son père. Puis il examina l'intérieur du tube. Quelque chose était enroulé à l'intérieur, adhérant si parfaitement à la paroi qu'il ne l'aurait sans doute pas remarqué d'un simple coup d'œil. Il le saisit et tira doucement sur la spirale de papier, qui se déroula.

– Waouh, souffla-t-il. Professeur Gowervine, vous voulez regarder en premier ?

Il n'eut pas à le lui demander deux fois. Le professeur se précipita et prit le cylindre avec mille précautions, presque avec dévotion. Tandis que Milo redescendait de son perchoir, il posa le papier sur la table et, très délicatement, entreprit de le dérouler.

– Oh là là, murmura le professeur.

Le papier révéla une peinture stupéfiante.

– Oh là là, répéta le professeur. Oh là là. Vous croyez que... ?

Nora Wood fila à la cuisine et revint avec des tasses à café propres. Doucement, le professeur en posa une en guise de presse-papier sur chaque coin du document.

– Oh là là. *Oh là là...*

Le dessin représentait un petit voilier qui descendait un fleuve à bonne allure. Sa figure de proue était une créature ailée que Milo crut identifier comme un albatros. C'était un bateau magnifique ; d'après les jets d'écume autour de la proue et le gonflement des voiles, le genre que le grand-père de Milo aurait qualifié de « brave petit voilier vif et sûr ». Derrière lui sur le fleuve, on voyait un autre bateau, qui semblait loin d'être aussi vif. Il paraissait lutter pour ne pas se faire distancer, et ses voiles n'étaient pas aussi tendues.

L'homme qui tenait la barre n'avait pas l'air de s'en inquiéter. Il portait un chapeau en toile imperméable avec une épingle en or fichée dans le ruban. Il était rasé de près, avec des favoris blond roux, exactement de la même couleur que les cheveux de Meddy. Il était plus jeune que Milo ne l'avait imaginé, mais il avait l'expression grave et déterminée et les yeux brillants d'un héros. On sentait qu'il consacrait son énergie à des choses importantes, difficiles, et qu'il ne s'en laissait pas détourner. Tout cela se devinait à son expression et à sa manière de tenir la barre. Et à en juger par les groupes de gens qui lui faisaient de grands signes et l'acclamaient depuis la rive, on supposait que cette énergie était au service du bien. On avait envie de se joindre à ce public enthousiaste sans même savoir qui il était. Le capitaine Michael Whitcher, le trafiquant connu sous le nom de Doc Holystone.

Le Pr Gowervine avait appelé ce type de document un tracé, et cela y ressemblait, en effet. Les contours y étaient dessinés dans un trait épais qui devait sans doute représenter les lignes de plomb reliant les pièces de verre. Mais le dessin n'avait rien de schématique. Les couleurs étaient subtiles et variées et les lignes étaient si fluides qu'elles semblaient animées, depuis l'écume qui jaillissait à la proue jusqu'aux voiles gonflées par le vent. Les seuls autres endroits où Milo se rappelait avoir vu des gens dépeints sur des vitraux étaient des églises. Mais le visage de cet homme à la barre n'avait rien de commun avec les silhouettes immobiles et les expressions figées des saints qu'il connaissait. On aurait dit que le capitaine allait tourner la tête d'une seconde à l'autre pour vous regarder.

C'était d'une beauté à couper le souffle – une véritable œuvre d'art, même si le vitrail final n'avait jamais vu le jour. Il était même difficile d'imaginer que le vitrail puisse surpasser le tracé.

Meddy tendit la main et frôla le visage peint.

– C'est mon père, dit-elle doucement. C'est exactement comme ça que je me souviens de lui.

– C'est aussi comme cela que je le voyais, ajouta le Pr Gowervine. Quel trésor ! Cette maison est remplie de trésors !

Lui qui était si raide, si coincé et irritable depuis son arrivée à l'hôtel paraissait enfin détendu et heureux.

– Ça, on peut le dire, approuva Milo.

– Professeur, vous disiez que vous cherchiez ce document depuis toujours, intervint Nora Wood. Que comptiez-vous faire si vous le trouviez ?

Le professeur n'arrivait pas à détacher les yeux du tracé.

– Je ne sais pas. Avant de vous raconter l'histoire, j'espérais peut-être que vous n'en connaîtriez pas la valeur et que vous accepteriez de me le vendre. Mais c'est à vous de le garder, bien sûr, précisa-t-il, totalement sincère. Sa place est ici, chez vous. Avec le… souvenir de sa fille.

– Mais si… – Meddy hésita – si vous pouviez l'emprunter ?

– Eh bien… dans ce cas, je l'emporterais à l'université, et j'en ferais faire une copie par un maître verrier en qui j'ai toute confiance. Un ancien élève de Skellansen, d'ailleurs. Et avec votre accord, je pourrais lui demander de passer à la fabrication du vitrail, comme c'était prévu. Peut-être bien qu'à ma demande, l'université serait prête à l'exposer.

Il toucha un bord du papier un peu écorné par le frottement contre les fils électriques dans le tube.

– Et je pourrais aussi faire encadrer ce tracé pour vous, afin de le protéger.

– Voilà qui me paraît une excellente idée, approuva Ben Wood. Qu'en penses-tu, Milo ?

– Je pense que c'est à Meddy de décider. Enfin, à Addie.

– Je suis d'accord, intervint sa mère.

– Et moi, je pense que vous devriez l'emporter, déclara Meddy au professeur. Prenez-en bien soin. Je serais très heureuse que d'autres gens puissent admirer ce portrait.

– Ton père était mon héros, tu sais, lui répondit le professeur. Un jour, plus tard, peut-être pourrions-nous parler de lui tous les deux.

– Ce serait super ! s'exclama Meddy, rayonnante.

Et Milo fut de nouveau submergé par la joie qu'il avait ressentie quand Mme Hereward avait raconté à Owen l'histoire de Lansegwann. La famille de Meddy avait disparu, mais elle avait trouvé quelqu'un qui était prêt à partager ce qu'il savait sur son père, et qui serait heureux de l'entendre parler de lui.

Nora Wood vint passer le bras autour des épaules de son fils. Depuis le départ de M. Vinge, il ne restait dans l'hôtel que de vieux amis, ou des personnes venues à la recherche de quelque chose, et qui l'avaient trouvé – du moins assez pour s'en contenter – et qui avaient elles-mêmes donné quelque chose. Mme Hereward, qui avait trouvé une lanterne et offert à Owen un pan de son passé ; Georgie, qui avait trouvé une réponse (même si ce n'était pas celle qu'elle espérait) et persuadé Mme Hereward de raconter l'histoire de Lansegwann ; Owen, venu à la recherche de Clem et qui avait donné à Milo le trésor de son enfance ; Clem, venue en quête de la clé qui lui ouvrirait le cœur d'Owen et qui avait aidé Milo à s'échapper pour sauver tous les autres ; et le Pr Gowervine, venu à la recherche de son héros et qui pourrait apprendre à Meddy des choses sur sa famille.

– J'ai l'impression que ça s'est mieux passé que prévu, déclara Milo. Et ce n'est même pas encore Noël.

Au milieu de la rumeur de satisfaction qui accueillit cette déclaration, on entendit retentir le tintement glacé de la cloche du funiculaire.

Chapitre quinze

DES DÉPARTS

Il était tard ; le temps que le pilote du bateau-bus ait avalé une tasse de café, que ses gants et son écharpe aient séché dans le sèche-linge et qu'il se déclare prêt à repartir, la nuit était tombée. Un par un, les clients de l'hôtel descendirent l'escalier avec leurs bagages.

– Vous êtes sûrs de vouloir partir maintenant ? demanda Nora Wood à Clem et à Owen quand ils vinrent régler leur note. Il est tard, et il gèle dehors. Où comptez-vous aller ?

– Owen habite sur les quais, répondit Clem. On sera rentrés avant que le père Noël soit monté dans son traîneau, ajouta-t-elle avec un clin d'œil à Milo. Et on peut vous envoyer des avocats fiables dès qu'ils auront le temps de passer. J'en connais un ou deux qui ne se laisseraient pas intimider par des agents des douanes, et ça vous ferait peut-être du bien de discuter de tout ça avec quelqu'un.

– Eh bien, pour être honnête, ce serait génial, avoua Ben Wood. Mais seulement si vous êtes sûrs de vouloir partir. Et on espère que vous avez apprécié votre séjour, bien sûr.

Ils éclatèrent de rire tous les quatre.

– Hé ! Mais vous ne m'avez pas montré comment ouvrir les serrures ! protesta Milo en voyant Clem et Owen se diriger vers la porte avec son père et M. Ostling, le pilote du bateau-bus.

En entendant les mots « ouvrir les serrures », ses parents le fixèrent tous deux avec le même air interrogateur, mais ne firent aucun commentaire.

– C'est vrai, reconnut Clem en s'asseyant à côté de lui sur l'accoudoir de son fauteuil. Voilà ce que je te propose : en rentrant chez moi, je t'envoie un manuel pour que tu puisses commencer. Et ensuite, un de ces jours, j'essaierai de repasser pour voir comment tu t'en sors. Ça marche ?

– Ça marche !

Puis Owen vint lui serrer la main.

– Encore merci pour tout, Milo. J'ai été très heureux de vous rencontrer, tes parents et toi.

Mme Hereward arriva la suivante, suivie de près par le Pr Gowervine. Elle se tourna vers Milo.

– Jeune homme ?

Celui-ci se redressa dans son fauteuil.

– Oui, madame Hereward ?

Elle le regarda d'un air sévère, qui fondit brusquement dans un sourire, et lui tendit un paquet plat enveloppé de papier rouge à rayures.

– Joyeux Noël, Milo.

– C'est pour moi ? Merci !

Il déchira l'emballage et ouvrit la boîte. Elle contenait une écharpe et une paire de moufles vert foncé, parsemées ici et là de petits flocons bancs.

– C'est ça que vous tricotiez tout le temps ?

– Oui. Mais je t'avoue que je ne savais pas avant aujourd'hui pour qui elles étaient. Tu as été admirable avec nous tous, Milo, alors que nous n'avions rien fait pour cela, c'est certain. Celui qui a dit que cette maison était remplie de trésors a bien raison, et je pense que tu es le plus précieux de tous.

Elle lui tapota l'épaule et reprit son expression de sérieux habituelle.

– Bien, assez de sentimentalisme. Si tu mettais ces moufles pour m'aider à porter mes affaires ?

Milo se couvrit pendant que M. Bas et Mme Haut réglaient leurs factures et ramassa autant des sacs de Mme Hereward qu'il pouvait en soulever. Puis, d'un pas prudent, il franchit la porte, descendit les marches et gagna la flaque de lumière couleur de beurre fondu du pavillon et les petits points dorés des loupiotes sous leur couche de givre.

Son père était là, une main sur le levier qui activait le treuil. D'après les grincements produits par les rails, l'*Ouragan de Secrets' Hill* et les deux amoureux qu'il transportait devaient en être aux deux tiers de la descente.

– Mme Hereward et le Pr Gowervine partent aussi, annonça Milo, un peu haletant, en posant les bagages.

– Clem m'a prévenu, répondit Ben Wood.

Il tira sur l'écharpe de son fils.

– Un cadeau de la tricoteuse ?

– Ouais. Et ça aussi ! fit Milo en levant les mains.

– Sympa.

La musique des rails changea et Ben Wood remit le levier dans sa position initiale. Quelques instants plus tard, la cloche retentit en bas de la pente : une seule note métallique, asséchée par le froid. Ben Wood appuya sur le levier pour faire remonter l'*Ouragan* et ils attendirent en silence, en regardant les légers voiles de neige s'envoler des branches qui frémissaient dans le vent. Les lumières de la guirlande scintillèrent, agitées elles aussi par le vent, et enfin le nez bleu du funiculaire apparut en haut de la pente, pile alors que Mme Hereward et le Pr Gowervine arrivaient au pavillon.

– Ce fut un charmant séjour, dit le Pr Gowervine. Merci du fond du cœur.

Et il tapota le tube que Milo avait pris pour un étui de télescope, et qui protégeait maintenant le précieux tracé du vitrail de Doc Holystone réalisé par Skellansen.

Mme Hereward se contenta de saluer Ben Wood d'un signe de tête et pressa une dernière fois l'épaule de Milo, puis ils disparurent à leur tour dans la pente.

– Allons voir s'il reste du chocolat chaud, dit Ben Wood quand la cloche leur signala que les passagers étaient arrivés sans encombre à destination.

Ils croisèrent Georgie sur le perron.

– Vous allez prendre le bateau avec les autres ? demanda le père de Milo, prêt à retourner au pavillon.

– Non. Après toutes les histoires que j'ai faites pour repartir en bateau, je prends le train. Brandon conduit Fenster en ville, j'ai demandé si je pouvais en profiter. C'est plus… tranquille, précisa-t-elle en souriant tristement. Mme Caraway et sa fille viennent avec nous. Elles devraient être là dans une minute.

Milo battit des paupières. Les Caraway connaissaient l'existence du STS, parce que Brandon était un familier de l'hôtel. Mais Georgie ?

– Il vous a parlé du STS ?

Elle lui jeta un petit regard ironique.

– Je te rappelle qu'on me surnomme l'Œil, Milo. Je n'ai pas eu *besoin* qu'on me le dise. J'ai juste eu à convaincre Brandon que je ne le répéterais à personne, et que c'était le genre de secret qu'un voleur garde pour lui.

– Waouh. *Comment* vous l'avez su ?

Georgie sourit.

– Les voleurs n'ont pas pour habitude de révéler d'où ils tiennent leurs informations. Mais je vais te dire une chose : il y a un gros indice dans le *Livre ordinaire du raconteur.* Ne néglige jamais les contes populaires si tu veux vraiment apprendre des choses sur les lieux dont ils parlent.

– Je ne suis pas encore arrivé à cette histoire-là, dit Milo en fouillant sa mémoire. Mais ça me fait penser… vous partez sans votre livre ! Je vais le chercher. Je reviens tout de suite.

– Attends… Tu ne l'as pas terminé ?

– Presque, mais pas tout à fait.

– Et tu voudrais le finir ?

Milo réfléchit.

– Oui, il me plaît beaucoup.

– Alors garde-le. Et prête-le à quelqu'un d'autre ensuite. D'accord ?

– Cool ! Entendu, je le ferai.

Il dansa d'un pied sur l'autre tandis qu'ils attendaient Fenster.

– C'est triste, dit-il enfin. Tous les autres ont trouvé quelque chose qui comptait pour eux. Tous sauf vous.

– Erreur, objecta Georgie en souriant. J'ai eu droit à un gâteau bleu. Un gâteau bleu tout à fait délicieux, ajouta-t-elle en voyant Fenster arriver sur le perron avec Brandon.

– Ce fut un plaisir pour moi, dit le passeur en s'inclinant galamment. Même si Mme Hereward a été un peu radine sur la cannelle.

Georgie prit le bras du vieux trafiquant.

– Elle, elle dit que c'était du poivre.

– Une pincée, je ne voulais pas en mettre plus qu'une pincée, grommela Fenster. C'est pas avec ça qu'on risquait de chavirer.

Brandon serra énergiquement la main de Milo.

– À la revoyure, matelot. Et joyeux Noël.

Puis Milo eut droit à des câlins de Mme Caraway et de Lizzie, et le troupeau, accompagné de Ben Wood, partit en direction de l'abri en briques qui cachait l'entrée de la station. Milo les suivit des yeux jusqu'à ce qu'ils eurent disparu dans les bois.

– Je vais y aller aussi. En tout cas pour l'instant.

En tournant la tête, Milo découvrit la fille fantôme qui se tenait à côté de lui.

– Tu n'es pas obligée, tu sais.

Meddy – que Milo n'arrivait toujours pas à appeler Addie – hocha la tête.

– Oui, je sais, et je t'en remercie. Mais tu as droit à ton Noël en famille, maintenant que tous les autres sont partis. C'est bien ce que tu voulais depuis le début ?

– C'est vrai, reconnut-il. Mais maintenant, ça m'est égal. Toi, en tout cas, tu ne me déranges pas. Tu es la bienvenue si tu veux passer Noël avec nous.

Et à sa propre surprise, il était sincère.

Meddy sourit joyeusement.

– Nan, pas cette fois-ci. Mais je reviendrai, c'est sûr.

Elle sourit encore plus largement avant de préciser :

– J'ai tout le temps du monde !

Milo regarda sa nouvelle amie.

– Si tu en es sûre.

– J'en suis sûre. Tu verras, je t'ai laissé un petit souvenir, après tout ce que tu as fait pour moi.

– Bon, ben... merci ! Et joyeux Noël, Meddy-Addie-Sirine.

Il lui tendit la main maladroitement et ils se la serrèrent dans un geste solennel.

– Joyeux Noël, Milo-Negret.

Puis, exactement comme elle l'avait fait dans la Grande Réserve, son image clignota et elle disparut.

Milo resta quelques instants sur le perron en grelottant dans les tourbillons de neige, les yeux rivés sur l'endroit où elle s'était évaporée. Puis il rentra.

Sa mère se tenait à la fenêtre. Elle l'appela d'un geste et il la rejoignit. La maison paraissait bien vide, tout à coup, et le crépitement du feu semblait résonner dans tout le salon.

– Comment tu te sens, mon loup ?

– Bien. Juste un peu fatigué.

– Et ton amie ?

– Elle est partie, dit Milo, le regard perdu dans la nuit. Pour l'instant.

– Tu crois qu'elle reviendra bientôt ?

– Je crois, oui. J'espère.

– C'est grâce à elle que tu t'es autant amusé ces derniers jours, même si tes vacances ne commençaient pas comme tu aurais voulu ?

Milo fit oui de la tête, et sa mère le serra contre elle.

– Alors, moi aussi, j'espère que tu la reverras bientôt.

Ils restèrent un moment sans parler devant la fenêtre.

– Milo, reprit soudain Nora Wood, tu sais que ton père et moi, on est au courant que tu penses encore à ta famille biologique ?

Il se crispa, mais seulement quelques secondes.

– Et tu sais aussi qu'on le comprend ? On est conscients que ça ne veut pas dire que tu ne nous aimes pas. Et on ne voudrait surtout pas que tu te sentes coupable d'aimer aussi tes parents biologiques et de penser à eux.

Une boule noua la gorge de Milo.

Sa mère poursuivit en pesant ses mots, les yeux sur la fenêtre :

– En fait, j'ai pensé qu'avec tout ce qui s'est dit sur... enfin, tout : le passé de cette maison, Doc Holystone et sa fille, Owen qui a été adopté et qui a découvert quelque chose sur ses ancêtres... et aussi ce merveilleux cadeau qu'il t'a fait... J'ai pensé que ça devait te faire quelque chose. Te rendre triste, ou heureux, je ne sais pas, mais que ça devait te faire quelque chose même si tu ne savais pas trop ce que c'était. Et tu as peut-être envie d'en parler. Avec moi, ou avec ton père. Ou pas. C'est ton choix.

Des larmes idiotes. Milo s'essuya les yeux sur le col de son haut de pyjama.

– OK.

Ben Wood revenait vers la maison en s'enfonçant dans la neige de la pelouse.

– Mais peut-être pas ce soir, reprit Milo. Ce soir, on fête Noël.

– Bien sûr. Quand tu en auras envie.

Sa mère le serra une dernière fois contre elle. Son père enleva ses bottes dans l'entrée. Puis Nora Wood mit un vieux disque et, peu à peu, la Villa de Verre cessa d'être un hôtel vide pour redevenir la maison de Milo à Noël.

Ils veillèrent tard, pour profiter enfin de ce moment entre eux. Il y avait du chocolat chaud, des biscuits à la cannelle et des cookies blancs et moelleux que sa mère appelait des oubliés, et le temps que ses parents poussent un Milo à moitié endormi dans l'escalier, minuit était largement passé.

Milo se glissa dans son lit et remonta sa couverture en patchwork jusqu'au menton. Normalement, le soir de Noël, il mettait des heures à trouver le sommeil. Mais cette nuit-là, ses yeux se fermèrent tout seuls.

Le vent faisait trembler les arbres et voguer des nuages pâles dans le ciel d'hiver. Tout autour de lui, la maison leur souhaitait bonne nuit avec ses murmures familiers, et Milo Wood sombra dans des rêves de roublards, de trafiquants et de scoliastes, de maisons remplies de trésors et de secrets encore à découvrir. La dernière chose qu'il vit avant de s'endormir fut sa figurine des Grands Chemins, celle que son père lui avait donnée, posée sur sa table de chevet à côté du dragon en ivoire d'Owen. Mais le bretteur-éclaireur et le dragon n'étaient pas seuls. Entre les deux se tenait Sirine, la fille-chouette.

– Bonne nuit, murmura Milo. À bientôt.

NOTE DE L'AUTEURE

En 2010, mon mari et moi avons décidé de nous lancer dans une procédure d'adoption à l'étranger. Ce n'était pas un problème de stérilité (un point que nous avons souvent dû expliquer après la naissance de notre premier enfant, Griffin, en 2013). À vrai dire, de nombreux éléments nous ont amenés à ce choix. Et, bien que nous ayons finalement décidé que je mènerais une grossesse parallèlement, la procédure ayant été lancée, il n'était pas question d'abandonner le membre inconnu de notre famille à l'autre bout du monde.

Nous avons choisi la Chine parce que nous nous intéressons tous les deux à son histoire et à sa culture. Nous avons commencé à nous informer, à la fois de notre côté et avec l'agence d'adoption, et parmi les nombreux sujets sur lesquels nous avons lu et discuté figuraient des questions sur l'identité, la famille, la culture et l'héritage. Dans mon livre *The Broken Lands*, on trouve déjà Jin et le discours que lui tient Liao en haut du pont de Brooklyn. Rien de très surprenant à ce que Liao ait évolué du statut de personnage secondaire à celui de protagoniste précisément au moment où Nathan et moi avons décidé d'adopter.

J'ai commencé à écrire *L'Étrange Hôtel de Secrets' Hill* à l'été 2011, à une période où mon groupe d'écriture s'était lancé dans un jeu de rôle dans lequel nous nous donnions des mots pour déclencher l'inspiration. C'est Lindsay Eland qui a trouvé le mien : « vitrail ». À l'époque, j'étais obsédée par les familles adoptives et par ce que pourrait être la nôtre. De ces réflexions et des longues heures de lecture et d'étude passées en préparation de l'adoption, sont sortis Milo, Nora et Ben Wood. Je ne voulais pas faire de l'adoption le sujet central de mon histoire, de même que je ne conçois pas que les diverses expériences d'un enfant adopté tournent indéfiniment autour de son adoption. Néanmoins, en définissant comme je l'ai fait la famille qui tenait l'hôtel, j'ai intégré ce thème dans mon histoire. Un filtre – parmi d'autres, mais un filtre important – à travers lequel Milo voit le monde.

Il n'existe pas deux enfants semblables, et je n'ai aucun moyen de savoir si notre fils ou notre fille chinois(e) aura les mêmes questionnements et les mêmes préoccupations secrètes que Milo. Mais comme tous les enfants sont issus d'une famille, je sais que cette première famille fera toujours partie de la vie de mon enfant d'une manière ou d'une autre (même si, comme c'est le cas de Milo, ses chances d'apprendre quoi que ce soit sur elle sont bien maigres). Je serais étonnée qu'il ou elle ne s'interroge pas fréquemment sur ses parents biologiques. J'espère que ces interrogations ne lui causeront aucun malaise, et qu'il ou elle se sentira libre de nous en parler, à Nathan, Griffin et moi. Mais les enfants restent des enfants ; vous êtes des petits êtres si secrets ! Vous souffrez en silence quand rien ne vous y oblige. Alors, que ce livre soit une lettre adressée à mon futur enfant : nous comprenons. Nous savons. Pose-toi toutes les questions que tu veux. Fais-nous partager ces questions quand tu en as envie. Sache que nous t'aimons. Sache que nous savons que tu nous aimes aussi.

Les procédures d'adoption à l'étranger sont parfois très longues. Bien qu'il n'y ait pas moyen de savoir exactement quand ce petit frère ou cette petite sœur du bout du monde rejoindra notre famille, Griffin aura sans doute quatre ou cinq ans d'ici là. Nous avons hâte de partir en Chine ensemble, tous les trois, pour ramener à la maison le dernier membre de notre famille.

* * *

Ma reconnaissance éternelle va, comme toujours, aux génies de la relecture que sont Edie et Luci Paczkowski, Julia Zeh et Emma Humphrey. Mes remerciements tout aussi chaleureux à mon groupe de critiques : Lisa Amowitz, Heidi Ayarbe, Pippa Bayliss, Linda Budzinski, Dhonielle Clayton, Lindsay Eland, Cathy Giordano, Trish Heng, Cynthia Kennedy Henzel et Christine Johnson. Toute ma gratitude à Kru Brandon Levi, d'Evolution Muay Thai, pour m'avoir permis d'écrire sur sa vie parallèle à Nagspeake. J'ai une dette éternelle envers Ann Behar et Lynne Polvino, qui ont cru à ce livre alors qu'il n'était qu'un mauvais synopsis. Mes remerciements à Barry Goldblatt pour avoir parié sur moi, en espérant réussir à le rendre fier de moi.

À Nathan, qui m'aime y compris quand je suis encore plus mal en point qu'un mauvais synopsis, et à Griffin, l'improbable bébé qui me laisse vraiment m'occuper d'autre chose que ses couches – vous êtes mes personnes préférées et je vous aime.

Retrouvez les collections

Rageot

sur le site www.rageot.fr

Cet ouvrage a été imprimé sur un papier
issu de forêts gérées durablement,
de sources contrôlées.

PAPIER À BASE DE FIBRES CERTIFIÉES

RAGEOT s'engage pour l'environnement en réduisant l'empreinte carbone de ses livres. Celle de cet exemplaire est de :
543 g éq. CO_2
Rendez-vous sur www.rageot-durable.fr

Cet ouvrage a été composé par IGS-CP
à L'Isle-d'Espagnac (16)

Achevé d'imprimer en septembre 2016
chez Normandie Roto Impression SAS, Alençon, France
Couverture imprimée par Boutaux, Le Theil sur Huisne, France
Dépôt légal : septembre 2016
N° d'édition : 5103-01
N° d'impression : 1603806